마셰리 장편소설

마셰리 장편소설

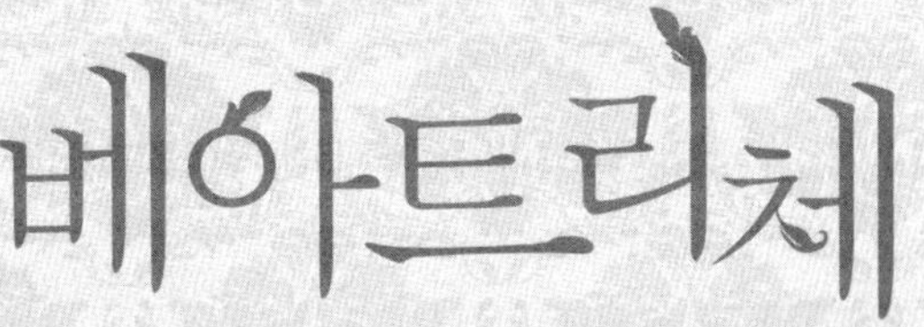

차 례

3부. 영원한 사랑의 맹세

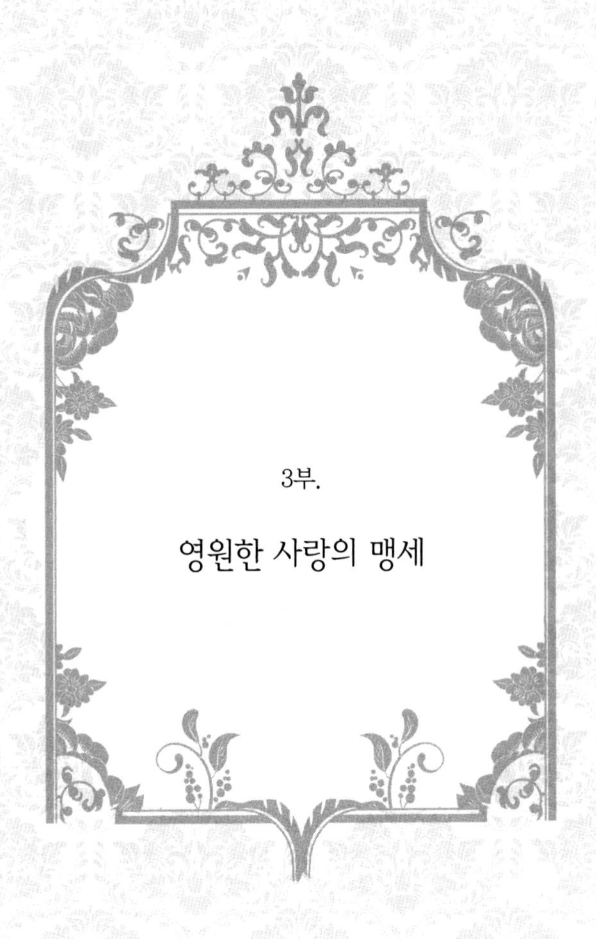

3부.

영원한 사랑의 맹세

16. 뒤늦은 후회

16. 뒤늦은 후회

• • ◆ • •

도대체 어떻게 잠들었는지 모르겠다.

'내가 미쳤나 봐.'

어젯밤 대공은 한참이나 자신을 놓아주지 않았다. 클로이는 내내 정신이 나간 사람처럼 아무 생각도 할 수 없었다. 심장이 너무 두근거려서 '큰일 났다, 이제 잠은 다 잤구나.' 하고 생각했는데 어느새 눈 떠 보니 아침이었다.

그런 일들이 있었는데도 여느 날처럼 깊이 잠들었던 자신이 정말이지 황당했다.

'설마 대공님도 계시나?'

막사 안이었다. 그녀는 얼른 다시 눈을 감았다. 알렉산드로가 있을까 생각하니 눈이라도 마주칠까 반사적으로 나온 행동이었다. 입을 맞춘 뒤로 클로이는 도저히 그의 얼굴을 제대로 볼 수가 없었다. 남세스러운 자세로 꼼짝없이 그의 입술을 받아들였던 그 순간.

둘에게는 오직 서로만이 전부였다.

기사단 일행과도 가까웠던 그곳에서 알렉산드로는 남의 시선 따위는 신경도 쓰지 않는 사람처럼 굴었다. 클로이 역시 당시에 다른 시선을 미처 신경 쓰지 못했다. 하지만 돌이켜 보니 혹시 누가 봤으면 어떡하나 싶은 것이다.

'아니, 대공님은 누가 보든 말든 상관없었겠지.'

입 안이 썼다. 자신의 하녀를 데리고 논다고 해서 그를 손가락질할 사람은 아무도 없을 테니까. 천박한 신분의 여자를 취한다고 뒤에서 수군덕거리기야 하겠지만, 욕을 먹을 사람은 그가 아니었다. 바로 자신이었다.

'하이디처럼.'

그녀는 하이디처럼 모두에게 배척당하고 싶지 않았다. 어쩌면 사랑은 누구나 가질 수 있는 공평한 감정일지 모른다.

하지만 사람은 공평하지 않았다. 신분 차이는 그 어떤 것으로도 극복이 어려웠다. 신분이 다른 이들의 사랑은 당사자와 그 가족들까지 불행하게 만들었다. 알렉산드로는 감히 마음에 담아서도, 자신이 그의 마음에 담겨서도 안 되는 사람이었다.

정신 차리자.

클로이는 입술을 질끈 깨물었다. 이제는 기사단의 모든 일행들이 그녀에게 인사도 해 주고 친근하게 행동했다. 제국으로 끌려와서 처음으로 그녀를 친구라고 불러 주는 이들도 생겼다. 우정은 신뢰가 바탕이었다. 클로이는 예상치 못한 그들의 애정이 반가웠다. 이제야 사람다운 대우를 받는 기분이었다.

여섯 달. 패전국의 노예로 끌려온 수도 기사단에서, 그녀가 환영받기까지 자그마치 여섯 달이 걸렸다. 만약 그들이 하루아침에 자신에게 싸늘한 눈빛을 보낸다면 견딜 수 없을 것이다.

'게다가 대공님은 반도라스 영애와 결혼이 예정되어 있어.'

그렇다면 그에게 놀아나던 자신은? 그녀는 노예였다. 그것도 보통 노예가 아니라, 패전국의 왕녀였던 노예. 만약 이 사실이 밝혀진다면 일단 그의 아버지인 던칸의 손에 쥐도 새도 모르게 사라질지도 몰랐다. 재수 없으면 클라라 반도라스 영애 같은 이에게 걸려서 죽을 고생을 할 수도 있었다.

"하아……."

한숨밖엔 나오지 않았다. 다시 실눈을 뜨고 사방을 살피니 알렉산드로의 자리는 비어 있었다. 벌떡 일어난 클로이는 당장 자리를 정돈하고, 다시 길을 떠날 준비를 시작했다. 어쨌거나 그녀는 해야 할 일이 있는 하녀였다. 마냥 혼란스러워할 여유도 없었다.

"아침 식사부터 가져와야지, 참."

얼마나 정신이 없었는지 아침 식사마저 깜빡해 버렸다. 탁자에 있는 중요한 서류들을 정리해 놓고 클로이는 식사를 가져오기 위해 막사의 입구로 향했다. 막사 입구의 천을 걷으려고 했는데, 밖에서 천막이 걷혔다. 알렉산드로였다.

"헉."

그에게 먼저 인사를 하고, 길을 막고 있는 앞을 비켜서야 했다. 하지만 너무 갑작스레 마주친 탓에 클로이는 그대로 굳어 아무것도 하지 못했다. 마주치자마자 눈을 피해서 알렉산드로가 어떤 표정을 짓고 있는지 몰랐다. 그가 안으로 들어오려고 한 발자국 더 가까이 다가왔다. 클로이는 너무 놀란 나머지 옆으로 비킬 생각은 차마 하지 못하고 뒷걸음질을 쳤다.

'어, 어떡해.'

그런데 그가 클로이가 물러난 만큼 더 가까이 다가왔다. 다시 뒷걸음질 치던 그녀는 순간 다리에 힘이 풀렸다. 당황스럽고, 난감하고, 민망하고. 그의 얼굴을 보니 모든 부담스러운 감정들이 한꺼번에 몰려왔다.

"앗!"

순간 뒤로 넘어질 뻔한 클로이를 알렉산드로가 얼른 잡아 주었다. 당장 허리에 와 닿는 그의 손길에 소스라치게 놀란 그녀가 얼른 빠져나왔다. 다행히 그는 부드럽게 손을 거두었다.

"아, 아침 식사 가져오겠습니다."

중얼거리듯 말한 클로이가 쏜살같이 막사를 빠져나갔다. 도망치듯 자신을 피해서 달아나는 뒷모습이, 알렉산드로에게는 퍽 익숙했다. 허탈함에 말도 나오지 않았다.

"하, 이런."

다시, 처음 그녀와 마주했던 원점이었다.

어느덧 요하임 칼스버그 공작령을 떠난 지 일주일이라는 시간이 흘렀다. 다행히 그날 대공과 있었던 일은 아무도 보지 못했는지, 다들 아는 척을 하지 않았다. 클로이는 입맞춤 이후 그의 막사에서 자지 않았고 그와 식사도 함께하지 않았다. 눈도 마주치지 않고, 긴 대화도 피했다.

'앞으로는 대공님과 가까이 지내면 안 돼.'

그가 자신에게 호감에서 비롯된 짓궂은 장난을 쳤다고 생각했다. 그녀는 두 번 다시 그의 장난에 놀아나고 싶지 않았다. 하지만 예전과 달라진 둘의 관계에 큰 관심을 보이는 이들이 몇 명 있었다.

"너 설마 대공님이랑 싸웠냐?"

트리거였다. 일행의 뒤쪽에서 걷던 그녀를 찾아와 장난스런 표정으로 옆구리를 쿡쿡 찔렀다. 클로이는 뜨끔했지만 얼른 받아쳤다.

"제가 어떻게 대공님이랑 싸워요. 진짜 말도 안 되는 소리."

"흐음, 그래?"

"그럼요."

그녀는 일부러 행군을 하는 동안 일행의 앞에서 걷는 알렉산드로와 마주치지 않기 위해서 일행의 뒤쪽에서 걷고 있었다. 어차피 행군을 하는 동안에는 하녀로서 굳이 그의 옆에서 할 일이 없었다. 그동안은 그저 가벼운 말 상대 노릇이었다. 하는 것도 없이 장난스런 대화나 하며 시간을 보냈던 것이다. 그에게 얼마나 익숙해져 있었는지, 클로이는 이제야 그 사실을 실감했다.

한데 이상기류를 느낀 것은 트리거뿐만이 아니었다. 클로이는 토마스에게서도 똑같은 질문을 받아야 했다.

"너 왜 갑자기 대공님을 그렇게 피해 다니냐?"

"네? 아니, 그게 무슨 말씀이세요. 제가 어떻게 모시는 분을 피해 다녀요?"

"그래?"

“그럼요. 요즘 너무 시키시는 일이 많아서 조금 꾀를 부리고 있을 뿐이에요.”

토마스는 고개를 끄덕였다.

“하긴, 유달리 여기저기 널 데리고 다니긴 하시더라.”

둘은 항상 붙어 있었다. 심지어는 식사도 같이하는 듯했기에 안 그래도 참 별나다는 생각을 했었다.

“아침부터 저녁까지 내내 쫓아다니려면 너도 힘들겠지. 어휴, 그 분이 보통 체력도 아니고 말이야.”

토마스가 혀를 내둘렀다. 기사들은 원체 체력이 좋긴 했지만 대공은 그중에서도 으뜸이었다. 지친 기색을 본 적이 없었다.

“그러니까요. 안 그래도 요즘 날이 더워서 저도 너무 힘들어요.”

클로이가 푹 한숨을 내쉬며 말하자 토마스가 그녀의 어깨를 토닥였다. 하필이면 저보다 두 배는 거대한 주인이 근면하기까지 해서 새벽녘부터 밤늦게까지 졸졸 쫓아다녀야 하니 얼마나 힘들까. 쯧쯧.

“그래, 눈치 잘 보고 다녀.”

“네. 항상 잘 살피고 있어요. 혹시 대공님이 저 찾으면 빨래하러 멀리 갔다고 좀 말해 주세요.”

그렇게 잘 넘겼나 했는데, 이번에는 생각지도 못한 인물이 혼자 있던 클로이에게 다가와 같은 질문을 해 왔다.

“너 요즘 왜 우리 대공님을 그렇게 피해 다니니?”

바로 알렉산드로의 절친한 친구인 크리스였다.

“네? 그, 그냥 요즘 너무 일도 안 하고 대공님 옆에만 있었던 것 같아서요.”

크리스는 토마스나 트리거와는 전혀 다른 반응을 보였다.

“오, 그래, 그래.”

클로이의 말을 그대로 믿고 맞장구를 치기까지 했다.

“내가 봐도 네가 너무 딱 붙어 다니긴 하더라.”

“제가 너무 그랬죠?”

“응. 그러니까 앞으로는 아예 식사도 단장님보고 직접 가져다 드시라고 해. 그러면 아예 얼굴 볼 일도 없겠다.”

왜인지, 마치 부추기는 것 같은 크리스의 반응이 의아했다.

“그러면 하녀인 제가 이 기사단에서 할 일이 있을까요?”

크리스는 가볍게 어깨를 으쓱했다.

“어차피 대공님은 하녀가 필요해서 널 데리고 다니는 게 아닌데, 뭐.”

정곡을 찔렀다. 여태 그녀가 하던 일들은 사실 그리 쓸모 있지 않았다. 알렉산드로는 시중이 필요한 사람이 아니었다.

“그럼 처음부터 저를 왜 데려오셨을까요?”

클로이는 한숨을 내쉬며 혼잣말했다. 처음 대공이 이 세리머니로 자신을 이끌었던 목적이 궁금했다. 하울을 돌보기 위해서라면, 그는 이미 오래전에 ‘더 이상 말을 돌볼 필요 없다.’고 했었다. 고심하는 그녀의 옆모습을 응시하던 크리스는 진지한 얼굴로 대꾸했다.

“글쎄, 아마 눈치가 없어서가 아닐까 싶어.”

“네? 왜요?”

“그게 네 매력인가 보지. 물론 하녀로서.”

어감이 이상하다. 클로이는 크리스의 말을 곱씹었다.

‘이분은 대공님을 잘 아는 사람인데.’

그는 저와 대공이 더 이상 같이 식사를 하지 않도록 많이 도와주었다. 자연스럽게 둘 사이를 비집고 들어와 함께 식사를 하거나,

다른 사람들을 여럿 불러와서 자리를 떠들썩하게 만들었다. 안 그래도 대공과 단둘만의 식사가 부담스러웠던 클로이는 많은 사람들과 섞일 수 있었다. 이제는 자연스럽게 둘의 식사 자리가 따로 나뉘었다.

'내가 지금 이럴 때가 아니지.'

어느덧 저녁 식사를 하고 야영을 할 장소까지 다다랐는지, 앞에서부터 큰 뿔고둥 소리가 들려왔다.

"다 왔나 봐요."

"그러게, 오늘은 빨리 왔네."

"휴우, 저 대공님 식사 준비하러 가 볼게요."

"그래. 쉬엄쉬엄해라."

"네."

크리스는 터덜터덜 걸어가는 그녀의 뒷모습을 주시했다. 피식 웃음이 나와 고개를 절레절레 흔들었다.

'좀 귀엽기는 해.'

기사단 일행은 각자 해야 할 일을 찾아 부산히 움직였다. 클로이는 그의 막사가 완성되기까지 기다리며 물건들을 정리했다. 금세 막사가 완성되었고, 그녀는 침구를 안으로 옮기기 시작했다.

'너무 욕심을 부렸나.'

마차에서 너무 많은 침구를 한 번에 가져왔다.

“아이쿠.”

바쁘게 움직이는 다른 사람들과 몸이 부딪힐까 조심조심 걷던 그녀는 갑작스레 자신의 품에 있던 침구를 누군가에게 빼앗겼다. 알렉산드로였다.

“제가 할게요!”

클로이는 얼른 다시 침구를 받으려 했지만 그는 들은 척도 하지 않았다. 관계가 서먹해지고부터 클로이는 식사 시간이 다가오는 게 두려웠다. 어색한 사이에 억지로 마주치는 게 고역이었다.

‘미치겠네.’

거기다 참 알 수 없는 건, 대공은 여전히 한결같이 자신을 대했다. 아무것도 바뀐 게 없는 것처럼. 전과 달라진 그녀의 태도를 한 번도 뭐라고 한 적이 없었다. 대공은 여전히 다정했고, 자상했다. 결국 그가 저 대신 막사까지 침구를 옮겨 놓았다. 옆에서 어쩔 줄 모르고 그를 따라가던 클로이는 얼른 감사의 인사를 했다.

“감사합니다.”

하지만 돌아온 대답은 지금 상황과 전혀 관계가 없었다.

“나와 함께 식사하겠느냐?”

매번 물었다. 매 식사 때마다. 곤란한 눈빛을 한 그녀가 이리저리 시선을 바닥으로 옮겨 댔다. 여전히 그의 눈길은 피한 채였다.

“아…….”

우습지만 그녀는 거절도 제대로 할 수 없는 처지였다. 난감함에 말끝을 흐리고, 자신의 대답을 기다리는 알렉산드로를 흘끔 바라보았다. 이쯤하면 알아서 눈치를 채 줘야 하는데 그는 매번 정확한 대답을 귀로 듣고자 했다.

"트리거 님이 저녁 시간에 꼭 제가 할 일이 있다고 하셔서……."

"……그렇다면 어쩔 수 없군."

클로이는 매번 트리거나 토마스를 번갈아 가면서 이유로 댔다. 알렉산드로는 그녀가 변명을 지어낸다는 걸 알았지만 캐묻지 않았다. 더 권하지도 않았다. 저렇게 온몸으로 불편함을 표시하는데 차마 그럴 수가 없었던 것이다.

"오늘도 밤에 운동을 하시는 거죠?"

"그래."

"그럼 식사를 치우고 바로 오겠습니다."

그녀는 꾸벅 인사를 한 뒤 막사를 나갔다. 아마 곧 저녁 식사를 가지고 와서 말없이 시중을 들다 나갈 것이다. 그리고 몇 번 질문을 던지면 단답형으로 대답하고 말겠지. 알렉산드로는 허무함에 실소를 흘리고 말았다.

'대체 내가 왜 그런 짓을 저질렀을까?'

스스로도 이해할 수가 없었다. 그날 밤 뭔가에 씌었던 것은 아닐까?

아무래도 그런 것 같다. 달빛이 유난히 밝았다. 하늘에선 별이 떨어지는 듯했다. 향기로운 냄새도 났던 것 같고, 하늘을 날아가는 것처럼 기분이 좋았다. 어떤 이상한 마법에 빠진 것처럼. 그날 밤을 떠올리면 저절로 미소가 떠올랐다.

하지만 자신에게 거리를 두려는 듯 눈도 마주치지 않는 클로이를 보니 가슴이 꽉 비틀렸다. 할 수만 있다면 시간을 돌려 그날 밤 클로이에게 입 맞췄던 그때로 돌아가고 싶었다. 만약 그녀가 자신에게 이렇게 냉담하게 돌아설 줄 알았다면, 그 순간의 달콤함 따위는 결코 취하지 않았을 것이다. 알렉산드로는 그녀의 웃는 얼굴과 따스한 눈빛이 짧은 순간의 쾌락보다 더 좋았다.

'아니…… 나도 솔직하지 못하군.'

그의 깊은 내면은 그날 있었던 충동적인 입맞춤을 절대로 후회하지 않았다. 그녀의 입술은 상상했던 것보다 훨씬 부드럽고 촉촉했다. 피부로 느껴지던 달콤한 숨결과 파르르 떨리던 속눈썹, 차마 자신을 붙잡지도, 놓지도 못하던 연약한 손길까지……. 그 순간의 모든 게 아직도 생생했다.

알렉산드로는 그날 밤 정말 황홀했다. 태어나서 처음 느낀 감정이었다. 더 오랫동안 탐하지 못한 게 아쉬울 정도로, 시간이 어떻게 가는지도 몰랐다.

다만 그를 괴롭히는 건 다른 문제였다. 클로이는 그날 굳은 인형처럼 아무런 반응도 없었다. 마지못해서, 이러지도 저러지도 못해서 받아 줬을 뿐이다. 그녀는 아무런 허락도 하지 않았다. 자신은 멋대로 입을 맞췄다. 그 사실이 못내 마음에 걸렸다.

"후우……."

알렉산드로는 눈을 감고 손으로 얼굴을 감쌌다. 평소의 저라면 절대 하지 않았을, 감정적이고 충동적인 행동이었다. 심지어 여자와 해 본 첫 키스였다. 물론 남자와도 해 본 적 없었다. 그러니 자신이 대체 왜 그랬는지 아무리 돌이켜봐도 알 수가 없었다.

'그러지 말았어야 했는데.'

후회스러웠다. 그래서 클로이가 저렇게 냉담한 태도를 보여도 아무 말도 할 수 없었다.

'전부 내 잘못이다.'

자신의 하녀로 옆에 있는 여자였다. 훨씬 약자의 위치에 있는 사람을 그런 식으로 몰아가서는 안 됐는데. 그 순간 그녀는 아무리 싫었어도 뿌리칠 수 없었을 것이다…….

'그걸 잘 알고 있었으면서.'

남자로서도, 귀족으로서도 자신이 너무나 치졸하게 느껴졌다. 클로이가 자신을 남색가로 오해했던 일은 이미 깨끗이 잊었다. 그의 머릿속에는 오직 자신의 과오밖에 없었다.

'내가 정말 미쳤던 건가.'

알렉산드로의 미간이 잔뜩 찌푸려졌다. 제멋대로인 남자가 되고 싶지 않았다. 자책감에 긴 한숨을 내쉰 그의 뒤로 클로이의 목소리가 들려왔다. 얼른 막사의 천막을 걷어 주자 그녀가 저녁 식사를 탁자에 차리기 시작했다. 알렉산드로는 의자에 앉아 그런 클로이의 얼굴을 바라보고 있었다.

화가 난 것 같진 않지만, 예전처럼 자신의 눈을 마주 보거나 하지 않는다……. 아니, 일부러 피하고 있는 것이다. 그저 철저하게 해야 할 일만 하는 사람처럼 무심하게 움직이고 있었다. 맨 처음, 클로이가 자신의 하녀가 됐을 때와 똑같았다. 경계심 가득한 조심스러운 몸짓.

'미치겠군.'

어떻게 식사를 마쳤는지도 모르겠다. 그저 몇 번 손을 움직이다 그녀를 봤고, 클로이는 빈 접시를 치우거나 빈 잔을 채우거나 할 뿐이었다. 그러기를 반복했다. 흐르는 시간 속에서 저 혼자만 동떨어진 기분이었다.

알렉산드로는 클로이가 식기를 치우러 나간 동안 침상에 누웠다. 몸을 단련하러 가고 싶지도 않았다. 매일 하던 일이었는데도 그저 무기력했다. 급격한 피로와 허무함이 가슴 깊숙이 밀려왔다. 예전에 그녀가 보내 주던 그 따스한 눈길을 받지 못하는 자신이 초라하고 비참했다.

그날 밤 이후로 클로이는 쭉 같은 태도였지만 알렉산드로는 오늘이 가장 힘들었다. 익숙해지겠거니 생각했는데, 전혀 익숙해지지 않았다. 조금도 익숙해질 수가 없었다. 그녀에게 받던 달콤하고 말랑한 것들을 한순간에 전부 잃게 되자 돌아 버릴 것만 같았다. 점점 더 애가 타는 기분이었다.

하지만 가야 한다. 알렉산드로는 얼른 몸을 일으키고 자신의 칼을 챙겼다. 클로이가 곧 올 테니까, 이대로 무기력하게 누워만 있는다면 오늘은 더 이상 그녀를 볼 수 없을 테니…….

크리스는 대공의 절친한 친구이기도 하지만, 소탈하고 재밌는 사람이었다. 클로이가 편하게 대할 수 있는 몇 안 되는 기사들 중 한 명이기도 했다.

"근데 내가 개인적으로 궁금한 게 있는데 말이야."

"네, 말씀하세요."

그녀는 시종들이 있는 곳에서 저녁 식사 그릇들을 치우기 위해 기다리던 중이었다. 크리스는 요즘 이상하리만치 자주 말을 걸어왔다. 무료하던 차에 그가 반가웠다.

"너는 어떤 남자를 좋아하니?"

뜬금없는 질문이 날아왔다. 클로이는 얼굴 가득 물음표를 띄우고 그를 응시했다. 그녀는 취향까지 따져 가며 남자를 좋아할 수 있는 처지가 못 됐다. 그래서 설마하니 이런 질문을 받으리라고는 생각도 못했다.

"그런 걸 딱히 생각해 본 적이 없는데요. 갑자기 왜 물으시는 거예요?"

클로이는 크리스와 단 한 번도 이 주제로 얘기해 본 적이 없었다.

"아니, 내 친구 중 한 명이 요즘 좋아하는 여자가 생겼어."

"네."

"근데 그 녀석이 여자들은 어떤 남자를 좋아하냐고 내게 묻는데, 내가 뭘 알아야 말이지."

그는 술술 거짓말을 했다.

"너도 알다시피 난 전쟁터에서만 10여 년을 굴렀잖아."

클로이는 순순히 고개를 끄덕였다.

"그렇죠."

크리스는 그저 알렉산드로를 약 올릴 또 다른 주제를 찾고 있었다. 요즘 질투심에 타오르는 친구를 보는 재미가 아주 쏠쏠했다. 특히 그의 하녀와 대화를 하고 돌아서면 쏜살같이 매서운 시선이 날아들었다. 지금처럼.

크리스는 고민하는 클로이에게 친근히 어깨동무를 했다.

"천천히 잘 생각해 봐. 깊은 내면의 소리를 한번 들어 보라구. 솔직하게.”

“솔직하게…… 저는, 흠흠, 솔직히 말하면…….”

아마 대부분의 여자들도 같은 마음일 것이다.

“잘생긴 남자를 좋아합니다.”

“잘생긴 남자?”

“네.”

그가 전혀 예상 못한 답을 들은 것처럼 눈을 동그랗게 떴다.

“호오.”

크리스는 고심했다. 그녀는 제국의 평균보다 왜소해서 제국의 남자들은 클로이보다 체격이 훨씬 컸다. 그러니 당연히, 그녀가 왜소한 남자를 이상형으로 꼽으리라 예상했던 것이다.

“그래도 키는 너무 크지 않은 게 좋지? 네가 작잖아.”

“아니요, 저는 키 큰 남자가 좋아요.”

“그럼 체격은? 운동으로 온몸이 다져진 근육질은 좀 부담스럽지 않니?”

크리스는 별로지 않느냐는 듯 과장되게 얼굴을 찌푸리며 말했다. 클로이는 그의 우스꽝스러운 표정에 하하, 웃었다. 운동으로 온몸이 다져진 근육이라. 자연스레 알렉산드로가 떠올랐다.

다만 그는 귀공자처럼 아름다운 외모를 지닌 남자였다. 게다가 팔다리가 길어서 전혀 우락부락하지 않았다. 우아하고 매끈했다. 신화 속의 남신처럼. 달빛 아래 홀딱 벗고 있던 그의 나신이 떠올랐다. 한 번 보면 절대로 잊을 수 없는 위험한 육체는 많은 상상을 불러일으켰다. 땀을 흘릴 때면 섹시하게 빛나던 흉근과 그 아래 복근, 그리고…… 그리고.

"흠흠. 모자란 것보단 넘치는 게 낫죠. 근육 좋아요."

"성격은? 과묵하고 말보다 행동으로 보여 주는 화끈한 성격의 남자다운 남자는 별로지?"

크리스는 자신이 봐 온 알렉산드로의 성격을 말했다. 전쟁터에서의 알렉산드로는 그랬다. 추진력이 남다른 화끈한 성격의 남자. 결정하고 행동하는 데 주저함이 없는…….

'남자다운?'

클로이는 '남자다운'이란 말에서 멈칫했다. 자칫하면 폭력적인 성격을 정당화할 수 있는 무서운 표현이었다. 클로이는 남자와의 관계에서는 안전함이 훨씬 좋았다. 길버트와의 경험 때문이었다. 지금 자신의 처지가 어디서든 얻어맞기 십상인 노예인 점도 한몫했다.

"음…… 저는 다정하고 착한 남자가 좋아요."

실제로도 그랬다. 온몸으로 사랑을 표현해 주는 남자라면 참 좋겠다. 자신을 고민하게 만들거나, 날 좋아하나 안 좋아하나 마음 졸이는 것은 딱 질색이었다. 그런 식의 어장 관리는 전생에서 수도 없이 당해 왔다. 클로이는 순수한 남자가 좋았다.

그녀의 대답에 크리스는 활짝 웃다가 다시 멈칫했다. 그가 봐 온 알렉산드로는 남자다운 화끈한 남자가 맞았지만, 클로이를 대할 때는 또 달랐기 때문이다.

'재한테는 좀 다정한 것 같기도 하고.'

알렉산드로는 그의 하녀를 작은 병아리를 대하듯 했다. 하지만 다른 여자는 어떻게 대하는지 본 일이 없어서 헷갈렸다.

"너 참 취향이 괴상하구나."

고민하던 그가 쉽게 결론을 내렸다. 김이 빠진 크리스는 '이거 아주 천생연분이구만.' 하고 작게 중얼거렸다.

"친구분도 기사님이세요?"

"아니."

크리스는 잠시 꼼짝 않고 생각하다 대답했다.

"걔는 농부야."

클로이는 의아했지만 내색하지 않았다.

'농민들은 대부분 평민인데.'

기사인 크리스에게 여자관계에 대해 물어볼 만큼 친한 농부 친구가 있다니, 의외였다. 크리스는 진지한 얼굴로 덧붙였다.

"그래서 매일 삽질만 하더라고."

"그렇군요."

덩달아 진지하게 고개를 끄덕인 그녀는 곧 줄이 줄어들자 크리스에게 이만 가 보겠다고 인사를 한 뒤 사라졌다. 크리스는 어깨를 으쓱했다.

"잘생긴 얼굴에 키 크고 몸도 좋은 남자가 좋다는데, 넌 도대체 뭘 하는 거냐?"

그는 쯧쯧 혀를 찼다. 어차피 친구는 듣지 못할 비난이니 상관없었다.

"대공님."

자신을 부르는 소리가 밖에서 들려왔다. 알렉산드로는 그의 칼과 함께 막사를 나섰다. 클로이는 그 옆을 조용히 따라왔다. 가까이는 오지 않았다. 둘 사이에는 제법 거리가 있었다. 덕분에 그의 발걸음은 평소처럼 당당하지 못했다. 신경은 온통 뒤에서 들려오는 작은 발자국 소리에 가 있었다.

도착해서도 여전했다. 알렉산드로는 훈련에 집중하지 못했다. 손에 들고 있는 칼보다 그녀가 뭘 하고 있는지에 더 눈이 갔다. 오늘은 유독 심했다. 정신이 어지러워서 답지 않게 중간에 칼을 놓치기도 했다. 최고의 기사로 칭해지는 자신이 한 실수라기엔 말도 안 되었다. 혹시 저를 지켜보고 있었을까 민망해진 그가 슬쩍 클로이를 응시했다.

하지만 그녀는 자신을 바라보고 있지 않았다. 당연히 어떤 실수를 했는지도 몰랐다. 클로이는 그저 자리를 지키고 있기 따분한 사람처럼 다른 곳에 눈을 두고 있었다. 알렉산드로는 자신이 칼을 놓친 것보다 그녀의 철저한 무관심에 더욱 속이 쓰렸다.

'미치겠군.'

이제야 명백히 눈에 보였다. 클로이는 자신을 거부하고 있는 것이다. 그녀는 자신을 남자가 아닌 주인으로만 받아들이고 싶은 것이다. 그토록 외면하던 진실을 더 이상은 피할 수가 없었다.

마음이 답답했다. 도대체 자신이 원하는 게 뭔지, 제어할 수 없는 이 모든 어지러운 감정들이 대체 어디에서 비롯된 것인지 그는 알 수가 없었다. 지금 느끼는 기분은 생전 처음 겪는 것이었다.

'내가 이토록 무력한 인간이었나.'

정말 이상했다. 고작 눈앞의 저 작은 여자 때문에 매일같이 하던 훈련조차 집중하지 못하다니. 그녀의 시선이, 그 말투가, 눈에 보이는 작은 행동들이…… 알렉산드로에게 너무 큰 영향을 끼치고 있었다. 삶에서 누군가 이렇게 큰 영향을 끼쳤던 사람이 있었던가…….

힘겨웠던 전쟁터에서도 언제든지 '죽을 수 있다'는 각오를 가졌기에 알렉산드로는 두려울 것도, 거리낄 것도 없었다. 어떤 고비도 그를 이렇게 흔들지는 못했다. 그런데 지금은 그의 모든 신경과 정신, 머릿속이 자신의 의지대로 움직이지 않는 것 같았다. 미친 사람처럼 이렇게 하루 종일 눈으로 여자를 뒤쫓아 다닐 수는 없었다.

뭔가에 이렇게 집착하는 건 처음 있는 일이었다. 그러니 정말 이상하고, 알 수 없는 일이었다.

기사단은 약 일주일 후에나 하멜 안테노르 공작령에 도착할 수 있었다. 칼스버그 공작령을 떠난 지 보름이 흐른 뒤였다.

"우와."

안테노르 공작성은 정말 으리으리했다. 저절로 탄성이 나올 만큼 규모도 크고, 굉장히 섬세하게 조각된 석상들도 있었다. 성에 딸린 정원은 끝이 보이지 않을 만큼 넓었다. 칼스버그 공작저와 다른 매력의 화려한 성이었다.

"전 맥코웰 공작가 성에서 그대로 사나 보네."

토마스가 음산한 목소리로 말했다.

"모든 친인척들이 죽임당했으니 저주나 귀신 같은 으스스한 소문이 많을 텐데. 여전히 성을 그대로 쓰는 게 꺼림칙하단 말이지."

"……."

클로이는 어색하게 딴 데로 눈을 돌렸다. 공작가가 멸문당했다니, 그레이엄 가에 시집을 올 정도로 부유한 가문에서 왜 반역을 저질렀는지 이해가 되질 않았다.

'심지어 황제의 자리를 노렸다고?'

그레이엄 가문에서 대공을 낳아 모자랄 것 없이 사랑만 받으며 평생을 살았을 것 같은데…….

"이렇게 영지에 들러 주셔서 정말 영광입니다, 그레이엄 단장님. 제국의 기사단을 모시는 동안 불편함이 없도록 최선을 다할 것입니다."

안테노르 공작은 급하게 준비를 하느라 미흡하다며 거듭 사죄의 말을 했다. 대공이나 에반의 태도는 다른 영지의 영주들을 대할 때와 별반 다를 게 없었다.

클로이는 걱정했던 것과는 달리 별달리 이상한 점을 느끼지 못했다. 공작성을 안내받을 때도 마찬가지였다. 일행들도 같은 느낌이었다. 긴장했지만 다른 영지와 아무런 차이도 없었다. 제국의 최고 권력을 쥔 던칸 그레이엄의 전 아내, 반역죄로 멸문까지 당한 비참한 여자 소피아 맥코웰의 흔적은 어디에도 없었다.

성 안내를 모두 받은 일행은 만찬을 준비하기 위해 각자 배정받은 침실로 향했다. 클로이는 더 이상 그와 침실을 공유하는 것 역시 말도 안 된다고 생각했다. 시녀의 안내를 받아 침실로 들어온 그녀는 단둘만 남아 있을 때가 이를 말하기 적절한 타이밍이라고 생각했다.

"저어."

그러자 클로이가 준비한 연미복으로 갈아입던 알렉산드로는 옷에서 시선을 떼고 그녀를 바라보았다.

"제가 대공님 주무실 때 침실 문 앞을 지키고 있을게요."

그가 불면증이고, 타인이 그의 침실에 들어오는 것이 달갑지 않다는 말은 사실일 거라고 믿었다. 이미 충분한 기회가 있었지만, 입맞춤 외에 그는 어떤 욕망도 보이지 않았다. 하지만 이성애자인 그와 더 이상 한 침실을 쓸 수는 없었다. 알렉산드로는 인상을 찌푸렸지만 적당한 대답을 찾을 수 없었다.

'밤새 문 앞을 지키겠다고…….'

문지기도 아니고, 그녀는 미련하기 짝이 없는 대안을 내밀었다. 절대로 그녀에게 시킬 수 없는 일이었다. 그걸 자처하는 건, 그만큼 침실을 저와 공유하기가 불편하다는 뜻이었다. 그냥 이 침실에서 편하게 자라고 하고 싶지만 단호한 표정을 보니 그렇게 할 것 같지 않았다.

"문 앞을 지킬 필요는 없다."

그가 긴 한숨을 내쉬었다. 마음이 불편했다. 그날 밤 그렇게 키스를 해서 미안하다고 말하고 싶은데 도저히 다시금 그날 밤의 일을 입에 올릴 수가 없었다. 제 자신이 왜 이렇게 소심한 건지 진지하게 고민했다. 아마 크리스가 이 일을 알게 되면 비웃지 않을까.

하지만 상관없었다. 클로이는 작은 동물처럼 예민하고 경계심이 많았다. 알렉산드로는 그럴 수 있겠다고 생각했다. 그녀는 왕녀였지만 나라가 패망해서 가족이 모두 죽임당하고 성문에 목이 걸렸다. 게다가 그녀 자신은 적국에 노예로 끌려왔다. 그런데 본인의 의지와는 별개로 기사단장을 곁에서 수발들게 되었고, 남자가 갑작스레 입을 맞췄다.

'당연히 겁이 나겠지.'

그러니 최대한 조심해야 했다. 자신의 작은 행동조차 클로이의 처지에서는 부담스러울 것이다.

'그렇게 입을 맞춰서는 안 되는 거였는데…….'

또 자신을 질책하게 되었다. 더 이상 예전처럼 편하게 지낼 수는 없는 걸까. 간신히 그녀와 친해졌다고 생각했는데, 클로이의 경계는 다시 처음으로 돌아갔다. 어르고 달래서 겨우겨우 웃고 장난칠 만큼 친해졌는데. 한순간 자신의 실수 때문에 모두 물거품이 되었다.

속이 쓰리다.

"네가 편한 곳에서 지내도 좋다."

알렉산드로 본인도 답답했지만 그렇다고 클로이를 압박할 수가 없었다. 그러기엔 자신이 가진 감정이 어떤 것인지 그조차 확신할 수 없었다. 충동적으로 했던 실수를 반복하고 싶지 않았다. 후회는 충분하다.

저도 모르는, 그러니 책임질 수 없는 감정을 그녀에게 요구할 수는 없는 일이었다. 그의 마음속은 혼돈 그 자체였다. 나는 도대체 왜 이런 사람인 걸까. 그는 차라리 스스로를 탓하기로 했다. 생전 처음 있는 일이었다. 과녁 없는 그의 화살은 자신에게로 향했다.

안테노르 공작성에서의 며칠은 다른 영지에서와 다를 바 없이 흘러갔다. 클로이는 야산을 돌아다니며 약초를 살폈다. 알렉산드로와 여전히 데면데면하고, 할 일은 없고. 침실은 하도 쓸고 닦았더니 바닥이 윤이 날 지경이었다. 차라리 잘됐다 싶어 클로이는 호르헤에게 쓰는 편지에 집중하기로 했다.

'여태 보낸 편지면 책 두 권의 분량은 이미 충분하겠지?'

성을 안내받을 때, 정원 옆에 야산을 보고 알렉산드로에게 이미 부탁한 터였다.

'흔쾌히 허락해 주셔서 다행이야.'

간만의 산 구경에, 혹도 따라왔다.

"아니, 이건 뭐야?"

트리거가 이상한 모양의 버섯을 향해 손을 뻗으며 물었다. 클로이는 요즘 대공과 시간을 보내지 않는 만큼, 자연스레 트리거와 더 많은 시간을 보내고 있었다. 같은 주인을 모시고 있으니 당연한 일이었다.

"만지지 마세요!"

클로이가 다급하게 외치자 트리거는 얼른 버섯에서 몇 발자국 떨어진 곳으로 몸을 옮겼다.

"뭐야! 독버섯이야?"

얼마나 놀랐는지 그의 목소리가 갈라져 나왔다. 그는 잔뜩 겁먹고 클로이에게 몸을 기대었다. 그도 그럴 것이, 제국에는 독버섯이나 독초를 먹고 죽는 이들도 허다했다. 클로이는 얼른 버섯 근처로 다가가며 말했다.

"이건 정력에 좋다고 알려진 송이송이 버섯이에요."

버섯을 뿌리부터 캐내는 손길이 보석을 만지는 감정사처럼 조심스러웠다.

"갖다 팔면 돈 좀 될걸요."

클로이는 얼마나 집중했는지, 옆에서 한심한 눈으로 자신을 바라보는 트리거를 알아채지 못했다.

"너 또 그 무슨 마구간 어쩌고 하는 책 사려고 그러는 거지?"

클로이가 채찍을 맞은 사람처럼 눈에 띄게 움찔했다. 하던 일을 멈추고 트리거를 바라보자 그가 이해할 수 없다는 눈으로 그녀를 바라보고 있었다. 절레절레 고개를 내저은 트리거는 도발하듯 툭 내뱉었다.

"색정녀 같으니."

"네에?!"

그에게서 나온 자극적인 단어에 클로이는 두 눈을 크게 떴다.

"너 순수한 척하면서 속으로는 맨날 음흉한 생각하는 거 다 안다."

아니, 어떻게 알았지?

"설마…… 그 책 보셨어요?"

트리거는 피식 웃었다.

"아니, 안 봤는데."

클로이의 입이 쩍 벌어졌다.

"그런 내용이구나?"

"……!"

당했다. 벌어진 입을 다물지를 못하자 트리거가 파안대소했다.

한참이나 웃던 그가 클로이의 옆에 주저앉았다. 야산이지만 눈앞에 펼쳐진 풍경은 꽤 볼만했다. 트리거가 자신에게 장난을 쳤다는 사실을 알아챈 클로이는 그의 웃는 모습을 보다가 피식 웃음을 흘렸다. 그는 요즘 부쩍 제게 장난을 많이 쳐 왔다. 그래서인지 그녀는 트리거와 있는 시간이 정말 편안했다.

"하나만 물어본다."

나란히 앉아 산 아래 공작성을 바라보던 중, 트리거가 말을 걸어왔다.

"두 개 물어보셔도 돼요."

"두 개 물어본다, 그럼."

"네."

장난스러운 대화와 함께 둘은 지나가는 바람을 맞으며 개미처럼 작게 보이는 사람들을 구경했다.

"내 생각에, 넌 그냥 풀떼기나 만지면서 조용히 오래 사는 게 소원인 거 같은데. 맞냐?"

노예가 된 처지로 딱히 소원까지 생각해 본 적은 없지만, 트리거가 말하는 게 자신이 원하는 삶은 맞는 것 같았다. 가늘고 길게. 그리고 행복하게.

"네, 맞아요."

"너 그러면 이 세리머니 끝나고 나랑……."

그리고 트리거는 한참을 말을 잇지 못했다. 클로이는 안테노르 공작가를 분주하게 돌아다니는 작은 사람들의 모습에서 눈을 떼지 않았다.
"나랑…… 결혼할래?"
"네?"
생각지도 못한 말이었다. 클로이는 휘둥그레진 눈으로 트리거를 돌아보았다. 왜 제게 이런 말을 하는 걸까, 이해할 수 없었지만 일단 들어 보기로 했다.
"말했다시피…… 난 여자에겐 어떤 이성적인 감정도 느끼지 않으니까 네가 걱정할 만한 일은 없을 거야."
클로이는 작게 고개를 끄덕였다.
"우리 집은 형이 있으니 나는 자식을 낳아야 할 의무도 없어."
귀족 가문은 아니지만 어느 집이든 부모는 자식이 대를 잇기를 원한다. 이를 원치 않는 자식들은 그저 고달팠다.
"너와 결혼하면 아마 부모님께 한 소리 듣기야 하겠지만 평생 누군가 내 비밀을 캐낼 위험도 없을 테고…… 여자와 결혼하라는 지긋지긋한 잔소리에 시달리지도 않겠지."
꽤 오랫동안 생각해 왔던 듯, 트리거는 담담하고 조용하게 말을 이어 나갔다.
"대신 넌 어디 팔려 갈 걱정 없이, 네가 원하는 일을 자유롭게 할 수 있어."
그는 불안감을 달래려 땅에 있는 흙을 쥐었다 놓았다 했다.
"난 세리머니가 끝나면 약속된 만큼의 땅을 받을 테니 너도 먹고 살 걱정할 필요 없고……."
트리거는 어느 때보다도 진지한 얼굴이었다.
"우리 부모님과 형은 최대한 안 보고 살 생각이야, 나는."

그 또한 쉽게 꺼낸 말이 아니었다.

'결혼이라.'

조용히 듣고 있던 클로이는 그의 제안이 나쁘지 않다고 생각했다. 어차피 서로가 서로를 사랑하는 정당하고 아름다운 결혼은 할 수 없을 터였다.

'그런 결혼은 귀족 영애도 못해.'

하물며 그녀는 세리머니가 끝나면 다시 에반 쿠피히트 가문의 노예로 돌아가야 했다. 아무리 호르헤에게 인정을 받았다 해도 만약 쿠피히트 가문에서 그녀를 팔고자 한다면 다시 누군가에게 팔려가야 하는 것이다.

만약 트리거와 결혼을 한다면? 그는 지참금을 명목으로 쿠피히트 가문에서 자신을 사 올 것이다. 그의 말대로 여자에는 관심 없는 사람이니 불쾌한 관계를 요구받지도 않을 것이다.

'트리거는 평생 나를 사랑할 수 없겠지만…….'

클로이는 사랑을 바라지 않았다. 그녀는 단 한 번도 무섭도록 진지한 사랑에 빠져 본 적이 없었다.

전생에서는 어렸을 때부터 내내 공부하며 남들과 경쟁하기 바빠 자신을 돌아볼 여유가 없었다. 나이가 들고 여유가 생기자 그때는 다른 사람을 사랑할 만큼의 용기가 없었다. 사랑은 자신의 방어를 허물고 많은 것들을 보여 주어야 했다. 인간관계에서 이미 너무 많은 상처를 받아 단단해진 껍질을 가진 채로는 그 누구도 쉽게 마음에 들일 수 없었다.

게다가 서로의 진심을 보여 주고 상대를 받아들이며 공유하기에는 전생의 삶이 너무도 바빴다. 호감으로 시작된 관계는 있었지만 그것을 이어 나가 볼까 할 때쯤 그녀는 죽고 말았다.

전생의 기억을 가진 채 다시 태어나서의 이성 관계는 그녀에게 어렵지 않았다. 길버트를 참고 살았던 것도, 안타깝지만 이 사회에서 빈번히 일어나는 일이라고 여겼을 뿐이다. 도망쳤다면 왕가의 이름을 더럽혔다고 죽임당했을 테니까. 그렇게 죽는 것보단 참고 사는 게 나았다. 그래서 클로이는 이성을 매력적이라고는 생각하면서도 쉽게 사랑에 빠질 수가 없었다.

'나쁘지 않은 것 같은데…….'

클로이는 트리거의 제안이 사실 꽤 괜찮다고 생각했다.

'그리고 난 불임일 수도 있잖아.'

매달 찾아오는 생리도 일정했고 그녀는 스스로 생각하기에도 건강한 몸이었다. 하지만 아무리 건강하다 한들, 불임 여부는 모르는 일이었다. 현대에서도 이를 정확히 알기 위해서는 복잡한 검사가 필요했고, 완벽한 치료 역시 보장되지 않았다.

게다가 2년간 계속된 길버트의 호된 질책에 클로이는 정말로 자신이 불임일지도 모른다고 의심했다. 길버트가 하는 말은 거의 세뇌에 가까웠으니까.

'나는 아내로서 남편에게 사랑받고 살지 못할 거야. 이 사회에서는.'

하지만 괜찮다. 상관없다. 클로이는 어쨌거나 자신을 사랑했다. 자신을 향한 사랑 역시 사랑이 아닌가? 노예로 태어났어도 그녀에게는 소중한 목숨, 삶이었다. 꼭 남편에게 사랑받아야 행복하게 살 수 있는 것도 아니다. 노예인 만큼, 사람으로서 행복하게 살면 천만다행이다.

그런데 문득…… 좋은 사람을 만난다면 결혼을 할 수도 있겠다고 대공에게 대답했던 일이 떠올랐다. 하지만 그 '좋은 사람'이 과연 노예인 자신에게 진지한 관계를 생각하고 청혼을 할 수 있을까. 신분이 가장 중요한 이 사회에서. 게다가 처녀도 아닌데. 피식 웃음이 나왔다.

스스로의 처지를 비관하고 싶진 않지만 내심 아쉬웠다. 그녀는 자신에게 가끔 설레는 눈빛을 보이던 알렉산드로를 떠올렸다. 그리고 부질없는 생각은 곧장 접혔다.

'그는 그와 맞는 여자와 결혼을 하겠지.'

그는 이미 약혼녀도 있는 데다, 자신에게 그 어떤 말도 하지 않았다. 답은 충분했다.

"……좋아요."

클로이는 두 번 다시는 길버트와의 결혼 생활 같은 끔찍한 기억을 갖고 싶지 않았다. 먼저 자신을 팔아서 얻는 게 자유라면, 이 정도면 충분히 괜찮은 장사라고 생각했다.

"그럼 내가 부단장님께 말씀드릴게. 세리머니가 끝나고 그렇게 하겠다고."

"허락해 주실까요?"

클로이는 걱정스럽게 물었다. 그러자 트리거는 피식 웃었다.

"아니면 아론 님께 말씀드려도 되고. 나는 그분과 꽤 친분이 있는 사이라서, 별로 문제는 없을 거야."

그녀는 곧 트리거가 마구간에서 아론의 말을 그녀에게 전해 왔던 일을 떠올렸다. 아마 몇 번 얼굴을 보고 했으니 잘 아는 모양이었다.

'부단장님도 반대할 것 같진 않아.'

그들은 매일 에반을 보고 인사했다. 아주 가끔, 에반이 자신을 오랫동안 주시한다는 느낌을 받긴 했지만 트리거의 부탁이라면 거절하지 않으리라고 짐작했다. 트리거는 꽤 오랫동안 대공을 모셔왔던 마부니까.

'내가 왕녀였다고 밝혀야 할까?'

고민스러웠다. 이제 와서 말하기엔 너무 늦은 게 아닌가 싶기도 하고, 트리거 앞에서 보였던 수많은 추태가 떠올라 부끄러웠다.

'고작 2년 왕녀로 살았고, 나머지 23년은 노예로 살았는걸.'

심지어 왕녀일 때조차 왕족으로 제대로 대우받지도 못했다. 오히려 더 서럽게 눈칫밥을 먹었다. 정통성을 가지지 못한 반쪽짜리 왕족이란 그런 존재였다.

'트리거는 내게 모든 걸 다 말했어.'

고민하던 클로이는 힘겹게 입을 뗐다.

"말씀드릴 게 있어요."

"뭔데?"

트리거는 대수롭지 않게 클로이를 돌아보았다. 이미 허락을 얻은 그는, 그녀의 어떤 요청도 감당할 자신이 있었다. 그에게 클로이와의 결혼은 구원이나 다름없었다. 결혼을 하면 그는 자연스럽게 부모님의 집에서 독립할 수 있었다. 자신의 비밀을 공유하고 있는 사람은 그 존재 자체로 그에게 든든한 위안이 되었다. 그래서 트리거는 클로이가 편안했다.

"놀라실 수도 있는데……."

이번에는 반대로 클로이가 쉽게 입을 떼지 못했다. 트리거는 의심하고 있던 걸 그녀에게 먼저 묻기로 했다.

"너 혹시 대공님과 그렇고 그런 관계냐?"

그러자 클로이가 놀란 토끼 눈을 하고 그를 돌아보았다.

"무슨 말씀이세요! 제가 어떻게 감히 그분과……."

"그럼 뭔데?"

다른 변명은 듣기 싫다는 듯 클로이의 말을 잘라먹은 트리거는 재촉을 하기 시작했다.

"아, 뭐냐고! 얼른 좀 말해 봐!"

"저 사실은 엘파사에서……."

"귀족이었냐?"

클로이가 크게 경악한 표정으로 트리거를 바라보았다. 귀족은 아니고 왕족이었는데, 그걸 어떻게 알았지?

"그럼 세상에, 글을 읽고 쓰면서 너처럼 자유자재로 종이에 글자를 휘갈기는 평민이 많은 줄 알아?"

트리거는 피식 웃고는 말을 덧붙였다.

"다만 워낙에 거지같이 하고 다니니까 다들 설마, 설마 하는 거지. 너같이 거지 같은 귀족이 어디 흔하겠냐고. 찾으려야 없을 거다."

클로이는 웃음을 터뜨렸다. 이 정도면 왕녀였다는 사실을 들키지 않기 위해서 노력한 보람이 있는 셈이었다.

"저 엘파사에서 23년간은 노예로 살았어요."

그러자 트리거가 놀란 표정을 지었다.

"그리고 왕족으로 2년 동안 살았고요."

트리거는 정말로 놀란 듯 입을 다물지 못했다. 귀족과 왕족은 엄연히, 천지 차이로 달랐다.

"너, 너어……."

손가락질까지 하며 그가 말을 잇지 못하자 클로이는 급하게 덧붙였다.

"제발 누구에게도 말하지 마세요. 아무도 모르는 비밀이에요. 트리거 님을 믿고 말씀드리는 거예요."

하지만 트리거가 놀란 이유는 그녀가 왕족이었다는 사실이 아니었다.

"너 그럼 스물다섯 살이야?"

날카로운 비명 같은 그의 외침이 튀어나왔다.

'내가 한 번도 말한 적 없나?'

클로이가 조심스레 고개를 끄덕이자 트리거가 손으로 얼굴을 감싸 안았다. 그야말로 혼란스러웠다.

"맙소사. 나보다 여섯 살이나 많은 여자랑 결혼을 한다니……."

클로이는 아무런 말도 할 수 없었다. 전혀 다른 이유로 절망하는 그를 보니 뭐라고 위로의 말이 나오지 않았다. 그는 꽤나 충격인 듯했다. 그녀가 왕족이었다는 사실은 안중에도 없었다.

'다행이라고 해야 할지, 참.'

"땡잡은 줄 알아, 너."

이윽고 다시 장난스러운 트리거의 목소리가 들려오자 클로이는 작게 미소 지었다.

"근데 운도 좋다. 패전국의 왕족들은 보통 다들……."

트리거는 클로이의 눈치를 살피며 조심히 말끝을 흐렸다. 제국은 평화로운 방법으로 독립국들을 흡수하지 않았다. 패전국의 왕족은 무조건 처형이었다. 알리시아 왕녀의 비참한 죽음을 눈앞에서 목격했던 클로이는 자신이 정통성을 가지지 못한 게 그때 처음으로 위로가 되었다. 왕궁에 대롱대롱 매달려 있던 왕과 다른 왕녀들의 머리를 떠올리자 등골이 서늘했다.

'대공님이 그런 사람이었지.'

오랜만에 다시 그때의 알렉산드로를 떠올린 클로이는 자기도 모르게 부르르 몸을 떨었다. 그는 그만큼 잔혹한 기사였다.

"저는 정통성이 없는 왕녀라서 살아남을 수 있었어요. 보시다시피 백금발도, 파란 눈도 아니잖아요."

클로이는 씁쓸하게 웃었다. 그것은 클로이가 가진 일종의 주홍글씨나 다름없었다. 정통성이 없는 왕녀, 그래서 버려진 반쪽짜리. 결국엔 그런 이유로 살아남았으니 천만다행이었다. 기막힌 운명이었다. 한 치 앞도 내다보기 어려운 게 삶이라고 했던가…….

"너도 고생 많이 했겠네."

묵묵히 그녀의 말을 듣던 트리거가 툭 내뱉었다. 성의 없는 말투였지만 클로이는 그의 진심이 느껴졌다. 순간 그녀는 저도 모르게 울컥했다.

아무도 모른다. 그녀는 살아남기 위해 매일같이 노력해 왔다. 분명 주어진 하루하루는 감사했지만 그렇다고 해서 노예로 살아가는 날들이 마냥 즐거운 것은 아니었다. 그녀의 자존심을 짓밟는 이들은 하루에도 몇 명이나 있었다. 그럼에도 그녀가 자신을 잃지 않을 수 있었던 건, 전생에서의 삶 덕분이었다.

살아남기 위해서. 다시 주어진 귀중한 삶을 위해서.

"너나 나나, 우리 이제…… 자유롭게 살자."

그의 나직한 목소리는 클로이가 고생하며 살았던 날들을 알고 있다고 위로하는 것처럼 들렸다. 조용하지만 큰 다짐을 하는 듯했다. 자유롭게 살자. 그렇게 살 수 있으리라는 확신 또한 느껴졌다.

'어쩌면 마지막 기회일지도 몰라.'

어느덧 어둑해진 사위는 저녁 시간이 끝나 감을 알렸다. 클로이는 자리에서 일어났다. 대공이 만찬이 끝나고 돌아올 시간이었다. 트리거도 자리에서 일어나며 엉덩이를 털기 시작했다.

그때였다. 푸스슥, 그들의 뒤에서 나무가 움직이는 소리가 들려왔다.

"……!"

트리거는 재빨리 고개를 돌렸다. 분명 사람이 아니면 몸집이 큰 동물이 움직여야 날 법한 소리였다. 클로이는 불안한 얼굴로 트리거의 시선을 쫓았다. 그리고 그 소리는 계속해서 움직였다. 사람이든 동물이든, 도망치고 있는 게 분명했다. 트리거는 얼른 자리에서 일어나 소리가 난 곳을 쫓기 시작했다.

'사람이다!'

뒤를 따라가자 사람이 수풀을 헤치고 간 자국이 그대로 남아 있었다. 트리거는 열심히 달렸다. 누군가 클로이의 비밀을 발설할까 염려되어서였다. 그녀 역시 열심히 그의 뒤를 쫓았다. 이윽고 도망가던 이의 체력이 떨어지는지 마침내 뒷모습이 보이기 시작했다. 어려 보이는 게, 소년 같았다.

'거지 아냐?'

열심히 뒤쫓으면서도 보이는 것은 다 해지도록 낡은 옷과 신발이었다.

"거기 멈춰, 당장!"

트리거는 거칠게 소리쳤다. 소년은 손에 잡힐 듯 잡히지 않았다.

"아윽!"

그러던 중 트리거는 돌부리에 걸려 심하게 넘어지고 말았다. 무릎이 쓰라려 왔지만 그는 지체하지 않고 벌떡 일어났다. 하지만 사방을 둘러봐도 아무 소리도 들리지 않았다. 한참을 달렸는데, 금세 놓쳤다.

"제길!"

수상한 소년이 하는 모양새를 봐서 그는 이 야산의 지리를 잘 알고 있는 게 분명했다. 트리거는 분한 마음에 발을 굴렀다.

"아!"

조심성이 없었던 탓에 무릎이 굉장히 아팠다. 이 몸으로 그를 뒤쫓기엔 이미 그른 것 같았다. 트리거는 그냥 돌아가야겠다고 말하기 위해 클로이를 찾았다.

"클로이……?"

그런데 자신의 뒤를 따라오는 듯했던 그녀가 없었다. 사방은 고요했다. 그는 망연자실한 얼굴로 다시 주저앉고 말았다.

"클로이!"

퍼억!

트리거는 날아온 대공의 주먹에 몸을 가누지 못하고 쓰러졌다.

그는 할 말이 없었다. 명백한 자신의 잘못이었다. 알렉산드로는 그에게 다른 시녀도 대동해서 함께 산에 가라고 했지만, 트리거는 아무도 데려가지 않았다. 클로이에게 결혼 얘기를 하기 위해서. 물론 그는 대공에게 이런 사실도 말하지 않았다.

"네가 미쳤구나."

알렉산드로는 살벌하게 말했다.

"네 처벌은 클로이를 찾고 생각해 보겠다."

우선은 야산에서 길을 잃은 그녀를 찾는 것이 급선무였다. 알렉산드로는 모든 이들을 대동해서 야산을 샅샅이 뒤지라고 명했다. 그리고 그 또한 얼른 칼을 들고 산으로 향했다.

연회가 시작된 직후라 안테노르 공작은 어리둥절했다. 그는 내일 아침, 날이 밝으면 찾는 게 어떻겠냐고 제안했지만 알렉산드로는 들은 척도 하지 않았다. 기사단의 다른 시종과 기사들은 연회를 멈추고 야산에서 클로이를 찾는 일에 기꺼이 동참했다.

"각하, 즉시 횃불을 만들어 오겠습니다."

몇몇 기사들이 말했다. 그들은 클로이를 동료라고 생각했다. 몇몇은 행군에서 부상을 입거나 하면 때때로 클로이의 도움을 받았다. 그녀는 부목을 만드는 데 굉장히 능숙해서 다리를 삐끗하거나 하면 무조건 클로이를 찾았다.

"어이, 혹시 산에 불이 번지면 혼자 있는 그 애가 더 위험해질지도 몰라."

다른 기사가 반대하며 말했다. 불이 있으면 확실히 찾기는 수월할지 몰라도 혹시 모를 위험이 존재했다. 기사는 심각한 얼굴로 말했다.

"내가 뿔고둥을 불어 위치를 알리겠다. 야생 동물이 있을지 모르니 다들 칼을 가져가자고!"

그는 대공의 하녀를 자주 보는 기사들 중 한 명이었다. 클로이의 이름은 몰랐지만, 누구보다 눈에 띄는 작은 소녀는 가끔 야생 동물을 다 같이 잡아먹고 단체로 배앓이를 할 때면 배시시 웃으며 이름 모를 약초를 내밀고는 했다. 그러면 귀신같이 설사가 멎었다. 그에게는 그녀가 평민인지, 노예인지 하는 시끄러운 말들은 중요하지 않았다. 그녀는 자신과 평생을 추억할 이 여정을 함께하는 동료 중 한 명이었다. 중요한 것은 그녀가 입은 거지 같은 옷이나 이상한 머리색이 아니었다.

모두가 한마음이었다. 세리머니라는 추억을 함께 나누던 동료로서 한마음으로 꼭 그녀를 다시 찾기를 바랐다.

알렉산드로도 한시가 급했다. 날은 점점 어두워졌다. 저 야산에서 혼자 길을 잃고 떨고 있을 클로이를 생각하니 그는 머릿속이 하얘지는 기분이었다. 게다가 야산은 단순히 동산이 아니었다. 정원의 구석부터 이어진 야산은 산맥으로 통하는 길목이었다. 큰 야생 동물이 있을지도 모르는 일이었다.

"일단 내가 앞장서겠다."

그 말에 안테노르 공작은 어안이 벙벙했다.

'그깟 노예 하나 가지고 왜 저렇게 난리인 거지?'

알렉산드로가 난리를 치기에 조용히 들어 보니, 겨우 그가 데리고 다니는 노예가 한 명 사라졌다는 것이었다.

'설마 소문의 그……?'

의아해하던 안테노르 공작은 순간 머릿속을 스쳐 가는 인물이 한

명 있었다.

'대공이 저렇게 앞장서는 걸 보면 정말 그 소문이 사실은 사실인가 보군.'

시종들과 시녀들이 이야기하던, 소문의 그 소년이었다.

"날이 늦었으니 대공님께서는 일단 성에서 기다리시는 게……."

"내가 가야 한다."

예상대로 알렉산드로는 단호하게 말했다. 그리고 적절하게 사람들을 배치한 뒤, 그가 먼저 앞장서기 시작했다.

어두워지자 나무들이 우거진 산은 제대로 걸을 수 없을 만큼 험악해졌다. 어느 정도 산속으로 들어가자 그를 뒤따르던 이들은 자연스레 그와 거리가 벌어졌다. 그는 철저하게 혼자가 되었다.

"클로이—!"

그가 목청껏 이름을 불렀지만 들려오는 대답은 없었다. 하지만 그는 지치지 않았다. 얼마나 앞서서 산을 올랐는지 자신의 발걸음 소리와 메아리 소리 말고는 다른 이들의 기척도 들리지 않았다.

'제발 살아만 있어라.'

알렉산드로는 오직 그것만 생각했다. 그녀가 살아만 있다면 그는 그 어떤 욕심도 부리지 않겠다고 다짐하고 또 다짐했다.

"클로이—!"

아직 미안하다고 사과조차 하지 못했는데. 내가 저질렀던 많은 일들, 네 인생을 짓밟아 버린 일들이 결코 고의는 아니었다. 너를 만나고, 네 불행과도 같은 처지를 지켜보며 내 삶을 얼마나 후회했는지 모른다…….

"클로이—!"

그의 목소리가 갈라졌다. 지치거나 피로해서가 아니었다. 알렉산드로의 가슴속부터 뜨거운 무언가가 올라오기 시작했다. 그의 흉부를 압박하는 뜨거운 기운이 목구멍까지 차올랐다. 열이 머리 끝까지 올라오는 것 같았다. 눈시울이 뜨거워졌다.

그는 절대로 눈물을 보이지 말라고 교육받았다. 그의 어머니, 소피아가 죽었던 그날도 그는 눈물을 삼켰다. 어린 알렉산드로는 당시 그 일이 언젠가는 찾아올 불행이었음을 짐작하고 있었다. 평생을 미워하던 어머니가 차라리 없었으면, 하고 바랐던 날들도 수없이 많았다.

'하지만 클로이는 아니야.'

그는 단 한 번도 그녀가 사라지리라고는 상상도 하지 않았다. 만약 그녀를 두 번 다시 보지 못한다면……. 모든 게 자신의 잘못이고 책임이다.

수도 기사단에서 조용히 살고 있었을 그녀를 자신이 세리머니에 데려왔다. '널 죽이겠다'고 몇 번이나 말했다. 기억하는 바는 두 번이지만, 어쩌면 자신이 모르는 새 또 있을지도 모른다. 클로이가 말하기 전까지, 그녀를 마구간에 가둬 뒀던 일도 기억하지 못했다. 알렉산드로는 철저하게 무심하고 이기적인 자신의 기억이 부끄러웠다.

'아직 미안하다고 사과조차 하지 못했는데…….'

후회로 얼룩진 뜨거운 감정이 그의 두 눈 가득 차올랐다.

"클로이—!"

그는 얼른 한탄을 삼켰다. 이럴 때가 아니다.

'그녀를 찾아야 해.'

반드시 살아 있을 것이다. 그래야만 한다. 다시 갈라진 목소리로 힘차게 그녀를 불렀다.

"클로이—!"

바로 그때였다.

"자그마한 그 아가씨를 찾는 거요?"

웬 노파의 목소리가 옆에서 들려왔다. 그는 당장 칼을 뽑아 들었다. 얼마나 정신을 놓고 있었는지, 사람의 인기척조차 몰랐다.

"그녀를 보았나?"

"당신은 그 아가씨의 연인이오?"

"지금 어디에 있지?"

"허허, 맞는가 보구먼. 아가씨는 지금 내 거처에 있어요. 함께 갑시다."

알렉산드로는 노파를 자세히 살폈다. 어두워서 아주 자세히 보이진 않았지만 낡은 옷을 입고 있는 노파는 행색 때문에 초라해 보였지만 기품이 있는 말투를 사용했다.

"그녀는 안전한가?"

"다친 데 없이, 안전하게 잘 있어요."

그는 노파가 아무런 저항도 할 수 없는 노인이라는 사실을 알아차렸다. 당장 칼을 거두고 노파의 뒤를 쫓기 시작했다. 그런데 노파는 노인이라고 생각해도 너무 느리게 걸었다. 마음이 급해서일지도 모르지만, 알렉산드로는 속이 터질 지경이었다.

"더 빨리 갈 수는 없나?"

이미 클로이가 없어지고 많은 시간이 흘렀다. 어느덧 자정을 훌쩍 넘겼을 것이다. 시커먼 숲속에서 혼자 있을 그녀를 떠올리니 조급해졌다.

“좀 서둘렀으면 좋겠는데.”

“사방이 어두워서 보이지가 않아 그러니 젊은 사람이 이해를 좀 해 주시오.”

“얼마나 더 가야 하나?”

“글쎄, 내가 한 시간쯤 걸어 나온 것 같은데 말이오.”

“실례하지.”

대답을 들은 알렉산드로는 노파를 번쩍 둘러멨다. 당황한 그녀에게서 비명 같은 소리가 튀어나왔다.

“아이고! 내려놓으시오! 아이고, 이 버릇없는 놈 같으니!”

노파는 화가 났는지 들고 있던 나무 막대기로 그를 내리치기 시작했다. 하지만 알렉산드로는 꿈쩍도 하지 않았다. 노파가 가던 방향으로 뛰어가듯 몸을 움직이기 시작하자 노파는 곧 포기했다. 대신 그녀는 살벌한 욕을 내뱉기 시작했다.

“네 억양이 이곳 사람이 아니구나, 이 무례하고 무식한 것! 당장 나를 내려놓지 못해! 이 못 배워 먹은 놈!”

물론 그는 들은 척도 하지 않았다. 평소라면 절대로 하지 않았을 행동이지만 지금은 마음이 너무 급했다. 어느 정도 나무를 헤치며 가다 보니 그의 눈에 사람이 다닌 흔적이 보이기 시작했다. 이런 곳에 사람의 왕래가 보인다니, 수상했지만 알렉산드로는 깊게 생각하지 않았다. 그보다 급한 일이 눈앞에 있었다.

“이 산 도적 같은 놈! 그 아가씨가 아깝다, 이놈!”

노파의 목청은 젊은 사람이라고 해도 믿을 수 있을 것 같았다. 기운은 없어도 기세는 충분했다.

"네 이놈! 나를 누구로 알고!"

그는 여전히 아무런 대꾸도 하지 않았다. 일단 맞는 길 같았다. 하지만 흔적은 정확히 한 방향이 아니었다. 노파가 아는 정확한 길로 가야 했다.

"감히 이 줄리아 맥코웰의 몸에 손을 대느냐!"

그 순간 그의 발걸음이 뚝 멈췄다.

"이 쌍놈의 자식!"

알렉산드로가 정확히 아는 이름이었다. 줄리아 맥코웰.

'……죽은 게 아니었나?'

믿을 수가 없었다. 그는 줄리아 맥코웰이 누구인지 알고 있었다. 한 번도 만나 본 적은 없었지만 그녀의 이름과 존재는 분명히 알았다. 노파는 바로, 죽은 친모의 자매였다. 정상적인 관계였다면 이모가 되었을 사람.

알렉산드로는 얼른 그녀를 내려놓고 얼굴을 살피기 시작했다. 놀랍게도 그의 기억 속 어머니의 일부가 어렴풋이 노파에게서 보였다. 쿵, 심장이 내려앉았다. 맙소사…… 믿을 수 없는 일이었다. 노파는 땅에 다리가 닿자 곧 몸을 정돈하기 시작했다. 그리고 들고 있던 지팡이로 사정없이 알렉산드로를 때리기 시작했다.

"아이고! 이 못 배워 먹은 놈! 그 아가씨한테 네놈 같은 무뢰배를 데려갈 순 없지!"

그는 몸을 피할 정신도 없었다. 당연히 죽은 줄로만 알았던 외가 친척이 이렇게 버젓이 살아 있을 줄은 꿈에도 몰랐다. 게다가 전혀 예상치 못했던 상황에서 마주친 것이다.

'맥코웰 일가는 반역죄로 전부 몰살당했을 텐데?'

반역죄는 사실 없었다. 자칫 자신의 권력을 빼앗길까 두려웠던 던칸은, 소피아의 일로 사이가 틀어진 맥코웰 가문을 멸문시켰다. 맥코웰 가문은 당시 제국에서 가장 오래된 역사를 가진 최고 명문가였다. 황제의 자리를 꿈꾸던 던칸과 척을 져 버린 공작 가문은 위험 요소에 불과했다. 결국 반역죄라는 누명으로 시작된 척결은 당시 고위 귀족들이 쉬쉬하는 비밀이었다.

줄리아 맥코웰은 그의 어머니 형제 중 장녀였다. 하지만 끝까지 미혼으로 남아 맥코웰의 성을 가졌기 때문에, 당연히 죽었어야 할 인물이었다. 왜 명문 공작가의 장녀가 끝까지 미혼으로 남았는지 그 이유는 정확히 알려지지 않았지만 이상한 일이니만큼 모두가 알고 있었다. 물론 알렉산드로는 한 번도 만나 본 적이 없었다. 그는 어머니와도 살갑지 못했기 때문에, 외가 친척과도 당연히 왕래가 없었던 것이다. 그로서는 전 맥코웰 공작령이었던 이 지역도 첫 방문이었다.

여전히 사나운 기세로 그를 때리던 줄리아 맥코웰은 이내 지팡이를 잡아 던진 알렉산드로 때문에 몸을 비틀거렸다. 잠시 몸을 가누지 못하던 그녀는 급하게 숨을 고르기 시작했다.

"쿨럭, 쿨럭!"

줄리아 맥코웰의 기침 소리는 그가 얼핏 듣기에도 심상치 않았다. 그녀는 온몸으로 숨을 내뱉듯 기침했다. 노파는 한참을 쿨럭거렸다. 곧 지팡이를 다시 주워 간신히 몸을 의지한 그녀는 지친 숨을 내뱉기 시작했다.

"네, 네놈 정체를 알아야…… 그 아가씨에게 데려다줄 테다. 아니면 여기서 나를 죽이고 가라."

줄리아 맥코웰은 거친 숨소리를 감추지 못했다. 하지만 그녀의 의지만큼은 약하지 않았다. 알렉산드로는 노파의 연약한 몸에서 나오는 기개에 놀랐지만 일단 중요한 것은 따로 있었다. 알렉산드로는 자신의 정체를 묻는 말에 당황하는 기색도 보이지 않았다. 그저 눈앞의 노파를 바라보며 담담히 대답했다.

"난 그녀의 남편입니다."

마치 준비된 답변처럼 입 밖으로 나온 말이었다. 스스로도 어떻게 이런 말이 나왔는지 놀라웠다. 거짓말을 좋아하진 않지만, 자신이 알렉산드로 그레이엄이라고 밝히고 싶지도 않았다.

'……위장일 뿐이다.'

여자를 찾는 선 그녀의 남편일 테니까. 그래, 그래서 이런 대답이 자신에게서 나왔을 것이다. 멋진 임기응변이었다.

"목소리가 하도 애처로워 예상은 했지."

노파는 어느 정도 알고 있었다는 듯 별일 아닌 것처럼 받아들였다. 하지만 덧붙여진 말이 그의 신경을 거슬렀다.

"아내가 도망을 가서 잡으러 온 게로군."

"……."

어떻게 얘기가 그렇게 되는 건지 그는 당황스러웠지만 잠자코 말을 듣기로 했다. 일단 클로이가 있는 정확한 장소까지 최대한 빨리 도착해야 했다.

"보아하니 아가씨를 강제로 끌고 와서 결혼을 했나 본데, 쯧쯧쯧. 사내가 얼마나 못났으면 그 아가씨가 도망을 갔을지 안 봐도 뻔해!"

크게 호통을 치는 노파의 말에, 알렉산드로의 미간에 깊은 주름이 잡혔다. 혹시 클로이와 결혼을 한다고 해도 그는 충분히 좋은 남편으로서 잘해 낼 자신이 있었다. 그는 결코 노파가 말하는 것처럼 무례한 남자가 아니었다.

"듣고 있자니 기분 나쁜 오해를 하고 계십니다."

어느덧 알렉산드로는 자신의 임기응변에 심취했다.

"그리고 우리 부부 사이는 당신께서 생각하시는 그런 부적절한 관계가 아니니 괜한 참견은 말아 주십시오."

"성격도 아주 한마디를 안 지는구먼. 네놈 의처증으로 아내가 도망간 건 아니고?"

알렉산드로는 대화를 나눌수록 불쾌했다. 의처증이라니? 어떻게 자신과 같이 명예로운 남자가 그런 저질스러운 의심을 받는다는 말인가! 목구멍에 답답한 무언가가 얹힌 듯했다.

"부부는 평생을 함께하기로 약속한 사이가 아닙니까? 저나 제 아내나 그 누구에게도 한눈을 팔거나 하지……."

하지만 그는 제대로 말을 마칠 수가 없었다. 눈앞에 모두에게 친절한 미소를 보내는 클로이의 얼굴이 스쳐 지나가고, 뒤이어 트리거, 토마스, 그리고 크리스의 얼굴이 두둥실 떠올랐다. 남자가 네 명이라는 점쟁이의 말도 메아리쳤다.

"후우."

한숨이 나왔다. 지금 이럴 때가 아니다. 시간이 더 늦기 전에 그는 클로이를 찾아야 했다.

"제 무례를 용서하십시오. 늦은 밤에 이런 야산에서 혼자 있을 아내가 걱정되어 추태를 보였습니다."

그는 정중하게 고개를 숙였다. 일단 노파의 협조가 필요했다. 그녀가 줄리아 맥코웰이라는 사실은 나중에라도 다시 생각해 볼 수 있는 문제였다. 여전히 미심쩍은 눈빛을 보내던 줄리아 맥코웰은 어쩔 수 없다는 듯 그에게서 뒤돌아 산길로 향했다.

"그 아가씨가 어디 있든 결국엔 찾아낼 사람 같으니 그냥 가는 거다."

"감사합니다."

그는 조용히 노파의 느린 걸음을 쫓았다. 마음 같아서는 다시 대충 둘러메고 방향만 알려 달라하고 싶었다. 하지만 클로이의 행방을 아는 유일한 사람인 노파의 기분을 상하게 하고 싶지 않았다.

게다가 이유는 모르겠지만 클로이를 마치 자신의 손녀처럼 보호하려는 모습을 보니 이상하게 기분이 나쁘지 않았다.

"솔직히 말해 봐. 네놈이 아가씨를 때려서 도망간 게지?"

"무슨 그따위 막돼먹은……!"

그는 차마 대꾸를 마치지 못하고 대신 깊게 숨을 들이마셨다가 내뱉었다. 분노가 치밀었다. 그 작은 몸을 어떻게 때릴 수 있단 말인가? 자신과 클로이가 그런 모습으로 보였다는 게 어이가 없었다. 도대체 생전 처음 보는 줄리아 맥코웰이 어떤 점 때문에 그런 생각을 하는지, 아주 기막혔다. 따지고 보면 자신은 노파의 조카였다.

"……절대 아닙니다."

"그럼 그 착한 아가씨가 왜 이런 첩첩산중으로 도망을 와?"

알렉산드로는 그제야 이해가 되기 시작했다.

'이 산에 숨어 사는가 보군.'

누구도 찾아올 것 같지 않은 야산에서 몰래 숨어서 10여 년이 넘는 세월을 살았으니 몸이 성할 리 없었다. 게다가 맥코웰 일가의 얼굴을 아는 영지민들 앞에 모습을 드러낼 수 없었을 것이다. 제대로 된 약도, 먹을 것도 구하지 못하고 이런 산속에서 홀로 살아왔을 노파가 골골대는 건 당연했다.

"아마 길을 잃었을 것입니다. 풀과 나무를 좋아하는 이라 산에 오르는 걸 즐겨 합니다."

"듣자 듣자 하니 거짓말을 술술 내뱉는군."

노파가 피식 웃으며 독설을 내뱉었다.

"그 아가씨는 분명 노예였어. 하지만 네놈은 귀족 냄새를 풀풀 풍기는데, 둘이 혼인을 했다니 그건 말도 안 되는 일이지."

알렉산드로는 날카로운 그녀의 지적에 역시 제국의 가장 오래된 역사를 가진 집안의 장녀답다고 생각했다.

"노리개로 데리고 놀다 도망을 가니 쫓아온 게 맞지?"

웬만하면 그냥 넘어가려고 했지만, 신경을 거스르는 말을 더는 들어 줄 수가 없었다.

"추리는 합당합니다."

"내 말이 맞는가 보군."

"하지만 이 산속에서 오랜 시간을 견디며 살아오신 분께서 왜 알량한 호기심에 목숨을 거시는지 모르겠군요."

담담하고 예의를 갖춘 말투였지만 입조심을 하라는 매서운 경고였다.

"내 불쌍한 아들 녀석 짝지어 줄 예쁜 아가씨도 찾았으니, 나야 지금 죽어도 여한이 없다, 이놈아!"

상상하기도 끔찍한 줄리아 맥코웰의 말에 알렉산드로는 그냥 조용히 입을 다물기로 했다. 만약 클로이가 있는 곳을 가르쳐 주지 않는다면, 그녀의 아들과 클로이가 단둘이 산속에 남겨지는 게 아닌가? 속이 부글부글 끓었지만 일단 클로이를 만나고 다시 생각하자고 스스로를 다독였다.

미혼으로 알려진 줄리아 맥코웰에게 아들이 있다. 그건 꽤 큰 문제가 맞지만 그의 관심은 온통 클로이의 안전이었다.

"네놈이 가진 더러운 성질머리 안 봐도 훤해. 그렇게 집착을 하니 아내가 도망을 가지, 으이고."

"……."

"불쌍한 아가씨 같으니. 어찌 그렇게 참한 아가씨가 저런 불곰 같은 놈한테 코가 꿰였는지. 쯧쯧."

"……."

그는 가만히 듣고만 있기로 했다. 꼬박꼬박 대답을 해 봐야 노파의 흥미만 돋우는 꼴이었다.

"남매가 쌍으로 성격이 이상해서 이거 큰일이구먼."

노파는 알 수 없는 말을 중얼거렸지만 그는 귀 기울여 듣지 않았다. 천만다행으로, 곧 작은 오두막이 눈앞에 나타났다.

'길을 모르는 사람이라면 절대 찾을 수 없겠군.'

이미 많은 인원이 산을 에워싸듯 하고 샅샅이 수색을 하고 있었다. 하지만 어느 순간부터, 알렉산드로는 전혀 그들의 소리를 들을 수 없었다. 그가 굉장히 깊은 산속에 들어왔다는 증거였다.

이미 시간은 새벽에 가까웠다. 산은 모두가 예상했던 것보다 굉장히 넓은 것 같았다. 노파는 여유로운 걸음으로 오두막의 문을 열었다. 끼익 소리와 함께 문이 열리자 한눈에 보이는 집의 내부는 생각보다 허술하지 않았다. 그의 시선은 당장 클로이를 찾기 시작했다. 하지만 아무리 둘러봐도 그녀는 집에 없었다.

"아니, 이 아가씨가 어디로 간 거야?"

노파는 클로이가 만들었을 게 분명해 보이는, 돌절구에 약초를 빻은 것을 이리저리 살펴보았다. 당장 무언가를 만들다가 오두막을 나선 듯 여러 가지 풀들이 주위에 너부러져 있었다.

"내 아내가 대체 어디에 있는 겁니까?"

알렉산드로는 불안감이 엄습했다. 안전하게 오두막에 있을 거라던 그녀가 없었다. 그가 주먹을 쥐었다 펴며 급하게 오두막을 둘러보기 시작했다. 혹시 그녀가 괴한에게 끌려가거나, 야생 동물을 만난 흔적이 남았는지 찾아야 했다.

"만약 거짓을 지껄였다면……."

그때였다. 벌컥 오두막의 문이 열렸고 노파와 알렉산드로는 당장 인기척을 확인했다. 클로이였다.

"어! 대……!"

알렉산드로는 한달음에 달려가 그녀를 품에 안았다. 곤두서 있던 온몸의 신경이 클로이를 마주하니 따뜻한 물에 녹듯 사르르 풀어지는 기분이었다. 알렉산드로는 두 팔에 안긴 작은 몸을 더욱 힘주어 끌어안았다. 그는 아무런 말도 할 수 없었다.

"흡."

너무 세게 안았는지 클로이가 짧게 숨을 삼켰다. 그는 그녀를 품에서 떼어 놓고 급하게 몸을 살피기 시작했다. 다행히 어디를 다치거나 동물에게 물리거나 하진 않은 것 같았다. 클로이의 얼굴을 두 손으로 감싸 안았다. 미묘한 표정으로 자신을 바라보는 검은 눈동자가 보였다. 아무래도 상관없었다. 알렉산드로는 신이 있다면 감사하다고 말하고 싶었다. 그는 당장 클로이의 이마에 입을 맞췄다. 이렇게 무사하게 있어 줘서 감사했다. 절벽에서 떨어졌다가 살아난 기분이었다.

다시 한번 클로이를 끌어안았다. 걱정이 당연할 만큼 작고 가녀린 몸이었다. 자신이 옆에서 지켜 줘야 했다.

"대공,"

"쉬이……."

그는 믿을 수가 없었다. 이 작은 여자가 이렇게나 자신을 뒤흔들다니. 하지만 아무래도 상관없었다. 아무리 자신의 감정을 들었다 놓았다 하며 힘들게 만들어도 클로이만 있다면 전부 상관없을 것 같았다. 품속의 그녀가 무슨 말을 하려는 듯 꼬물거렸지만 알렉산드로는 자신의 품에 있는 안도감과 평화를 조금 더 만끽하고 싶었다.

하지만 그의 바람은 오래가지 못했다.

"예끼, 버릇없는 놈, 못 배운 놈! 늙은이를 앞에 두고 부끄러운 줄도 모르는구나!"

호된 목소리가 들려오자 클로이가 허둥지둥 급하게 그를 밀어냈다. 클로이의 거센 저항에 알렉산드로는 아쉽게 그녀의 몸을 놓아주었다.

"죄, 죄송해요."

클로이는 남세스러워서 얼른 뜨거워진 얼굴을 가리려고 손으로 부채질을 했다.

"아가씨, 결혼한 지 얼마 안 되었소? 왜 저리 남편이 절절매는 게야."

"예? 남펴……."

"얼마 되지 않았습니다. 그동안 제 부인을 보호해 주셔서 감사드립니다."

부인……?

클로이는 막힘없이 거짓말을 내뱉는 알렉산드로를 멍한 얼굴로 바라보았다.

17. 맥코웰 가문의 비극

17. 맥코웰 가문의 비극

· · ◆ · ·

만찬이 시작되기 전에 트리거와 함께 야산을 찾았던 클로이는 길을 잃었다. 그녀의 잘못은 아니었다. 비밀을 털어놓고 다시 공작성으로 돌아가려던 중에 이야기를 훔쳐 듣던 누군가를 발견한 트리거는 열심히 그를 뒤쫓았다. 남자의 빠른 걸음을 따라잡기는 어려웠다. 클로이는 결국 그를 놓치고 말았다.

하늘은 점점 어두워졌고 산세는 생각보다 험해 보였다. 클로이는 괜히 움직여서 길을 헤매느니, 지나갔던 길목에서 트리거가 되돌아오기를 기다렸다. 하지만 트리거 또한 그들이 왔던 길을 헤매는지, 아무리 기다려도 오지 않았다. 결국 혼자 산을 내려가려던 클로이는 도중에 야생 동물을 만났고 뒤도 돌아보지 않고 줄행랑을 쳤다. 그러다 완전히 길을 잃고 말았다.

괜히 움직였다가 또 큰 동물을 만나거나 체력이 떨어질까 봐 날이 밝으면 움직이려고 했다. 망연자실한 그녀의 앞에 구원 같은 손길이 나타났다.
"길을 잃었소?"
클로이는 갑자기 들린 말소리에 기겁했다. 키가 큰 노인이었다. 이런 산속에서 이 늦은 시간에 저렇게 평온한 목소리로 자신에게 말을 걸어오다니.
'귀신인가?'
노인이 점점 다가오자 클로이는 본능처럼 주위에 있는 나뭇가지를 손에 들었다. 그걸 휘두를 생각이었다.
"아가씨, 괜찮은 거요?"
"귀, 귀신이세요?"
'얼마나 적응을 잘했으면 귀신한테도 존댓말이 나오네.'
두려움이 온몸을 지배하는 극적인 상황에 그녀는 어디까지가 현실이고 어디까지가 환상인지 헷갈렸다. 어쩌면 자신이 깜빡 잠이 들어 꿈을 꾸는지도 모른다.
"내가 물을 말이오, 아가씨. 죽은 이는 아니겠지? 이 산에서 낯선 사람을 본 지 워낙에 오래돼서."
"저, 저는 멀쩡히 살아 있는 사람인데요."
"나도 사람이오."
"정말이세요? 여긴 사람이 살 만한 숲이 영 아닌 거 같은데……."
"나는 이곳에 산 지 오래되었소. 이 신발을 좀 보시게."
노인이 클로이에게 발을 내밀자 직접 만든 것이 분명해 보이는 엉성한 신발이 눈에 들어왔다. 어두워서 자세히 보이진 않았지만 클로이는 그녀의 말을 믿을 수 있었다. 잔뜩 긴장했던 어깨가 축 내려갔다.

"저는 제국의 수도 기사단에서 단장님을 모시는 하녀예요."

제국에서 기사단은 모두에게 환영받는 존재였다.

"산속에서 길을 잃어서 그러는데, 어디로 가야 안테노르 공작성으로 돌아갈 수 있나요?"

신분을 먼저 밝혔으니 아마 자신을 해치거나 하진 않을 것이다.

"기사단의 단장이라……."

그런데 노파의 반응이 이상했다. 잠시 무언가를 생각하듯 침묵한 그녀는 곧 클로이의 옆에 자리를 깔고 앉았다.

"던칸 그레이엄인가?"

가벼운 물음이지만 클로이는 소스라쳤다. 감히 던칸의 이름을 부르는 이는 처음 보았다.

'이런 산속에서 오래 살았다니 두려운 게 없으신가 봐. 그건 부럽네.'

던칸의 호칭은 '그분' 혹은 '전하'였다. 클로이는 내색하지 않았다. 기분이 찜찜했지만 이 숲에서 그녀가 의지할 수 있는 사람은 당장 노파뿐이었다.

"아니요, 그분의 아드님이신 그레이엄 대공님이세요."

"알렉산드로? 그래, 시간이 참 빠르기도 하군. 올해로……."

잠시 생각하던 노파는 곧 말을 이었다.

"올해 스물다섯, 창창한 청년이겠구먼. 맞소?"

"예, 맞아요."

노인은 마치 알렉산드로를 아는 사람인 양 말을 했다.

"한 번 꼭 만나 보고 싶었는데……."

노파의 말투는 차분하고 담담했다. 이런 첩첩산중에서 사람들과 왕래 없이 살았으니 황제니 귀족이니 하는 신분에는 신경도 쓰지 않는 눈치였다.

“알렉산드로는 어떻소? 기사단의 단장이라니, 아가씨 생각하기에 걸맞은 사람이오?”

그러니 대공의 작위를 가진 알렉산드로를 저렇게 쉽게 말하는 것이리라. 그녀는 감히 노예인 자신이 쉽게 대답을 꺼낼 수 없는 질문을 턱 내놓았다.

“제가 어떻게 감히 그분을…….”

“아이고, 이 순진한 아가씨야. 우리 둘뿐인데 뭐 어떤가?”

하지만 답을 종용하는 노파의 말에 클로이는 곰곰이 생각에 잠겼다. 어차피 이 늦은 밤에 산을 내려가는 것은 무리였다. 분명 자신을 염려하고 있을 알렉산드로가 떠올랐지만, 그녀가 할 수 있는 일은 날이 밝으면 최대한 빨리 산을 내려가는 것뿐이었다. 그리고 노인은 길을 잘 아는 듯했으니 그녀에게 도움을 받아야 했다.

“……굉장히 대단한 분이세요.”

“그렇소?”

“네. 제국의 기사단장으로서 대륙을 통일하셨고, 높은 귀족가의 자제분이시고, 세상 모든 권력을 가지신 분인데…….”

클로이가 말을 멈추자 노파가 얼른 재촉했다.

“그런데?”

노파는 마치 자식 칭찬을 듣는 사람처럼, 들뜬 목소리로 계속해서 클로이를 재촉했다. 약간의 웃음기도 느껴졌다.

“그런데…… 겸손하시고 공평하세요. 저 같은 일개 하녀에게도 친절하시고요. 아직 나이도 많지 않으신데, 기사단의 모두가 그분을 존경하는 게 느껴져요.”

“…….”

“명예는 권력이나 돈으로도 살 수 없는 거잖아요. 명예로운 그 자리에 꼭 맞는…… 그런 분이세요.”

노파는 아무런 대답이 없었다. 무슨 생각을 하는지 먼 곳을 바라보듯 시선을 멀리 둔 그녀는 한참 동안이나 말이 없었다. 이윽고 노파는 지팡이에 몸을 의지한 채 몸을 일으켰다.

“……갑시다. 날이 밝으면 내가 영주의 성에 데려다주겠소. 내 집이 바로 이 근처요.”

노파의 걸음은 느렸지만 정확했다. 혹여나 발을 헛디딜까 조심하며 산길을 가는 게 느껴졌다. 그러던 중 돌연 그녀가 기침을 시작했다.

“쿨럭, 쿨럭, 쿨럭!”

그녀의 기침은 쉬이 멎지 않았다. 클로이는 걱정스러운 눈으로 바라보다 심하게 기침을 하느라 몸을 가누지 못하는 노파의 손을 잡고 부축했다. 간신히 기침을 멈춘 노파는 색색 힘겹게 숨을 쉬기 시작했다.

“기침을 언제부터 이렇게 심하게 하셨어요?”

“얼마 안 됐으니 걱정 마시오.”

“열이 나세요?”

“그냥 가끔 나는 기침이오. 갑시다.”

노파는 아무렇지 않은 척했지만 클로이는 그녀의 기침 소리가 심상치 않다고 생각했다. 그리고 그녀의 말처럼 둘은 금방 작은 오두막에 도착했다.

노파는 촛대에 불을 밝혔다. 클로이는 노파가 권하는 대로 자리에 앉았고 실례가 되지 않게 집 안을 둘러보기 시작했다. 그런 그녀의 눈에, 다발로 묶인 꽃송이들이 띄었다. 상태로 보아 얼마 되지 않은 듯했다.

"혹시 저 꽃은 장식용인가요?"

클로이는 그 꽃을 잘 알고 있었다. 손에도 잔뜩 묻어 나올 만큼 꽃가루가 많이 날리는 꽃이었다. 아름다운 만큼 독성이 강했다.

"그렇소. 보잘것없는 집이지만, 나도 여인인지라 저런 예쁜 꽃이 보기 좋거든."

"죄송해요, 그런 뜻은 아니었어요. 혹시 저 꽃을 가져온 이후부터 기침이 나온 건 아닌가 해서요."

클로이의 말에 잠시 생각하던 노파는 곧 생각났다는 듯 말했다.

"글쎄 그런 것도 같군. 하지만 내 아들 녀석은 괜찮은데……."

저 꽃가루로 인한 반응은 개인차가 심했다. 어떤 사람은 아무렇지도 않았지만 어떤 사람들은 죽을 듯이 기침을 하고 몸을 긁었다. 별것 아닌 것 같았지만 그대로 두면 폐렴으로 번질 수 있었다. 그녀는 다행히 독성이 강한 저 꽃가루를 중화시킬 약초의 조합들을 알고 있었다. 클로이는 차분하게 꽃가루의 증상과 개인차를 설명했다.

조용히 그녀의 말을 듣던 노파는 그녀가 설명한 약초들은 집 앞에서 금방 구할 수 있다며 오두막을 나갔다. 말 그대로 곧 돌아온 그녀는 약초들을 클로이에게 건넸다. 클로이는 절구에 약초들을 모아서 빻기 시작했다.

"이거 다 하면 달여 먹기에 좋은 약초도 알려 드릴게요."

그런데 갑자기 오두막의 문이 벌컥 열리고 아직 열두세 살로 보이는 어린 소년이 들어왔다.

"종손이라오. 내 친자식이라 생각하고 키우고 있지."

노파의 담담한 말과는 다르게 소년은 잔뜩 놀란 사람처럼 단번에 그들에게 달려왔다.

"큰일 났어요! 무장한 기사들이 산에 천지예요!"

소년은 다급한 목소리로 말했다. 하지만 노파는 놀라지 않은 눈치였다.

"당장 피해야 해요!"

대답 없는 노파가 답답했는지 소년은 발을 동동 굴렀다.

"피터, 너무 놀랄 것 없다."

노파는 음성만큼 차분한 걸음걸이로 오두막의 구석진 곳으로 향했다.

'설마…… 나를 찾으려고……?'

하지만 클로이는 곧 생각을 접었다. 이미 많이 늦은 시간에, 연회를 즐기고 있을 기사들이 고작 하녀 한 명을 찾기 위해 이 야산까지 들어왔을 리가. 노파는 오두막의 바닥을 손으로 짚었다. 갑자기 뭘 하는지 클로이는 노파가 하는 모습을 지켜보기 시작했다. 그녀는 바닥을 샅샅이 손으로 쓸다가 곧 힘을 줘서 내려쳤다. 흙바닥을 손으로 내리치고 있었다. 기괴한 모습이었다.

그러다 갑자기 몸을 일으켜 흙바닥을 세게 밟기 시작했다.

쿵!

무언가 내려앉는 큰 소리가 들렸다.

'대체 뭐지……?'

그저 흙이라고 생각했던 바닥이 내려앉았다. 누군가 흙바닥에 구멍을 파서 나무로 막은 뒤 다시 흙을 덮어 놓은 것이었다. 클로이는 침을 꼴깍 삼켰다.

갑작스러운 노파의 비밀스러운 행동에 그녀는 침묵을 지켰다. 노파는 그 속에서 얇은 책을 꺼냈다. 흙을 털어 내는 손길이 조심스럽기 그지없었다. 잠시 구슬픈 눈으로 그걸 바라보던 노파는 멍하니 서 있던 클로이를 불렀다.

"아가씨."

"예?"

노파는 곧 자신의 죽음을 예견한 사람처럼 결연했다. 클로이는 그녀의 분위기에 완전히 압도당했다.

"나는 세상에 알려지면 안 될 사람이라오."

"……!"

"지금 죽어도 여한은 없지만 저 아이가 성인이 될 때까지만 내가 옆에 있어 주고 싶소."

노파는 준비된 사람처럼 막힘없이 말을 내뱉었다. 클로이는 내심 경악했다. 여태 편안하게 대화를 해 왔던 노파는 완전히 다른 사람처럼 보였다.

"나는 지금 안전한 곳으로 떠날 거요. 내일 아침에 돌아와 아가씨를 성으로 데려다주겠소."

클로이는 안 그러셔도 된다고 말을 하기 위해 입술을 떼었다. 하지만 노파의 말은 끝난 게 아니었다.

"혹시 내가 돌아오지 않는다면."

노파의 시선이 단호했다. 입을 벙긋거리던 클로이는 그녀의 눈빛에 침묵을 지키기로 했다. 노파는 지금 약속할 수 없는 위로가 필요한 게 아니었다. 클로이는 노파가 죽음까지 불사했다는 사실을 본능적으로 알 수 있었다.

"이것을 알렉산드로에게 꼭 전해 주시오."

"네?"

생각지도 못한 말에 클로이는 자신에게 건네는 책을 함부로 받을 수가 없었다. 도대체 그와 무슨 사이이기에 이것을 전해 달라는 건지, 그리고 이 책은 또 무엇인지. 전혀 짐작이 되지 않았다.

"믿을 만한 사람인 것 같으니 아가씨에게 맡기는 거요. 부탁하오."

노파의 목소리는 흔들림이 없었다. 마치 이 일이 자신의 숙명인 듯, 꼭 해야만 하는 일을 하는 사람처럼. 스스로를 세상에 알려지면 안 된다고 말한 사람이 건네는 물건이었다. 의심스러웠지만 클로이는 노파가 알렉산드로에 관해 물을 때 어렴풋이 들었던 웃음기 섞인 목소리와 따스한 느낌을 믿기로 했다. 클로이는 결국 건네진 책을 받아 들었다.

"우리 대공님께 해가 가는 물건인 건 아니겠죠……?"

도저히 묻지 않고서는 그대로 받을 수 없었다. 걱정이 그대로 드러나는 클로이의 물음에 노파는 씩 웃었다.

"나 또한 그 아이가 오래도록 건강하고 행복하게 살았으면 하고 바라는 사람이라오."

클로이는 설마 노파가 말하는 '그 아이'가 알렉산드로를 뜻하는 건지 잠시 고민해야 했다.

'이 할머니 도대체…….'

노파의 눈빛은 맑았다. 자세히 보니 그렇게 늙은 것 같지도 않았다. 비록 낡고 해진 옷을 입고 있었지만 노파에게선 기품이 느껴졌다. 저 또렷한 눈빛을 마주하면 아무도 무시할 수 없을 것이다. 클로이가 책을 받아 들자 노파가 얼른 소년을 데리고 오두막을 나섰다.

"내가 다시 돌아오지 않는다면, 내일 산을 내려갈 때 큰 나무의 가지를 잘 확인해 보시오."

"가지요?"

"사선으로 부러진 것들을 따라가면 공작가 성이 아닌, 마을이 바로 나올 거요."

그렇게 노파는 소년과 함께 나갔다. 책을 옷 속에 단단히 감춘 클로이는 불안하게 오두막을 서성였다.

'어떡하지…….'

노파가 나간 이후 꽤 오랜 시간이 흐른 것 같았다. 하지만 도저히 앉아만 있을 수도 없었고, 마냥 노파를 기다릴 수도 없었다. 불안했다. 시간이 얼마나 지났을까. 클로이는 결국 밖으로 나가기로 했다.

기사들이 산에 있다니 어쩌면 그들과 만날지도 모른다는 생각에서였다. 하지만 오두막을 나와 걷다 보니 기사들은커녕 아무런 소리도 들리지 않았다. 그래도 더 길을 가려던 클로이는 곧 걸음을 멈췄다.

'이게 진짜 중요한 책이면 어떡하지……?'

노파가 자신에게 신신당부하며 대공에게 건네 달라던 책이 자신에게 있었다.

만약, 알렉산드로의 일생을 바꿀 그런 책이라면? 물론 그럴 리는 없겠지만 극적인 상황에 처한 클로이는 역시 극적인 상황을 가정했다. 만약 이대로 다시는 대공을 만나지 못한다면, 노파가 반드시 그에게 전해야 한다던 이 책을 그는 보지 못하는 것이다. 클로이는 몸을 돌려 다시 오두막으로 향했다. 차라리 아침이 밝길 안에서 기다렸다가 가는 게 나을 것 같았다.

그런데 오두막에 도착하자 나무판자 사이로 새어 나오는 환한 빛이 보였다.

'난 불을 다 끄고 나왔는데.'

누군가 오두막에 있다는 소리였다.

'어쩌면 할머니가 다시 돌아오셨는지도 몰라!'

반가운 마음에 얼른 오두막의 문을 연 클로이는 생각지도 못한 얼굴을 만날 수 있었다. 알렉산드로였다.

"어! 대……!"

반가운 마음에 그를 부르려고 했는데, 알렉산드로가 번개같이 다가와 클로이를 품에 안았다. 그 품은 그녀가 상상했던 것보다 훨씬 더 넓고 단단했다. 완전히 그의 가슴에 파묻힌 클로이는 꼼짝도 할 수 없었다. 더 이상은 그와 가까워질 수 없겠다고 생각했는데 알렉산드로가 더 바싹 그녀를 안아 왔다. 완전히 밀착된 몸에 그가 팔에 힘을 줘서 안으니 숨도 쉬기 불편했다. 옴짝달싹할 수도 없었다.

"흡."

짧게 숨을 삼킨 클로이는 자신의 귀로 들려오는 알렉산드로의 심장 소리에 얼굴이 뜨거워졌다. 그의 가슴이 정말 세차게 뛰고 있었다. 처음에는 작게 들렸던 고동 소리가 천둥처럼 온 사방에 울려 퍼지는 것 같았다.

'사람의 심장이 어떻게 이렇게 빨리 뛰는 걸까.'

그녀도 덩달아 두근거렸다.

각자 다른 박자를 가지고 있어서 온통 심장 소리밖에는 들리지 않는 것 같았다.

두근두근.

눈을 꾹 감았다. 그러자 절대로 부정할 수 없는 어떤 강력한 감정이, 이제는 마음으로 보이기 시작했다…….

다행히 알렉산드로가 먼저 그녀를 품에서 떼어 놓았다. 그는 어깨를 잡고 자신을 살피기 시작했다. 어디 다치지는 않고 멀쩡한지, 몹시 살뜰하게 자신을 살피는 다급한 얼굴이 눈에 들어왔다.

쿵.

눈을 마주치자 이름 없는 감정은 확신으로 다가왔다. 자신을 얼마나 걱정했는지 그 애처로운 마음이 표정에서 다 드러났다. 알렉산드로가 이렇게 속을 다 내보이기는 처음이었다. 바라보는 사람이 더 난감해서 그녀는 아무런 말도 할 수 없었다. 그의 감정의 실체를 온몸으로 확인하고 나니 클로이는 더 이상 기쁘지 않았다. 착잡하고 암담했다.

씁쓸한 마음이 오래가기 전에 그가 그녀의 얼굴을 두 손으로 감싸 안았다. 그의 큰 손이, 목덜미와 귀와 얼굴까지 와 닿자 클로이는 얼굴이 뜨겁게 느껴졌다. 다시 그와 눈이 마주쳤다. 반가움, 안도, 기쁨, 미안함, 슬픔까지. 알렉산드로는 온갖 감정을 담고 있었다. 그의 떨리는 눈동자가 클로이에게 전부 말하는 듯했다. 속내가 들여다보이는 듯이 그대로 읽혀졌다.

대공은…… 아무래도 자신을 진심으로 마음에 담고 있는 것 같았다.

클로이는 웃을 수도 울 수도 없었다. 놀라움은 두 번째였다.

'그렇게 단단해 보이던 남자가.'

세상에서 아무것도 두려울 게 없을 것 같던 그 무서운 남자가…… 자신을 앞에 두고는 당장이라도 무너져 내릴 것처럼 연약한 사람처럼 느껴졌다. 오롯이 저 때문이었다.

클로이는 알 수 있었다. 알렉산드로는 아무것도 숨기지 않았으니까. 도저히 숨길 수가 없는 것 같았다.

그가 자신의 이마에 입을 맞췄다. 얼굴에 닿은 그의 손이 미세하게 떨렸다. 여신에게 하듯 고귀한 것을 다루는 몸짓이었다.

'누가 나를 이렇게 만진 적이 있던가…….'

그 사실이 서글펐다. 이마에서 입술을 뗀 알렉산드로는 다시 몸을 안아 왔다. 그의 어깨에도 미치지 못하는 몸이 속수무책으로 딸려 갔다.

"대공,"

"쉬이……."

아무 말도 말라는 듯 그가 조용히 소리를 냈다.

"예끼, 버릇없는 놈, 못 배운 놈! 늙은이를 앞에 두고 부끄러운 줄도 모르는구나!"

노파의 목소리가 들려오자 얌전히 품에 안겨 있던 클로이는 손으로 그를 밀어냈다. 알렉산드로는 언제나 그랬듯 쉽게 밀려났다.

"죄, 죄송해요."

노파도 오두막에 있었다는 사실을 전혀 알지 못했던 클로이는 새삼 부끄러워졌다. 그의 품에 안겨 있던 게…… 싫지 않았다. 손으로 얼굴을 부채질하던 클로이는 다시 들려오는 노파의 말에 행동을 멈췄다.

"아가씨, 결혼한 지 얼마 안 되었소? 왜 저리 남편이 절절매는 게야."

그와 자신의 사이를 오해한 노파의 말에 클로이의 눈이 휘둥그레졌다. 감히 상상도 할 수 없는 일이었다. 그녀는 얼른 정정하고자 말을 꺼냈다.

"예? 남펴……."

그런데 그녀의 말을 자르고 알렉산드로가 말했다.

"얼마 되지 않았습니다. 그동안 제 부인을 보호해 주셔서 감사드립니다."

막힘없이 거짓말을 하는 알렉산드로를 클로이는 멍한 얼굴로 바라보았다. 부인이라니, 감히 자신이 어떻게 그와 부부 역할을 한단 말인가? 뭐라고 말을 하고 싶었지만 자신의 손을 꾸욱 잡는 그의 큰 손을 느낀 클로이는 입을 다물었다.

"젊음이 좋긴 좋은가 보구먼. 일단 날이 밝기까지 여기 있다 가게."

노파는 하나뿐인 침상을 가리키며 주섬주섬 담요를 챙겨 주었다. 멀뚱하니 그 모습을 보던 클로이는 상황을 파악하지 못하고 어리둥절했다. 여전히 그녀의 손을 꽉 붙든 손이 축축했다. 하지만 그는 손을 놓지 않았다.

"난 불을 좀 쬐야겠어. 나이를 먹으니 몸이 으슬으슬해."

그리고 노파는 주방으로 가서 벽난로에 불을 붙이기 시작했다. 완전히 클로이와 알렉산드로에게 등을 돌린 노파는 본격적으로 불씨가 붙자, 아예 의자까지 끌고 와서 자리를 잡고 앉았다. 노파와 둘 사이엔 꽤 거리가 있었다. 그리고 그녀는 둘을 전혀 의식하지 않는 듯 불이 지펴진 벽난로를 바라보며 기도를 하기 시작했다.

알렉산드로가 먼저 침상에 가서 앉는 동안 멍하니 노파를 바라보던 클로이는 문득 피터라고 불리던 소년을 떠올렸다.

'그 남자아이는 어떻게 하고 혼자 오신 거지? 참, 대공님을 아시는 건가? 그런데 왜 우리가 부부라고 말하신 거지?'

다소 급하게 오두막을 나서던 노파의 마지막 모습이 떠올라 의문이 끊이지 않았다. 하지만 걱정도 오래가지 못했다.

"앗!"

알렉산드로가 여전히 멀찍하니 서 있던 클로이의 팔을 잡아 이끌었다. 단숨에 침상으로 끌려간 클로이는 엉거주춤 그의 옆자리에 앉혀졌다.

"가까이 눕거라."

그가 낮은 목소리로 말했다. 그리고 먼저 침상에 눕고는 클로이의 어깨를 당겨 품에 안았다.

'헉.'

순식간에 그의 팔을 베고 눕혀진 클로이는 당장 코앞에 다가온 그의 얼굴에 숨도 제대로 쉴 수 없었다. 손으로 클로이의 머리카락을 쓸어 넘긴 알렉산드로는 귓가에 대고 속삭였다.

"내가 하는 대로 따라야 한다."

비밀스러운 작전을 말하듯 진지한 그의 목소리에 클로이는 고개를 끄덕였다. 노파는 여전히 의심스러웠다.

'대공님을 알고 있어.'

그리고 알렉산드로 또한 그녀가 모르는 무언가를 아는듯했다. 그렇지 않고서야 자신을 부인이라고, 그들이 부부라고 노파를 속였을 리 없었다. 긴장한 클로이는 침을 꼴깍 삼켰다. 매우 중요한 일이 틀림없었다. 그런데…….

'너무…… 떨려.'

그녀가 탐내던 잘생긴 얼굴이 바로 코앞에 있었다. 침실을 공유한 적은 몇 번 있어도 그와 한 침상에 누워 본 것은 처음이었다. 클로이는 이제야 그의 감정이 어디서 비롯됐는지 알 수 있었다. 게이인 줄 알고 했던 모든 친근한 행동, 막사를 같이 쓰거나 식사를 같이하는 등의 행동들이 시발점인 듯했다. 그게 아니라면, 도저히 이 남자가 자신에게 가지는 호감을 설명할 길이 없었다.

제국의 남자들은 키가 크고 가슴과 엉덩이가 큰 금발에 푸른 눈을 가진 여자들을 좋아했다. 하지만 그녀는 그중 어느 것도 가진 게 없었다.

'여자랑 가까이 지내질 않으시니까 내가 특별했나 봐.'

가까운 이성 친구에게 가끔 느끼는 설렘. 솜털같이 가벼운 그런 감정이리라 스스로에게 최면을 걸었다. 클로이는 팔을 가슴 앞으로 모았다. 너무 가까운 거리라 조금이라도 그와 틈을 두고 있으려는 생각이었다. 항상 만져 보고 싶다고 생각했던 그 몸이 빈틈없이 자신을 안고 있으니 그녀 역시 떨리기 시작했다.

알렉산드로는 이를 아는지 모르는지 클로이를 안은 몸에 힘을 주었다. 팔로 그녀의 머리를 괴어 주고 손으로는 어깨까지 끌어안았다. 다른 팔로는 허리를 바짝 끌어안았다. 마치 한 몸이 된 것처럼 조금의 틈도 없었다. 그의 입술이 클로이의 귓가에 닿았다.

"아침에……."

예고 없이 그가 입을 떼자 클로이가 몸을 움찔 떨었다. 예민한 귓가에 그의 입술과 숨결이 너무 가까이 있던 탓이었다. 그녀의 놀란 반응에 알렉산드로가 몸을 떼지 않고 웃었다. 더 큰 숨결이 사정없이 클로이의 귓가를 때렸다. 최대한 자극을 피하고자 고개를 수그리자 그가 더 바짝 다가가서 말했다.

"아침에 산을 내려가면 되니까, 조금이라도 잠을 자 둬."

그가 귀에 입술을 대고 말하니 클로이는 온몸에 소름이 돋았다. 말도 안 될 만큼 자극적이었다. 일부러 힘주고 입을 다물고 있지 않았으면 이상한 소리가 나올 뻔했다.

'미치겠네.'

그런데 거기서 그치지 않았다. 알렉산드로는 다시 입을 열었다.

"산에서 길을 잃은 건 걱정하지 말거라. 네 잘못이 아니니까."

소름이 가셨다 싶었는데 그가 또 말을 시작하니 누군가 귀에다 폭탄을 터뜨리는 것 같았다. 견디기 힘들었다. 클로이는 앞으로 모았던 팔로 그를 밀어냈다. 이번에도 그는 순순히 밀려났다.

"나, 날이 더워서……."

속삭이듯 말한 클로이의 얼굴은 곧 터질 것처럼 붉었다. 그와 눈을 마주치지 못하고 당황한 모습을 보니 알렉산드로는 웃음을 감출 수가 없었다. 그녀를 찾아 애틋하던 마음은 벌써 어디로 갔는지, 그는 그저 눈앞의 클로이가 사랑스럽다는 생각밖에 없었다.

저렇게 당황한 얼굴은 또 처음이었다. 그는 다시 클로이를 안아왔다. 클로이는 있는 힘껏 입술을 깨물었다. 강한 콧김이 새어 나왔다. 이런 기분은 생전 처음이었다.

"편히 쉬거라."

하지만 지금 그의 행동은 말과는 정말 달랐다. 입으로는 조금이라도 자라, 편히 쉬어라 했지만 붙잡은 손으로 계속해서 그녀의 어깨를 쓸어 왔다. 그의 작은 손길조차 크게 느껴졌다. 허리와 등을 끌어안은 다른 손은 클로이가 조금이라도 뒤로 몸을 빼면 힘을 주지 않은 척 몸을 풀어 주었다가, 그녀가 다시 잠잠해지면 바짝 몸을 당겨 왔다.

'내가 미쳤나 봐. 어떻게 이런 상황에서 이렇게 떨리지?'

대공은 착한 남자였다. 그는 뭐든 원하면 가질 수 있는 사람임에도 어떤 상황에서도 자신이 조금이라도 불편한 기색을 보이면 멈췄다. 그러니 그가 의도적으로 자신에게 하는 행동은 아닐 거라고 생각했다. 자신이 밀어내면 항상 밀려나 주는 사람이었다.

'우리가 부부 사이라고 말해 놨으니 그렇게 보이려는 거겠지.'

더 편하게 자라고 저런 건데 내가 혼자 음란한 마귀가 씌어서 괜히 이상한 기분이 드는 거겠지. 하지만, 클로이는 날이 밝아 올 때까지 한순간도 잠을 잘 수 없었다.

그건 알렉산드로 역시 마찬가지였다. 둘은 서로 전혀 다른 생각을 하고 있었지만 느끼고 있는 감정과 기분은 같았다.

절대 잊지 못할 둘의 어느 날 밤이었다.

"여기서 저렇게 사시는 모습이 좀 안타까워요."

얼마 가지 않아 오두막을 뒤돌아본 클로이가 말했다. 날이 밝고 보니 사람이 다녔던 흔적이 분명히 보였다.

"동정할 필요 없다."

그런데 그의 입에서 나온 말이 차가웠다. 고민도 없이 바로 나온 대답에 클로이는 의아해졌다. 하지만 묻지는 않았다. 그가 하고 싶은 말이 있었다면 했을 것이다. 왠지, 그의 가족사와 관련된 일인 것 같았다.

오두막에서 어느 정도 거리가 벌어지자 알렉산드로는 문득 걸음을 멈췄다. 몸을 틀어 클로이를 바라본 그가 말했다.

"여기서 잠시만 기다리거라. 놓고 온 물건이 있다."

"네."

다정한 목소리로 말하는 알렉산드로에게 클로이는 살며시 미소 지었다. 그러자 역시 웃음으로 답한 그가 또 말했다.

"어디 가지 말고."

"네."

당부하는 것 같은 그의 말에 클로이는 의아함을 느꼈다. 그들이 있는 자리에서 오두막은 충분히 눈에 보이는 거리였다. 그의 걸음으로는 5분도 채 걸리지 않을 것이다.

그런데 거기서 그치지 않고 그는 아예 클로이의 어깨를 끌어안고는 나무 밑동이 잘린 곳으로 이끌었다. 길목에서 약간 벗어나서 오두막이 아예 보이지 않았다. 뭔가 이상했다. 묘한 위화감이 들었다. 불안한 표정으로 그를 바라보니 자신을 안심시키려는 듯 그가 웃었다. 평소와 조금도 다르지 않은 미소였다.

'뭐 별일 있겠어.'

억지로 입꼬리를 당겨 미소를 짓자 그제야 그가 오두막으로 향했다. 그런데 이 느낌은 뭔가…… 돌아서는 그의 표정이 어쩐지 싸늘해 보였다. 뒷모습을 보니 그의 발걸음이 급했다.

알렉산드로는 걸음을 빨리했다. 그의 가슴은 더없이 차가웠다. 클로이를 혼자 둔 게 못내 마음에 걸렸다. 얼른 일을 끝내고 돌아가야 했다.

'어차피 죽었어야 했다.'

그는 망설이지 않았다. 처음 노파가 자신을 스스로 줄리아 맥코웰이라고 밝혔을 때부터 결심했던 일이었다. 알렉산드로는 한 번도 만나 보지 못했던 외가 친척에 대해 전혀 궁금하지도, 친밀감을 느끼지도 않았다. 그저 자신의 친모였던 소피아와 비슷한 이들이겠거니 하고 생각했다. 아니, 오히려 그래서 더 만나고 싶지 않았다. 구역질 나는 인간들은 이미 주위에 많았으니까. 어떻게 귀신 같은 부친의 눈을 피했는지는 알 수 없었지만 노파는 죽었어야 했던 사람이다. 그녀 또한 맥코웰의 성을 가진 이였다. 알렉산드로는 자신의 친모와 같은 성을 가진 이가 존재해서는 안 된다고 생각했다. 권력 때문에 자식까지 버린 끔찍한 인간들이었다.

그래도 클로이를 구해 주었으니 고통 없이 보내 주리라. 알렉산드로는 그게 마지막으로 그가 줄 수 있는 자비라고 생각했다. 오두막의 문을 열자 여전히 의자에 앉아 있던 노파가 눈에 보였다. 문을 닫았다.

조용한 가운데 끼익, 하며 문이 닫히는 소리가 더욱 크게 들렸다. 줄리아 맥코웰은 알렉산드로의 손에 들린 칼을 바라보았다. 조용히 눈을 감은 그녀는 두 손을 모으고 기도를 하기 시작했다. 예상했다는 듯 담담한 태도였다. 그는 성큼성큼 줄리아 맥코웰에게

다가갔다. 한 발 한 발 가까워질수록 기도 소리가 점점 크게 들려왔다. 칼을 쳐들었고, 그 순간이었다.

"대공님!"

급하게 오두막의 문이 열렸고 클로이가 헉헉대며 그를 불렀다. 생각지도 못한 그녀의 등장에 당황스러웠지만 자신의 결심을 굽힐 생각은 없었다. 높이 쳐든 그의 칼이 움직이는 모습이 보이자 클로이는 목청껏 소리 질렀다.

"소원이요!"

그의 칼이 공중에서 멈췄다.

"제 소원이에요!"

다시 한번 그녀가 말했다. 클로이를 등진 알렉산드로의 머릿속으로 무수히 많은 생각들이 스쳐 지나갔다.

소원. 장난처럼 시작했던 그 일.

그는 클로이의 소원을 한 가지 들어주기로 약속했었다. 뭐든 다 들어주겠다고 말했다. 이미 그가 입 밖으로 내뱉은 말이었다. 그녀와 했던 약속을 지켜야 했다. 짧게 고민한 알렉산드로는 곧 칼을 거두어 칼집에 넣었다. 작은 한숨을 내쉰 그는 말했다.

"신이 존재하긴 하는가 봅니다. 기도를 들어주셨군요."

그러자 노파가 곧바로 대답했다.

"나는 내 목숨을 빌지 않았다, 멍청한 놈."

줄리아 맥코웰의 기개는 여전했다. 금방 생명을 위협당한 사람이라고는 믿기 힘들었다. 알렉산드로는 그런 그녀를 지그시 바라보다 몸을 돌렸다. 여전히 오두막의 입구에 서 있던 클로이는 그의 시선을 받자 움찔 놀라 옆으로 눈을 피했다.

그는 줄리아 맥코웰을 등지고 집을 나섰다. 그리고 오두막의 문을 닫기 전 말했다.

“더 이상 도망치실 필요 없습니다. 마을에서 사십시오.”

끼익 소리를 내며 완전히 문이 닫히자 사방이 고요했다.

클로이는 도저히 그의 얼굴을 제대로 바라볼 수 없었다. 뻥 뚫린 야외였지만 단둘이 좁은 공간에 있는 것처럼 어색했다. 자신에게는 다정한 미소를 보내고, 뒤돌아서서 그는 노파를 죽이려 했다. 바늘에 온몸이 찔리듯 긴장되고 불편했다.

‘원래 무서운 사람인 걸 알고 있었잖아.’

알리시아 왕녀의 일이 떠올라 목뒤가 싸늘했다. 그의 잔혹한 모습을 확인한 건 왕궁에서의 그 일 이후로 처음이었다. 잊고 있었지만, 그는 처음부터 사람을 죽이는 데 주저함이 없는 남자였다. 클로이가 느낀 감정은 실망감이 아니었다. 새삼 그런 모습을 다시 보니 두려워진 것이다.

알렉산드로 또한 클로이를 바라보지 않았다. 그는 조용히 길을 걸었다. 클로이는 그의 뒤를 따랐다. 도저히 그의 옆에 서서 걸을 수가 없었다. 한참을 걷던 그가 오솔길이 나오자 침묵을 깨고 먼저 말문을 열었다.

“내 모친의 이야기를 들었느냐.”

뜬금없는 물음에 클로이는 잠시 고민했다. 하지만 의도를 알 수 없는 질문에는 항상 솔직하게 답을 하는 게 나았다.

“……네.”

“뭐라고 하더냐.”

“그, 반역죄……로 멸문을 당하셨다고.”

불편한 이야기에 클로이가 떠듬떠듬 말하자 알렉산드로가 대뜸 말했다.

"너도 미워하는 사람이 있다고 했었지."

"예."

여전히 알렉산드로는 클로이를 바라보지 않았다. 앞만 보며 걸어가는 뒷모습을 보니 그가 어떤 표정을 하고 있는지 짐작도 가지 않았다.

"나도 미워하는 사람이 있다."

그의 목소리는 비교적 담담하게 흘러나왔다.

"그 사람이 죽기 전까지, 단 하루도 고통스럽지 않았던 날이 없었어."

클로이는 아무런 말도 할 수 없었다. 다행히 그는 어떤 위로를 기대하지 않았던 듯 계속해서 말을 이었다.

"누구일 것 같으냐."

그것은 질문이 아니었다. 뻔한 사실을 확인시키기 위한 혼잣말이었다.

"내 어머니다."

예상은 했지만 충격적인 그의 말에 클로이는 아무런 말도 건넬 수 없었다. 반역죄를 저질러 죽었다던 어머니를 그가 어떻게 생각했을지 함부로 짐작할 수 없었다.

"그녀가 정말 친모가 맞는지 몇 번이나 확인했지."

알렉산드로의 목소리는 여전히 담담했다. 남의 얘기를 하듯 아무런 감정도 느껴지지 않는 목소리였다.

"그렇지 않고서야 친자식인 나를 그렇게 혐오할 수 있을까……

왜, 단 한 번도 내 이름을 불러 주지 않았을까. 아직도 의문이다.”

클로이는 놀랐지만 조용히 말을 경청했다.

‘혐오했다고?’

그는 오래전부터 속에 담아 왔던 말을 하는 것 같았다.

둘은 오솔길을 지났다. 클로이가 처음 왔던 뒷산으로 돌아온 듯했다. 날이 밝으니 확실히 길을 찾기가 수월했다. 말을 하면서도 알렉산드로의 걸음은 멈추지 않았다.

“벌써 10년이 넘는 세월이 흘렀지만 아직도 그날의 기억만큼은 잊을 수가 없지.”

처음으로 어머니의 손을 잡고 어머니에게 안겼던 그날, 그녀는 알렉산드로의 목에 칼을 겨눈 채 던칸에게 황제의 자리를 자신에게 달라고 협박했다. 그녀는 원치 않던 아이를 낳고, 사랑하지 않는 남자와 함께 했던 13년이 고통이었다고 말했다. 그리고 그녀의 시체는 던칸에 의해 성 밖으로 내던져졌다.

“어머니는 나를 인질로 삼아 황제의 자리를 얻고자 했다. 그러다 아버님에게 붙잡혔고, 내가 보는 앞에서 스스로 목숨을 끊었다.”

놀란 클로이가 숨을 들이켜는 소리가 알렉산드로의 귓가로 들려왔다.

“그리고 아버님은 반역죄를 물어 어머니의 가문을 멸문시켰다.”

굳은 석상처럼 자리에 멈춘 그녀는 넓은 그의 등을 바라보았다. 알렉산드로는 여전히 클로이를 돌아보지 않았다.

어째서일까? 항상 거대하게만 느껴졌던 그가 지금 이 순간만큼은 한없이 초라해 보였다.

“나는 그들이 죽어 마땅하다고 생각했다.”

알렉산드로가 뒤를 돌아 클로이를 바라보았다. 그의 표정에는 변함이 없었다. 슬프지도, 충격을 받지도 않은 얼굴이었다.

"너는 내가 틀렸다고 생각하느냐?"

이번엔 진짜 물음이었다. 그는 클로이에게 대답을 듣고자 했다. 자신의 행위를 정당화하거나 변명을 하려는 의도가 아니었다.

"……아니요."

"그럼 왜 나를 피하지?"

"제가 겪지 않은 일이잖아요. 어떻게 감히 제 기준으로 판단할 수 있어요. 다만……."

"다만?"

"그분께서…… 대공님이 행복하고 건강하게 살길 바란다고 하셨던 말이 자꾸 귀에 맴돌아서……."

세상에 알려지면 안 될 사람. 마치 대공의 부모나 할 법한 말을 했던 노파. 클로이는 그때 노파가 자신에게 했던 말들은 진심이라고 생각했다.

"아!"

깜빡 잊었던 것을 기억해낸 그녀는 허둥지둥 품에서 노파가 건넸던 책 한 권을 꺼냈다. 아침에 오두막을 나서면서 그에게 건네려고 했는데, 알렉산드로가 오두막으로 돌아갔었던 것이다. 그를 기다리는 동안 품에서 책을 꺼낸 클로이는 책의 첫 장에 있는 이름을 보고 놀랐다.

'소피아 그레이엄.'

노파가 건넨 책은 그의 어머니가 남긴 일기장이었다. 무심코 넘겼다가 일기장이라는 사실을 알게 된 그녀는 얼른 다시 책을 집어

넣었다. 오두막으로 향하는 알렉산드로의 걸음은 빨랐고, 어렴풋이 칼에 손을 대는 게 보였다. 클로이는 어떻게 해서든 그를 말려야 한다고 생각했다. 그러다 보니 떠오른 게 그가 약속했던 '소원'이었던 것이다.

방금 전의 일을 떠올리며 클로이는 책을 그에게 건넸다.

"할머니가…… 이걸 꼭 대공님께 전해 드려야 한다고 신신당부하셨어요."

책을 받아 든 알렉산드로는 미묘한 표정이었다. 얼마나 오래되었는지 다 낡은 책의 겉표지는 거의 너덜너덜했다.

'이게 뭐지?'

무슨 책인가 하고 의아해하던 그는 이어진 클로이의 말에 행동을 멈췄다.

"소피아 그레이엄의 일기장이에요."

전혀 생각지 못했던 이름이었다. 그의 친모는 죽고 난 뒤 그레이엄 가문에서 이름을 잃었다. 그래서 모두들 그녀를 소피아 맥코웰이라고 불렀다. 알렉산드로는 복잡한 기분이었다. 클로이도 마찬가지였다.

"내용은 안 봤지만……."

그가 다시 그 일기장으로 시선을 내렸다. 읽고 싶지 않았다. 자신이야말로 지나온 그 끔찍한 시간의 산증인이나 다름없었다. 그가 아는 사실이야말로 진실이었다.

"아직도 모든 게 의문이시라면…… 어쩌면 그 안에 답이 있지 않을까요?"

조심스러운 클로이의 말에 알렉산드로는 다시금 일기장을 바라보았다. 그는 항상 그의 어머니에 관한 의문을 가졌었다.

도대체 왜 그녀는 친자식에게 그토록 가혹했을까? 그녀의 가문, 맥코웰이 더 중요했기에? 황제가 되기 위해서?

하지만 그 어떤 것도 그가 고통받았던 시간을 납득할 만한 해답이 될 수는 없었다. 그는 눈앞의 작은 여자를 바라보았다. 그녀의 흔들리는 눈동자를 따라 그의 마음도 거세게 흔들렸다.

늘 가슴에 품어 왔던 의문의 해답이 바로 눈앞에 있었다.

"무사해서 정말 다행이다, 이 녀석!"

"읍!"

기사는 거칠게 클로이를 끌어안았다. 순식간에 그녀를 둘러싼 이들은 저마다 걱정했다며 한마디씩 건넸다. 클로이는 공작성에 도착해서 많은 이들의 인사를 받았다. 어떤 기사들은 그녀에게 화를 내기도 했고, 어떤 기사들은 무사히 돌아와 다행이라고 했다. 아무 말 없이 거칠게 포옹을 해 온 이들도 있었다. 아무도 산에서 길을 잃은 그녀를 탓하지 않았다. 안전하게 돌아왔다는 사실이 더 중요하다고 했다.

'내가 기사단에서 이렇게 환영받는 사람이었나?'

클로이는 얼떨떨했다. 동고동락하는 동안 기사들이 보여 준 끈끈한 우정은 감동적이었다. 그러나 제게도 그런 의리를 보여 줄 거라고는 상상도 하지 못했다.

"새벽까지 널 찾아 헤맸다고! 알고 있냐?"

"가, 감사합니다."

기사는 잔뜩 성이 난 표정이지만 행동은 그렇지 않았다. 그는 반갑다는 듯 클로이의 머리를 거칠게 헝클었다. 알렉산드로는 성에 도착하자마자 무슨 급한 볼일이 있는지 안테노르 공작에게로 향했다. 미묘한 표정으로 이들을 지켜보던 에반은, 여전히 격한 환대를 받고 있는 클로이에게 다가가 말했다.

"얼른 들어가서 쉬거라."

그는 깊은 한숨을 내쉬었다. 에반은 정말 형용할 수 없는 기분이었다.

'그녀는 베아트리체 왕녀가 아닌가?'

다른 이들은 아무도 모르지만, 자신과 알렉산드로는 그 사실을 알고 있었다. 에반은 혼란스러웠다.

베아트리체 왕녀가 제국 기사단의 일행으로서 인정을 받아도 되는 건지 확신할 수 없었다. 또한 알렉산드로가 베아트리체를 어떻게 처리할 것인지 감히 예상도 되지 않았다.

'도대체 무슨 생각이신 걸까.'

그가 어렴풋이 느끼고 있는 것은 알렉산드로가 그녀를 굉장히 소중하게 생각한다는 것뿐이었다.

하지만…… 이렇게 그냥 놔둬도 되는 걸까?

베아트리체는 이미 제국에 흡수된 패전국의 마지막 왕족이었다. 비록 정통성은 없지만 그녀가 나쁜 마음을 품을지도 모르는 일이었다. 알렉산드로도 알고 있을 일이었다.

'하지만 가능성은 낮지.'

에반은 베아트리체가 어떤 나쁜 마음을 품을 것 같지는 않았다. 왕녀는 그럴 만한 배짱도 없어 보였다. 무엇보다, 그녀는 그 어떤 세력과도 닿은 연줄이 없었다. 그녀의 남편이었던 길버트는 알아보니 이미 다른 여자와 결혼식을 올렸다고 했다. 그에게도 베아트리체 왕녀는 필요한 패가 아닐 것이다. 그녀는 철저하게 고립된 혼자였다.

에반이 걱정하는 것은 다른 일이었다. 알렉산드로는 그녀를 남들과는 다르게 생각하는 듯했다.

'대체 왜 저렇게 신경 쓰시는 거지?'

평범한 사람이라면 우정이나 의리, 동정심에서 비롯한 마음으로 이해할 수도 있었을 것이다. 하지만 알렉산드로는 평범한 사람이 아니었다. 에반은 대공이 저렇게 누군가에게 애착을 가지고 신경을 쓰는 모습을 단 한 번도 본 적이 없었다.

'그것도 여자를.'

알렉산드로는 그 어떤 여자와도 친하게 지내거나 깊은 대화를 나누거나 하지 않았다. 그리고 에반은 느낄 수 있었다.

그녀를 바라보는 눈빛은…….

설마하니 왕녀를 이성으로 보는 건 아니겠지, 하고 넘기려고 했지만 알렉산드로는 자신이 한 번도 본 적 없는 눈길로 그녀를 바라보았다. 그래서 의심이 가는 것이다.

'……알아서 하시겠지.'

에반은 조금 불안하긴 했지만 알렉산드로를 믿기로 했다. 그는 누군가의 걱정이 필요한 사람이 아니었다. 에반은 자신이 오랜 시간 봐 온 대공을 믿기로 했다. 하지만…… 마음 한 켠은 여전히 불안했다.

자신 또한 지금의 아내인 아델과 결혼하기 위해 사랑의 도피를 감행하지 않았던가? 심지어 자신은 가문의 장남인 데다, 태어나서 한 번도 일탈해 본 적 없는 명문가 도련님이었는데도 그런 무책임한 일을 벌였다.

'설마.'

그가 전쟁터에서 봐 온 알렉산드로는 그 어떤 상황에서도 도망갈 남자는 아니었다. 목표를 향해서라면 집념에 가까운 화끈한 모습을 보이는 사람이었다.

'어쩌면, 차라리 그라면…….'

에반은 순간 오싹했다. 말도 안 되는 생각이 그를 스친 것이다.

자신이 아는 알렉산드로라면.

'설마 그레이엄 가문을 이을 아이부터 낳으면 되겠지, 하는 건…….'

그는 최악의 상황을 떠올렸다.

'아니야. 그럴 리 없어.'

하지만 금방 고개를 흔들었다. 알렉산드로는 호색한이 아니었다. 게다가 그는 칼스버그 공작에게 교육받은 제국 최고 명문가의 자제였다. 아무리 험한 전쟁터에서 오랜 기간 뒹굴었어도 그는 예의를 아는 고귀한 남자다. 하지만 에반은 불안한 마음을 달랠 수가 없었다. 그저 장난삼아 데리고 놀려는 여자를 저렇게 진지하게 대할 리가 없다.

게다가 알렉산드로는 여자와의 그런 가벼운 관계에 눈곱만치도 관심 없는 남자였다. 손만 뻗으면 닿을 곳에 취할 여자들이 널렸지만 일절 눈도 돌리지 않았다. 때문에 그의 취향을 의심하는 불온한 이들이 한둘이 아니었다.

혹시 그녀를 정부로 생각하는가?

'그래도 베아트리체 왕녀는 절대로 안 될 텐데.'

이미 결혼도 한 번 하지 않았던가?

둘은 이어질 수 없는 처지였다. 특히 그의 아버지, 던칸은 무슨 일이 있어도 패전국에서 온 노예 출신의 여자를 알렉산드로의 옆에 두지 않을 것이다. 절대로.

알렉산드로 또한 모르지 않으리라. 누구보다 잘 알고 있을 것이다.

'하지만 마음이라는 게 그리 쉽게 막아지는 게 아니지.'

에반은 그의 뜨거운 눈빛이 자꾸만 떠올랐다. 집요하게 베아트리체를 향하던 푸른 눈동자는 활활 타오르고 있었다.

뚱뚱한 몸이 힘겹게 말에 올랐다. 늦은 밤임에도 마구간의 불을 밝히지 않아 한 치 앞도 보이지 않는 어둠 속이었다.

"끄응."

간신히 말에 올라탄 그는 뒤에 가득 멘 봇짐을 다시 한번 점검했다. 주로 마차를 이용했던 그는 혼자 말을 타고 길을 가는 것은 처음이었다. 혹시나 달리는 말 위에서 봇짐이 떨어지면 큰일이었다. 그 안에는 가문의 인장을 포함한, 당장 돈으로 교환할 수 있는 귀중

품이 들어 있었다. 로건 가문의 가보로 내려오는 단검까지 챙겨 왔다. 그것은 가문의 표식이 손잡이에 새겨진 길버트의 보물이었다.

'자식이야 어차피 다시 낳으면 되는 거지만, 내가 이 세상에서 없어지면 로건 가문은 끝이라고.'

그는 길버트 로건이었다. 버넷 후작과 결혼으로 동맹을 약속한 뒤로 수개월이 흘렀다. 그동안 많은 것이 변했다. 손자, 손녀들과 눈에 넣어도 아프지 않을 막내딸은 어느새 뒷전이 되었다.

'가문 전체가 몰살당하느니 나라도 혼자 살아남아야지.'

엘파사의 재상으로 일했던 그는 냉정하게 사리를 판단했다. 그런데 아무리 생각해도 버넷 후작의 반란은 성공할 것 같지 않았다. 불가능했다. 대체 버넷 후작이 어떤 계산으로 이 반란이 성공하리라 믿는지 황당할 정도였다.

던칸 그레이엄의 아내였던 소피아 맥코웰 또한, 반란을 저질렀다는 이유로 맥코웰 가문 모두가 몰살당하고 가문까지 해체되었다. 심지어 자신은 패전국 엘파사 출신이었다. 아마 온갖 고문과 수치를 당하고 모두가 볼 수 있는 곳에 목이 걸릴 게 분명했다. 3대가 참수당하고 로건 가문은 역사의 뒤편으로 사라질 것이다.

'그렇게 개죽음당할 수는 없어.'

길버트는 두려움에 몸서리를 쳤다.

'내가 어떻게 제국으로 들어왔는데.'

자신의 어릴 적 친구였던 엘파사의 국왕을 배신하고, 부부로 2년이라는 시간을 함께했던 베아트리체 왕녀 또한 배신했다. 그에게도 저지른 일에 대한 일말의 두려움은 있었다. 그래서 그는 과거 엘파사였던 지역의 영주로 살면서도 마을에 발걸음하지 않았다.

'절대 이대로는 죽지 않아.'

누구보다 처절하게, 열과 성을 다해 이어 온 끈질긴 목숨이었다. 그러니 이대로 세상에서 사라질 수는 없는 일이었다.

길버트는 혼자 몰래 도망칠 심산이었다. 던칸 그레이엄에게 고용된 용병들, 버넷 후작에게 돈을 받고 교묘히 섞여 들어와 자신을 감시하는 호위병들. 감시자들에게 둘러싸여 매일매일이 지옥이었다.

굳은 결심을 하고 간신히 모두를 따돌려 마구간까지 숨어들었다. 평소의 자신은 절대로 움직이지 않는 야심한 시간이었다. 마구간을 나서려는 그 순간이었다.

"영주님, 밤늦게 어디로 가십니까?"

갑자기 문밖에서 들려온 소리에 길버트는 가슴이 철렁했다. 어두운 곳에 갑자기 빛이 비쳐 길버트는 손으로 눈을 가렸다. 잔뜩 찌푸린 눈을 힘겹게 뜨고 보니 다행히 마구간지기였다.

"내, 내가 속이 갑갑해 잠시 승마라도 즐길까 하고 나왔다."

그는 덜덜 떨리는 목소리를 간신히 가다듬었다.

"흠흠."

그런데 다행히 자신의 말을 믿었는지 마구간지기 소년은 맑은 미소를 지으며 문을 열어 주었다.

"아, 그러시군요."

그리고 자리에서 비켜서며 길버트가 온전히 마구간을 나갈 수 있도록 도와주었다.

"어두운데 조심하십시오. 혹시 무슨 일이 생길지 모르니까요."

"고, 고맙다."

간신히 대답한 길버트는 소년을 두 번 돌아보지 않고 그 길로 성문을 향해 달렸다. 곧 성문을 지키는 이들이 교대를 하는 시간이었다. 게다가 오늘 밤은 성문이 모두 열려 있었다.

내일 아침 일찍 도착할 버넷 후작의 사병들이 왕궁으로 대거 이동하기 때문이었다. 길버트가 오늘 당장 야반도주를 결심한 이유가 있었다. 버넷 후작은 길버트의 성, 엘파사의 옛 왕궁을 점령하고 던칸 그레이엄의 기사와 용병들을 모두 죽일 생각이었다. 무슨 이유에서인지 반란을 더욱 앞당겼다.

그래서 엘파사 지역을 주둔지로 세워 교묘하게 그는 뒤로 숨고 자신을 전면에 내세우려 했다.

“아, 아니.”

그런데 이상했다. 성문이 닫혀 있었다. 당황한 그는 말을 세우고 주변을 둘러보았다.

“영주님, 밖으로 나갈 수 있게 도와드릴까요?”

어느새 자신을 뒤쫓아 온 건지 마구간지기 소년이 그에게 다가왔다. 길버트는 놀라긴 했지만 겨우 소년이 자신을 어떻게 할 수 있으리라고는 생각지 않았다. 그는 가슴 속에 숨겨 둔 단검과 허리에 차고 나온 칼을 다시 한번 떠올렸다.

“너 혼자 문을 열 수 있느냐?”

길버트의 성은 엘파사의 왕궁이었다. 성문은 혼자서는 절대로 열 수 없었다.

“아니오. 하지만 제가 부서진 성벽으로 오가는 길을 알거든요.”

엘파사 왕궁은 제국이 침략했던 증거들을 고스란히 안고 있었다. 거대한 제국 앞에서 왕국이 얼마나 무력했는지 되새겨야 했다. 그래야 제국의 귀족이 되어 그들을 다스리는 자신을 변명할 수 있었다.

"그곳에 혹시 기사들이 있다면……."

"걱정 마세요. 거긴 저 같은 고용인들만 아는 곳이에요."

길버트는 소년의 말이 의심스러웠지만 달리 할 수 있는 게 없었다. 곧 자신의 침실을 지키는 이들이 그의 부재를 눈치채고 쫓아올지도 몰랐다. 길버트는 순순히 소년의 뒤를 쫓았다.

소년의 말대로 그곳에는 던칸의 기사들도, 버넷 후작의 사병도 없었다. 하지만 남자 한 명이 그곳을 지키고 있었다. 길버트는 놀라 당장 말을 돌리려 했지만 소년이 그를 제지했다.

"저 사람은 그냥 세탁물을 나르는 짐꾼이에요."

자세히 보니 무장을 하지도 않았고 체격이 좋지도 않았다. 버스러질 만큼 마른 체형을 얼핏 보니 그냥 평범한 고용인 중 한 명인 것 같았다. 길버트는 가슴을 쓸어내렸다.

허리에 찬 칼을 다시 한번 손으로 확인했다. 얼마나 긴장을 했는지 땀 때문에 손이 미끄러웠다. 그는 잽싸게 옷에 문질러 손을 닦았다.

부서진 성벽은 겉보기엔 나무를 덧대 사람이 드나들지 못할 것처럼 생겨 잘 모르는 것 같았다. 소년이 가서 뭐라고 말을 했는지, 짐꾼은 힘겹게 나무 문을 움직여 길버트가 지나갈 길을 만들어 주었다.

"이 길로 쭉 나가시면 바로 마을이에요."

성문과는 길이 달라 열심히 사방을 살피는 길버트에게, 소년은 친절하게 설명했다.

"고맙다."

그리고 그는 성을 빠져나왔다. 소년이 말했던 대로 그곳은 마을 근처였다.

'왜 나를 저렇게 도와주는 거지?'

단순히 밤늦게 승마를 즐기기 위해서라는 변명뿐이었는데, 소년은 누구보다 열심히 길버트의 탈출을 도왔다.

'하늘이 나를 돕는군. 얼른 이곳을 떠나자.'

일이 잠잠해질 때까지 정체를 숨기고 숨어 있다가 던칸에게 서신을 보내 결백을 증명할 생각이었다. 한 치 앞도 보이지 않는 어둠에 대한 공포보다 일을 그르칠까 하는 심리적 압박감이 더 심했다. 길버트는 익숙지 않은 고삐를 잡고 말의 속도를 올리려 몸을 움직였다. 말은 달리다 멈추기를 반복했다. 엉덩이는 아프고, 다리도 점점 저려 왔다.

다행히 자신을 뒤쫓는 기사들의 말발굽 소리는 들리지 않았다. 소년의 도움 덕분에 기사들의 눈을 피해 안전한 곳으로 나왔다. 길버트는 안심하고 속력을 늦췄다.

바로 그때였다.

"으악!"

어디선가 날아온 돌에 맞은 그는 비틀거리며 말에서 떨어졌다. 둔탁한 소리와 함께 엄청난 충격이 어깨와 엉덩이에 전해졌다. 길버트는 제대로 된 소리도 내지 못했다. 한 번도 겪어 본 적 없는 어마어마한 고통이 온몸에서 느껴졌다. 그는 얼른 손을 뻗어 어깨에 매달린 봇짐을 먼저 확인했다.

"으으……."

괴로운 신음이 흘러나왔다. 힘겹게 팔을 짚고 상체를 일으키려 하자 어딘가 잘못된 것처럼 몸이 말을 듣지 않았다.

"영주님, 괜찮으세요?"

어렴풋이 누군가의 발이 눈앞에 보였다. 고개를 들고 보니 처음 보는 얼굴이었다. 소년과 청년의 경계에 있는 젊은 남자는 평민처럼 보였다. 길버트는 당장 손을 뻗었다.

"나를, 나를 좀 일으켜 다오."

"예, 영주님."

길버트는 안도의 한숨을 내쉬었다. 누군가 던진 돌이 날아왔다는 게 의심스러웠지만 그래도 기사들이 자신을 뒤쫓는 말발굽 소리는 들리지 않았다.

"으억!"

그런데 눈앞의 청년이 돌연 길버트의 어깨를 발로 짓밟았다.

"영주님, 나라를 팔아먹고 제국의 개가 되어 사셨지요."

담담한 남자의 목소리와는 달리 그의 발길은 잔혹했다. 흡사 뼈가 부러지는 것 같은 느낌에 길버트는 몸서리를 쳤다.

"그만! 그만!"

"그래도 두렵기는 하셨는지 마을에는 통 얼굴을 비추지 않으시더군요."

고통에 몸부림치던 그의 귓가로 저벅저벅하는 발걸음 소리가 들려왔다. 횃불을 든 이들이 다가오는 듯 사위가 밝아졌다. 한두 명이 아닌 듯, 발자국 소리는 여럿이지만 조심스러웠다.

"불쌍한 왕과 왕비님을 배신하고 왕궁에서 호사를 누리셨나요?"

"너 때문에 시종이었던 내 아들이 죽었어!"

"한평생 시녀로 살았던 내 어머님이 제국 어딘가를 떠도는 노예가 되었다! 빌어먹을 놈!"

"당장 죽입시다! 당장 죽여요!"

"이놈을 죽여서 왕궁에 매달아 놓읍시다!"

길버트는 놀란 눈으로 주변을 둘러보았다. 어디서 나타난 건지 사람들이 성난 얼굴을 하고 그를 둘러쌌다. 땅이 들썩거리는 것처럼 들렸다. 순식간에 나타난 어마어마한 인파였다.

"가, 감히 이게 무슨…… 으아악!"

그중 한 명이 들고 있던 횃불로 그의 등허리께를 지졌다. 길버트는 밟힌 지렁이처럼 몸을 꿈틀거렸다. 그는 가슴 속 어딘가로 손을 옮겨 뒤적였다. 숨겨 두었던 단검을 꺼내려는 생각이었다. 하지만 손이 마음대로 움직이지 않았다.

"너 같은 버러지 놈 때문에 죽어 간 내 아들과 딸을 생각하면 이것도 모사라."

분노가 가득한 목소리의 주인은 노파였다. 길버트는 살의가 느껴지는 흉흉한 눈빛에 몸을 떨었다. 바지 사이가 축축해졌다. 죽음을 눈앞에서 감지한 머리가 움직여지지 않는 몸을 일으켰다.

"살려 주시오, 살려 주시오."

그는 두 손을 한데 모으고 빌기 시작했다.

"제발 사, 살려 주시오. 나도 어쩔 수 없었어. 나도 어쩔 수가 없었…… 으아악!"

발길질에 나동그라진 몸은 형편없이 바닥을 굴렀다. 도저히 몸을 일으킬 수 없을 만큼 어마어마한 고통이 느껴졌다.

"흐억."

코에서는 피가 터졌다. 얼굴을 닦아 낼 정신도 없이 그는 두 팔로 바닥을 기었다. 성난 영지민들에게서 벗어나기 위해 사력을 다했다. 하지만 영지민들은 엄청난 인파 속에 한 번이라도 더 발을 뻗어 그를 짓밟고자 했다.

"으억!"

그의 등으로 발길질이 쏟아졌다. 길버트는 벌레처럼 몸을 둥글게 말았다. 하지만 머리까지 사정없이 짓밟아 대는 구타에는 소용없는 짓이었다. 그는 점점 의식이 흐려지는 것을 느꼈다.

"죽어! 너 같은 인간은 죽어야 돼!"

"혼자 살아남으려고 내 나라를 팔았어!"

"불쌍한 왕녀를 노예로 넘기고!"

"더러운 인간!"

바로 그때였다.

"그만, 그만합시다!"

맨 처음 그의 어깨를 짓밟았던 청년이 간신히 사람들 사이를 뚫고 들어와 그들을 진정시키기 시작했다. 저 멀리서 점점 더 많은 인파들이 모여들었다.

"이대로 이놈이 죽는다면, 제국에선 민란으로 간주하고 기사들을 불러 모을 겁니다! 그래서는 안 돼요! 우리를 압박하고, 노예로 만들 거라고요!"

제국은 엘파사의 왕족들을 모두 죽였을지언정 평민들에게는 관대했다. 사실 처우는 나쁘지 않았다. 하지만 제국의 귀족인 길버트를 죽인다면 상황은 달라질 게 분명했다.

"그럼 저자를 살려 두자는 거야, 지금!"

"차라리 저놈을 죽이고 나도 죽겠다!"

청년의 일리 있는 말에도 이미 불타오른 민심은 복수심에 들끓었다. 이들은 모두 황궁에서 죽어 나간 죄 없는 목숨의 가족들이었다.

"저 인간은 죽어도 싸다고! 죽여야 돼! 그래야 나도 아들을 따라갈 면목이 서지!"

여기저기서 터져 나온 거센 고함 소리에도 청년은 얼른 길버트의 앞을 가로막았다.

"섣불리 행동했다가는 제국에 화를 입을 거예요. 다들 아시지 않습니까? 제국이 얼마나 강력한 군사를 가지고 있는지."

그 말에 사람들이 점점 잠잠해지기 시작했다.

단 하루. 엘파사는 꽤 큰 독립국이었으나 단 하루도 버티지 못하고 형편없이 무너져 내렸다. 제국의 무력 앞에 다른 패전국들처럼 왕궁과 왕족들을 잃고 나라의 근간을 모두 빼앗겼다. 길버트가 나라를 배신하고 돌아선 것도 큰 이유였지만, 전쟁 군주가 있는 제국의 무력은 감히 감당할 수 없었다.

"산 사람은 살아남아야 해요."

개중의 몇몇은 가슴을 쳤다.

"흐윽."

바로 그들의 눈앞에 자신의 형제, 자매를 고깃덩어리처럼 팔아넘기고 혼자 살아남은 더러운 인간이 무력하게 쓰러져 있었다. 얼마나 오랫동안 저 인간에게 복수할 기회를 엿보았던가. 그런데도 마음대로 벌할 수가 없다니…….

청년은 분통을 터뜨리는 사람들을 다독였다. 그는 뒤를 돌아보았다. 의식을 잃었는지 잠잠한 형체는 잠깐 꿈틀할 뿐 저항이 없었다. 하지만 분명히 숨을 쉬고 있었다. 그는 마지막으로 쐐기를 박듯 말했다.

"신이 있다면, 우리가 아니라도 저 인간은 분명히 벌을 받을 겁니다.”

알렉산드로는 안테노르 공작에게 줄리아 맥코웰을 부탁했다. 버려진 야산에서 사는 노파를 보호해 달라는 요청이었다. 다행히 안테노르 공작은 많은 것을 묻지 않았다. 그는 던칸보다 젊은 알렉산드로에게 줄을 대고 싶었다.

‘던칸이 죽으면 그가 제국을 맡을 것이다.’

안테노르 공작은 알렉산드로가 황제가 될 것이라고 믿어 의심치 않았다. 무슨 이유인지, 던칸은 아직 황제의 자리를 공식적으로 갖지 않았다. 그가 황궁에서 산 지는 벌써 수년이 넘었다. 그렇다고 황제가 제대로 역할을 하는 것도 아니었다. 누가 봐도 꼭두각시인 지금의 황제를 여전히 그 자리에 놔두었다. 항간에는 이미 황제가 죽었다는 소문도 있었다. 던칸은 스스로 황제가 되려 노력하지 않았다. 안테노르 공작은 이제야 그 이유를 찾았다. 던칸의 아들인 알렉산드로에게서.

‘아마 황제를 죽이고 아무 연고도 없었다고 발표하겠지.’

대외적으로 황제가 될 만한 이를 물색하는 척할 것이고, 가장 높은 작위를 가진 대공을 추천할 것이다. 속 보이는 뻔한 수작이었다.

‘하지만 던칸, 그 자신보다는 명분이 있는 게 사실이다.’

황제가 되기엔 던칸은 제국의 너무 많은 인사들을 죽였다. 제국민들은 그를 신뢰하기보다 두려워했다. 하지만 알렉산드로는 다르다. 그는 대륙에 통일을 가져온 장본인으로, 두터운 신뢰와 명예를 쌓아 왔다. 던칸과는 하늘과 땅처럼 다른 명성을 떨치고 있었다.

'대공이 제국을 다스려도 나쁘진 않을 거야. 기사 출신이라는 꼬리표가 달리기야 하겠지만…….'

던칸의 추명도 바로 거기서 시작되었다. 안테노르 공작은 던칸이 어떤 사람인지 잘 알고 있었다.

'잔혹한 전쟁 군주.'

그래서 그는 공작이면서 수도에 살지 않았다. 하지만 며칠간 알렉산드로를 관찰하면서 그가 던칸과는 제법 다른 사람이라는 것을 알 수 있었다. 겨우 며칠이지만, 오랜 시간을 함께해 온 기사단의 이들이 어떻게 알렉산드로를 대하는지를 본 것이다.안테노르 공작은 알렉산드로가 나간 문을 응시했다. 젊고 듬직한 청년의 뒷모습은 당당했다.

어쩌면…… 안테노르 공작은 그와 함께라면 다시 수도 정치계로 돌아갈 수도 있겠다고 생각했다.

침실로 돌아온 알렉산드로는 조용히 침대에 걸터앉았다. 그는 복잡한 마음이었다. 조심스레 소피아의 일기장을 꺼내 들자 클로이의 말이 다시 머릿속을 스쳤다.

—아직도 모든 게 의문이시라면…… 어쩌면 그 안에 답이 있지 않을까요?

그는 소피아의 일기장을 바라보았다.

'소피아 그레이엄.'

그녀가 소피아 맥코웰이 아닌, 그레이엄으로 있었던 13년간의 기록일 것이다. 친모가 살아 있던 11년은 알렉산드로에게 악몽과도 같았다. 그는 소피아 맥코웰의 자신을 바라보던 싸늘한 시선만을 기억했다.

'달라질 게 있을까.'

설사 친모의 일기장에 그가 몰랐던 진실이 있다고 해도, 그가 평생 고통받으며 살아온 세월은 보상받지 못할 것이다. 무엇보다 그는, 차라리 유모가 자신의 친모였다면 얼마나 좋았을까 하고 수없이 바랐던 어린 시절을 별로 떠올리고 싶지 않았다. 하지만 한편으로는 궁금했다.

마땅히 사랑받아야 할 하나뿐인 자식인 그가 도대체 왜 친모에게 사랑받지 못했던 건지. 그게 자신의 잘못이었는지 알고 싶었다. 일기장을 놓고 고민하던 그의 머릿속에 다시 작은 얼굴이 떠올랐다. 갑자기 나타나서 그를 뒤흔드는 강력한 여자는 클로이였다. 알렉산드로는 그녀와 있을 때만 온갖 감정이 살아났다.

'지금 식사를 하고 있으려나.'

그녀가 웃는 모습을 보면 마음이 편안해졌고 그 또한 웃게 되었다. 그녀가 고민하는 모습을 보면 그는 어떤 방법을 써서라도 돕고 싶었다. 그녀가 눈을 돌리면 그 또한 궁금했다. 뭘 그렇게 관심 있게 보는 건지. 그녀가 다른 남자와 있는 걸 보면 자신을 감당하지 못할 만큼 화가 나기도 했다. 여자의 한마디, 한마디가 그를 공중으로 띄웠다가, 그 아래로 떨어뜨리곤 했다.

그래, 알렉산드로는 궁금했다. 자신이 느끼는 감정이 대체 뭔지 솔직하게 스스로의 마음을 들여다보고 싶었다. 만약 자신이 모든 진실을 확인한다면, 그 진실이 좋은 것이든 나쁜 것이든 그 또한 자신의 감정에 당당할 수 있을 것 같았다. 결론을 내린 그는 마침내 소피아 그레이엄의 일기장에 손을 뻗었다.

조심스레 첫 장을 열어 보니 일기장에 적혀 있는 날짜는 무려 30년 전이었다. 그는 다시 일기장의 앞면을 확인했다.

'30년 전이면 아버님과 결혼도 하기 전인데, 왜 소피아 그레이엄이라고 써 있는 거지?'

던칸과 소피아 맥코웰이 결혼하기 3년 전이었다. 알렉산드로는 급하게 다시 그녀의 일기장을 펼쳤다.

오늘 세상에서 가장 멋진 남자를 봤다.

던칸 그레이엄이라고 했다.

그레이엄 공작 가문의 도련님이 저렇게 잘생긴 남자였다니, 누가 상상이나 했을까?

왜 그가 수도 사교계에 자주 모습을 보이지 않았는지 이제 이해가 간다.

저런 얼굴로 살면 여자들이 줄줄 따라다녀서 아마 귀찮을 거야.

왜 언니들이 승마엔 관심도 없으면서 그렇게 줄기차게 승마장에 다녔는지 이제 알겠다.

앞으로 나도 승마장에 자주 가야겠다.

제발 숙모 말대로 이 일기를 써서 그와 결혼할 수 있었으면 좋겠다.

숙모도 분명 그렇게 해서 삼촌과 결혼했다고 했으니, 효과가 있는 거겠지?
그리고 소피아 맥코웰보다 소피아 그레이엄이 훨씬 더 잘 어울린다.
제발 그와 결혼하고 싶다, 제발!

“뭐지?”

그의 기억에 소피아는 던칸을 전혀 사랑하지 않았다. 항상 무심하거나 혐오스러운 얼굴로 던칸을 바라봤다. 그런 소피아가 던칸과 결혼을 하고 싶어서 이런 일기를 썼다니 믿을 수 없었다.

알렉산드로는 얼른 두 번째 장으로 넘겼다. 일기는 그로부터 며칠 뒤였다.

아, 진짜 너무 잘생겼다.
그리고 키도 크시고 너무 멋지다.
나이 차이도 진짜 좋다.
세상에, 목소리도 너무 근사해.
거기다 기사님이라니, 혹시 백마 탄 나의 왕자님이 되려고 그러시나?
얼른 말을 걸어 보고 싶은데 그는 항상 다른 영애들이랑 같이 있다.
짜증 나.

알렉산드로는 혼란스러웠다. 그의 어머니는 절대 이렇게 명랑한 여인이 아니었다. 그는 소피아가 웃는 모습을 단 한 번도 본 적이 없었다.

‘어머니의 필체가 분명한데.’

어릴 때부터 활자를 읽는 것을 좋아했던 그는 항상 소피아가 사용하던 서명을 정확하게 기억했다. 그리고 일기장의 있는 필체는 어머니의 것이 맞았다. 의문이 가득한 채로 다시 일기를 넘겼다.

구렁이 같은 캐서린 반도라스!

오늘 그레이엄 공작님께 말을 걸어 보려고 했는데 캐서린에게 밀리고 말았다.

도대체 언제쯤 그와 대화를 할 수 있을까.

나도 열심히 승마를 배워서 그가 있는 모임에 끼워 달라고 해야지.

알렉산드로는 피식 웃었다. 소피아의 마음을 알 수 있었다. 자신 또한 전혀 관심도 없는 약초 얘기를 물어보며 클로이에게 말을 걸었다. 조금이라도 관심사를 공유하면 대화를 할 수 있으니 어떻게든 승마를 배우려는 그 마음이 이해가 되는 것이다. 다행히 뒤의 내용을 보니 소피아는 점점 던칸과 친해지고 있었다.

알렉산드로는 집중하며 일기를 읽어 내려가다 멈칫했다.

미치겠다.

그가 웃는 모습은 너무 황홀하다.

보고 있으면 자꾸 나도 웃게 된다.

많이 웃으면 얼굴에 주름진다는데.

그의 앞에선 도저히 표정 관리가 안 된다.

이런 감정은 태어나서 처음이다.

좋은데 싫고, 기쁜데 화가 나고…….

미칠 것 같다.

그만 보면 자꾸 가슴이 뛴다.

다른 사람들이 내 심장 소리를 듣고 정숙하지 못하다고 욕할까 봐 무섭다.

그는 소피아의 마음을 백번 이해했다. 그 또한 클로이와 마주 볼 때는 감정을 숨기는 것도 어려웠고, 표정 관리도 힘들었다. 특히 그녀가 웃고 있을 때는 정신 차리고 보면 그 또한 웃고 있는 때가 많았다.

캐서린 반도라스가 꼴도 보기 싫어 죽겠다.

언니들은 왜 그녀를 티 파티에 부르고 싶어 하는 거지?

그레이엄 공작님을 보면서 가증스럽게 웃고 있는 걸 보면 한 대 때려 주고 싶다.

'캐서린 칼스버그로군.'

캐서린 반도라스 공작 영애는 칼스버그 공작의 친척과 결혼했다. 그가 보고 있는 일기장이 30년 전 일이라는 사실이 다시금 실감 났다. 어느새 알렉산드로는 흥미롭게 일기장을 넘기기 시작했다. 소피아는 던칸과 별것도 아닌 대화를 나누며 기뻐하고, 때로는 좌절했다. 주로 캐서린 반도라스 영애 때문이었다.

오늘 무도회에서 말도 안 되는 얘기를 들었다.

그레이엄 공작님과 캐서린이 약혼을 한다니, 말도 안 되는 일이다.

절대 일어나서는 안 될 일이야.

그는 나와 결혼해야 하는데, 그런 구렁이 같은 영애랑 약혼이라니, 절대 안 돼!

너무 짜증 나서 괜히 언니한테 화풀이를 했다.

미안하다고 해야겠다.

언니가 단단히 화난 것 같아서 말 걸기 무섭다.

알렉산드로는 그녀의 심정을 충분히 공감했다. 그 또한 클로이가 트리거 얘기를 하거나 온갖 남자들과 함께 웃으면서 장난치는 모습을 보면 화가 났다. 심지어 트리거에게는 절대로 클로이와 둘이 마을에 가지 말라고 말도 안 되는 명령을 내리기도 했다. 세리머니에 오기 전부터 알고 지냈다니 이해는 가지만 둘이 웃고 있는 모습을 보면 마음속 깊은 곳에서부터 화가 끓어올랐다. 기사로서, 단장으로서 감정을 최대한 자제했던 자신의 모습과는 모순되는 일이었다.

도대체 왜 캐서린 반도라스와 결혼을 하려는 걸까.

그레이엄 공작님 마음은 알다가도 모르겠다.

그녀는 나만큼 예쁘지도 않고 드레스 취향도 별로던데.

도대체 왜?

어디가 좋아서 캐서린이랑 결혼하려는 거지?

30년 전이니 던칸이 공작 작위를 유지하고 있을 때였다. 던칸은 아주 어릴 때부터 황제가 되길 원했던 사람이니까 그레이엄만큼 권력가였던 반도라스 공작가와 정략결혼을 하려고 했을 것이다.

줄리아 언니 말로는 그레이엄 공작님이 굉장한 야심가라고 했다.

결혼은 절대로 꿈도 꾸지 말라는데, 하지만 난 이해가 안 된다.
백작만 돼도 먹고살 만한데, 돈을 좋아하시나?
언니 말은 틀린 게 없는데…….
이미 제국 최고 권력을 누리고 있으면서 대체 뭘 더 바라시는 걸까?
아, 난 그레이엄 공작님이 평민이라도 결혼할 수 있는데!

알렉산드로는 그가 알고 있는 사실과 일기장 속 내용이 달라서 당황스러웠다. 그의 어머니, 소피아야말로 스스로 황제가 되길 원하던 야심가가 아니었던가? 그가 기억하는 마지막 모습에서 소피아는 자신을 황제로 만들어 달라며 울부짖었다. 그런데 일기장 속 소녀는 권력에 별로 욕심이 없는 사람처럼 보였다.

아버지는 내가 반도라스 공작과 결혼하길 바라시는 것 같다.
도대체 어떻게 아버지를 설득하지?
그래도 아버지는 나를 제일 예뻐하시니까 잘 얘기해 봐야겠다.

어쩌면 반도라스 공작과 소피아가 결혼을 했었을 수도 있다……. 소피아 반도라스는 별로 어울리지 않는 것 같지만, 한 번도 상상해 보지 않았던 일들이 있을 뻔했다니. 점점 일기장을 넘기는 그의 손길이 바빠졌다.

어느덧 소피아는 끈질기게 그의 아버지를 설득하는 일에 성공했고, 던칸과 약혼을 하게 되었다. 다음 장을 넘기는 순간, 알렉산드로의 눈이 번쩍 뜨였다.

오늘 줄리아 언니가 크게 화를 냈다.

내가 그레이엄 공작님과 결혼하면 평생 불행하게 살다 비참하게 죽을 거라고 했다.

제국의 1등 미남하고 사는데 그럴 리가 있나!

언니가 미웠지만 아버지께 뺨을 맞는 걸 보니 마음이 좋지 않았다.

그러게 우리 가문이 산산조각 난다는 말은 왜 해 가지고…….

언니가 하는 말은 틀린 적이 없지만 이번만큼은 동의할 수 없다.

그래도 아버지가 확실히 마음먹으신 것 같아서 정말 다행이다.

가문은 박살 나고 평생 불행하다가 비참하게 죽는다……. 차가운 부언가가 알렉산드로의 가슴을 꿰뚫었다. 머릿속이 하얗게 변하는 기분이었다. 이제야 이 일기가 지난 과거를 담고 있다는 사실이 실감 났다. 동시에 그는 미궁에 빠졌다.

'줄리아 맥코웰은 대체 어떤 사람이지?'

알렉산드로는 의아한 마음으로 일기를 읽었다.

드디어 내일이 결혼식이다.

도저히 잠이 안 온다.

내가 정말 그레이엄 공작님과 결혼을 한다니, 믿을 수가 없다.

감사합니다, 누가 됐든지 이 아름다운 세상을 굴리시는 분!

너무 신난다.

너무너무!

숙모에게 다이아몬드 목걸이를 선물로 줘야지.

숙모 덕분에 이 일기를 쓰면서 그와 결혼하게 된 것 같다.

처음엔 이런 일기를 쓴다고 그와 결혼할 수 있게 되리라고는 상상도 못 했는데.

드디어 결혼을 하게 됐다니, 알렉산드로는 기쁘기도 하고 한편으로는 예견된 그녀의 앞날에 씁쓸했다.

이 일기로 보아, 소피아는 굉장히 천진하고 순수한 소녀 같았다. 그녀는 던칸을 짝사랑했고 드디어 각고의 노력 끝에 결실을 맺어 결혼에 이른 것이다. 알렉산드로는 그녀가 짧게라도 행복했기를 기도했다.

아, 드디어 내가 진짜 '소피아 그레이엄'이 된다니 믿을 수가 없다.
이 세상에서 내가 제일 행복한 사람일 거야.
빨리 내일이 왔으면 좋겠다.
설레서 잠이 올지는 모르겠지만.
줄리아 언니도 결혼식에 왔으면 좋겠다.
내가 행복하게 잘 사는 모습을 보여 주면 언니도 화가 풀리겠지?

알렉산드로는 언제부터인가 굉장히 몰입해서 소피아의 일기를 읽고 있었다. 소피아의 행복한 마음을 백 번, 천 번 공감했다. 그녀가 던칸에게 품었던 마음은 알렉산드로가 클로이에게 가지는 마음과 너무도 비슷했다. 그녀의 일기는 마치 그 자신이 느낀 감정을 그대로 써 놓은 것 같았다. 알렉산드로는 소피아를 응원했다. 그녀가 원하는 행복한 결혼 생활이 조금이라도 유지되었기를 바랐다.

정말 서운하다.

던칸 님은 기사단의 일 때문에 신혼 첫날밤에 못 온다고 하셨다.

사실 그는 결혼식 내내 바빠 보였다.

결혼식보다 일생에서 중요한 게 있다니.

서운하긴 하지만…….

일 때문에 신혼 초야에 신부를 소박 맞히다니, 알렉산드로는 소피아의 일기가 점점 현실적으로 다가오기 시작했다.

'지극히 아버님다우시군.'

알렉산드로가 아는 아버지는 그의 목표를 위해서라면 뭐든 해낼 사람이었다. 공작의 작위를 가진 기사단의 기사로 시작한 던칸은 거기서부터 권력을 불리기 시작했다. 아마 그녀와 결혼을 했을 때면 던칸이 기사단에서 한창 세력을 키울 때일 것이다.

내가 사랑하는 사람과 평생을 보내게 된 나는 정말 행운이다.

그냥 그렇게 생각해야겠다…….

알렉산드로는 소피아가 결혼식 날 쓴 일기의 마지막 줄에서 눈을 뗄 수 없었다.

'사랑하는 사람.'

소피아가 던칸에게 품었던 감정은 사랑이었다.

'모든 사람들이…… 이런 감정들을 가진단 말인가?'

믿을 수가 없었다. 심지어 세상에서 가장 가혹하다고 생각했던, 무정하다 여겼던 그의 모친마저 아버지를 사랑했었다니.

'그런데 왜……?'

그랬던 어머니가 도대체 왜, 고작 2년 사이에 변했단 말인가?

알렉산드로는 다시 일기장을 펼쳤다. 일기는 결혼식 날로부터 한 달 뒤에 다시 쓰여 있었다.

속상하다.

던칸 님은 나를 맥코웰 가문으로부터 '샀다'고 말했다.

나는…… 나는 사고 팔리는 물건이 아닌데.

그는 우리 가문에 낸 지참금만큼 사병을 요구할 것이라고 했다.

나는 그를 정말 사랑했는데…….

이런 일기까지 쓰면서 그와 결혼하려고 했던 내가 너무 비참하다…….

자존심도 상한다.

나는 여자로서 그에게 아무런 매력도 없는 걸까?

하늘이 무너지는 것 같다.

알렉산드로는 깜짝 놀랐다. 아무리 그의 아버지가 피도 눈물도 없는 사람이라고는 해도, 그의 부인인 여자에게 할 말은 절대 아니었다. 소피아는 한참을 고민했는지 다음 문단에서는 잉크의 색이 달라져 있었다.

아니, 아니야.

그래도 난 던칸 님을 사랑하니까 내가 노력해 봐야지.

그럼 달라지실 거야.

분명히 달라지실 거야.

제발.

이번 일기가 쓰인 장은 잔뜩 구깃구깃했다. 물에 젖었다가 마른 것 같았다. 밑부분은 앞의 장에 붙어서 떼어 내기도 곤란했다. 알렉산드로는 어렴풋이 소피아가 눈물을 흘렸던 것 아닐까 하고 짐작했다. 3년간 짝사랑을 하던 남자에게 그런 말을 들었으니, 충분히 그럴 만했다.

그는 너무 바빠서 부인과 저녁 식사도 같이 먹을 수 없다.

그럼 도대체 결혼은 왜 한 거지?

맞다, 그는 사병이 필요하다고 했지…….

알렉산드로는 일기장 속의 소피아가 안타까웠다. 마음 한구석이 아릿했다. 뒤는 어떤 내용이 이어질지 어렴풋이 예상할 수 있었다. 마치 마지막 장을 먼저 읽은 슬픈 소설을 읽는 기분이었다.

던칸 님은 오직 아들 한 명만을 원한다고 하셨다.

나는 3남매를 낳고 싶은데…….

근데 던칸 님은 다른 아이는 필요 없다고 하신다.

다른 공작가에게 권력을 나눠 주고 싶지 않아서라니, 그런 한심한 이유는 또 처음이다.

어쨌든, 아이가 있으면 그가 달라질지도 모르지.

하지만 던칸은 변하지 않았다. 그 때문에 변한 것은 결국 소피아였다. 다 읽지 않았음에도 알렉산드로는 앞으로 어떻게 될지 잘 알고 있었다.

미칠 것 같다.
던칸은 나를 위한 어떤 노력도 하지 않는다.
그는 이 결혼 생활과 나를 전혀 배려하지 않는다.
그는 전혀 나를 사랑할 생각이 없다…….
속이 상해서 미칠 것 같다.
죽고 싶다.

소피아의 필체가 일기장 초반의 단정함을 잃고, 감정에 따라 마구 휘갈기듯 써 내려간 것 같았다. 그는 마음이 좋지 않았다. 소피아는 던칸에게 많이 실망한 것 같았다. 둘이 결혼하기 3년 전부터 소피아가 이 일기장에 소원을 빌듯 결혼을 바란다고 써 왔으니 3년간이나 짝사랑을 해 온 것이었다.

자신이 클로이를 만난 지 이제 반년도 되지 않았다. 소피아가 혼자서 그 긴 시간 동안 품어 온 마음이 어땠을지 알렉산드로는 어렴풋이 짐작할 수 있었다. 그 뒤로도 비슷한 내용이 계속 이어졌다.

소피아는 최대한 던칸과 많은 시간을 보내려 노력했고, 던칸은 기사단과 수도 정치계에 입문해서 바쁜 시간을 보냈다. 그는 소피아를 위한 노력도, 배려도 하지 않았고 소피아는 계속해서 지쳐 갔다. 그렇게 둘이 결혼하고 4개월 뒤, 소피아가 임신했다는 내용이 있었다. 알렉산드로는 의아했다. 그가 태어난 것은 소피아와 던칸의 결혼 2년 뒤였다. 시간이 맞지 않았다. 다시 한번 날짜를 확인했지만 그가 알고 있는 자신의 생일보다 1년 전이었다.

주치의는 자꾸 아이가 여자아이 같다고 한다.

혹시나 그의 귀에 말이 들어갈까 봐 주치의에게 신신당부하고 돈도 잔뜩 쥐여 주었다.

그냥 남자아이일 것 같다고 말해 주면 얼마나 좋을까, 꼬장꼬장한 할아범 같으니.

남자아이든 여자아이든 상관없어.

엄마는 너를 많이 기다리고 있단다, 우리 아기.

아빠는 바쁘겠지만 엄마가 대신 많이 사랑해 줄게.

아이가 생기면 남자들은 바뀐다고 했어.

남자아이면 알렌, 여자아이면 레나라고 지어야지.

어쩌면 던칸 님도 예쁜 알렌이나 레나를 보면 누구보다 예뻐해 주실지도 몰라.

사랑한다, 우리 아기.

소피아는 그녀의 임신 소식에 누구보다 기쁜 것 같았다. 아이가 생기면 던칸이 변하고 둘의 관계가 개선되리라고 굳게 믿고 있었다. 한 가지 이상한 점은, 알렉산드로는 형제자매가 없는 외동아들이었다.

'어머니가 날짜를 잘못 써 놓으신 건가?'

하지만 첫 일기부터 그가 읽은 날까지 일기는 꾸준했다. 가끔 몇 주를 거르긴 했지만 시간의 흐름은 맞는 것 같았다. 그는 계속해서 일기를 넘겼다.

소피아는 태어날 아이를 위해 많은 노력을 기울였다. 게다가 던칸도 조금은 변했는지 그녀와 가끔 저녁 식사를 함께하기도 했다. 소피아는 그 작은 변화에도 무척이나 기뻐했다.

예정일이 얼마 남지 않았다.
얼른 우리 아기를 만나고 싶다.
던칸 님도 정말 많이 변하신 것 같다.
너무 행복하다.
아이를 보면 던칸 님이 얼마나 좋아하실까?
너무너무 행복하다.
우리 아이는 신이 내린 선물이다.

그리고 그다음 일기의 날짜는 그로부터 2주 뒤였다.

예쁜 공주님이라고 했다.
얼른 보고 싶은데, 산파는 내가 몸이 약해서 출산하고 이틀이나 잠들어 있었다고 했다.
던칸 님은 아기를 보셨을까?

“여자아이라고?”
커다란 의문이 일었다. 알렉산드로에게는 누이가 없었다. 있었다고 들은 바도 없었다. 그런데 소피아가 여자아이를 낳았다? 믿을 수 없는 일이었다. 그렇다면 그 여아는 어디에 있단 말인가? 일기장을 넘기는 그의 손길이 바빴다. 다음 일기는 그로부터 두 달을 훌쩍 넘긴 뒤의 일이었다.

던칸 같은 남자를 사랑하게 된 내가 너무 밉다.

토할 것 같이 어지럽다.

우리 아이에게 너무 미안해.

나는 한 번도 보지 못했는데…….

죽고 싶다.

던칸은 지옥에 갈 거다.

잔인한 인간.

평생 용서하지 않을 거야.

죽여 버리고 싶다.

감히 내 아이를!

죽여 버릴 거야.

그러고도 소피아의 일기는 던칸을 저주하는 말들이 빼곡했다. 알렉산드로는 놀란 마음에 불안하게 심장이 뛰었다.

'내게 정말 누나가 있었단 말인가?

그리고 아버님이 누나를……?'

그는 믿기지 않는 충격적인 사실에 놀라고 말았다. 미친 점쟁이의 말이 떠올랐다.

—어머니와 누나에게 감사하시오. 당신을 사랑하는 어머니와 누나가 귀하신 분 지켜 주고 기도하고 있으니 결국엔 다 잘될 거요.

—그러니 이제 그만 미워하시오! 어머니가 서럽다 하시오.

정신 나간 것 같은 점쟁이의 눈빛은 뇌리에 깊이 박혀 있었다.

'그 점쟁이의 말이 사실이었단 말인가?'

분명 불쾌한 이였지만 첫눈에 자신의 어머니와 누나에 관한 일을 맞힌 것이다.

'우연인가?'

갑자기 불안해졌다. 그렇게 잘 맞히는 점쟁이라면 클로이에게 했던 말도 분명 맞을 텐데. 그녀의 남편이 자신이라면 점쟁이는 둘을 앞에 두고 왜 일언반구도 없었던 것인가? 게다가 클로이에게는 남자가 네 명이라는 말도 안 되는 헛소리까지 했다.

'믿지 말자. 그건 헛소리야.'

그는 곧 점쟁이에 관한 생각을 접고 다시 일기에 집중했다. 갈수록 일기장 곳곳에는 뜯긴 부분이 많았고 소피아의 필체는 어지러워졌다. 그럴 만도 하다고 생각했다.

소피아는 그 아이를 설레는 마음으로 기다리고 있었다. 그리고 그녀가 사랑하던 남자, 던칸과의 관계가 달라질 거라는 믿음을 끝까지 가졌던 것이다. 그 이후로도 약 1년간 던칸은 가정에 충실하지 않았고, 그녀를 방치했다.

소피아는 그를 미워하는 마음을 가득 담아 일기를 남겼다. 그리고 그로부터 약 1년 뒤, 소피아는 다시 임신했다. 그녀가 사랑해야 하는 그 아이였다.

끔찍하다…….

만약 이 아이가 남자애라면 난 다시는 그레이엄 가문에서 나오지 못하겠지.

만약 여자아이라면 던칸이 또 나 몰래 어딘가로 빼돌릴 거야.

이 아이에겐 미안하지만 낳고 싶지 않아.

제발 이 징그러운 집안에서 벗어나고 싶다.

알렉산드로는 소피아의 마음을 알 것 같았다. 그녀는 그레이엄의 이름을 벗고 싶었을 것이다. 그리고 그는 마지막 문장에서 눈을 뗄 수가 없었다.

제발 이 아이가 태어나지 않았으면 좋겠다.

제발…….

소피아가 바라지 않는 이 아이는 바로 알렉산드로, 자신이었다. 그제야 모든 조각이 맞춰졌다. 어머니가 왜 그렇게 자신을 미워했는지. 착잡한 마음으로 일기장을 덮으려던 그는 몇 장 남지 않은 것을 보고 고민했다. 알렉산드로는 안 봐도 뒤 내용을 알 수 있었다. 그가 겪어 온 시간들이 대변했다.

어머니, 소피아는 자신을 사랑하지 않았다. 그것을 다시 눈으로 재확인하고 싶지는 않았다. 그런데 그의 마음과는 다르게 손은 다시 다음 장을 향했다. 그는 일말의 희망을 놓고 싶지 않았다. 그것은 용기이기도 했고, 바람이기도 했다.

점점 배가 불러 온다.

이제 예정일이 얼마 남지 않았다…….

던칸도 밉고 이 아이도 밉다.

그는 다시 한 장을 넘겼다.

오늘 아이의 얼굴을 봤다.
이 아이에겐 꼭 '알렌'이라는 이름을 주고 싶다.
분명 밉다고 생각했는데…… 너무나 사랑스럽다.
웃는 모습이 그를 꼭 닮았다.
미워하고 싶은데…… 알렌은 너무 예쁜 아기다.
너무나 많이…… 사랑스럽다.

그녀의 필체는 다시 차분하게 정돈되어 있었다. 알렉산드로는 이상한 기분이었다. 소피아가 낳은 아기는 분명 자신이었다. 그의 생일과 일기장에 적힌 날짜도 정확했다.

'내가…… 사랑스럽다고?'

온몸이 간질거렸다.

'친모가 나를, 사랑스럽다고…….'

던칸이 아이의 이름을 멋대로 알렉산드로라고 지었다.
그를 이어서 제국의 황자가 될 몸이니 그에 맞는 이름이라고 했다.
알렌은 너무 나약한 이름이라고?
내 아기를 그가 멋대로 데려가려고 한다.
그의 얼굴에 침을 뱉고 나왔다.
알렌은 제발 저따위 인간을 닮지 않았으면 좋겠다.

'알렌.'

확실히 그가 생각해도 부드러운 이름이었다. 자신에게는 별로 어울리지 않을 것 같았다. 그는 조용히 그 이름을 되뇌었다.

알렌.

알렌은 너무나 사랑스럽다.

방긋방긋 웃는 모습이 정말 예쁘다.

아니, 사실은 하나도 안 예쁘다.

난 저 아이가 싫다.

내 아기…….

내 예쁜 아기는 어디로 갔지?

그런데 자신을 낳고 그 이후로 깔끔했던 소피아의 필체는 다시 갈수록 엉클어졌다. 알렉산드로는 안타까웠다. 일기는 그 후로는 몇 개월에 한 번씩 있기도 하고 1년씩 건너뛰기도 했다.

오늘 알렌이 말을 했다.

보모가 무슨 말을 가르쳤는지 던칸의 이름을 말했다.

알렌이 밉다.

꼴도 보기 싫어.

그를 닮은 푸른 눈동자도 싫어.

그녀는 때때로 알렉산드로를 탓했고, 던칸을 미워했으며 그레이엄 가문에서 벗어나고 싶어 했다.

던칸이 알렌을 자꾸 데려가려고 한다.

어디로 데려가려고?

내 아이는 누구에게도 못 줘.

다신 아무도 못 데려가!

손에 얼마나 힘을 줬는지 잉크가 전부 번져서 알아보기 힘든 일기도 있었다. 그는 소피아의 마음을 이해할 수 있었다. 사랑했던 이에게서 저런 취급을 받는다면 그 또한 견딜 수 없을 것이다. 그런 알렉산드로의 눈에 갑자기 제법 반듯한 글씨로 적힌 일기의 다음 장이 눈에 박혔다.

알렌.

엄마는 너를 사랑한단다.

너는 사랑받을 수밖에 없는 아이야.

그는 눈을 뗄 수가 없었다. 다시 온몸이 간질거렸다. 누군가 그의 심장을 잡고 주무르는 것처럼 숨을 쉬기 곤란할 만큼 가슴이 온통 떨려 왔다.

어머니가 자신을 사랑했었다니…….

다시 일기를 돌아봤지만 그것은 분명 소피아의 필체였다.

하지만 던칸을 꼭 닮은 네가 너무 미워…….

엄마를 용서해 주렴.

알렉산드로는 일기를 내려놓았다. 누군가 그를 잠에서 깨운 것처럼 정신이 번쩍 드는 것 같았다. 그는 소피아가 자신을 사랑했다는 사실보다 미워했던 마음을 더 빨리 이해할 수 있었다. 어머니를 향한 안타까움 때문이었다.

내 딸은 어디로 갔지?
내 예쁜 아기는 분명히 여자아이였는데…….
알렌은 갈수록 던칸을 닮아 가네.
꼴도 보기 싫어.
도대체 누가 저 애를 낳은 거야?

소피아는 미쳐 가고 있었다. 일기는 점점 엉망이었다. 그녀의 필체는 이제 알아보기도 힘들었다. 알렉산드로는 암호를 해석하는 것처럼 마구잡이로 쓰인 일기를 간신히 읽어 내려갔다.

알렉산드로를 황제를 만들겠다고?
아니, 내가 할 거야.
내가 황제가 될 거야!
던칸은 절대로 그럴 수 없어.
던칸을 시켜 줄 바에는 내가 황제가 되고 말 거야.
당신을 저주할 거야, 던칸 그레이엄.

알렉산드로는 누구지?
내 딸 레나와 내 아들 알렌은 도대체 어디로 간 거야?

던칸이 또 죽였어!

또 데려갔어!

내가 지켜 주려고 했는데…….

소피아의 일기는 얼마 지나지 않아 끝났다. 그 뒤는 비슷했다. 그녀는 알렉산드로를 사랑했으나 동시에 미워했고, 던칸을 혐오스럽게 생각했다. 소피아는 계속해서 그녀의 잃어버린 여식을 찾았다. 하지만 여식은 없었다. 그녀는 알렉산드로와 알렌을 다른 사람으로 생각했다. 미쳐 버린 것이었다. 그는 그제야 어머니가 철저한 타인을 보는 것처럼 자신을 보던 시선을 이해했다.

"후……."

그는 일기장을 내려놓고 한참이나 이마를 짚고 있었다. 어머니가 너무나 가여웠다. 그런 어머니를 미워하며 평생을 괴로워했던 자신이 불쌍했다.

'나를 사랑하셨어.'

그는 사랑받았다. 다만, 알 수 없었던 것이다. 어머니에게 너무나 미안했다. 그의 잘못은 아니었지만 동시에 평생을 오해하며 소피아를 미워했던 날들이 마음 아팠다. 알렉산드로는 던칸이 원망스러웠다. 으득 이가 갈렸다.

'감쪽같이 속여 오셨군.'

모든 사람들이 두려워하는 그레이엄 가문의 실체는 그저 껍데기였다. 제국의 영웅이라 일컬어지는 자신과, 전쟁 군주라는 아버지 사이에는 엄청난 벽이 있었다. 이 모든 일의 원흉이 바로 부친이었다.

게다가 던칸 그 자신도 정략결혼을 그렇게 망쳐 놓고 아들인 자신에게까지 똑같이 살기를 강요했다.

“후우.”

머리가 아팠다. 마냥 아버지를 미워하고 싶지만, 어머니가 죽고부터 던칸이 겪어 왔던 고뇌를 알았다. 심지어 던칸은 평생을 바라던 황제의 자리를 마다하지 않았던가. 이제 자신에게 남은 가족은 아버지뿐이었다. 하지만 용서할 수 없었다. 그러기엔 어머니에게 미안했다. 어머니는 그저 서로를 사랑하는 가족이 되기만을 바랐다.

‘가족.’

가슴속에서 뜨거운 무언가가 끓어올랐다. 이미 한참 전부터 그곳에 있던 이 감정은, 이제 또렷하고 선명하게 빛을 내뿜고 있었다. 이게 무엇인지 이제야 알았다. 어머니가 주었던 사랑에서 그는 자신의 사랑 또한 확신할 수 있었다. 그의 어머니도, 아버지도 이루지 못했지만…… 그는 자신이 있었다. 알렉산드로는 한 번도 마음먹은 바를 실패해 본 적이 없었다.

게다가 그는 분명히 던칸과 달랐다. 새로운 보금자리를 이룬다면 그는 평생을 아내에게 헌신하며 누구보다 아끼고 사랑할 것이다. 내가 사랑하는 사람을…….

‘아내로 맞을 것이다.’

그리고 평생 사랑하며 행복하게 해 줄 것이다. 알렉산드로의 가슴이 거세게 뛰기 시작했다. 알고 있었다. 그가 사랑하는 사람이 누구인지, 진짜 원하는 게 무엇인지. 자신의 마음을 확실히 깨달은 그는 당장 침대에서 일어났다.

‘만나야 해.’

얼른 클로이를 찾아야 했다. 그녀에게 해야만 하는 말, 하고 싶은 말들이 벌써부터 혀끝을 맴돌았다. 지금 당장, 그녀에게 알려야 했다. 우선은 미안하다고 사과를 하고, 그리고…… 그리고 이 마음을 전할 것이다. 그런데 뭐라고 말해야 할까.

이 감정은 사랑이 맞는데, 사랑이라는 단순한 두 글자로는 이 모든 마음이 담기지 않았다. 자신이 클로이에게 품은 마음은 굉장히 힘든 것이었다. 그녀가 다른 남자와 있는 것을 보거나 상상만 해도 그는 심장이 터질 것처럼 뛰었다. 머리끝까지 열이 올라오는 기분이었다. 전장에서 적수에게 어떤 도발을 받아도 그만큼 화가 나진 않았다. 하지만 그보다 더 견디기 힘든 것은 클로이가 겪는 모든 가혹한 상황들이었다.

그녀가 자신의 앞에 무릎을 꿇었을 때…….

다시 떠올리고 싶지도 않았다. 알렉산드로는 그 자신이 무너져 내리는 기분이었다. 그가 가진 모든 마음을 부정당하고, 심장이 산산조각 나는 기분이었다. 산에서 그녀를 잃었을 때는 세상이 전부 까맣게 보였다. 하지만 클로이의 미소는 그 모든 괴로움을 잊을 수 있을 만큼 달콤했다. 기분이 나락으로 떨어졌다가도 클로이의 웃는 모습을 보면 그는 뭐든 해낼 수 있을 것 같았다.

그녀가 자신을 부를 때, 걱정하는 그 목소리, 웃는 얼굴, 다정한 시선…… 그냥 클로이의 모든 것들이 그를 설레게 했다. 이 세상에 왜 아직도 내가 존재하고 있는 건지 설명하는 것 같았다.

'사랑한다는 말로도 부족해.'

그는 문을 박차고 나섰다.

18. 고백과 그 대답

18. 고백과 그 대답

• • • • •

알렉산드로는 클로이가 있을 만한 곳으로 향했다. 창고와 시녀들의 숙소로 향했지만 그녀는 없었다. 그는 미친 듯이 성을 돌아다니기 시작했다. 자신의 감정을 눈치챈 이상 알렉산드로는 아무것도 기다리고 싶지 않았다.

그녀가 제게 오지 않는다면, 자신이 그녀에게로 가야 했다. 기어코 성 밖까지 나온 그는 저 멀리 빨래터에 앉아 있는 작은 그림자를 발견했다. 몸은 거의 가려져 보이지도 않았지만 그는 그림자만 봐도 누군지 알 수 있었다. 슬며시 미소가 지어졌다. 벌써부터 마음이 탁 놓이고 두근거렸다.

제게 이런 감정이 찾아왔다. 스스로도 놀라웠다.

조용히 그녀에게 다가가자, 해가 지는 노을 사이로 혼자 바위에 앉아 있는 그녀가 보였다. 무릎 사이에 얼굴을 묻고 앉아 있는 클로이를 보니 알렉산드로는 왠지 모르게 가슴이 아려 왔다.

'저렇게 작은 여자였나.'

클로이는 서 있을 때 그의 어깨에도 미치지 못했다. 그런데 저렇게 둥글게 앉아 있는 모습을 보니 정말 작아 보이는 것이다. 그는 몇 발자국을 남기고 그녀에게 차마 다가가지 못했다.

저렇게 작은 여자가 혼자서 그렇게 힘든 인생을 버티고 견뎌 왔다는 게 믿기지 않았다. 그는 단 한 번도 상상조차 해 본 적 없는 삶이었다.

얼마나 힘들었을까. 감히 짐작도 가지 않았다. 이제 내가 옆에서 함께하리라. 그녀를 지켜 주리라. 혼자 짊어져 왔던 것을 자신이 나누고 보듬어 주리라고 알렉산드로는 다짐했다.

그 길의 끝에는 아무도 몰래, 마음속 깊이 바라 왔던 간절한 소망이 있었다.

—아빠 되고 싶잖아.

정확한 실체는 몰랐지만 언제나 꿈꿔 왔던 것. 클로이와 함께라면 그는 두려울 게 없었다. 그녀와 함께라면 분명히 행복하리라는 확신이 들었다.

화목한 가족, 그 가족의 일원. 평생 가질 수 없을 줄 알았다. 그러나 지금은 달랐다.

때마침 클로이가 일어섰다. 그녀는 조용한 빨래터에서 생각을 정리하고 있었다. 기사들이 보여 준 의리가 그녀에게는 굉장히 감동적이었다. 살면서 그녀가 친구라고 생각했던 이들은 엘파사의 약방에서 함께 일해 온 동료들이 전부였다. 하지만 그녀는 그들의 생사를 몰랐다. 그 이후로는 왕궁에서 따돌림 아닌 따돌림을 당하고, 제국에는 노예로 잡혀 와 그 누구와도 마음을 터놓지 못했다.

그런데 기사들이 자신을 위해서 연회까지 뒤로 미루고 새벽 내내 찾아다녔다니……. 가슴이 뭉클했다. 기사단 일행에게 아무것도 기대하지 않았는데 말이다.

클로이는 일부러라도 착한 일을 많이 하며 살려고 했다. 나쁜 행동을 했다가 벌을 받을까 두려워서였다. 하지만 그녀의 선함을 일부 사람들은 그저 이용하기 좋은 도구처럼 여겼다. 이제야 지난 삶을 보상받는 기분이었다. 바랐던 것은 아니지만, 신이 있다면 이제야 세상이 조금 공평하게 느껴졌다.

'내가 또다시 결혼을 하게 되다니.'

그녀는 트리거와의 결혼으로 이제 노예로서 주인을 섬기지 않아도 되고, 팔려 갈 걱정도 없으며, 누군가의 아내라는 단단한 울타리를 가지게 될 것이다. 보통 여자들이 꿈꾸는 이상적인 가족의 형태는 물론 아니었다. 남편이 남색가니까. 하지만 클로이는 그대로 만족하기로 했다. 만약 애나의 말처럼 알렉산드로가 끔찍한 주인이었다면 클로이는 정말 삶을 포기했을지도 모른다. 그녀는 리오와 같은 인간을 두 번 다시 만나고 싶지 않았다.

'알렉산드로 그레이엄.'

대공은 정말 대단한 사람이었다. 그녀가 만나 본 몇 안 되는 훌륭한 인격을 가진 남자였다. 클로이는 남몰래 알렉산드로가 자신의 연인이었다면 어떨까 하는 상상을 해 본 적도 있었다. 그렇게 멋진 남자를 앞에 두고 그런 생각을 안 할 수 있는 여자가 있을까? 하지만 상상의 끝은 결코 행복하지 않았다.

그는 너무 많은 것을 가진 남자였다. 반면에 자신은 그에게 줄 수 있는 것이 아무것도 없었다. 노예 출신 애첩을 가진다고 해도 그의 명예에 흠이 갈 것이다.

'그런데 어떻게 날 좋아할 수가 있지?'

클로이는 그가 자신을 바라보는 눈빛을 알았다. 모를 수가 없었다. 따뜻하지만 가끔은 뜨거웠으며, 어떨 때는 집요하기까지 했다. 그는 자신을 여자로 보고 있었다. 부정하려고 해도 그의 시선이 모든 것을 설명했다.

자신이 못나서 그의 사랑이 의심되는 게 아니었다. 그가 수만 개의 계단 저 멀리 위에 있는 사람이기 때문이었다. 신분의 사다리, 저 아래 바닥에 눌어붙은 내가 여자로 보였단 말인가. 그만큼 자세히 나를 바라보았단 말인가. 대체 언제부터…….

그에게는 개미만큼 작고 초라해 보였을 자신의 존재가 이성으로서 그에게 느껴졌다는 사실이 솔직히 놀라웠다. 머리로는 영 이해할 수가 없었지만 사실이었다. 사랑에 빠진 남자는 결코 여자를 헷갈리게 하지 않는 법이다.

'차라리 그 또한 나처럼 아무것도 가진 게 없는 노예였다면.'

그랬다면 자신도 같은 마음을 가질 수 있었을 것이다. 게다가 그는 자신이 왕녀라는 사실조차 모를 것이다. 그의 마음을 받아야 한다면 그녀는 최소한의 예의로 자신이 왕녀라는 사실도 밝혀야 한다고 생각했다.

'그냥 전부 다 문제야. 모든 게 다.'

박복한 인생에 찾아온, 간신히 얻어 낸 평화였다. 택하라면 클로이는 그냥 조용히 약초나 연구하며 트리거의 아내로 살고 싶었다. 그것은 알렉산드로도 마찬가지일 것이다. 아무리 그가 자신을 순수하게 좋아한다고는 해도, 그는 '그레이엄'이었다.

'그는 어울리는 여자를 만날 거야.'

클라라 반도라스 공작 영애는 겉보기에 대공과 정말 잘 어울렸다. 하지만 그녀는 뭔가 이상했다. 클로이는 이왕이면 그가 정말 좋은 사람을 만나길 바랐다.

알렉산드로는 외로운 남자였다. 그의 빈 조각을 채워 줄 수 있는 누군가를 꼭 찾았으면…….

이런저런 생각을 하다 보니 슬슬 배가 고파졌다.

어느덧 노을이 지고 있었다. 자리에서 일어난 클로이는 눈앞의 강물을 바라보았다. 그저 빨래터로 이용되는 냇가였지만 그 쓸모와는 다르게 무척 아름다웠다. 지는 태양빛에 강물이 반사되어 보석처럼 반짝이는 물비늘이 가득했다. 이 성에 사는 이들에겐 별 볼 일 없는 일상의 한 부분이겠지만 이방인인 그녀에게는 감탄이 절로 나오는 경관이었다. 홀로 서서 그걸 보고 있자니…….

'아쉽다.'

이 세상은 참 아름다운 곳이었다. 자신의 처지나 무자비한 삶은 안타깝지만 눈길이 스치는 부분들이 아름다운 건 사실이었다. 누군가 말하길, 사물의 아름다움은 그것을 보는 마음에 있다고 했다. 클로이는 지금처럼 자신을 둘러싼 모든 것들이 아름답다고 믿으며 살고 싶었다. 그러면 괴롭고 불행한 일에 잠식되지 않을 것 같았다. 여태까지 해 왔던 것처럼 씩씩하게 살 수 있을 것이다. 사랑까지 함께한다면 더할 나위 없겠지만…….

'아니야. 잠깐 설렜으니까, 그걸로 됐어.'

클로이는 모처럼 자신에게 찾아온 가슴 뛰는 기분이 좋았다. 태어나서 처음 느껴 보았다. 상대는 자신이 매일매일 보며 감탄하던 그 남자였다. 하지만 산전수전, 많은 것을 겪어 온 삶이 말했다.
'그와 함께하려면 내 모든 걸 걸어야 해.'
뭔가를 얻으려면 뭔가를 포기해야 한다. 그녀가 가진 건 목숨뿐이지만 클로이에겐 세상 그 무엇보다 소중했다. 더군다나 손안에 들어온 좋은 기회를 놓치고 싶지 않았다. 이 결혼은 평생 얻지 못할 그런 행운이었다. 고민할 이유도, 감히 그럴 용기도 없었다.
'그래도 이 정도면 전생보다 알차게 사는 거지, 뭐. 그러고 보니 트리거한테 내가 결혼했었다는 말을 안 했네.'
그는 아마 별로 신경 쓰진 않겠지만, 언젠가 말해야겠다고 생각했다.
바로 그때였다.
"꺅!"
누군가 그녀를 뒤에서 끌어안아 왔다. 남자의 커다란 두 팔은 그녀를 완전히 품에 안았다. 그가 고개를 숙여 그녀의 얼굴과 목 사이에서 깊은숨을 토해 냈다. 마치 안도의 한숨처럼 느껴졌다. 굳이 돌아보지 않아도 그녀는 이 넓고 단단한 남자의 가슴을 기억했다.
"대공님."
클로이는 그의 팔을 풀고자 손을 움직였다. 그는 순순히 그녀를 놓아주었다. 알렉산드로는 잔뜩 긴장한 얼굴이었다. 동시에 들뜬 것 같기도, 벅찬 것 같기도 하고. 복잡하고 미묘해 보였다.
'혹시 그 일기장에 대해서 말하시려 그러나?'
클로이는 어렴풋이 소피아 그레이엄의 일기장의 내용을 짐작했다. 정확히는 알 수 없지만 뭔가 엄청난 내용이 있는 게 분명했다. 궁금하긴 하지만 그건 그레이엄 가문의 사적인 영역이니 만큼 그녀는 물어볼 수 없었다.

"네게 할 말이 있다."

그의 목소리가 환희로 가득했다. 그가 지금 말하려는 건 가문의 비밀 따위가 아니었다. 그 순간 클로이는 그가 무슨 말을 할지 불안해졌다. 예리한 직감이 스쳤다.

'설마.'

알렉산드로는 굳이 제게 말로 설명할 필요 없는 위치였다. 그저 스리슬쩍 자신을 탐하고, 모르는 척 버리고 뒤돌아서도 누구에게도 손가락질 받지 않을 사람이었다. 그런데 설마하니 자신에게 고백을……?

놀란 클로이를 향해서 알렉산드로가 그녀의 어깨를 잡아 더 가까이 끌었다.

"너를 잃는다 생각하니 미안하다고 말하지 못했던 것이 가장 먼저 생각나더군."

둘은 서로의 눈을 마주 바라보았다. 분명 떨고 있었지만 그는 더 이상 그녀의 눈을 피하거나 하지 않았다.

"미안하다. 네가 겪어 온 모든 일들을…… 진심으로 사죄하고 싶구나."

알렉산드로는 베아트리체 왕녀라는 사실을 자신이 안다는 것을 말하지 않기로 했다. 때가 되어 그녀가 자신을 용서해 준다면, 그때 클로이가 말하지 않을까. 그는 일방적으로 클로이에게 용서를 강요하고 싶지 않았다. 그리고 진실을 밝힐 클로이의 몫을 남겨 두는 게 그녀를 위한 배려라고 생각했다. 자신이 알고 있다고 말하면 클로이는 아주 많이 당황할 게 분명하니까.

"나는 후회 없이 살아온 사람이다. 하지만 너를 알고부터 과거의 내가 얼마나 밉던지."

알렉산드로는 진심인 듯 미간을 슬쩍 찌푸렸다.

클로이는 그런 그를 바라보면서 몹시 혼란스러웠다. 그가 자신에게 미안하다고 사과를 하다니, 한 번도 생각해 본 적 없는 일이었다. 이따금 그가 말할 때 미안한 감정이 느껴지긴 했지만, 설마 알렉산드로 같은 남자가 한낱 하녀인 제게 사과를 해 올 줄은 꿈에도 상상하지 못했던 것이다. 어쨌든 그가 뭘 알고, 어떤 걸 사과하는지 몰라도 일단 그에게 유감은 없었다.

"전 괜찮아요, 대공님. 이러실 필요 없어요."

알렉산드로를 위로하고자 한 말이지만 그는 여전히 뭔가 할 말이 남은 얼굴이었다.

"대공님도 제 소원을 들어주셨잖아요."

몇 번이나 자신을 보며 입술을 떼었다 붙이는 그를 보니 클로이는 그의 진심을 알 것도 같았다.

"제가 감히 대공님의 면죄부를…… 받을 수 있는지 모르겠지만 저는 대공님을 미워하거나 하지 않아요."

그녀는 기억을 더듬으며 어깨를 으쓱했다.

"저를 두 번이나 살려 주셨는걸요. 아니, 사실은 더 많을 거예요."

도적단에게서 구해 주기도 하고, 산으로 그녀를 찾으러 오기도 했다. 게다가 엘파사 왕궁에서도 자신을 살려 주었다. 클로이는 잠시 생각했다. 자신이 베아트리체 왕녀였다고 말한다면 과연 그는 어떤 반응을 보일까.

'지금은…… 아니야.'

고민했지만 처음 다짐했던 것처럼 세리머니가 끝나면 그에게 말하기로 했다.

'어차피 세리머니가 끝날 때쯤이면 볼 일이 없을 테니까.'

클로이는 무엇보다 그가 느낄 배신감이 두려웠다. 이 세리머니에 따라와 그를 수발들게 된 건 자의가 아니었지만 책임은 그녀에게 있었다.

말없이 클로이를 바라보던 알렉산드로는 슬며시 미소 지었다. 마주 보던 얼굴에도 미소가 서렸다. 자신처럼 환한 표정은 아니었지만 그는 그것으로도 족했다. 앞으로도 그녀와 함께할 날들은 많았다. 그녀의 진실 고백은 충분히 기다릴 수 있다. 재촉하고 싶은 마음은 전혀 없었다. 알렉산드로는 인내심이 굉장히 강한 남자였다. 기다리는 것쯤은 어려운 일도 아니다. 하지만 그는 자신의 감정만큼은 숨기고 싶지 않았다. 알렉산드로는 서로가 온전히 대등하게 마주 볼 수 있는 관계를 원했다.

"내가 네게 품은 마음을 알고 있느냐."

이렇다, 저렇다 하는 말도 없이 먼저 행동해서 클로이를 당황시키지 않아야 한다. 전의 실수로 깨달은 바가 많은 알렉산드로였다.

'천천히 다가가야 하는데.'

그녀는 작은 다람쥐처럼 경계심이 강하고 겁이 많은 사람이라 반드시 솔직해야 했다. 아니나 다를까, 잔뜩 굳은 클로이가 먼저 중얼거렸다.

"설마…… 설마 지금 저를 좋아한다고 하려는 건 아니시죠?"

뭐라고 대답을 해야 할까. 그는 답을 알고 있었다. 목구멍에서 넘어와 혀끝을 계속 맴돌던 말이 있다.

"너를 사랑한다."

"네?"

"아니, 그냥 사랑하는 게 아니라."

이렇게 쉽게 나올 수 있는 말이었다니. 마음이 조급해졌다. 이 감정은 남들처럼 쉽게 말할 수 있는 그런 감정이 아닌데. 사랑한다는 짧은 말로는 이 벅찬 심정이 전부 담기지가 않았다.

"나 자신보다도."

알렉산드로는 다급히 덧붙였다.

"너를 더 사랑해."

아마 클로이는 알고 있었을 것이다. 그 또한 알고 있었다. 다만 인지하는 데 시간이 오래 걸렸을 뿐이었다. 그는 자기 자신이 사랑받을 수 있는 사람인지, 사랑을 할 수 있는 사람인지 확신할 수 없었다. 그래서 망설여 왔던 것이다. 하지만 이제는 확신했다. 그녀가 두 손으로 제게 건넸던 일기장에 해답이 있었다.

"너를 정말 많이 사랑한다."

그의 진심이 담긴 말을 들은 클로이는 아무런 말도 할 수 없었다. 갑자기 심장이 세차게 뛰기 시작했다. 분명 긴장하고 떨었던 사람은 대공이었는데, 이제는 자신이 더 떨고 있는 것 같았다. 어렴풋이 짐작은 했지만, 설마하니 그가 사랑한다는 말을 할 줄은 몰랐던 것이다. 그냥 '너를 좋아하는 것 같다' 정도의 가벼운 말을 상상했던 그녀는 머리가 멍했다.

'사랑?'

게다가 그 자신보다 나를 더 사랑한다니…….

'이거 설마 꿈인가?'

클로이는 지금 들은 말이 믿기지가 않았다. 멍한 그녀를 바라보던 알렉산드로는 피식 웃었다. 어지간히 놀란 모양이었다. 그런 얼굴을 한 클로이가 귀여워서 참을 수가 없었다. 입술이 먼저 그녀의 이마에 입을 맞췄다. 천천히 하자, 하고 마음먹은 게 무색하게도 그는 속수무책이었다. 그의 몸은 머릿속의 결심과는 한참 멀었다.

쪽, 소리와 함께 그가 떨어졌다. 클로이는 그를 올려다보았다. 당황하고 긴장하던 그 남자가 아니었다. 그의 얼굴은 확신으로 가득 차 있었다.

'나를 사랑한다고……?'

그녀는 여전히 뭐라 말이 나오지 않았다. 그냥 머릿속이 백지가 된 것 같았다. 그런데 그보다 더 충격적인 물음이 뒤따랐다.

"나와 평생 함께하겠느냐?"

그는 어떤 구구절절한 말을 늘어놓을 수 없었다. 사랑이라는 두 글자는 부족했다. 그가 가진 마음은 시인의 노래나 떠도는 말들보다 더 특별했다. 그 어떤 말로도 전부 표현할 수는 없었다. 그것이 못내 아쉬웠다. 알렉산드로는 고개를 숙여 클로이와 눈높이를 맞췄다. 입술이 닿을 만큼 가까이 다가간 그는 속삭이듯 말했다.

"약속한다."

양손으로 클로이의 볼을 조심스레 감싸 안았다. 그는 스스로도 자기 자신을 제어할 수가 없었다. 사랑한다는 감정은 정말 이상한 것이었다. 깨닫고 나니 더욱더 커져 있었다. 입 밖으로 내뱉고 나니 그녀를 향한 마음이 도저히 멈춰지지 않았다. 고백하고 나니 인정받고 싶었다. 가슴속에 고여 있던 것을 꺼냈더니 둑이 터진 것처럼 마음이 줄줄 흘러내렸다. 주워 담을 수도, 제어할 수도 없는 이 감정이 바로 사랑이었다.

“내가 눈을 감는 날까지 오직 너만 사랑하고 아껴 줄 것이다.”

곧 그의 눈이 감기는가 싶더니 어느새 다시 클로이의 입술에 와 닿았다. 그녀는 몹시 당황스러운 와중에도 짧게 온기만 느끼고 떨어진 그의 입술이 아쉬웠다. 마치 누군가 둘의 마음을 풀로 붙여 놓은 것처럼, 그의 진심이 절절하게 전해졌다.

“다시는 너를 다치게 하지 않아. 반드시 지켜 줄 것이다.”

알렉산드로의 푸른 눈 가득히 떨떠름한 자신의 모습이 비쳤다. 지금 그가 한 말은 어렴풋이 그녀가 짐작한 것 이상이었다.

평생 함께하자고? 오직 나만 사랑하겠다니…….

급격히 이 모든 일들이 비현실적으로 느껴졌다. 그가 약속한 모든 것들이 멀리서 들려오는 주인 없는 메아리처럼 들렸다. 꿈이라면 깨고 싶지 않고, 실제라면 다시는 잃고 싶지 않은 순간이었다. 현실의 경계를 오가고 있었다. 클로이는 저도 모르게 본능적으로 손을 뻗어 실제를 붙잡았다. 그러자 그가 다시 입을 맞춰 왔다.

입술을 섞은 그는 한 손으로 그녀의 뒷머리를 움켜잡고 그녀의 고개를 들어 올렸다. 자연스레 입술이 더 벌어지면서 전과는 달리 더 깊은 곳으로 들어왔다. 여전히 조심스럽고 부드러운 움직임이었다. 클로이는 입술을 떼고 싶지 않았다.

‘차라리 꿈이었으면 좋겠다.’

그러면 이제 ‘행복하게 잘 살았습니다’ 하고 끝날 수 있을 것 같았다. 하지만 현실은 너무 생각할 것이 많았다. 게다가 그녀는 이미 마음을 먹은 상태였다.

그러나…….

이러면 안 되는 것을 알면서도, 클로이는 입술을 뗄 수 없었다. 너무 달콤했다. 자신을 사랑한다는 이 남자가 사랑스러웠다.

'제발 꿈이었으면. 그리고 영원히 깨지 않았으면.'

어느덧 입술을 뗀 클로이와 알렉산드로가 서로를 마주했다. 그는 대답을 기다리고 있었다. 가만히 얼굴을 살피던 알렉산드로는 클로이의 미묘한 표정을 읽어 냈다.그녀는 기쁘기보다는 슬펐다. 조금 전까지 하고 있던 생각이 다시 떠올랐다.

'그가 아무것도 가진 게 없는 나 같은 처지였다면 좋았을걸.'

같은 처지였다면, 이런저런 고민 없이 그냥 서로의 짐을 덜어 주고 다독이면서 살자고 덤벼들었을 것이다. 하지만 그녀는 곧 부정한 생각을 한 자신을 탓했다.

'내가 미쳤나 봐. 어떻게 그런 생각을.'

죄책감이 들었다. 자신에게 그렇게 잘해 줬던 그에게 감히 이런 불손한 생각을 품은 게 부끄러웠다. 둘 사이에는 너무도 많은 것들이 있었다. 그리고 클로이는 혹시나 알렉산드로가 끝까지 자신을 놓지 않는다고 해도, 어떻게 될지 그 미래가 불 보듯 뻔히 보였다. 그녀는 아마 남들이 쉬쉬하는 '둘째 부인'이나, 가문에서 공식적으로 인정받지 못하는 정부가 될 것이다. 그리고 알렉산드로를 아는 많은 이들에게 비난 아닌 비난의 눈초리를 받겠지. 혹여나, 만약 둘 사이에 자식이 생긴다고 해도 자식은 그레이엄의 성을 따르지 못할 것이다. 그녀는 노예였다.

'분명히 내가 버려졌듯이 버려지겠지. 그리고 사생아라는 주홍글씨가 평생 따라다닐 거야. 나처럼.'

왕의 사생아로 태어난 자신의 삶은 얼마나 기구했던가. 그 인생을 직접 살아왔다……. 자신을 사랑한다는 남자에게는 차마 나누기 미안한, 그런 삶이었다. 그런데 혹시 모를 자식한테까지 같은 짐을 주라고……?

거기까지 생각하니 클로이는 피가 전부 식는 기분이었다. 그녀는 단숨에 현실로 돌아왔다. 끝이 어떨지 보이는 관계. 이제 그녀는 자신이 가진 감정이 정말 사랑이 맞는 것인지도 헷갈렸다. 단순히 그가 잘생기고 몸이 좋고 성격도 좋은 멋진 남자라서 끌리는 것일 수도 있다. 알렉산드로가 아닌, 그만큼 잘생기고 멋진 남자가 나타나서 똑같이 말해도 여전히 심장이 뛸지도 모른다. 그녀는 오히려 비현실적인 상황에서 더욱 냉정해졌다.

"나와…… 함께하겠느냐?"

이번에는 조금 초조한 목소리였다. 알렉산드로는 그녀의 대답을 예상할 수 없었다. 클로이의 표정이 밝지 않은 것으로 보아 어렴풋이 좋지 않은 예감만 들었다.

"저는."

클로이는 간신히 입술을 떼었다. 하지만 뭐라고 대답해야 할지 차마 입을 열 엄두가 나지 않았다. 무엇을 먼저 말해야 할까. 마음속에 너무 많은 것들이 있었다. 그리고 막상 안 된다고 말을 하려니 자신의 처지가 감히 그에게 안 된다고 말할 수 있는 위치가 아니라는 사실이 새삼 떠올랐다. 어떻게 대공이자 주인인 그에게 하녀인 자신이 싫다고 말할 수 있단 말인가?

'대공님이 날 정말 편하게 대해 주셨나 봐.'

그녀는 속으로 헛웃음이 나왔다. 머리가 터질 듯한 모든 고민이 무색하게도, 어차피 자신이 할 수 있는 대답은 정해져 있었다. 알렉산드로는 의사를 묻듯이 말했지만 그녀는 그가 무엇을 원하든지 따라야 했다.

"저는……."

당황스러운 얼굴을 본 알렉산드로는 피식 웃으며 클로이를 끌어안았다. 그는 그녀의 감정이 지금 당장 자신과 같으리라고는 기대하지 않았다. 그저 확실히 마음을 표현하고 싶었을 뿐이다. 비겁하게 아무 말 하지 않고 그녀를 취하고 싶지 않았다.

"당장 대답할 필요는 없으니까."

클로이는 자신에 대해서 아직 아무것도 모른다. 그는 많은 것을 보여 주고, 알려 주고, 천천히 자신과 사랑에 빠질 때까지 기다릴 것이다. 알렉산드로는 자신의 사랑에 자신 있었다. 사실은 당장 대답을 듣고 싶었지만 그렇다고 해서 일방적으로 밀어붙이지 않을 것이다. 그는 클로이와 완전히 같은 감정의 교류를 원했다. 어차피 세리머니가 끝나기 전까지, 아니 끝나고 나서도 알렉산드로는 클로이를 놔줄 마음이 없었다.

'아직 시간은 많으니까.'

그녀가 자신에게 털어놓아야 할 것들이 있었다. 그리고 세리머니는 아직 진행 중이었다. 시간은 있다. 그는 기다리기로 했다.

'어차피 그녀는 나를 거부할 수 없다.'

마음속 한구석에서 차라리 그녀가 노예인 게 다행이라는 악랄한 마음이 스멀스멀 나타났다. 이렇게 이기적인 생각을 하는 자신이 놀라웠다. 왕녀를 노예로 만들었다는 사실에 미안하고 죄책감이 들던 신사 같은 남자의 이면에는 이 여자를 온전히 자신의 것으로 만들 수 있다는 희열이 숨어 있었다. 그녀를 옆에 둘 수만 있다면 무슨 상관인가?

알렉산드로는 양면적인 생각이 드는 자신에게 실망스러웠지만 동시에 안심했다. 그는 사실 그녀를 만나기 위해 그 모든 과거를 견뎌 온 게 아닌가 싶었다. 이제야 그의 삶이 완벽히 자기 것 같았기 때문이다. 그러니 절대로 그녀를 놓칠 수는 없다.

그 정도는 기다릴 수 있다. 그는 스스로에게 되뇌었다.

기다릴 수 있다. 기다리는 척이라도 해야 한다.

'사실대로 말한다면 도망가겠지.'

그의 깊은 속마음은 그랬다. 하지만 나오는 말만큼은 퍽 다정한 사람처럼 들렸다.

"기다리겠다. 네가 원하는 만큼."

들리는 그의 목소리는 담담했지만, 클로이는 자신만큼이나 거세게 뛰는 알렉산드로의 심장 소리를 그대로 들을 수 있었다. 그는 품에 안긴 작은 몸을 더 세게 끌어안았다. 그는 모든 준비가 되어 있었다.

"그러니 내게서 도망치지 마라."

너는 그냥 아무것도 할 필요 없이 그 자리에만 있어도 된다. 다정한 그의 목소리에 클로이는 말해야 할 것들이 많이 있었지만 아무 말도 하지 못했다. 그는 평소와 같이 너무도 다정했다. 자신을 바라보는 그 눈빛에 차마 입을 떼지 못했다. 그의 사랑을 받는 것이 자신이라는 게 믿기지 않았다. 이와 동시에 그녀의 귓가로 트리거의 목소리가 스쳤다.

—이 세리머니 끝나고 나랑…… 결혼할래?

그것뿐만이 아니었다.

'베아트리체 왕녀였다는 건 어떻게 말하지?'

스스로를 비겁하다고 생각했지만 그녀는 알렉산드로의 너른 품에서 모든 걸 잊었다. 내가 언제 이렇게 든든하고 따스한 품에 안겨 본 적이 있었나……. 전생에서도, 현생에서도 그가 유일했다. 많은 생각이 오가는 복잡한 마음속에서 누군가 자신에게 속삭이는 것 같았다.

'내게 이런 일이 벌어진 건 처음인데.'

자신이 유혹을 한 것도 아니고, 그냥 그가 좋다는데. 게다가 당장 대답할 필요도 없고 원하는 만큼 기다려 준다는데. 게다가 트리거는 여자를 좋아하는 남자가 아닌데.

'게다가…… 대공님은 이미 약혼녀가 있어.'

어차피 알렉산드로도 자신과 결혼을 한다거나 하진 않을 것이다. 클라라 반도라스 공작 영애를 떠올리니 차라리 마음이 편했다. 차라리…… 노예라서 다행이야.

'내가 어떻게 싫다고 말할 수 있어.'

난 어차피 대공님께 싫다고 말할 수 없잖아. 클로이는 더 이상은 가까워질 수 없을 것 같은 그의 품에 몸을 맡겼다. 비겁하지만 당장은 아무것도 생각하고 싶지 않았다.

미친 듯이 뛰는 심장 때문에 더는 아무런 생각도 할 수 없었다.

둘은 빨래터의 담벼락을 따라서 걸었다. 일부러 사람이 없는 반

대 방향으로 걸어서 성의 뒷문으로 돌아갈 생각이었다. 길은 알렉산드로가 왔던 것보다 배로 길었다.

'자신이 있다.'

그의 발걸음은 느릿했으나 당당했다. 기다릴 수 있다는 말은 자신감에서 비롯되었다. 여자들이 내게 했듯이, 나도 그렇게 클로이에게 하면 되는 게 아닌가? 웃어 주고, 매력을 보여 주고, 유혹하고.

'근데 이 길은 왜 이렇게 짧은 건가.'

그의 원래 예상과는 다르게 성의 뒷문이 금방 보였다. 내심 불평한 알렉산드로는 맞잡은 손등을 검지로 연신 쓸었다. 클로이의 손은 작고, 또 작았다. 뼈가 없는 건 아닌가 싶을 만큼, 힘을 주면 뭉그러질 것처럼 부드러웠다. 자신의 딱딱한 손과는 천지 차이로 달랐다. 그래서 알렉산드로는 그녀의 손을 놓을 수가 없었다. 놓으면 그대로 사라질 것만 같았다.

그는 클로이를 쉴 새 없이 몰아붙일 생각이었다. 그녀의 소심한 성격상, 자신이 성큼 다가가지 않으면 우물쭈물 아무것도 못하고 다가오기는커녕 도망갈 궁리만 할 게 뻔했다. 이런 작전을 세운 것은 자신의 것만큼이나 뛰던 클로이의 심장 소리 때문이었다.

'분명 그녀도 나를 사랑해. 하지만 말할 수 없었겠지.'

그 심장 소리는 클로이가 그랬듯이, 그에게도 큰 용기를 불어넣었다.

"저어."

그를 불러 세우는 목소리는 조용하지만 단호했다. 옆을 돌아보자 곤란한 듯 걸음을 멈춘 클로이가 주위를 두리번거렸다. 대번에 무슨 말을 하려는지 알아차렸지만, 알렉산드로는 모르는 척 잡은 손에 힘을 주어 끌어당겼다.

"대공님, 이제 이 손은……."

다시 성으로 들어가면 보는 눈이 있을 테니 손을 놔 달라는 소리였다.

"다른 사람들이 보는 앞에서는 이러시면……."

막상 확인하듯 듣고 나니 알렉산드로는 마음 한구석이 불편했다. 클로이가 무슨 마음으로 저런 말을 하는지 머리로는 이해했지만 가슴이 따라 주지 않았다.

"어차피 네가 미동의 옷을 입고 있는 한, 영지에 있는 이들은 우리를 연인이라고 생각할 텐데."

"그래도."

"그래도?"

"기사단의 일행도 있고."

"그리고?"

"그리고……."

말끝을 흐리는 당황한 얼굴을 보니 골리고 싶어졌다. 그래서 잡은 손을 당겨 아예 팔짱을 껴 버리자 기겁한 클로이가 얼른 팔을 빼고 뒤로 물러났다.

"대공님, 이러지 마세요! 다른 사람들이 보면 어떡해요!"

"하하."

분명 기분은 좋지 않았는데 벌게진 얼굴을 보니 웃음이 터져 나왔다. 하지만 곧 웃음을 그친 알렉산드로는 그녀가 물러난 만큼 성큼 다가갔다. 클로이의 등 뒤는 담벼락이었다.

"내가 뭐라고 했지?"

"예?"

등 뒤의 담벼락보다도 더 크게 느껴지는 몸이 불쑥 클로이의 앞을 막았다. 방금까지 웃고 있던 것 같은데, 그의 얼굴에 더 이상 웃음기는 없었다.

"도망치지 말라고 하지 않았느냐?"

"아."

그래서 화가 났나. 어안이 벙벙했다. 그를 올려다보니 새파란 눈동자가 금세 화가 난 건지 미동도 없었다. 이걸 뭐라고 말을 해야 하나. 내 처지도 좀 이해해 달라고 변명을 하기엔 자신이 숨기고 있는 것, 당당하지 못한 것들이 너무 많아서 입술이 떨어지지 않았다. 그냥 솔직히 다 이야기를 했어야 했는데.

'하지만 기다려 준다더니 갑자기 이렇게…….'

"앗!"

훽 들린 고개 때문에 눈앞의 푸른 눈동자와 정면으로 마주쳤다.

"네가 무엇을 염려하는지 알고 있다."

화가 났는가 하고 생각했는데 입술 끝이 조금 올라가 있었다. 목소리는 다시 전처럼 달았다. 방어할 틈도 없이 귀를 타고 들어와 머릿속을 헤집고 나가서 정신을 차릴 수가 없었다.

"나를 믿거라."

눈도 깜빡이지 않고 하는 말에 덫에 걸린 것처럼, 주술에 걸린 것처럼 그의 말이 가슴에 와서 박혔다. 자신을 믿으라는 말에 갑자기 모든 게 안심이 되고 걱정할 것도 없어지는 기분이었다. 클로이는 본능적으로 그의 양 손목을 잡았다. 안심이 되고 든든했다. 모든 것을 말하고 싶어졌다. 그가 했던 것처럼 다 고백하고 그를 따라가고 싶다는 생각이 들었다. 가슴이 너무 세게 뛰어 숨을 쉬는 것조차 의식돼서 버거울 지경이었다.

그의 얼굴이 점점 가까워졌다. 그리고 입술이 다가왔다.

'설마 여기서?'

모퉁이만 돌면 성문을 지키는 이들이 서 있을 텐데. 그런데 피할 수가 없었다. 아니, 피할 수는 있었지만 피하고 싶지 않았다. 저 입술이 얼마나 부드러운지, 자신을 얼마나 설레게 하는지 잘 알고 있다. 꿀꺽 침을 삼키는데 그가 눈을 감지 않았고, 입술은 닿을 듯 말 듯 앞에서 멈추었다. 자신의 입술을 내려다보는지 아래로 내리깐 긴 속눈썹이 보였다.

"네가 다가오지 않는다면, 내가 가겠다."

윗입술의 가장 봉긋한 부분이 살짝 스치는 야릇한 기분에 클로이는 눈을 질끈 감았다. 차라리 키스를 하지, 이건 키스보다 더 야한 기분이었다. 어느새 자신의 볼을 감싸 안고 있던 그의 양손은 자신의 뒷머리를 지나 어깨까지 쓸고 내려왔다. 심장이 터질 것만 같았다. 이런 자신을 아는지 모르는지 입술은 닿을 듯 말 듯 움직여 귓가로 다가왔다.

"그러니 도망가지 말거라."

귓가에서 폭죽이 터지고 그 잔재가 온몸으로 퍼져 솜털이 바짝 서는 기분이었다. 이건 도저히 견딜 수가 없다.

"대공님!"

반사적으로 그의 가슴을 밀어내니 쉽게 거리가 벌어졌다. 얼굴이 터질 것처럼 달아올랐고 발끝까지 쭈뼛한 기분이었다. 더운 데 있다가 갑자기 차가운 공기를 맞은 것처럼, 온몸에 바늘이 꽂히는 감당 못할 짜릿한 느낌.

'알고 저러는 거 아니야?

일부러?'

혼란스러운 기분이었다. 기다려 주겠다, 사랑한다 하며 절절하게 고백할 때는 언제고 자신을 손안에 가두고 이리저리 굴리는 것 같았다. 그리고 자신은 속수무책으로 대공에게 끌려다니는 중이었다. 속은 게 아닌가.

원래의 대공은 어떤 사람이었지? 하는 생각을 하는데 곧 그가 부드러운 목소리로 말했다.

"많이 놀랐느냐? 네가 싫다면 앞으로 귓속말은 하지 않겠다."

그러고는 퍽 다정한 손길로 미리 한쪽을 쓸어내렸다. 그녀의 머리카락은 어느덧 어깨에 닿을 정도였다. 자연스레 어깨를 잡은 한쪽 손이 조심스럽게 안마를 하듯 꾸욱 눌렀다가 풀며 그녀의 눈치를 살폈다.

'그래, 저렇게 다정하신 분인데. 내가 피해망상이 있나 봐.'

"싫다기보다는……."

변명처럼 우물쭈물 말하고 있으니 알렉산드로가 다른 한쪽 어깨까지 잡고는 살살 주물렀다.

'시원하다.'

큰 손이 뼈를 중심으로 뭉친 근육이 있는 곳을 꾹꾹 누르니 아프지 않고 시원했다. 조금 더 세게 주물러 줬으면 좋겠다는 생각이 들었지만 입 밖으로 나오진 않았다.

"싫지 않느냐? 그럼 어떻지?"

그리고 그가 눈을 크게 뜨고 진심으로 궁금하다는 듯이 물었다.

'어떻긴 뭘 어때.'

귓속말은 싫은 건 아닌데, 너무, 너무……. 정확히 어떻다고 할 말을 찾지 못해 우물거리고 있으니 그가 재촉했다.

"말을 해 보거라. 응?"

"아니, 그게……."

입 밖으로 꺼내 말하기는 부끄러운 얘기에 화제를 돌리고 싶었다. 그런데 대공은 마치 재밌는 대화거리를 찾았다는 듯, 주제를 바꿀 생각이 전혀 없어 보였다. 어깨를 주무르던 오른손은 다시 클로이의 귓가를 배회했다. 목과 귀 언저리를 헤매던 손이 귓바퀴를 따라 올라갔다. 온몸의 피가 끓어올라 가슴을 지나 머리까지, 귀까지 한 번에 올라오는 기분이었다. 이러다가 머리가 터지는 게 아닐까 생각하다 눈을 질끈 감고 외쳤다.

"대공님!"

도저히 그대로 있을 수가 없어서 일단 움직이는 그의 손을 잡았다. 무슨 일이냐는 듯, 나는 네가 왜 그러는지 도통 영문을 모르겠다 하는 얼굴로 쳐다보니 저만 변태가 된 것 같고 민망해져서 씩씩 숨만 들이쉬고 내쉬었다.

'나만 이상하게 생각하는 건가? 갑자기 이런 남자가 날 좋다고 하니까, 내가 혼자 변태가 된 건가?'

자신이 알기로 대공은 굉장히 담백한 남자인데. 이 사람이 뭐 꿍꿍이속이 있어서 그런 것도 아닐 테고.

'그래, 아마 내가 음흉해서 그럴 거야.'

대놓고 가슴을 만지는 것도 아니고, 더럽게 다리를 쓸어 오는 것도 아닌데. 내가 이상한가, 왜 이렇게 못 견디게 흥분되는 거지 하는 생각에 골똘해 있으니 알렉산드로가 심각한 얼굴로 물었다.

"왜 그러느냐?"

"아, 아니에요, 아무것도."

급하게 얼버무렸지만 여전히 찜찜했다. 그리고 찜찜한 건 그것뿐만이 아니었다. 클로이는 조심스레 그의 눈치를 살폈다. 그는 여전히 다정하고, 친절했으며, 착한 남자처럼 보였다. 그에게는 어떤 것을 말해도 될 것 같았다. 이왕 말할 거라면 자신이 엘파사의 왕녀였다는 사실부터 밝히는 게 나을 것 같았다. 그래야 그가 자신의 상황을 완벽히 이해하지 않을까.

고민하는 클로이의 얼굴은 그 누구보다 진지했다. 마음이 편치 않았다. 그를 속이고 있다는 죄책감은 아무리 합리화하려고 해도 더욱 큰 무게로 그녀를 짓눌렀다. 아까 그에게 고백을 받을 때는 세리머니가 끝나면 말하자, 했지만 막상 그가 이렇게 제게 훅 다가오니 앞으로도 이런 날이 지속될 것 같았다. 좋으면서도 죄책감 때문에 마음이 편하지 않았다.

"제가 할 말이 있는데요……."

말은 입 속을 맴돌았다. 클로이는 눈을 질끈 감았다. 차라리 처음부터 왕녀의 이름을 그대로 썼다면. 그가 자신을 기억했다면 세리머니에 데려오지도 않았을 것이다. 그리고 이렇게 되지도 않았겠지.

'모두 내 잘못이야.'

짧게 한숨을 내쉰 클로이는 다시 눈을 떴다. 거기까지 생각하니 온몸에 진이 다 빠지는 기분이었다. 지친 표정으로 대공을 올려다보니 여전히 미소를 머금고 자신을 바라보는 얼굴이 보였다. 그는 전부 이해한다는 듯, 모두 알고 있는 사람처럼 인자한 얼굴이었다.

그리고 그의 입술이 열렸다.

"그러고 보니 네게 고맙다는 말을 잊었다."

"예?"

뜻밖의 말에 클로이는 의아한 얼굴로 그를 올려다보았다. 자신에게 고맙다니, 그가 무엇 때문에 이런 말을 꺼냈는지 전혀 예상도 할 수 없었다.

"네가 어떤 대답을 하든, 그것과는 별개로. 누군가를 이렇게까지 사랑할 수 있다는 게…… 정말 행복해서."

클로이는 멍하니 그를 바라볼 수밖에 없었다. 그의 말은 진심처럼 느껴졌다. 하지만 그녀는 공감할 수 없었다.

'어떻게 이런 말을 할 수 있지?'

그가 노예에게 뭐하러 이런 절절한 사랑 고백을 한단 말인가? 마음만 먹으면 그는 무엇이든 취하고 가질 수 있는 사람이다.

"나는 평생 누군가를 사랑하지 못할 거라고 생각했다."

그런데 나를 얼마나 좋아하기에…… 이런 말을 할 수 있을까.

"그래서 네게 고맙다. 내 앞에 나타나 주어서."

"……."

알렉산드로는 진심이었다. 책에서나 보는, 자신에게는 일어나지 않을 일이라고 생각했다. 멀게만 느껴지던 그 감정은 기어코 자신을 움직였다. 얕은 파도처럼 다가와 해일처럼 자신을 뒤덮어 버렸다. 감당하지 못할 뜨거운 마음은 때로는 버거웠지만 속절없이 휘둘리는 마음조차 그는 사랑했다. 클로이를 향해 심장이 뛸 때마다 몸과 마음이 한뜻으로 자신이 살아 있음을 알렸다. 정말로 살아 있는 기분이었다. 주위의 모두가 자신을 찬양할 때도 느끼지 못했던,

진짜 인생의 주인이 된 것 같은 황홀한 기분.

"그러니, 아직 시간은 많으니까. 할 말이 있다면 내게 천천히 말해도 된다."

어차피 나는 모두 알고 있으니까. 너에게 할 대답도 준비되어 있으니까. 그는 클로이를 위해 뒷말은 삼켰다. 그녀가 스스로 사실을 말하고, 그에게 더 당당해지기 위한 자리를 마련해 놓기 위해서였다.

"무리하지 않아도 돼."

자신을 달래 주는 말에 클로이는 속이 울컥했다. 마치 자신을 꿰뚫어 보는 것처럼 마음을 짚어 주니 모든 것을 용서받는 기분이었다. 금방이라도 눈물이 터질 것 같은 숨소리를 내고 있으니 곧 그녀를 안아 주는 손길이 느껴졌다. 그의 품은 크고, 따뜻했으며, 든든했다. 커다란 울타리처럼, 그 무엇에도 뚫리지 않을 방패처럼 단단했다. 환생하고 나서는 단 한 번도 느껴 본 적 없는 것이었다.

그녀는 환생 후 철저히 혼자였다. 부모도, 친척도, 형제도 자매도 아무도 없었다. 눈을 뜨고 난 세계는 그녀에게 모두 타인이었다. 사랑과는 별개로 누군가 의지할 사람이 생겼다는 사실이 척박한 사막의 오아시스처럼 느껴졌다.

"다시 말하는데."

그가 말하니 가슴이 울리는 게 귓가로 느껴졌다. 그러니 더 목소리가 무겁고 낮게 느껴졌다.

"난 언제까지고 기다릴 수 있다. 어려운 일도 아니니까."

그리고 자신의 등을 쓸어 주는 손을 가만히 느꼈다. 지금 대답을 하면 울먹거리는 목소리가 들릴 것 같았다. 눈물이 흐를 정도는 아니지만 속이 울렁거리는 게, 속에 있는 진심이 담긴 말을 하면 금방이라도 줄줄 눈물이 나올 것 같았다. 대답 대신 그녀는 결심을 세웠다.

'트리거 님께 말해야 해. 그 결혼은 할 수 없어.'

그가 약속한 것 때문이 아니었다. 당당하지 못한 자신이 창피스럽기 때문이었다. 가만히 따스한 손길을 느끼던 클로이는 눈물이 쏙 들어갔다.

"하지만 결심과 다른 행동을 종종 하게 되더군. 너 때문에."

경고를 하는 것처럼 낮은 목소리로 나온 말은 느릿한 만큼 세게 귓가로 박혀 들어갔다.

"그러니까, 네가 계속 달아나기만 하면 나도 어떻게 할지 몰라."

클로이는 금방 눈물이 말라서 휘둥그레 그를 응시했다.

'어떻게 할지 모른다니, 어떻게 하겠다는 말보다 더 무섭잖아!'

여태 했던 따스한 말과는 달랐다.

진심인가?

하지만 그의 표정은 방금 달콤한 간식을 먹은 것처럼 부드럽고 행복해 보였다. 목소리도 협박을 하는 사람 같지 않게 아주 친근하게 들렸다.

"너무 놀라지 마라."

그의 손이 다시 머리카락을 매만졌다. 옆머리를 귀 뒤로 넘기며 손은 다시 자연스레 목을 훑었다. 목에서 내려온 손이 쇄골을 따라 다시 어깨로 향했다. 큰 손에 들어온 어깨는 너무도 연약했다. 알렉산드로는 다시 귓가로 입을 가져갔다. 아무도 없는데 누가 듣기라도 할까, 일부러 과장되게 속삭였다.

"설마 내가 너를 잡아먹기라도 하겠느냐."

작은 자극에도 화들짝 놀라는 얼굴이나, 지나치게 몸을 사리고 뒷걸음질 치는 행동 때문이다. 당황하면 아무 말도 못하는 클로이 때문에 더 괴롭히고 싶었다. 다만 그녀에게 너무 조급하게, 성큼 다가가는 게 아닌가 하는 생각을 했다. 마주친 짙은 색의 순한 눈이 조금씩 떨리는 게 그대로 보였다.

'그만. 진짜로 도망치기 전에.'

그는 멈춰야 할 때를 알았다.

소심한 시종의 목소리가 침실 밖에서 들려왔다.

"그레이엄 단장님, 에반 쿠피히트 부단장님께서 만찬장에서 기다린다고 전하라 하셨습니다."

클로이는 시종의 심정이 충분히 이해됐다. 그래서 덩달아 조급해졌다. 알렉산드로의 연미복 이곳저곳에 묻은 먼지가 없나 확인한 뒤 재촉하듯 그를 올려다보았다.

"얼른 가셔야 돼요. 부단장님께서 기다리신다고 저렇게 시종까지 보내신 걸 보면요."

검은 연미복을 입은 그는 조각상처럼 멋졌다. 평소에도 잘생겼다, 멋지다 생각은 했지만 연미복을 차려입고 있는 걸 보니 새삼 귀공자처럼 고급스럽고 아름다운 남자라는 생각이 들었다.

'아이고, 나도 참.'

얼른 정신을 차린 클로이는 그가 만찬에 늦은 게 자신의 탓인 것 같아서 마음이 불편했다. 대공이 늦는다고 해서 흉을 볼 사람은 없겠지만. 그런데 그가 걸음을 옮길 생각은 않고 자꾸 말을 걸어왔다.

"내가 빨리 갔으면 좋겠나?"

"예? 그럼요. 안 그래도 만찬에 늦었는데 더 늦으면 어떡하나……."

"그럼 너 혼자 저녁을 먹어야 하는데."

"저야, 뭐."

클로이는 그제야 대공이 혼자 저녁을 먹을 자신 때문에 미적거린다는 사실을 알았다. 그래서 일부러 더 쾌활한 목소리를 내서 말을 이었다.

"식당에 가면 다른 분들도 계실 텐데요. 그분들과 같이 먹으면 돼요."

하지만 알렉산드로는 걸음을 옮길 생각을 하지 않았다. 꾹 다문 입술이 뭐가 마음에 안 들었는지 바라보기만 할 뿐 말이 없었다.

"얼른 가세요."

시종이 밖에서 기다릴 것 같아서 그의 손을 잡아 문 쪽으로 이끌었다. 순순히 끌려온 그가 침실 문 앞에서 또다시 걸음을 멈췄다. 손잡이를 당겨 문을 열려는데 그가 먼저 문을 밀어 못 열게 닫아버렸다.

"처음이다. 네가 먼저 내 손을 잡다니."

돌아보니 그가 잡은 손을 묘한 눈길로 바라보고 있었다. 그리고 문에서 손을 뗀 그가 두 손으로 자신의 손을 잡고 입가로 가져갔다. 그리고 살며시 손등에 키스했다.

"가라고 밀어내는 손길이라 아쉽다만."

공주님의 손에 키스하듯 정중하고 고귀한 입맞춤에 클로이는 온몸이 따끔거렸다. 왕궁에서 왕녀였을 때도 이렇게 묵직한 손등 키스는 받아 본 적 없었다. 이상했다. 아주 이상한 기분이었다. 그는 이렇게 자신을 공주님처럼 대할 때가 있었다. 그럴 때마다 다시 왕녀가 된 것 같은 기분이 들었다. 한낱 노예에 불과한데. 단순히 몸 둘 바를 모르겠는 것이 아니라, 위화감이 들어서 클로이는 정신을 차릴 수가 없었다.

똑똑.

바로 뒤에서 들린 시종의 노크 소리에 클로이는 번뜩 정신을 차렸다.

"두고 가기 싫다. 너를."

진심인 듯 미련이 뚝뚝 떨어지는 목소리에 가지 마세요, 하고 그를 붙잡을 뻔했다. 하지만 그녀도 할 일이 있었다. 호르헤에게 편지도 써야 하고, 그의 세탁물도 챙겨야 하고, 갑옷도 닦아야 하고. 많은 일들이 밀려 있어서 저녁 식사는 아무래도 그냥 넘겨야 할 것 같다.

'마구간에도 다녀와야 해.'

무엇보다 클로이는 최대한 빨리 트리거를 만나야 했다. 알렉산드로가 자신을 원한다니 그녀는 어쩔 수 없었다. 일단 그를 거부할 수 있는 처지가 아닌지라 트리거와 결혼은 무리였다. 그와 단둘이 남으면 또 분위기에 휘말려서 아무것도 못할 게 분명했다. 대공과는 마주 보고만 있어도 시간이 뚝딱 흘렀다.

"두고 가긴요. 저도 바빠요, 대공님. 할 일이 얼마나 많은데요."

입 밖으로 나온 말이 생각 외로 꽤 가볍고 단호하게 들렸다. 그것은 알렉산드로도 마찬가지였다. 미간을 구긴 그가 대번에 몸을 가까이 했다. 허리를 감싸 몸을 딱 붙여 오는데 칼을 쓰는 사람이라 그런지 행동이 재빨랐다.

"헉."

너무 가깝게 와 닿아서 놀란 클로이가 짧게 숨을 삼키는 소리를 냈다. 하지만 자신의 고개를 들어 올린 그의 손짓과 마주한 표정이 심상치 않은 것에 다시 한번 놀라야 했다. 그의 푸른 눈동자에 비친 자신의 얼굴은…… 겁을 먹은 것 같기도 하고, 부끄러운 것 같기도 했다. 눈은 동그랗게 뜨고 벌린 입술은 다물지 못하고 꼼짝없이 안겨 있었다.

'나한테도 이렇게 수줍은 얼굴이 있었구나. 여자 같아.'

생전 처음 알았다. 대공이 자신의 이런 표정을 보고 있었다니…….

"네가 혼자 있을 걸 생각하니 발이 떨어지질 않는다. 그것도 내 침실에 있는데."

볼을 만지는 손길은 부드러웠지만 어감이 묘했다. 씩 웃는 그를 보면서 클로이는 말문이 막혔다. 얼굴로 열이 몰렸다. 당황하면 말이 나오질 않았다. 뭐라고 대답을 해야 할지…… 입술은 벌어져 있는데 머릿속에 떠오르는 대꾸가 없었다. 눈을 피하고 싶은데, 유혹적으로 웃는 얼굴에서 도저히 시선이 떨어지질 않았다. 클로이는 콧김만 내뿜었다.

"대답해 봐."

재촉하는 말에도 가슴만 쿵쾅거렸다. 그녀의 마음속에 있는 건 원망이었다.

"왜, 왜 이렇게…… 변하신 거예요?"

한번 마음을 고백하더니 알렉산드로는 직진만 고집했다. 그가 이런 남자였단 말인가?

성실하고 다정하고 과묵한, 존경스런 기사. 그런 재미없는 사람인 줄 알았더니 이성 관계에서는 완전히 달랐다. 클로이 자신도 몰랐던 여성성을 끌어내서 자꾸만 부끄럽게 만들었다. 입술이 달싹거리는 걸 보고 알렉산드로는 피식 웃어 버렸다.

쪽.

이마에 짧게 키스하고 클로이를 돌려세워 문을 열고 침실을 나섰다. 문을 닫기 전, 그가 돌아보며 말했다.

"내가 점점 게을러진다 욕하지 말거라. 전부 너 때문이니까."

그리고 쾅, 문이 닫혔다.

"어휴."

클로이는 자리에 주저앉고 말았다. 사람을 완전히 쥐었다 놓았다 하는 것 같았다.

"원래 저런 남자인가?"

그런데 자신이 몰랐던 건가? 무서운 사람이라는 건 알았지만, 저런 식으로 무섭게 굴 줄은 몰랐다. 분명 그가 대놓고 유혹을 하는 건 아닌데 그녀에게는 그의 눈빛, 손짓 하나하나까지 전부 야릇하게 느껴졌다.

'너무 심하게 오래 굶어서 그런가 봐.'

전생에도 저런 남자와 엮인 적은 없었다. 가슴이 미친 듯이 뛸 만큼 두근거리는 사람도 연예인 말고는 없었다. 그건 현생에서도 마찬가지였다.

'전생에 서른다섯 살까지 살았고, 지금 내가 스물다섯 살이니까…….'

클로이의 두 눈이 커질 대로 커졌다.

'60년? 내가 60년을 혼자 산 거야?'

그렇게는 계산해 보질 않았는데, 남들은 한 번쯤 다 한다는 사랑을 자신은 60년 만에 하게 된 셈이었다. 그렇게 따져 보니 정말 억울했다. 신이 있다면 한번 물어보고 싶었다. 자신은 도대체 왜 이렇게 혼자 돌고 도는 삶을 살아야 했던 건지.

'아니, 그래도 대공님 같은 남자한테 고백까지 받았는데……. 60년을 혼자 기다린 값어치가 있긴 있네.'

세리머니가 끝날 때까지, 라는 시한부 사랑이지만 짧게라도 그를 만났다는 사실만으로 감사했다.

'그래, 그도 약혼녀가 있는데 나랑 만나고 싶다고 했잖아.'

클라라가 어떻게 갔는지 알 수 없는 클로이는, 결국 그가 돌아갈 자리가 있는 사람이라는 사실에 안도했다.

'난 약초나 연구하면서 지내면 충분해.'

하고 싶은 것을 할 수 있다는 것만으로 감사하다. 그녀는 호르헤에게 쓸 편지를 위해 깃펜과 종이를 잡고 집중하려 애썼다. 곧 완전히 빠져든 그녀는 몇 장의 편지를 술술 써 내려갔다. 그 순간만큼은 알렉산드로도 트리거도 자신의 처지도 아무것도 머릿속에 없었다. 오로지 약초에만 집중해서 쓰다 보니 시간이 훌쩍 지났다.

편지를 마무리한 클로이는 마구간에 다녀왔다. 하지만 트리거는 그곳에 없었다. 마부들과 술을 마신다고 했으니 어쩔 수 없었다. 내일이라도 말하면 되겠지, 생각한 그녀는 얼른 돌아와 그의 갑옷을 닦기 시작했다. 알렉산드로가 눈앞에 없으니 정신이 사납지도 않고 일이 손에 잡혀서 금방 끝났다. 안테노르 공작가의 시종이 다시 가져다준 그의 세탁물도 잘 정리해서 놓고 그의 침실도 다시 한 번 쓸고 닦았다.

"맞다, 욕실!"

그의 침실에 난 다른 문을 따라 들어가면 욕실이었다. 돌아오면 씻어야 할 그를 위해 욕조에 물까지 받아 놓고 수건과 편한 옷가지를 가져다 놓았다. 그가 입진 않겠지만.

준비를 다 마치고 보니 시간이 꽤 지난 것 같았다. 해야 할 일을 전부 끝낸 클로이는 마음이 편안했다. 그리고 공작가 시녀의 도움을 받아 방 안을 밝히는 초도 다시 새것으로 교체한 클로이는 뿌듯한 마음에 그의 침실을 다시 돌아보았다.

만찬에서는 언제나 그랬듯이 던칸과 황제, 수도의 귀족 이야기가 오갔다. 정치와 권력 이야기로 가득한 식탁은 그의 관심 밖의 일이었다. 그런데 안테노르 공작은 무슨 생각을 하는지 만찬 도중 이런 말을 꺼냈다.

"수도의 귀족들은 모르겠습니다. 하지만 영지를 다스리는 지방의 영주들은 전하께……."

"으흠."

안테노르 공작은 말을 끝마치지 못했다. 그의 모친인 전 공작 부인이 헛기침을 하며 말을 막았기 때문이다. 그는 곧 가신들의 눈치를 살피더니 원래 하려던 말을 접었다.

"……제가 노망이 들었나 봅니다. 이런 말씀을 드리면 실례이지요."

던칸과 비슷한 또래인 안테노르 공작은 슬그머니 알렉산드로의 눈치를 살폈다. 하지만 아무리 봐도 그에게서 어떤 불쾌한 기색을 읽을 수는 없었다.

'부자 사이가 좋지 않다더니, 역시 사실이었군.'

단둘만 남은 그레이엄 부자의 이야기는 제국에서 유명했다. 그들이 얻은 유명세는 모두 던칸의 몫이었지만.

"계속해 보시오. 만찬에 늦은 죄로, 그대의 분풀이쯤이야 들어드리지."

농담처럼 나온 말에 만찬장에 한바탕 웃음소리가 들렸다.

"그렇다면 한번 해 보겠습니다."

안테노르 공작이 고개를 치켜들었다.

"저 같은 변방 영주들은 전하께 소외를 당할까 염려합니다. 이미 대륙이 통일된 지 반년이 훨씬 넘어가는 시점에, 전하께선 모두의 화합을 도모해 제국을 이끌어 나갈 생각은 없으신 것 같아서 말이지요."

주위의 몇몇 영주들이 동조하듯 고개를 끄덕거렸다.

"오직 수도와 수도 대귀족들을 중심으로 모든 일을 진행하시는 행보가 아쉽습니다."

안테노르 공작의 소신 발언은 자칫하면 반란의 의도로 여겨질 수 있을 만했다. 공작가의 가신들은 아무 말도 하지 않았다. 만찬장에는 적막만 흘렀다.

"안테노르 공."

에반이 적막을 깨고 입을 열었다.
"그 말대로 아직 1년도 채 되지 않았는데 너무 조급하게 생각하시는 것은 아닌지요."
"글쎄, 내가 쿠피히트 공작이었다면 그렇게 말했을 수도 있지요. 수도에서 가장 큰 이득을 얻는 게 쿠피히트 가문 아닙니까?"
"그건."
"물론 황궁, 아니 그레이엄 가문과 절친한 관계를 이어 온 전 쿠피히트 공작을 모르는 건 아닙니다만."
"안테노르 공, 무슨 말씀이신지 이해합니다."
"허, 쿠피히트 가문에서 우리를 이해한단 말이오? 변방 영주의 입장을?"
"……제국은 아직 불안정합니다. 그래서 제국 기사단이 존재하는 것이지요. 변방의 영주들 의견도 황궁에서는 알고 있습니다."
에반이 말다툼을 종결하려 달래듯이 말했다.
"너무 성급히 생각하지 마십시오."
"하지만 일리 있는 말이 아닌가."
이번에는 알렉산드로가 나섰다.
"아버님께서 꿈꾸는 제국이 귀족제에 입각한 군주제임을 모르는 사람이 있나? 수도는 앞으로 더욱더 커질 테지. 공의 말대로 지금 황궁은 의도적으로 변경 지역을 배척하고 있고."
모두의 이목이 그에게 모아졌다.
"1년이 채 되지 않았다…… 하지만 제국은 이미 통일을 이뤘는데, 영주들의 염려를 단순히 조급하다고 치부할 수는 없지."
안테노르 공작의 얼굴이 구원자를 보듯 환해졌다.

"그래, 소작농에게 세금을 걷는 영주로서 어떻게 불합리하고 마땅치 않은 일을 지켜만 볼 수 있단 말인가. 영지민들을 생각한다면, 누구라도 황궁에 불만을 가질 수 있겠지."

안테노르 공작은 의기양양한 얼굴로 주위를 돌아보았다. 대공이 제 편을 들어주니 세상 무엇보다 든든했다.

'역시 내 생각이 맞았어.'

하지만 공작의 희망에 찬 표정을 본 알렉산드로는 피식 웃으며 그 기대를 산산이 부숴 버렸다.

"그런데 안테노르 공작은 왜 황궁에 아무 말도 하지 않는 것이오."

"예?"

"누군가 물꼬를 트면 그에 얹혀 가듯 무임승차를 하려 기다리고 계시는 겁니까?"

"대공님!"

"그게 무슨 말씀이십니까!"

"크흠!"

만찬장의 분위기는 순식간에 뒤바뀌었다. 거침없는 발언에 공작가의 가신들의 얼굴은 잿빛이 되었다. 안테노르 공작은 놀란 가슴을 쓸어내렸다. 독재자에 가까운 던칸 그레이엄보다 아들은 훨씬 진보적이라 말이 잘 통하는 사람이라 생각했는데, 알렉산드로는 오히려 종잡을 수가 없었다.

"맹세코 그런 천부당만부당한 생각은 결코 해 본 적 없습니다."

속이 탔다.

"반란의 종지였던 전 맥코웰 가문의 영지를 맡고 있는 제가, 감히 어떻게 그런 생각을 하겠습니까?"

"그런가? 모를 일이지."

알렉산드로가 정말로 황제의 자리에 뜻이 있는 건지 없는 건지 확신이 서지 않았다. 괜히 편을 나누려다 반란 종자로 몰릴 수는 없는 일이다. 게다가 자신의 영지에는 지금 기사단이 머물고 있었다. 기사단장인 알렉산드로는 독단적으로 영주의 지위를 박탈할 권한이 있다. 쿠데타로 황제를 암살하고 권력을 잡은 던칸 이후로, 10여 년간 전쟁을 해 온 제국에서 황궁 다음으로 가장 큰 권력을 가진 이들은 기사단이었다.

"칼스버그 공작은 아무리 공석에서 아버님을 비난한다 해도 의심이 들지 않아. 하지만 그대처럼 뒤에서 말을 꺼내는 이들은 언제나 의심스럽지."

식사를 마친 알렉산드로는 냅킨으로 입술을 닦았다. 지켜보던 안테노르 공작은 변명을 하려는 듯 급하게 말을 꺼냈다.

"믿어 주십시오. 저는 결코 부정한 생각을 단 한 번도……."

"줄을 잘못 잡았소, 안테노르 공."

안테노르 공작은 참담한 얼굴로 알렉산드로를 응시했다.

"나는 황궁에서 황제 놀음 할 생각은 없으니 다른 이를 찾아보는 게 좋을 거요."

만찬장의 분위기는 급속도로 싸늘해졌다. 안테노르 공작가의 가신들은 누구도 입을 열지 않았다. 알렉산드로는 저녁 인사에 대해 적당히 치하하고 만찬을 마무리했다. 이후로 기사단 회의에서 선발대와 후발대에게 온 편지를 확인하고 달라진 경로대로 다시 일정을 맞추었다. 늦은 회의가 끝나자마자 다급히 두 계단씩 층계를 올라 달려온 침실에는 클로이가 있었다.

문을 열자마자 눈이 마주쳐 성큼성큼 대번에 다가온 알렉산드로가 클로이의 손을 이끌고 침대로 향했다.

"잠시만요, 잠시만요."

클로이는 깜짝 놀라서 아직도 열려 있던 침실 문으로 달려갔다. 사방을 살피고 문을 닫은 그녀는 놀란 심장을 쓸어내렸다. 설마하니 그가 문 닫는 것도 잊고 자신에게 달려올 줄은 몰랐던 것이다.

"휴."

하마터면 그의 위신에 금이 갈 뻔했다. 안도의 한숨을 내쉬고 뒤를 도니 언제 왔는지 또 바로 앞에 대공이 서 있었다.

"앗."

"오래 기다렸느냐?"

"……네."

사실은 저도 제 할 일을 하느라 시간이 제법 빨리 가더라고요, 하고 말하기에는 그의 표정이 들뜬 사람처럼 밝았다. 적당히 대답을 맞춘 클로이의 손에 침실 문고리가 잡혔다. 그리고 고른 치아가 드러나도록 웃은 알렉산드로가 그녀의 손을 잡고 침실 안으로 이끌었다.

"뭘 하고 있었지?"

하지만 몇 발자국 움직인 클로이는 그 이후로 더는 가지 않았다. 이제 할 일도 전부 했고, 늦었으니 잘 시간이었다.

"편지도 쓰고, 할 일이 있었어요. 만찬은 어떠셨어요?"

"평소와 다를 바 없었다."

알렉산드로가 눈을 돌리니 탁자에 곱게 접힌 편지들이 보였다.

'저걸 하느라 바빴겠군. 약초라면 자다가도 일어날 사람이니.'

문득 억울해졌다. 자신은 클로이 생각에 머릿속이 가득 차 아무것도 하기 싫을 때가 있는데, 막상 그녀는 저렇게 담담하게 자기 할 일을 했다. 이어서 악마가 속삭이는 것 같은 그녀의 물음이 들려왔다.

"저 이제 자러 가도 될까요?"

또 자신을 충동질하는 소리였다. 그에겐 그렇게 들렸다. 알렉산드로는 슬며시 미소 지으며 대답했다.

"시간이 늦었으니 너도 무척 피곤하겠구나."

"네. 요즘 해가 빨리 떨어지는 것 같아요."

클로이는 작게 고개를 끄덕였다. 오늘은 하루가 길다 못해 아주 피곤했다. 특히 정신적으로, 누구 때문에.

알렉산드로는 다가가 그녀의 어깨를 끌어안았다.

"그래, 그럼 얼른 자자."

"예?"

"음?"

가서 자자며 자신을 침실 안쪽으로 이끄는 몸짓에 클로이가 걸음을 멈췄다. 오늘 도대체 몇 번을 놀라는 건지, 그를 올려다보니 무슨 일이냐는 듯 말간 얼굴로 자신을 바라보는 대공이 보였다.

"왜 그러느냐?"

무슨 문제라도 있냐고 되묻는 얼굴이 당당하기 그지없었다.

"아니, 저는……."

그런데 저 뻔뻔하고 당당한 얼굴을 보고 있자니 자신이 도리어 말도 안 되는 소리를 하는 사람이 된 것 같았다.

"저는 원래 자던 숙소에서……."

"아아."

뒤늦게 그가 알았다는 듯 고개를 끄덕였다.

"불편하진 않느냐?"

"전혀 안 불편해요. 다들 잘해 주시고."

"그래?"

"네."

클로이는 미동의 복장을 하고 있었던 만큼, 시종들의 숙소에서 침상 하나를 빌려 그곳에서 잠들었다. 잠만 자고 나오는 곳인 만큼 다른 이들과 대화를 하거나 마주칠 일도 없었다.

"더럽진 않고?"

"깔끔해요."

"사람은 몇 명이나 있지?"

"많지 않아요. 저까지 세 명 정도?"

그러자 그가 심각하게 놀란 표정을 지었다. 과장되게 찌푸려진 미간을 보고 그녀는 짐작했다.

'기다려 준다면서 순 자기 마음대로 하려고 하네.'

어이없는 콧김이 뿜어졌다. 그가 이러는 게 우습고 황당하지만 싫지는 않았다. 하지만 그녀는 시종들의 숙소에서 혹시 트리거를 볼 수 있을까 싶어 반드시 돌아가려 했다. 마부들이 자는 곳과 가까웠기 때문이다.

"그렇게 많은 모르는 이들과 침실을 공유한단 말이냐?"

"그냥 잠만 자는 곳이라서 괜찮습니다."

물러나지 않을 것처럼 어깨를 으쓱하니 그가 당장이라도 침실을 나설 것처럼 몸을 돌렸다.

"안 되겠다. 내가 가 봐야겠다."

시종들의 숙소에 들어가서 직접 확인이라도 하겠다는 것 같았다. 상상도 하기 싫은 창피한 상황이 눈앞에서 그려져 클로이는 얼른 그를 붙잡아 세웠다.

"대공님!"

"시녀들이 지내는 곳이라고 나를 말리지 말거라."

'시종들이 자는 곳인데.'

그런데 그의 기세를 보니 도저히 시종들과 침실을 공유한다고는 말할 수 없었다. 미동 복장이야 어쨌건 그에게 클로이는 완전히 여자였다. 당연히 시녀들의 숙소에서 잔다고 생각하는 것 같았다.

"왜 그러세요. 다들 불편해할 거예요."

급하게 그를 말리느라 팔을 붙잡은 클로이가 다시 그를 침실 안쪽으로 이끌었다.

"얼른 주무세요. 내일 아침에 제가 일찍 올게요."

간신히 달래서 침대까지 데리고 왔다.

"안녕히 주무세요."

그리고 그가 옷을 벗기 전에 인사를 하고 나가려고 했는데, 알렉산드로가 자신을 먼저 침대에 앉혔다.

'어휴. 가 봐야 하는데.'

또 무슨 놀랄 말을 꺼내려고 자신을 침대에 앉히는 건가. 알렉산드로는 그녀의 옆에 앉았다. 그가 앉자 침대 한쪽이 푸욱 들어가는 것처럼 옆으로 무게가 쏠렸다. 그러더니 그는 말없이 클로이의 한쪽 손을 가져가서 양손으로 붙잡았다. 그가 엄지로 손등과 손가락을 계속해서 만지작거리자 열기 때문에 기분이 이상했다. 클로이는 그의 시선이 느껴져서 차마 올려다보지 못했다. 민망한 마음에 발끝만 보고 있는데 청천벽력 같은 말이 들려왔다.

"내가 왜 이러는지 정말 몰라서 그러는 것이냐?"

순간 클로이는 자신의 심장이 쿵 하고 떨어지는 소리가 귀로 들리는 것 같았다.

"아니, 아무리 둔하다 해도 모를 리 없지. 너 역시 성인인데."

여전히 자신의 손을 은근히 쓸어 오는 그의 손이 더욱 야릇하게 느껴졌다. 차마 손가락 하나 움직이기 어색하고 민망했다.

'미치겠네. 이러면 내가 조, 좋아할 줄 아나 봐.'

따갑게 쏟아지는 시선 때문에 얼굴이 바짝 달아올랐다. 다시 쳐다보자니 그 눈빛을 감당해 낼 자신이 없었다. 오늘 고백해 놓고 왜 이렇게 조급하게 구는지 모르겠다. 당혹스러워 엉덩이를 들썩이자 알렉산드로가 나긋하게 속삭였다.

"나도 네 의사는 알겠다. 하지만 내가 치한도 아니고, 싫다는 것을 강요하겠느냐?"

"흠흠."

헛기침을 하며 슥 손을 빼내자 그가 다급하게 클로이의 어깨를 잡고 돌렸다.

"얼굴을 보며 이야기를 하는 게 낫겠다. 나를 보거라."

몸은 그쪽으로 돌아가긴 했는데 눈은 마주치지 않았다.

여전히 시선을 내리깔고 조용히 있는 모습을 보니 알렉산드로는 속이 타들어 가는 것 같았다. 클로이가 자신의 시선을 피하는 것만큼 싫은 게 없었다. 그가 실수한 뒤 그녀가 차갑게 대하던 그때가 떠올랐기 때문이다. 혼자서 얼마나 마음을 졸였던가. 아무리 그녀가 사과를 받아 주고, 괜찮다고 여러 번 말했어도 자신을 피해 다니던 그때만 생각하면 알렉산드로는 절벽에서 떨어지는 기분이 들었다.

"나를 좀 보거라."

애타는 목소리로 말하니 그제야 슬쩍 자신을 올려다보았다. 그녀의 표정을 보니 알렉산드로는 역시 지금은 다른 수를 써야 할 때라는 것을 알았다. 아니나 다를까 클로이는 곧 다시 자신의 눈을 피해 고개를 돌렸다.

"내 여자가 모르는 이들과 불편하게 밤을 보내는데, 어떻게 나만 혼자 편하게 잘 수 있겠느냐?"

'편하게'를 강조한 목소리는 자신이 듣기에도 제법 간절했다. 아니나 다를까 곧바로 꾹 닫힌 입술이 벌어지고 기다리던 클로이의 시선과 대답이 동시에 들려왔다.

"내 여자요?"

그런데 그 내용은 그가 상상하던 것이 아니었다. 전혀 다른 곳을 짚은 생뚱맞은 목소리였다. 하지만 그는 당황하지 않았다. 당연한 말을 하는 것처럼 능청스러운 얼굴을 하고 대답했다.

"그래. 네가 남자는 아니니까."

"예?"

그런 내용이 아니었는데. 클로이 자신은 아직 거기까지는 생각해 본 적이 없었다. 언제 이야기가 그렇게 멀리 간 건지.

'막말로 키스가 뭐 대수라고.'

사귀지 않아도 키스하는 이들은 많았다. 게다가 크리스에게 듣기로 제국 남쪽에 위치한 그레이엄 영지 사람들은 인사를 할 때 볼에 키스를 하며 반가움을 표시한다고 했다. 그러니 그에게 키스는 지나가는 어떤 영애와도 할 수 있는 것이다. 게다가 그녀는 남녀 관계가 어떻게 진척이 되는지 그 순서를 잘 알고 있었다. '내 여자'라고 말하는 단계까지 둘은 근처도 가지 않았다. 클로이는 결국 용기를 내서 더듬더듬 말을 꺼냈다.

"대공님, 갑자기…… 내, 내, 내 여자라니요."

입 밖으로 꺼내기도 남세스러웠다. 게다가 아직 약혼녀인 클라라가 두 눈 새파랗게 뜨고 그를 기다리고 있을 텐데…….

그의 약혼녀를 생각하니 자신을 그렇게 칭하는 말이 영 반갑지 않았다. 죄책감과 그를 향한 호감이 공존하는 클로이의 마음속은 혼돈 그 자체였다.

"그럼 내가 너의 남자인 걸로 하자."

"네?"

아니, 그게 포인트가 아니었는데. 거기다 누가 들으면 깜짝 놀랄 만한 말을 저렇게…….

다시 말을 정정하려고 입을 여는데 그가 더 빨랐다.

"어느 쪽이든 상관없다. 그러니 오늘 밤은 내 침대에서 자거라."

"그건."

"내가 걱정이 되어서 그런다."

공작령에서의 마지막 밤인데 오늘 하룻밤만 내 침대에서 자면 어떠냐. 이미 막사의 내 침상에서는 몇 번 잠든 적이 있지 않느냐 하고 그는 끊임없이 회유했다. 목소리는 애절하게 들렸지만 그런 이유라면 클로이도 할 변명이 있었다.

"걱정하실 것 전혀 없어요. 그 숙소에서 매일 잤는걸요."

담담하게, 하지만 단호하게 말하는 얼굴을 보고 알렉산드로는 작게 한숨을 내쉬었다. 이번은 쉽게 넘어올 것 같지 않았다. 하지만 그는 다른 이유보다도, 그녀가 정말로 편안한 곳에서 쉬었으면 하는 마음이 컸다. 팽팽하게 서로 마주 보던 둘은, 결국 알렉산드로가 먼저 속마음을 말하고서 다른 국면을 맞았다.

"네가 하룻밤이라도 편하게 잠들었으면 한다. 나는 저 소파에서 잘 테니."

그가 가리킨 소파는 화려하게 장식이 되어 있는 침실용 간이 소파였다. 덩치도 큰 사람이 저런 데서 잠을 잔다니, 자신이라면 모를까 그건 안 될 말이었다. 설마하니 그런 말까지 할 줄은 몰랐는데. 하지만 그의 표정은 물러서지 않을 듯, 결연해 보였다. 아이고, 하는 소리가 저절로 나왔다.

"그게 무슨 말씀이세요."

"너는 왜 그렇게 매번…… 내게서 멀리 떨어져서 눈치만 살피느냐."

그는 이 지루한 줄다리기를 끝까지 할 생각인 듯했다. 결국 그에게서 또다시 애절한 목소리가 흘러나왔다.

"너만 원한다면 편한 잠자리도, 재물도, 그 어떤 것도 네게 다 줄 수 있다는 것을 잘 알면서."

자신을 바라보는 눈빛이 이제는 정말 절절해 보였다. 그 심정이 느껴져서 이번에는 쉽게 대답을 할 수가 없었다.

"나를 좀 이용해 보거라."

달콤한 그 말에 마음이 흔들렸다. 그 무엇도 네게 줄 수 있다는 말보다, 자신을 이용해 보라 애원하는 알렉산드로의 목소리가 심장을 녹이는 것처럼 뜨겁게 느껴졌다. 그녀가 걱정하는 건 잠자는 자신을 그가 설마 어떻게 할까 하는 두려움이 아니었다. 그의 마음을 확인한 시점에서, 확실하게 대답을 하지도 않았는데 이래도 될까 하는 미안함이었다. 자꾸만 하이디가 떠올라 남들에게 손가락질을 받을까 두려운 마음도 있었다.

"휴."

오늘만 몇 번째 한숨을 쉬는 건지 모르겠다. 못 이기는 척 그냥 넘어가야겠다. 어차피 그는 여자에게 굉장히 담백한 남자였다. 그와 한 침실을 쓴다고 해서 염려하는 일이 벌어질까 걱정이 되거나 하지 않았다.

"그러면 그냥 제가 저 소파에서 잘게요."

말을 마친 클로이는 슬그머니 자리에서 일어났다. 그런데 불쌍한 얼굴을 하고 자신을 바라보던 그가 갑자기 굳은 표정으로 자신을 도로 앉혔다. 그리고 생각지 못했던 흉흉한 목소리가 들려왔다.

"나를 욕보일 참이냐."

"예?"

전혀 예상하지 못했던 말에 깜짝 놀라 올려다보니 애절하던 얼굴은 어디 가고 어느새 다시 무서운 알렉산드로가 있었다.

"네가 불편하게 잠을 청하는데 어떻게 혼자 편히 자겠느냐? 도대체 나를 어떤 저급한 남자로 알고."

멍한 얼굴로 그를 보고 있는데 진심으로 하는 말인 양 그의 굳은 얼굴이 펴지지 않았다.

"불쾌하구나."

더 이상 듣기 싫다는 듯 결정타를 날리며 말을 마무리한 그가 일어나 침대의 베개 하나를 중앙에 놓아 주고는 하나는 자신이 들고 일어섰다. 그리고 던지듯 소파에 베개를 놓은 그가 말했다.

"피곤할 테니 먼저 자거라."

그러고는 침실의 다른 문을 향해 걸어갔다. 바로 옆에 딸린 욕실이었다. 그는 문을 열기 전, 클로이를 돌아보며 경고하듯 말했다.

"더 이상 나를 형편없는 남자로 만들지 않길 바란다."

그리고 그는 욕실로 들어갔다. 클로이는 마치 태풍이 쓸고 지나간 것처럼 기진맥진했다. 그를 따라가기가 너무 벅찼다. 어느 장단에 맞추어야 할지, 따라갔다 싶으면 한 발자국 앞서서 왜 더 빨리 오지 않느냐 재촉하는 그가 있었다.

"어휴."

쓰러지듯 옆으로 누운 그녀는 멍하니 천장을 바라보았다. 섬세한 무늬가 새겨진 침실의 천장은 눈을 뗄 수 없을 만큼 정교해 보였다.

'이제 자기 여자이니 신경이 쓰인다는 말인가?'

그는 귀족이니 만큼 매너가 아주 좋은 남자였다. 자신이 교육받은 게 있으니 어쩌면 정말로 기분이 나빴을지도 모른다.

'아니, 근데 내 여자라니.'

머릿속에 쉴 새 없이 많은 것들이 떠올랐다.

'내가 진짜 이래도 되는 건가.'

하지만 드넓은 침대를 돌아보면서 그런 생각이 들었다.

자신이 감히 여기서?

그리고 욕실에서 첨벙하는 물소리가 들렸다. 클로이는 그대로 마음대로 누워 있을 수도, 다시 앉아 있을 수도 없었다. 그에게 휘말려서 또 이도 저도 못할 상황이었다. 무엇을 먼저 걱정해야 하는 건지조차 알 수 없었다.

내 여자? 이 침대? 오늘 밤? 대공?

"아까 그냥 트리거 님을 기다릴걸."

자신을 탓하는 소심한 목소리가 흘러나왔다. 평생 방어하며 살아온 삶이었다. 게다가 자신이 이렇게 좋다는 남자는 그가 처음이었다. 그런데 설상가상으로 신분도 하늘과 땅처럼 달라서 어떻게 그를 대해야 할지 참 난감했다. 거기다 알렉산드로가 생각과는 달리 저렇게 밀고 들어올 줄은 전혀 예상도 못한 터라 그의 한마디, 작은 행동에도 혼자서 많은 의미를 부여했다.

보들보들한 침대 시트를 만지작거리던 클로이는 문득 썰렁한 소파를 보았다. 그럼 담요라도 놔 드려야지 하는 마음에 침대에 있던 것을 곱게 접어 그의 소파에 놔 두었다. 막상 자신은 덮을 이불이 없었지만 침대에서 자는데 이불이 있고 없고는 별로 중요한 문제도 아니었다.

'자는 척이라도 해야겠다.'

자신에게 제대로 화가 난 얼굴을 다시 마주하기는 무서우니 얼른 누워서 눈이라도 감고 있어야겠다는 심산이었다. 그리고 소파가 있는 방향과는 반대 방향으로 돌아 모로 누웠다. 완전히 등진 채 누웠는데 잠이 오지 않았다. 물소리만 더 크게 귓속으로 들려왔다.

얼마나 시간이 지났을까. 분명 피곤한데 잠이 오지 않았다. 물소리가 그치고 문이 열리고 그의 발걸음 소리가 들렸다. 조심스러운 소리였다. 곧 불이 전부 꺼졌고 아무 소리도 들리지 않는다 생각했는데 자신의 몸 위로 이불이 덮이는 게 느껴졌다. 발까지 전부 감싸고 어깨까지 올라오게 꼼꼼히 챙겨 주는 손길이 아까 화냈던 것과는 다르게 다정했다.

"……."

반면, 알렉산드로는 미동 없이 꾹 감은 눈을 보고 피식 웃음을 터뜨렸다.

'귀여워.'

잠든 사람의 숨소리는 깨어 있는 사람의 것과는 확연히 다르다. 어색하게 꾹 감긴 두 눈의 속눈썹이 파르르 떨렸다.

"네게 짓궂게 굴어 미안하다."

평소처럼 달콤한 목소리가 들려왔다. 화는 전부 풀렸는지 손길만큼 목소리도 나긋나긋했다. 그는 다행히 대답은 바라지 않았는지 곧바로 몸을 낮췄다. 그리고…….

쪽.

"앗."

기습적으로 자신의 이마에 와 닿는 입술은 촉촉했다. 끈적임 없이 짧게 닿았다가 금방 떨어진 그가 클로이의 놀란 목소리를 듣고는 웃으며 말했다.

"잘 자거라."

저벅저벅, 침대를 돌아 소파로 향하는 그의 발걸음이 자신의 가슴 뛰는 소리처럼 크게 들렸다.

'이래 놓고 나보고 어떻게 자라고…….'

너무 설레서 도저히 잠을 잘 수 없을 것 같았다. 그가 소파에 눕는 소리가 예민해진 청각을 타고 크게 들려왔다. 몸짓 하나하나, 그가 불편해서 돌아눕는 것까지 전부 느껴졌다. 클로이는 마른침을 삼켰다. 가끔씩 끌어당길 때는 너무 심한 게 아닌가 싶을 만큼 훅 들어오다가도 막상 곤란해진다 싶을 때는 살살 달래며 놓아주었다. 클로이는 자신을 들었다 놨다 하는 알렉산드로 때문에 몇 번이나 오르락내리락하는 기분이었다. 게다가 오히려 저렇게 자신에게 절제된 모습을 보이니 갈수록 애가 타는 것은 자신이었다.

'그냥 던진 돌에 개구리는 맞아 죽는다고, 내가 그 꼴이잖아.'

이러다가는 약초고 나발이고 그에게 같이 도망을 가자고 조를지도 모른다. 근데 또 그가 하는 걸 보면 진짜 자신을 따라나서기라도 할 것 같아서 클로이는 덜컥 겁이 났다.

알렉산드로에게 자석처럼 이끌렸다. 완전히 속수무책이었다. 그가 좋다. 돌이켜 보면 오늘도 결국 그가 원하는 대로 자신은 끌려가기만 했다. 그가 싫지 않았다. 너무 좋아서 문제였다. 미친 듯이 뛰는 심장이 증명했다.

'정신 차리자.'

하지만 마냥 그에게 마구잡이로 끌려다니기엔 자신의 신세가 그럴 수 없었다. 심지어 대공의 침실에서 잠들어도 그가 자신을 어떻게 할까 하는 걱정은 전혀 들지 않았다. 그만큼 그를 신뢰하고 있다는 의미였다. 클로이는 그와 했던 키스도, 어떤 스킨십도 싫지 않았다. 너무 좋아서 큰일이었다. 다른 것들도 충분히 할 수 있을 것만 같았다. 어쩌면 나중에는 자신이 먼저 그에게 달려들지도 모르는 일이다. 그녀는 부드러운 베갯잇에 얼굴을 파묻고 도리질을 쳤다.

'대공님 말대로 오늘은 안테노르 공작 저택에서 마지막 밤이었으니까. 오늘이 마지막이야. 앞으로는 휘말리지 말아야지.'

둘은 같은 장소에서 완전히 다른 생각을 했다. 알렉산드로는 눈을 감고 자는 척을 하던 그녀의 얼굴을 떠올리고는 피식 웃음을 터트렸다.

'일단 클로이가 대답만 하면.'

그녀 또한 자신을 사랑한다고 대답만 한다면, 그는 더 이상 두려울 게 없었다. 그가 가진 명예는 아버지의 것이 아니었다. 온전히 스스로 얻었다. 제국의 영웅이라는 자신의 수식어는 전부 그의 노력이었다. 세리머니가 끝나자마자 남쪽에 있는 그레이엄 가의 영지로 데려가 성대한 결혼식을 올릴 것이다. 그녀의 출신과 신분은 아무도 모르게 고칠 수 있었다. 영지에는 그녀를 아는 이가 없으니 머리색과 외모를 보고 하는 말들은 그저 소문으로 그칠 것이다. 영지에서는 자신만 클로이를 아껴 준다면 아무도 그녀를 무시하지 못할 것이다.

아버지가 반대하든 말든 상관없었다. 알렉산드로는 가문의 이름과 아버지의 반대가 두렵지 않았다.

'아버님은 인정하실 수밖에 없겠지.'

그는 다른 여자와 만날 생각이 없었다. 그레이엄의 성을 가진 귀족은 현재 자신과 그의 아버지가 유일했다. 그러니 가문의 핏줄을 낳아 줄 여자를 그 누구도 무시할 수 없는 것이다. 서로가 사랑한다면 언젠가 아이도 갖게 되겠지. 자꾸 클로이를 보면 손이 먼저 움직이기는 하지만 실수할까 걱정되지는 않았다.

그는 예의를 아는 남자였다. 그녀가 지레 겁먹고 달아날까, 알렉산드로는 오직 그게 염려스러웠다.

'나를 믿고 따라오면 돼.'

클로이만 자신을 믿어 준다면. 그녀가 자신을 신뢰하고 따라 준다면, 그는 자신 있었다.

사랑하는 여자를 평생 행복하게 만들어 주겠다는 자신감은 그를 당당하게 만들었다.

클로이는 그의 아침 식사를 준비하러 침실을 나섰다. 식당으로 향하던 그녀는 갑자기 자신의 발 근처에 와서 떨어진 돌멩이를 발견했다.

'누가 나한테 돌을 던진 거야?'

가만히 발 앞에 떨어진 조약돌을 보고 있는데 또다시 작은 돌멩이가 날아왔다. 깜짝 놀란 클로이는 문득 돌이 날아온 방향을 돌아봤지만 기둥밖에는 보이지 않았다. 다시 돌아서 길을 가려던 그녀는 기둥 옆으로 빼꼼 나온 얼굴을 발견하고 헉 소리를 냈다.

"쉿! 조용히."

산속에서 만났던 노파의 아들이었다.

"아니, 어떻게 여길……?"

영주의 성에 어떻게 몰래 들어왔는지는 모르지만, 들키면 큰일 날 것이다. 게다가 둘이 마주친 곳은 고용인들이 머무는 숙소 근처, 식당 앞이었다.

"이쪽으로 오세요!"

클로이는 얼른 소년이 손짓하는 복도의 창고로 따라 들어갔다. 휘휘 주위를 둘러본 그녀가 한껏 목소리를 낮췄다.

"대체 여길 어떻게……."

"덕분에 어머니도, 저도 살았어요. 감사의 말씀을 드리고 싶어서."

"감사는 무슨. 할머니가 아니었으면 나야말로 그 첩첩산중에서 어떻게 됐을지 모르는데 내가 더 감사하지."

밝은 소녀의 얼굴을 본 클로이는 마음이 따뜻해졌다. 안 그래도 그때 혼자 돌아왔던 노파 때문에 걱정했는데, 소년도 멀쩡한 걸 보니 아무 일도 없었나 보다. 다행이다.

"저희 어머니도 그날 감사 인사를 못했다고…… 이 편지를 꼭 전해 달라고 하셨어요."

"나한테?"

"예. 저희는 그레이엄 대공님의 도움으로 이제 마을에서 살게 되었어요."

클로이는 깜짝 놀란 얼굴을 했다. 소년이 내민 편지를 얼결에 받긴 했지만 이상한 기분이 들었다. 노파는 알렉산드로의 어머니와 깊은 관계가 있는 게 분명했다.

"안 그래도 오늘 기사단이 떠난다고 해서, 급하게 경비원들의 눈을 피해서 들어온 건데……."

그때 누군가 창고 앞을 지나가는 듯 발소리가 들렸다. 소년은 말을 멈췄다. 클로이가 보기에 더 이상 소년이 성에 있으면 위험할 것 같았다.

"알았어. 일단 너는 얼른 이 성을 나가야겠다. 나랑 같이 성문까지 나가면 의심을 사지 않을 거야."

둘은 조용히 창고를 나와 성문까지 다다랐다. 소년을 심부름을 하는 알렉산드로의 마부 중 한 명이라고 말하고 밖으로 내보낸 클로이는 얼른 다시 식당으로 돌아갔다. 아침 식사가 늦어 대공이 자신을 기다리고 있을 것이었다.

“어머, 오셨다! 오셨어!”

“쉿, 조용!”

그런데 대공의 식사를 받으러 식당에 가니 성의 시녀들이 소란스럽게 떠들고 있었다. 그리고 자신을 묘한 눈으로 바라봤다. 트레이에 준비된 알렉산드로의 식사를 받아 다시 그의 침실로 가려는데, 옆에 서 있던 시녀 한 명이 제게 말을 걸었다.

“마부님 맞으시죠?”

아직도 미동의 옷을 입고 있는 자신을 소년 마부로 오해하고 있는 시녀들에게 클로이는 어색하게 웃었다. 다 그 「비밀의 마구간」이라는 소설책 덕분이었다.

“사실은 방금 단장님께서 왔다 가셨어요. 그런데 마부님을…… 급하게 찾으시던걸요.”

부끄러운 듯 얼굴을 붉히며 말하는 시녀를 보니 클로이는 속으로 아뿔싸 하는 생각이 들었다.

‘그냥 침실에서 기다리지, 뭐 그렇게 오래 기다렸다고 식당까지 왔다 가신 건지.’

클로이는 민망한 마음에 헛기침을 했다.

“지금 혹시 어디 계신지 아세요?”

“아까 제가 마부님이 성문으로 가는 걸 봐서, 그쪽으로 가셨다고 말씀드렸어요.”

“감사합니다.”

클로이는 그 길로 다시 성문으로 향했다. 그러자 성문을 지키는 이들이 말하길, 대공은 자신을 따라 다시 성으로 돌아갔다고 했다.

길이 엇갈렸다. 대공은 아마 지금쯤 침실에서 자신을 기다릴 것이었다. 클로이는 얼른 뛰어서 침실로 향했다.

아니나 다를까. 계단을 올라 복도를 돌자 침실 밖에서 불안하게 서성이는 알렉산드로가 보였다.

"대공님!"

알렉산드로는 그녀를 보자 안심한 얼굴을 하고 다가왔다. 헉헉거리는 자신을 보고 그가 긴 한숨을 내쉬며 말했다.

"네가 도망친 줄 알았다."

"아니, 대공님! 제가 어떻게 그럴 수 있어요?"

황당한 소리였다. 도망가면 사형인데 어떻게 도망을 간단 말인가. 그런데 그는 농담이 아니라 진심인 모양이었다. 굉장히 걱정스런 표정이었다.

"내가 어제 너무 다그쳐서…… 괴상한 남자라 생각했을까 싶어서."

"그런 생각을 하셨어요?"

"그래."

클로이가 한숨을 내쉬자 그가 덥석 몸을 끌어안았다. 부담스러웠다면 미안하다, 그런데 결심을 몸이 따라 주질 않는구나, 나도 이런 감정은 처음이라 당황스럽다, 그런 변명들이 이어졌다.

"어머."

때마침 안테노르 공작가의 시녀가 트레이를 끌고 왔다가 둘의 포옹 장면을 보고 어깨를 움찔했다. 자신이 놓고 간 아침 식사를 대신 전해 주러 온 듯했다. 클로이는 얼른 그를 밀어냈다. 민망한 마음에 흠흠, 헛기침을 하자 시녀는 아무것도 못 본 척 그의 침실에 딸린 개인 응접실에 아침 식사를 놓고 조용히 인사를 하고 나갔다.

'얼굴이 팔려서 죽겠네. 그래도 오늘 이 성을 떠나니까 정말 다행이다.'

창피함은 모두 자신의 몫이었다. 그녀는 뜨거워진 얼굴을 삭이며 접시를 옮기기 시작했다. 옆에서 자신을 응시하는 게 보였지만 클로이는 그저 음식에만 시선을 두고 중얼거렸다.

"대공님, 사람이 있을 때는 자제해 주세요. 제가 너무 난처해요."

"내가 널 좋아하는 게 네게 그리 난처한 일인가?"

'그럼요' 하고 냉큼 대답했어야 했는데 너무 부끄러워서 말이 나오지 않았다.

클로이는 입술만 꾹 깨물었다. 안 그랬다간 광대가 터질 것 같아서였다.

"난 아무것도 감출 게 없지만 네가 그리 싫다고 하니…… 그래, 알겠다."

그는 마음 같아선 당장 모두에게 '내 여자'라고 알리고 싶은 심정이었으나 클로이의 표정이 무척 진지했다. 마음에 들지 않지만 그녀가 원치 않는다니 따라 줘야 했다.

그는 내심 고개를 내저었다. 여자에게 구애하는 것쯤이야, 해 본 적은 없지만 사랑하는 여자에게 이 진심 어린 마음을 표현하면 금방 넘어올 줄 알았다. 게다가 클로이는 순순한 데다, 말을 참 잘 들었지 않은가.

하지만 그녀는 예상보다 훨씬 고집스러웠고 본인의 생각이 무척 뚜렷했다. 하자는 대로 고분고분 따르지를 않았다. 마냥 부드러운 여자가 아니었다. 그래서 그는 더욱 타올랐다.

'아주 난공불락이로군.'

이 팽팽한 줄다리기가 쉽지 않으리라는 예감이 들었다.

뚜렷한 목표물이 새겨진 파란 눈동자에 집념 어린 불꽃이 튀기 시작했다.

클로이는 알렉산드로가 오찬에 간 틈을 타서 노파가 남긴 편지를 꺼내 들었다.

아가씨.

내 이름은 줄리아 맥코웰이오.

알렉산드로의 친모인 소피아 맥코웰의 자매이며, 맥코웰 공작가의 장녀요.

내 생명을 구해 준 아가씨에게 이름도 밝히지 못해서 내내 마음이 편치 않았소.

"헉."

설마 노파가 이런 사람일 거라고는 예상치 못했는데, 충격적인 내용에 클로이는 주위를 살폈다. 물론 아무도 없었지만, 누구도 알아서는 안 될 비밀스러운 내용 때문에 본능적으로 나온 행동이었다.

걱정 마시오.

알렉산드로는 이 사실을 알고 있소.

내가 이런 편지를 남긴 이유는 아가씨에게 그날 일의 고마움을 표시하고 싶어서요.

아가씨가 아니었다면, 알렉산드로에게 또 짐을 남기고 세상을 떠날 뻔했지 뭐요.

착하고 다정하다던 아이가 그 아비 때문에 성격을 다 버렸소.

어려서부터 소피아에게 미움만 받고 자라 걱정했소만, 그래도 든든한 청년으로 자라 주었구려.

알렉산드로는 그저 던칸 그레이엄의 또 다른 피해자일 뿐이라고 나는 생각하오.

"던칸…… 그레이엄."

제국을 호령하는 대공의 부친이었다. 모두가 '전하'라고 부르는 그의 이름을 감히 입에 올리기조차 저어했다. 귀족이지만 당당하게 황궁에서 거주하는 황제 같은 사람. 베아트리체였을 적에 엘파사의 왕궁에서 몇 번이고 그의 이름을 들었다. 그만큼 던칸은 유명 인사였다.

아가씨, 던칸 그레이엄을 조심하시오.

클로이는 갑작스런 줄리아의 경고에 어깨가 오싹했다.

주제넘은 참견인 줄은 알지만, 나와 내 아들의 생명을 구해 준 은인이라 그냥 지나갈 수가 없었소.

그자는 극악무도한 인간이오.

황제의 자리를 갖기 위해 얼마나 많은 사람을 죽였는지 셀 수도 없지.

그자는 오직 자신의 권력과 가문만 생각하면서 사는 버러지 같은 인간이라오.

"버러지?"

편지를 읽는 클로이의 두 눈이 휘둥그레졌다. 모두가 던칸을 두려워하는 데는 그 이유가 있었다. 제국의 황제처럼 군림하는 그를 이렇게 대놓고 비난하는 편지를 자신이 읽어도 되는 건지 가슴이 쿵쿵 뛰기 시작했다.

아가씨가 소피아의 일기를 읽었는지는 모르겠소.

그 애가 불태워 버리겠다 하던 것을 내가 여태 보관해 왔다오.

'대공님이 보여 주지 않으셨는데, 그게 대체 무슨 내용이지?'

클로이의 의문은 곧 풀렸다.

던칸 그레이엄은…… 단지 여아라는 이유로, 가문의 이름을 이을 수 없는 여자아이라는 이유로, 자신의 아내가 낳은 그 갓난아기를…… 갖다 버렸소.

"세상에."

친자식을? 여자아이라는 이유로?

그자 때문에 소피아가 정신을 놓기 시작했고, 소피아가 죽은 이유도 바로 그 인간 때문이오.

그는 웃는 얼굴로 등에 칼을 꽂는 아주 무서운 인간이니 반드시 조심하시오.

클로이는 입을 다물 수가 없었다. 줄리아가 남긴 편지의 내용은 충격 그 자체였다.

자신의 아이를 갖다 버렸다니……. 어떻게 사람이 그런 행동을 할 수 있단 말인가?

갑자기 편지를 든 손이 덜덜 떨렸다. 그녀의 친부인 엘파사 국왕이 했던 행동을 그대로 행한 던칸 그레이엄이 추잡하고 역겨웠다. 자신이 태어나자마자 버려졌듯 그는 똑같이 여식을 버렸다.

'대공님은 이 사실을 알고 계신 건가?'

하지만 그는 아무런 말도 하지 않았다. 소피아 그레이엄의 일기장을 보고도 그 내용에 대해 일언반구의 언급도 없었다.

'내게 말할 필요는 없지.'

알고는 있지만 왠지 씁쓸했다. 그의 사생활이라는 것을 알면서도 조금 서운한 감정이 드는 것은 어쩔 수 없었다. 알렉산드로는 온갖 이야기를 다 하면서도 그 일은 일절 말을 꺼내지 않았다.

'신경 쓰지 말자. 주제넘은 참견이야.'

클로이는 다시 그녀의 편지로 시선을 옮겼다.

지금 아가씨가 어떤 생각을 하는지 모르겠소만, 절대로 그 가문에 들어갈 생각은 꿈도 꾸지 마시오.

그랬다간 아가씨를 가만 두지 않을 거요.

나는 산속에서만 15년을 살았소.

이 대륙에 그자의 손길이 뻗지 않는 곳은 없다오.

줄글을 읽어 내려갈수록 편지지를 든 손이 파들파들 떨렸다. 자신의 마음속 한구석, 아주 작은 욕심이 있었다. 알렉산드로와 꿈같은 시간을 보내면서 자기도 모르게 심어진 그런 욕심이었다. 클로이는 바로 그것을 들킨 기분이었다. 정신 차리라고 호된 야단을 맞는 것 같았다. 그녀는 마지막 문장에서 눈을 떼지 못했다.

절대로 그자를 믿지 마시오.

클로이는 얼른 편지를 태웠다. 가슴이 자꾸 쿵쾅거려서 온몸이 달달 떨려 왔다. 손에는 땀이 흥건했다. 이런 자신을 누가 볼까 무서워 점심을 먹으러 가지도 못했다. 그녀는 내내 침실을 서성였다.

꼭 죄를 지어야 죽는 것은 아니다. 착한 일만 하던 사람도 억울하게 죽는 일은 빈번했다. 전생에서 자신이 죄를 지었기 때문에 죽었던가. 운이 없어서, 잘못된 선택을 해서, 악인을 만났기 때문에…….

가는 데는 순서가 없다는 말처럼 때때로 죽음은 이유가 없었다. 클로이는 이미 신분에 익숙해질 만큼 익숙해져 있었다. 알렉산드로의 옆에 있고 싶은 마음은 죄가 아니지만, 그런 결정을 내린다면 목숨을 잃을 수도 있었다.

절대로 그 가문에 들어갈 생각은 꿈도 꾸지 마시오.

그랬다간 아가씨를 가만두지 않을 거요.

이제야 자신이 몰래 탐내던 알렉산드로 그레이엄이 어떤 사람인지 실감 나기 시작했다.

그가 갖고 태어난 핏줄과 권력.

그건 어떤 짓을 저질러도 용서받는 면죄부이며, 아무리 발버둥쳐도 자신은 절대 가질 수 없는 것이었다.

19. 추억이라 불릴 것들

19. 추억이라 불릴 것들

· · ◆ · ·

험프리는 제국의 각 영지에서 빗발친 편지들을 정리하느라 정신이 없었다. 벌써 한 달도 전의 일이었다. 던칸은 그 소녀의 죽음 이후로 큰 변화를 겪었다. 그는 소녀의 장례식을 준비하며, 버려진 아이들이 있던 숲에 있던 시체들까지 장례식을 치러 주었다. 그런데 숲에는 살아 있는 아이들도 있었다.

고심하던 던칸은 황궁의 경비를 줄이라고 명했고, 그 돈으로 수도에 보육원을 운영하기로 했다. 처음에는 보육원이 잘 운영되는 것처럼 보였다. 하지만 숲에서 살던 아이들은 모두 저마다 병이 있었다. 먹을 것이 없는 아이들은 숲에서 아무거나 뜯어 먹고 배탈이 나거나 병에 걸렸다. 그러니 보육원에서 아무리 잠자리와 먹을 것을 주며 잘 보살펴 줘도 아이들은 오래 살지 못했다.

고심하던 던칸은 제국에서 가장 뛰어난 의사들이 있는 기사단 간호과의 일부 의사들과 간호사들을 보육원에 배치했다. 기사단과 황궁을 위해 운영되는 간호과였다. 그들은 굉장히 고급 인력이었다. 처음에는 원장과 작은 실랑이도 있었지만, 던칸의 명이니 그들은 어쩔 수 없이 따를 수밖에 없었다.

최고의 의료진까지 갖춘 보육원은 나름 잘 운영이 되는 것 같았다. 그런데 문제는 수도를 벗어난 지역이었다. 수도에 큰 보육원이 생겼다는 소문이 돌자, 전쟁이 있었던 인근 영지에서 난민이 되어버린 전쟁고아들을 내보내기 시작했다. 아이들은 너무 어려서 노역을 시킬 수 없는 데다, 마을의 분위기를 흐리는 이들은 지역 영주들도 처치 곤란이었던 것이다.

영주들의 행태에 화가 난 던칸은 모든 지역의 영주들에게 공문을 내리기에 이르렀다. 의무적으로 각 영지에 보육원을 만들라고 지시한 것이다. 그리고 그의 모든 귀찮은 업무를 대신하는 험프리는 아침부터 바빴다. 영주들은 항의, 애원, 각자 사정을 담은 편지들을 일제히 황궁으로 보내왔던 것이다.

'남들은 내게 암살이나 독살을 조심하라지만, 난 분명 과로사로 먼저 죽을 것 같군.'

우편물을 들고 던칸에게 향하는 그의 발걸음은 누구보다 무거웠다. 다른 시종의 도움을 얻어 서재의 문을 두드린 그는 말했다.

"험프리입니다."

"들어와."

다행히 들려오는 던칸의 목소리는 밝았다. 한숨을 한 번 내쉬고 서재로 들어가니, 평소보다 기분이 좋은 듯한 그가 보였다. 던칸은 어젯밤 매일같이 꾸던 악몽 없이 편안하게 잠들고 일어났다. 한결 밝은 얼굴을 하고 험프리를 돌아보니 그가 편지들을 잔뜩 안고 있었다.

"그게 다 뭐지?"

험프리는 어느 것부터 말해야 할지 갈피를 잡을 수 없었다. 영주들의 항의문과 칼스버그 공작의 편지, 둘 중 어떤 게 더 던칸을 화나게 할까.

'칼스버그 공작이야 원래 쓴소리를 많이 하는 양반이니까.'

하지만 얼핏 본 내용은 심상치 않았다.

"명하신 보육원 일에 관련해서, 각 지역 영주들에게서 온 편지들입니다."

던칸은 대번에 미간을 찌푸렸다. 시키면 군말 없이 해야 하는 게 아닌가? 자신의 손길이 바로 뻗치는 수도나 황궁에서는 그 누구도 감히 그의 말을 거절하거나 토를 달 수 없었다.

'수도의 권력 싸움에서 밀려나 변방의 영지에 숨어 사는 주제에 감히 내게 이따위 편지를 보내?'

그는 당장 화가 나서 편지들을 읽어 보기 시작했다. 아니나 다를까, 예산과 인력을 핑계로 보육원을 운영하기는 힘들 것 같다는 내용이 주를 이뤘다. 던칸은 보육원에 의사와 간호사들을 배치하라고 명했다. 하지만 소규모 영지에는 의사가 한두 명 있을까 말까 할 정도로 그들은 흔하지 않았다. 그런 고급 인력을 보육원 따위에 배치할 수는 없다는 게 영주들의 입장이었다.

"당장 이들에게 답신을 보내라. 시키는 대로 하지 않으면 어떤 일이 일어나는지 똑똑히 보여 주겠다고 해."

험프리는 얼른 대답하고 자신이 따로 빼 두었던 편지 하나를 응시했다. 이 편지의 주인공은 예전부터 던칸을 화나게 하는 데는 일등 공신인 데다 남다른 필체를 가진 이였다.

'성격도 글씨체를 따라가는 게 분명해.'

요하임 칼스버그 공작이었다. 뛰어난 학자임에도 굉장한 악필로 유명한 그는 그레이엄 가문과는 깊은 인연이 있는 사람이었다. 알렉산드로를 가르쳤고, 황궁에서는 학문을 연구하던 뛰어난 인물이었다. 다만 길버트와의 일 때문에 던칸과 끝이 좋지 않았다. 던칸은 꼬장꼬장한 늙은이가 말이 너무 많다며 싫어했고, 칼스버그 공작은 아무리 누이의 서자라 해도 막돼먹은 인간이라며 공공연히 그를 비난했다. 유일하게 던칸을 두려워하지 않는 사람이었다.

"전하, 요하임 칼스버그 공작의 편지가 있는데 읽어 보시겠습니까?"

던칸은 신경질적인 눈빛을 보내왔다. 칼스버그 공작은 그에게 한 번도 입에 발린 말을 한 적이 없었다. 항상 공적인 자리에서 대놓고 자신을 비난해 왔다.

'하지만 맞는 말만 한단 말이지.'

그래서 더 화가 났다.

'이번엔 무슨 말로 내 속을 뒤집어 놓으려고!'

고심 끝에 편지를 받아 든 던칸은 급한 손놀림으로 편지를 펼쳤다.

"악필은 여전하군."

알아보기 힘들다며 투덜거린 그는 조용히 편지를 읽어 내려갔다.

오랜만이오, 던칸.

여전히 황궁에서 두 발 뻗고 잘 지내는 것 같더군.

그 성질머리는 여전하다는 소문은 익히 들었으니 거추장스러운 인사는 사양하겠소.

갑자기 황궁에서 온 명령을 듣고는 깜짝 놀랐지 뭐요.

무슨 심경의 변화인지 모르겠지만 좋은 생각임에는 분명하오.

제국은 너무 많은 희생을 해 왔지만 황궁은 그 책임을 전혀 지지 않았지.

알맹이만 홀랑 까먹고 쓰레기는 산더미처럼 쌓아 놓은 꼴이란 말이오.

하지만 언젠가는 겪었어야 할 전쟁이었으니, 당신이 추구했던 가치에 대한 평가는 후세에 맡기시오.

순간 던칸은 그가 건넸던 말이 떠올랐다.

—제국은 지금 힘을 필요로 하오.

요하임 칼스버그 공작은 과학과 철학, 신학을 어우르며 모든 것을 연구하는 혁명적인 생각을 가진 학자였다. 알렉산드로의 선생이기도 했던 그는, 자신에게 당시 황궁을 뒤집을 쿠데타를 먼저 제안하기도 했다.

그때 제국은 여러 독립 국가로부터 위협을 받는 상황이었다. 하지만 당시의 황제는 우유부단하고 겁이 많은 성격으로 통일은커녕 자신의 살 궁리만 했다. 그래서 전쟁 준비를 하는 인접 국가가 없는 조용한 곳으로 황궁을 옮길 계획이나 짜던 한심한 인간이었다. 황제를 죽이고 황궁을 진두지휘하던 던칸은 뛰어난 학자임에도 자신을 따르는 그에게 의문을 가졌다. 모든 게 성공하고 황궁에서의 훗날, 자신의 물음에 칼스버그는 대답했다.

—인간 사회는 어디에서든 지휘자가 있어야 하오. 그 이름은 황제일 수도, 왕일 수도, 반란군일 수도 있지. 안타깝지만 이 사회에서, 전 황제보다 나은 지도자가 당신 외에는 보이지 않았던 것뿐이오. 최선이 없으니 차악을 택할 수밖에.

요하임 칼스버그는 던칸 자신보다 나은 이가 나타난다면 배신하고 그를 따르겠다고 말한 것이나 다름없었다. 저보다 나은 사람은 당연히 없지만, 그래도 찝찝했다. 둘의 마찰이 본격적으로 시작된 건 마지막 독립국이었던 엘파사를 흡수하는 데서부터였다.

칼스버그 공작은 학자였고, 던칸은 기사였다. 책사는 먼 곳에 있는 이상을 가리켰고, 권력자는 눈앞에 있는 실리를 추구했다.

'나는 역사의 이름 앞에서 당당하다.'

던칸은 자신의 악행보다도 업적을 먼저 떠올렸다. 아무리 자신을 비난한다고 해도, 그 누구도 자신이 세운 공로는 무시하지 못할 것이라는 오만한 생각이었다. 그는 다시 편지를 읽어 내려갔다.

역사는 그 나라의 얼굴이라고도 하오.

그리고 제국은 이제 막 평화의 시대가 도래했소.

그러니 앞으로 그대가 신경 써야 할 것은 그레이엄의 후손들을 위한 더 나은 세상을 만드는 일이 아니겠소?

'그레이엄의 후손을 위한 더 나은 세상.'

던칸은 진지한 얼굴로 그의 조언을 되새겼다. 칼스버그는 자신에게 비난처럼 보이는 비판을 하는 사람이긴 했지만, 그의 말은 분명 쓸모가 있는 것들이었다.

당신은 대륙을 통일한 제국의 첫 번째 지도자로 역사에 남게 될 것이오.

황제의 자리에 있든 아니든 누구도 부정할 수 없는 사실이지.

하지만 뒤이어 나온 내용은 그의 마음을 상하게 하기에 충분했다.

알렉산드로와 관련된 소문은 나도 들었소.
그래도 혹시 모르지.
나는 요즘 우리 손자, 손녀 재롱 보는 재미가 어찌나 쏠쏠한지, 심심한 영지 생활의 낙이라오.
그래도 이 세상엔 기적도 일어나는 법이니 신전의 기도회라도 한번 다녀 보시구려.

"이 고약한 노인네!"
던칸은 이를 갈며 편지를 잡은 손에 힘을 주었다.

어쨌든 나 요하임 칼스버그는 황궁의 결정을 지지하며 따를 것이오.
다만 다른 지역의 영주들이 황궁으로 항의 편지를 쓴다는 소식을 들었소.
굴복하지 말고 그 성질머리대로 밀고 나가시오.
하지만 한 가지 내가 안타까운 점은, 황궁이 수도에서 멀리 떨어진 지방의 영주들과 소통하는 방법이 좀 틀렸다는 점이오.
채찍과 당근은 함께 써야 하는 법이 아니겠소?
그대가 보냈던 협박문은 참 인상 깊었소.

"협박문이라니, 내가 정식으로 보낸 공문을 감히 그따위로 말해?"
갑자기 터져 나온 고함 소리에 험프리는 몸을 움찔했다.
'정식으로 보낸 공문이라면.'
그는 던칸이 황궁의 인장을 찍어 대영주들에게 보냈던 편지들을 떠올렸다.

보육원을 운영하고 의원과 간호사를 배치해 전쟁으로 부모를 잃은 아이들을 보살펴 주시오.

내 명령을 따르지 않는다면 수도 정치계의 인사들이 어떻게 수도를 떠나게 되었는지 몸소 보여 주리다.

험프리는 짧게 한숨을 내쉬었다. 던칸은 여전히 잔뜩 불퉁한 얼굴로 편지를 읽고 있었다.

아니, 아직도 쿠데타를 일으켜 황궁을 점령한 도적 같은 이라는 수군거림을 듣고 싶은 것이오?

그대에게 존경받는 군주가 되고 싶은 욕심은 전혀 없는지?

이런 식의 통보와도 같은 일방적인 요구는 지역 영주들의 반발심만 사는 법임을 분명 알고 있을 텐데, 아직도 제국이 전쟁 중이라 착각하는 것이오?

수도를 꽉 잡고 있다고 해서 모든 영지의 영주들까지 그대의 발밑에 있다고 생각하면 오산이오.

혁명의 불씨는 보이지 않는 곳에서 조용히 피어나는 법.

수도 귀족들보다 변방 영주들의 연대가 오히려 더 단단하다는 것을 알고 계시리라 믿으니 불경스러운 걱정은 이 편지에 담지 않으리다.

"혁명의 불씨?"

던칸은 코웃음을 쳤다. 제국의 기사단과 그레이엄 가문의 사병,

황궁의 경비대가 전부 자신의 손아귀에 있었다. 게다가 그는 쿠피히트 공작가와 반도라스 공작가, 그레이엄 가문과 같이 수도의 3대 공작가로 불렸던 이들과 아주 단단한 동맹을 맺고 있었다. 이번에 알렉산드로와 클라라의 결혼이 흐지부지되면서 일각의 귀족들이 안도의 한숨을 내쉰 것은 괜한 일이 아니었다. 설마, 어떤 영지에서 반란이 일어난다고 해도 그는 전혀 걱정스럽지 않았다.

"내가 어떻게 이 자리에 올라온 건지 잊어버렸나 보군, 요하임 칼스버그."

그는 얼른 본보기가 나타나길 기다리고 있었다. 제국이 안정기에 들어서면서 점점 자신에게 반발하는 이들이 보였다.

'반역은 좋아하지만 반역자는 싫다.'

그리고 이들을 어떻게 다스려야 하는지 던칸은 잘 알고 있었다. 반란의 조짐이 있다면 그는 그 어떤 때보다 잔인하게 본보기를 보여 줄 것이라고 벼르는 중이었다.

'너무 오래 걸린다면야 굳이 기다릴 필요 없기도 하지.'

반란은 충분히 조장할 수도 있다는 사실을 경험으로 잘 알고 있었다.

"제국에는 지금 공작가가 너무 많아."

갑자기 튀어나온 뜻 모를 말에 험프리는 식은땀을 삐질 흘렸다. 공작가가 너무 많다니, 그냥 흘려듣기에는 엄청난 말이었다.

"다, 다섯 개의 공작가를 직접 약속하지 않으셨습니까, 전하."

"'그자'에게도 공작 작위를 내렸었나?"

"'그자'라고 하시면……."

"엘파사의 조력자 말이야. 이름이 기억나지 않는군."

"길버트 로건이라면, 처음 약속대로 후작의 작위를 내리셨습니다."
"거기서 민란이 있었다고 들었는데."
"걱정하실 필요는 없습니다. 제국을 향한 반란은 아닌 것 같습니다. 조세에도 문제가 없습니다."
아마 왕국을 배신한 재상을 향한 원한일 것이다, 하는 말에 슬며시 고개를 끄덕인 던칸은 다시 차분하게 편지로 눈을 돌렸다. 이어진 그의 편지는 이왕 시작된 보육원 운영을 제대로 이어 가려면 영지에 부과되는 세금을 이용하라는 내용이었다.
보육원 운영을 하지 않는 이들에게는 전쟁의 후처리를 명목으로 세금을 더 혹독하게 걷는 대신, 보육원을 운영하는 이들에게는 세금의 이짐을 주라고 했다. 영주들의 자발적 참여야말로 궁극적인 보육원의 기능을 제대로 해낼 수 있을 것이라고 했다. 그리고 그는 보육원 운영뿐만 아니라 교육 또한 신경 써야 할 것이라고 말했다.

복지는 지출이 아닌 미래를 위한 투자라는 점을 명심하시오.
제국의 귀족은 극소수요.
전쟁이 모두 끝난 지금 대부분은 노예들이고, 한 세대가 지나면 평민이 되어 제국에 세금을 낼 이들이지.

"투자라니, 말은 쉽게 하는군. 이 노친네는 전부 문제지만 입만 열었다 하면 뜬구름 잡는 소리를 하는 게 제일 문제야."
그리고 이어진 내용은 다시 그의 화를 돋우기에 충분했다.

천년만년 그레이엄 가문을 이어 날로 먹고살 생각을 하는 것은 익히 알고 있소만, 제국의 노예와 평민들은 이미 9할이 훨씬 넘소.

당신의 군사 독재를 위한 명목뿐인 귀족제가 영원하리라는 귀여운 망상은 제발 일기장에나 남기고, 이제는 역사에 기록될 것들을 신경 쓰길 바라오.

"이 노망난 늙은이를 내가 여태 살려 두었다니!"

주먹으로 책상을 내려친 던칸은 씩씩거리며 편지를 구겼다. 옆에 놓인 차가운 물을 벌컥 들이켜며 타는 목을 축인 그는 마른세수를 했다. 은근히 자신의 속을 긁어 대는 이따위 저급한 편지를 더 이상 읽고 싶지 않았다.

'하지만 이런 말을 하는, 할 수 있는 이는 오직 요하임 칼스버그뿐이다.'

게다가 그는 자신의 정치적 스승이자, 피는 섞이지 않았지만 외숙부였다. 한때는 부친처럼 그를 의지했던 던칸은 너그러운 얼굴의 칼스버그 공작을 떠올렸다.

"후우."

긴 한숨으로 간신히 화를 삭인 던칸은 주섬주섬 구긴 편지를 다시 펼쳤다.

귀가 따갑게 말해 왔던 것들을 들은 척도 하지 않았던 공의 얼굴이 아직도 아른거리는구려.

'그땐 모든 전쟁의 막바지였다고! 전쟁이고 통일이고 군부에 대해선 쥐뿔도 모르는 고집 센 노인네!'

화난 얼굴로 편지를 마저 읽던 던칸은 순간 누군가가 뒤통수를 때린 것처럼 머리가 멍해졌다. 칼스버그 공작의 마지막 말 때문이었다.

통일을 이룬 제국의 새 역사는 이제부터 시작이오.

"흠."

비록 황제가 되진 않았으나 그 자리는 자신의 것이었고 지금이라도 원한다면 오를 수 있는 것이다. 자신은 이제 더 이상 바라는 것이 없었다. 그는 꿈꿔 온 것 이상의 것을 이뤄 냈다. 대륙의 통일은 오랜 역사상 제국이 처음이었다.

'대륙을 통일하면 끝이라고 생각했는데.'

하지만 끝이 아니었다. 10여 년간 전쟁을 앓았던 대륙, 제국은 곳곳에 많은 상처와 곪아 터진 환부가 있었다. 눈으로 확인하지 않았던가. 제국은 자신의 것이라고 믿어 의심치 않았지만 그가 모르던 어두운 이면 또한 존재했다. 그리고 그것은 밤새 악몽으로 나타나 죄책감이라는 이름의 양심을 건드렸다.

통일을 이룬 제국의 역사는 이제부터 시작이오.

지금부터.

"이제부터 시작이라……."

앞으로 이 제국은 어떻게 될 것인가? 자신은 과연 제국의 새로운 시작에 어울리는 사람인가?

'존경받는 군주.'

다음 황제는 그레이엄이다. 그다음 황제도 또한 그레이엄이 될 것이다. 자신이 이뤄 온 것들은 누구에게도 빼앗길 수 없다. 하지만 모두가 자신을 두려워하긴 해도, 존경하진 않는다는 것을 잘 알고 있었다. 직접 황좌에 오르지 않은 이유도 그 때문이었다.

'하지만 알렉산드로는 아니지.'

더러운 오명과 손가락질은 자신에게서 끝나야 한다. 자신의 아들은 모두에게 존경을 받는, 오점이 없는 사람이었다. 그는 심각한 얼굴을 했다. 칼스버그 공작은 자신이 맞다고 하는 일에는 항상 아니라고 말하던 유일한 사람이었다. 하지만 이번만큼은 달랐다.

"……만약 칼스버그 공작에게 다시 황궁으로 와 달라고 부탁한다면, 그가 올 것 같나?"

험프리는 의외의 말에 놀라서 던칸을 바라보았다. 꼴도 보기 싫어하던 칼스버그 공작이 아니었나?

"장담하기는 어렵습니다만, 가능할 것 같습니다."

험프리의 기억에 칼스버그 공작은 굉장히 열정적인 사람이었다. 황궁에서 벌어지는 모든 회의에 빠짐없이 참여했고, 도서관으로 가장 먼저 출근해서 가장 늦게 퇴근하는 기이한 인사였다.

"아무래도…… 그의 조언이 더 필요할 것 같다."

인정하고 싶진 않지만 칼스버그 공작이라면 훌륭한 조언자가 될 것이다. 매번 모두가 반대하는 의견을 내는 사람이긴 했지만, 누구보다 열정적인 그 눈빛은 결코 거짓을 말하는 자의 것이 아니었다.

'듣기 싫은 소리를 많이 하기야 하겠지만.'

던칸은 결심한 김에 바로 그에게 수도로 와서 제국을 재정비하는데 지혜를 나누어 달라, 답장을 써 내려갔다.

"신전에 기도회의 일정이 있는지도 한번 알아봐라."

깃펜을 잡은 손을 움직이며 던칸은 담담한 말투로 명했다.

"예? 아, 알겠습니다."

갑자기 기도회라니, 그의 입에서는 절대로 나올 것 같지 않은 말이 튀어나와 험프리는 당황스러웠다. 던칸은 신전과 종교를 굉장히 하찮게 보았다. 게다가 10여 년이 넘는 기간 동안 전쟁을 치르며 신전의 힘은 지금 약해질 대로 약해져 있었다. 정치적으로는 조금도 발언권이 없었다.

"지금 기사단은 어디쯤 갔다고 하더냐?"

그리고 예고 없이 나온 다음 질문에 험프리는 몸을 움찔했다. 무슨 이유인지 세리머니의 경로를 벗어난 그들은 지금 전 맥코웰 공작령이었던, 안테노르 공작령에 다다라 있었다.

'전하께서 좋아하지 않으실 텐데.'

대답이 바로 들려오지 않자, 던칸은 고개를 들고 험프리를 바라보았다. 재촉이 담긴 그의 눈빛에, 험프리는 눈을 질끈 감고 대답했다.

"지금은 안테노르 공작령에 있다고 합니다."

"뭐라고?"

"그게……."

아니나 다를까, 그의 노성이 터져 나왔다.

"왜 그들이 맥코웰의 영지를 방문했느냐!"

"그레이엄 대공님께서…… 갑자기 일정을 바꾸셨다고 합니다. 그곳에서 일주일간 머무르셨습니다."

던칸의 입이 떡하고 벌어졌다. 도대체 알렉산드로가 왜? 그는 자신의 아들에게도 감추고 살아온 것이 많았다. 굳이 알 필요 없는 것이었다. 차마 말할 수 없는 것들이기도 했다.

'하지만 맥코웰 일가는 전부 죽었어.'

하나뿐인 아들에게, 단 한 명 남은 가족에게까지 경멸을 받고 싶지 않다는 본능은 그를 비겁하게 만들었다.

"혹시…… 알렉산드로에게 편지가 오거든 반드시 내게 가져와라."

던칸은 망연자실한 얼굴로 멍하니 천장을 응시했다.

"……예, 알겠습니다."

하지만 험프리는 대답을 하면서도 회의적인 생각을 했다. 알렉산드로는 그의 아버지를 좋아하지 않았다. 전장에서 큰 부상을 입었을 때도, 승리를 이루었을 때도 그는 아버지에게 그 어떤 연락도 취하지 않았다.

'그레이엄 대공님께서 무슨 편지를 보내실까 걱정하시는 거겠지?'

수도에 살면서도 부친을 보러 온 것은 단 한 번뿐이었다. 던칸이 발표한 정략결혼을 취소해 달라는 말을 하기 위해서였다. 결국 던칸은 들어주지 않았지만.

"그곳에는 맥코웰 일가의 그 어떤 흔적도 남아 있지 않겠지, 험프리."

"전혀 없습니다."

던칸은 험프리의 말을 듣고 긴 한숨을 내쉬었다. 그래도 걱정스러웠다. 자신에게는 비밀이 너무도 많았다. 변명을 하자면 그런 것이었다.

제국에는 공작가가 많았다. 공작가는 끊임없이 서로를 견제해야 하는 자리였다. 그래서 자신의 아들에게만큼은 그 어떤 공작가와도 비교할 수 없는 권력을 물려주고 싶었다. 제국에서 공작 다음 위치는 황제의 자리였다. 던칸은 그를 위해 어떤 추잡한 일도 마다하지 않았다.

'네게 완벽한 세상을 주려고 했는데.'

그런데 자신의 아들은 그것을 원하지 않았다. 자신의 아들은 굉장히 소박했고 물욕이나 권력 욕심이 전혀 없었다. 그래서 던칸은 겁이 났다. 알렉산드로가 권모술수와 배신이 난무하는 정치판에 뛰어들고 싶지 않아 하는 이유를 잘 알았다. 자신의 아들은 권력을 얻기 위해 무슨 일이든 하는 이들을 혐오했다. 물불을 가리지 않고 욕심을 채우기 위해 도의도 없이 사는 이들을 알렉산드로가 어떻게 생각하는지 아주 잘 알고 있었다.

'만약 네가 진실을 알게 된다면, 나를 용서할까.'

탐욕과 배신, 음모로 가득한 저급한 인간. 그게 바로 자신이었다.

안테노르 공작령을 떠난 기사단은 급하게 다음 영지로 걸음을 옮겨야 했다. 안테노르 공작령은 원래 그들이 들르려던 길이 아니었다. 길을 이탈한 만큼 일행은 더 오래 걸어야 했다.

영지를 떠나는 날 아침, 분명 침대에서 편하게 잠들었음에도 클로이는 온몸이 쑤시는 것처럼 피곤한 느낌이었다. 괜히 이리저리 목과 허리를 풀며 성문을 나서던 그녀는 흘끔 일행의 앞에서 걷는 대공을 바라보았다. 그의 마음을 확인하고부터 클로이는 그가 어떤 눈으로 자신을 바라보고 있는지 의식하지 않을 수 없었다. 혹시나 알렉산드로가 모든 사람들의 앞에서 티를 내진 않을까 걱정스러웠다. 아니나 다를까, 클로이는 어디에 있어도 항상 그의 눈길을 느꼈다. 그러다 눈이 마주치면 기분이 묘했다.

'대공님 눈빛이 원래 저렇게 야릇했나.'

사람들이 모르는 둘만의 감정을 공유한다고 생각하니 알렉산드로가 보내는 시선이 다르게 느껴졌다. 클로이는 붉어지는 얼굴을 가리기 위해 그의 눈을 피했다.

'내 눈에만 또 그렇게 보이나 봐.'

알렉산드로의 시선을 의식하느라 클로이는 빠른 행군 중에도 힘이 드는 줄 몰랐다. 머릿속으로는 이러면 안 된다, 안 된다 하면서도 제멋대로 가슴이 뛰었다. 태어나서 처음 겪는 일들이었다. 물론 죽기 전에도 한 번도 없었던 일이다.

전생에서 소개팅을 통해서 만난 남자는 대충 비슷한 재력과 학력을 가진 사람이었다. 영화를 보고 분위기 좋은 레스토랑에서 몇 번의 저녁 식사를 가지고 집에 데려다주었던 남자였다. 결혼은 사랑보다 조건이 맞는 이들이 하게 되는 거라며, 백 퍼센트 만족할 수는 없다는 친구들의 말에 그냥 그 남자를 만났다. 그때는 그냥 '아, 좋은 남자구나. 이 정도면 괜찮은 남자다.' 하는 생각만 있었지 이렇게 가슴이 떨리진 않았다.

하지만 알렉산드로는 쳐다보고만 있어도 얼굴이 빨개지고 발끝부터 짜릿한 기분이 들었다. 그의 고백을 받던 날을 생각하면 심장이 터질 것만 같았다.

—너를 사랑한다.

누군가에게 사랑 고백을 받으리라고는 정말 꿈도 꾸지 못했다. 더군다나 알렉산드로에게. 클로이는 지금 자신이 제대로 걷고 있는지도 의심스러웠다.

'정말 꿈이 아닐까.'

하지만 현실이었다. 그의 고백도, 줄리아가 보낸 편지도. 그 편지는 클로이의 마음 한구석에 가시가 되어 남았다. 알렉산드로 때문에 두근거리다가도 줄리아 맥코웰이 보냈던 편지의 충격적인 내용은 시시때때로 떠올랐다. 그때 그녀의 정신이 번쩍 들 만한 뿔고둥 소리가 들려왔다. 어느새 저녁 야영지에 도착한 것이다.

클로이는 알렉산드로의 막사를 세우는 것을 도왔다. 그리고 완성된 막사에서 그의 침상을 정리하기 시작했다. 침구 정리가 끝날 때쯤이었다. 갑자기 그녀의 두 눈을 덮어 오는 큰 손이 느껴졌다.

"앗."

시야가 막힌 클로이는 순간 움찔했지만 곧 그녀의 얼굴을 대부분 감싸 안은 큰 손을 더듬었다. 알렉산드로가 분명했다.

'손이 이렇게 컸었나?

키도 크고 몸도 크고 전부 크니 손이라고 작을 리는 없었지만 새삼스러웠다. 대충 손등을 더듬다가 손가락으로 가니 길쭉하고 뼈마디가 만져지는 게 남자다움이 물씬 느껴지는 손이었다. 그의 손을 더듬거리고 있자 뒤에서 작은 한숨 소리가 들려왔다.

"……안 되겠다."

그러고는 그가 클로이의 눈을 가린 손을 놓아주었다. 뒤돌아서 확인한 알렉산드로의 얼굴은 조금 붉어져 있었다.

'밖이 더운가?'

클로이는 물어볼까 했지만 그의 표정이 워낙 심각해 아무 말도 하지 못했다. 그는 곧장 침상에 앉고 손을 잡아 클로이를 옆에 앉혔다.

"후우……."

무슨 생각을 하는지 그는 말이 없었다. 조용히 클로이를 바라보던 알렉산드로는 다시 한번 작은 한숨을 푸욱 내쉬었다.

"회의가 잘 안 풀리셨어요?"

기사단 회의에 다녀온 그는 고뇌가 가득해 보였다. 알렉산드로는 대답 대신 고개를 살짝 흔들었다. 클로이는 어쩐지 그의 모습이 큰 강아지처럼 느껴졌다.

"배가 고프세요?"

그러자 그가 다시 고개를 저었다. 클로이는 슬며시 웃음이 나왔다. 그는 절대 이런 모습을 누구에게도 보여 주지 않을 것이다. 누구도 보지 못할, 자신만이 볼 수 있는 그의 진짜 모습이라고 생각하니 마음이 벅차올랐다. 알렉산드로가 어쩐지 귀엽게 느껴진 클로이는 그의 모습을 더 보고 싶었다.

"무슨 일 있으신 거예요?"

알렉산드로가 클로이의 한 손을 끌고 와 자신의 손 위에 놓았다. 비교하듯 보니 정말 큰 손이었다. 손가락 한 마디보다도 더 컸다.알렉산드로가 그녀의 손을 잡고는 왼쪽 가슴 부분으로 이끌었다. 영문을 몰라 가만히 그를 바라보던 클로이는 그에게 손을 잡힌 대로 이끌려 갔다.

"네 손만 잡아도 이렇게 심장이 뛴다."

그의 다정한 속삭임을 듣자 클로이의 얼굴에 멈출 수 없는 웃음이 번졌다. 그녀는 믿을 수가 없었다.

'이런 남자가 전혀 아니었는데.'

아무리 봐도 도저히 적응이 되질 않았다. 자신에게 고백한 뒤로 알렉산드로는 매번 다른 모습을 보이는 것 같았다. 눈으로 확인할 때마다 클로이는 속으로 헛웃음이 나왔다. 까칠하던 첫 만남과 첫인상이 도저히 지금의 그와 연결이 되지 않았다. 잘 좀 느껴 보라는 듯 여전히 자신의 손을 잡고 그의 심장에 갖다 대고 있는 알렉산드로가 능청스러워 보였다.

"그러면 앞으로는 제가 조심할게요."

클로이는 그의 장단에 맞춰서 잡힌 손을 빼내었다. 그러자 알렉산드로가 다급하게 그녀의 손을 다시 잡아 왔다.

"내게 왜 그렇게 매정하지?"

다른 손으로 그녀의 머리를 쓰다듬는 손길이 다정하기 그지없었다. 그는 미미한 미소를 지은 채 어느새 바닥으로 내려가 앉았다. 침상에 앉아 있던 클로이를 마주 보기 위해서였다. 그가 자신보다 더 낮은 눈높이로 옮기자 클로이는 얼른 자리에서 일어나려고 했다.

"자꾸 이러시면 안 돼요!"

클로이는 당황스러웠다. 아무리 그래도 자신의 주인인데. 대공의 작위를 가진 귀족인 그가 자신의 앞에서 자꾸 몸을 낮출 때면 행여 누가 보기라도 할까 무서웠다. 알렉산드로는 그런 클로이를 다시 침상에 앉혔다. 그녀는 급하게 막사의 입구를 살폈다. 감히 누가 멋대로 들어오진 않겠지만 그래도 불안했다. 게다가 그가 이렇게 잘해 주면 잘해 줄수록 그녀의 마음 한구석이 답답했다.

"뭐가 어떻다고."

그런데 알렉산드로의 목소리는 평온했다. 정말 꺼릴 게 없다는 말투였다.

"대공님처럼 높으신 분께서 이렇게 자꾸……."

알렉산드로는 더 이상 듣기 싫다는 듯 클로이의 말을 중간에 잘랐다.

"내게는 네가 더 고귀한 이다."

내 아이를 낳아 줄 유일한 사람, 내가 사랑하는 유일한 사람인데. 겁낼 클로이를 위해 뒷말은 속으로 삼켰다. 그녀는 안 그래도 얼굴이 뜨거워서 미칠 것 같았다. 그의 달콤한 말 한마디, 한마디가 비현실적이었다. 저 황홀한 얼굴에서 나오는 다정한 말들이 정말 자신에게 하는 말인가? 클로이는 그와의 관계가 고민스럽다가도, 얼굴을 보고 있으면 마음이 다 녹아 버릴 것만 같았다. 한 번도 감정이 이성을 거스르진 않았는데, 그의 앞에서는 속수무책이었다.

"피곤하진 않았느냐?"

알렉산드로는 안쓰러운 얼굴로 물었다. 오늘 안테노르 공작성에서 떠나면서 유독 힘들게 걷긴 했다.

"조금……."

평소라면 어떤 투정도 부리지 않았을 그녀인데, 클로이는 자신을 마치 공주님처럼 대하는 그의 앞에 자기도 모르게 진심을 말했다. 그러자 그가 자신의 신을 벗기고는 다리를 잡아 왔다. 깜짝 놀라서 얼른 다리를 빼자 그가 의아한 얼굴로 클로이를 보았다. 뭐가 문제냐는 듯 당당한 표정에 클로이는 지레 민망해졌다. 그가 그녀의 바지 밑단을 무릎까지 걷어 올렸다.

“뭐, 뭘 하시려고…….”

불안한 마음에 묻자 그가 대수롭지 않게 대답했다.

“근육이 뭉쳐서 다리가 아플 것이다.”

그러고는 종아리를 꾹꾹 누르며 마사지를 하듯 손을 움직였다. 갑자기 와 닿는 예고 없는 손길에 놀라 다리를 빼려고 했는데 그럴 수가 없었다.

‘오, 정말 잘하시네.’

꾹꾹 누르는 부위마다 근육이 풀리는 느낌이 들면서 아주 시원했다. 내심 좀 더 세게 눌러 주면 좋겠다는 생각이 들 때쯤 눈이 마주쳤다. 씩 웃는 그 때문에 클로이는 야릇한 기분이 들었다. 더군다나 자세가 좀 이상했다. 자신의 다리 사이에 그가 앉아 있었다. 매번 올려다보던 얼굴이 아래에 있으니 기분이 정말 묘했다. 갑자기 귀까지 얼굴이 달아올랐다. 둘만 있는 조용한 주위의 공기가 더웠다.

“이, 이제 그만하셔도 돼요.”

뜨거운 열기가 차오르는 기분에 클로이는 얼른 그를 저지했다. 그러자 그가 별로였냐며 진지하게 되물었다.

“아니, 시원하긴 한데…….”

그러자 그가 반색을 하고는 그럼 다행이라며 다른 쪽 다리를 주무르기 시작했다. 그런데 자신의 다리를 주무르던 그의 손이 무릎 뒤 연한 살을 스치자, 파드득 소름이 돋았다. 그녀가 움찔하자 그가 다시 손을 옮겨 발목을 위주로 안마를 했다. 안심하고 있을 때쯤, 그러다 다시 무릎 뒤 연한 살을 스쳤다. 클로이는 자신도 모르게 입에서 이상한 소리가 나올 것 같았다.

'미쳤어, 미쳤어.

내가 피곤하다고 다리를 주물러 주시는 분인데, 지금 또 무슨 불경한 마음을.'

그런데 그가 눈치 없이 자꾸 여긴 아프냐, 저긴 어떻냐 물어 왔다. 클로이는 입술을 꾹 물었다. 그녀는 더 이상 알렉산드로를 마주 보고 있을 수가 없었다.

"대공님! 식사요! 저녁 식사 가져올게요."

얼른 자리에서 일어난 클로이는 알렉산드로를 밀쳐 내고 쏜살같이 막사 밖으로 튀어 나갔다. 그녀는 터질 듯 뛰는 가슴을 진정시키느라 고생이었다. 다행히 밖으로 나오니 분주히 움직이는 사람들이 보였다. 그들을 보니 현실로 돌아온 기분이었다. 클로이는 얼른 바지 밑단을 원래대로 내렸다.

'나한테 진짜 음란한 마귀가 씌었나 봐. 내가 정말 변태인가 봐.'

대공에게 몹쓸 생각이 들었던 것이다. 그 막사에서 조금만 더 있다가는 자신이 그에게 몹쓸 짓을 할 것 같았다. 아직도 묘한 기분이 남아 있어 그를 마주 보기가 두려웠다. 특히 단둘이는.

저 멀리서 트리거가 보였다. 그는 도무지 혼자 있는 법이 없어서 지금이야말로 기회였다. 얼른 말해야겠다.

"트……!"

그런데 트리거에게 다가가던 그녀를 누군가가 붙잡았다. 크리스였다.

"너 얼굴이 왜 그렇게 빨개?"

지나가던 크리스가 클로이를 보더니 물었다. 그녀는 화들짝 놀라

손으로 부채질을 했다.

"그, 그냥 머리에 열이 나는 것 같아서요."

"흐응, 그래?"

크리스는 의심스러운 눈으로 그녀와 뒤에 있는 대공의 막사를 번갈아 가며 응시했다. 클로이는 순간 말도 안 되는 상상을 해 버렸다. 절대 그럴 리가 없는데, 크리스가 모든 걸 알고 있는 건 아닐까 하는 의심이었다. 그녀는 차마 크리스의 얼굴을 바라볼 수 없었다. 자신이 했던 음험한 상상까지 들킬 것 같았다.

"하긴 요즘 날도 덥고 그렇긴 하지."

다행히 크리스는 아무것도 모르는 듯 자연스레 주제를 바꿨다.

"요즘 우리 대공님의 기분은 어떠시니?"

클로이는 자연스레 대공의 저녁 식사를 위해 자리를 옮겼다. 그 역시 자신을 따라오며 자연스레 대화를 이어 나갔다.

"여전히 좋았다 슬펐다 하셔?"

"글쎄요. 하하."

장난스러운 그의 물음에 클로이는 작게 웃음을 터뜨렸다. 절친한 친구인 크리스는 대공과는 정말 많이 다른 사람이었다. 그는 굉장히 재밌었다. 하지만 클로이는 요즘 크리스와 대공의 사이가 나쁜 건 아닐까 짐작하고 있었다. 둘이 대화를 할 때면 알렉산드로의 표정이 잔뜩 기분이 상한 것처럼 좋지 않았다.

"얼른 근심 걱정 다 내려놓고 좋은 날이 와야 할 텐데 말이야. 그렇지?"

클로이는 그의 말에 뼈가 있는 것 같다는 생각을 했지만 대수롭지 않게 넘겼다.

"네. 그렇죠."

담담한 얼굴로 고개를 끄덕이던 클로이는 알렉산드로의 식사가 준비되었다는 시종의 말에 크리스에게 양해를 구했다. 그의 저녁 식사를 받아 가자 대공이 기다렸다는 듯 천막을 젖혀 주고는 그녀에게서 쟁반을 받았다.

"저는 밖에서 먹고 올게요."

그러자 알렉산드로가 눈썹을 푹 내리고는 그녀를 돌아보았다. 하지만 클로이의 단호한 얼굴은 변함이 없었다.

"……그래."

결국 허락한 그는 클로이가 다시 막사를 나가는 모습을 끝까지 지켜보았다. 뒤를 돌아볼 줄 알았는데 아무 미련 없이 나가는 뒷모습이 못내 서운했다. 클로이는 그와 단둘이 막사에 있는 게 두려웠다.

'나는 지금 위험한 짐승이야.'

그의 다정한 목소리와 야릇한 손길, 따듯한 시선을 받고 있으면 자꾸 다른 생각이 드는 것이다. 자꾸만 그가 덩치 큰 강아지처럼 보여서 자신도 모르게 손을 뻗게 되고, 몸이 뜨거워지는 기분이었다. 자제해야 했다. 기사단의 모든 일행들이 있는 이곳에서 이럴 수는 없었다. 심장은 뛰고, 마음은 그에게 호감을 느끼고, 머리는 안 된다고 말했다. 몸은 마음과 너무 달랐다. 이런 생각을 한다는 게 스스로도 참 우스웠다. 하지만 그녀의 고난은 여기서 끝나지 않았다.

저녁을 먹고, 호르헤에게 편지를 쓴 뒤였다. 클로이와 알렉산드로는 그의 저녁 훈련을 위해 인적이 드문 곳으로 향했다.

"어휴……."

상의를 벗은 채 땀을 흘리며 움직이는 알렉산드로의 모습은 한

편의 예술 작품 같았다.

'진정하자. 매일 보던 그 몸이야. 내가 이미 다 알고 있는 그 몸. 그러니까 이상한 생각하지 말자. 자꾸 더 많은 걸 상상하지 말자.'

평소 같았으면 지루해서 금방 눈을 돌리고 졸거나 했을 텐데, 클로이는 그에게서 눈을 뗄 수가 없었다. 오늘따라 더 그가 섹시해 보였다.

'진짜 중증이다, 중증이야. 큰일 났네.'

시선을 다른 곳으로 돌리려고 애썼지만 무용지물이었다. 달빛에 반사된 그의 몸은 아름답다는 말 외에는 그 어떤 수식어도 붙일 수 없었다. 어느덧 그가 운동을 마쳤는지 칼을 정리해서 집어넣고는 클로이에게 다가왔다. 젖은 수건을 받아 든 그는 몸을 닦기 전에 다시 한번 수건의 양쪽을 잡고는 물을 짰다. 그러자 주르륵, 하고 많은 물이 흘러나왔다. 그녀가 한 것보다 배로 흐르는 투명한 물이 뚝뚝 떨어져 그의 손등을 적셨다.

"제가 한다고 한 건데……."

민망한 마음에 클로이가 중얼거리자 그가 괜찮다는 듯 웃음을 흘렸다. 그러고는 한 번 더 수건을 쥐어짰다. 그의 팔 근육이 움직이는 모습과 그걸 따라서 물이 뚝뚝 떨어져 내리는 모습을 보니 클로이는 또 얼굴이 화끈했다. 거기다 손등과 팔뚝에 솟은 힘줄을 보니 심장이 두근거려 도저히 마주할 수가 없었다.

'미치겠네, 정말. 수건 짜는 건 또 왜 저렇게 야해.'

클로이는 몸을 닦는 그에게서 떨어지지 않는 시선을 간신히 옮겨 어두운 하늘을 바라보았다.

"흠흠. 이, 이제 갈까요?"

“피곤한가?”

그녀가 천천히 고개를 가로젓자 그럼 저기 앉았다 가자며 알렉산드로가 그녀를 이끌었다.

‘그냥 피곤하다고 할걸.’

클로이는 알렉산드로의 옆에 있는 게 부담스러웠다. 이유는 그녀 자신 때문이었다. 클로이는 스스로를 수녀가 되었다 생각하며 가만히 그의 옆에 앉았다. 그러자 그가 말없이 손을 잡아 왔다. 정전기에 감전된 양 깜짝 놀란 클로이가 얼른 손을 빼고는 말했다.

“대공님.”

야심한 밤에 이러지 마시라 말을 이어 가려고 입을 떼는데, 그가 더 빨랐다.

“내 이름을 부르거라.”

“그게 무슨 말도 안 되는 말씀이세요?”

클로이는 펄쩍 뛰었다. 그건 너무 부담스러웠다. 그 누구도 그의 이름을 부를 수 없었다. 알렉산드로의 스승이었다던 요하임 칼스버그 공작만 빼고. 게다가 칼스버그 공작은 굉장히 나이가 많은 할아버지였다. 클로이는 난감한 얼굴로 거절의 의사를 내비쳤다. 그러자 알렉산드로가 조심스레 다시 그녀의 손을 잡아 왔다.

“안 될 이유는 뭐지?”

클로이는 마주친 시선을 얼른 다른 곳으로 돌렸다.

‘오, 하느님……. 신이시여.’

달빛 어스름히 비치는 곳에 있으니 알렉산드로가 더 잘생겨 보였다. 그의 푸른 눈동자가 별을 머금은 듯 반짝거렸다. 클로이는 마른침을 삼키고 자꾸만 곁눈질을 하게 되는 고개를 돌렸다. 차라리 그를 쳐다보지 말아야겠다는 생각에서였다.

"싫어?"

알렉산드로는 다른 손으로 클로이의 어깨를 잡아 왔다. 전과는 다른 그의 말투에 클로이는 목이 막히는 것 같았다.

"왜 싫은지 말해 봐. 내가 납득할 이유라면 더는 너를 곤란하게 하지 않겠다."

집요하게 상체를 숙여 클로이의 얼굴을 따라가 결국 그녀의 시선을 받은 알렉산드로는 씩 웃었다. 아니나 다를까, 그녀의 얼굴이 불그스름했다.

"클로이."

그녀는 솟아오르는 광대뼈를 도저히 내릴 수가 없었다. 알렉산드로가 너무 귀여웠다.

'이 남자를 귀엽다고 생각하는 날이 오다니…… 내가 미쳤구나.'

클로이는 얼른 정신을 다잡았다. 심지어 그보다 자신이 나이도 많지 않던가? 하지만 알렉산드로는 분위기를 휘어잡는 능력이 있었다. 특히 둘만 있을 때는 속수무책으로 휘말리게 됐다. 절대 그에게 넘어가면 안 된다고 다짐한 그녀는 괜히 헛기침을 했다. 단호한 모습을 보여야 했다.

"그건 절대 안 돼요."

그런데 그의 속상해하는 모습을 보니 다시 목구멍으로 '돼요' 하는 말이 튀어나올 것 같았다.

"소원을 다른 데 쓸 것을."

알렉산드로는 씁쓸히 말했다.

"너는 내게 다가올 마음이 조금도 없구나."

그가 중얼거리듯 말했지만 클로이에게는 정확히 들렸다.

"내 일방적인 마음을 강요해서 미안하다. 그러지 말아야지, 하는데도 도저히 참을 수가 없어."

알렉산드로는 먼 곳을 바라보며 조용히 말했다.

"아무래도 나는 누구에게도 사랑받을 사람이 아닌 것 같다."

지켜보던 클로이는 놀란 얼굴로 몸을 돌린 그의 팔을 잡았다.

"대공님! 무슨 소리세요. 왜 그렇게 말씀하세요."

"그렇지 않나. 내가 사랑하는 여인은 내 이름을 부르는 것조차 거부하는데. 다른 것도 아니고 그저 이름뿐인데 말이다."

알렉산드로는 클로이에게서 완전히 고개를 돌렸다. 그는 걱정스런 얼굴의 클로이를 보면 웃음이 터질 것만 같았다. 이제 거의 다 넘어왔다. 조금만 더.

"혹시…… 누가 들으면 어떡해요."

"들을 테면 들으라지. 나는 누구에게도, 그 무엇도 숨길 게 없다."

클로이는 마음이 답답했다. 알렉산드로를 보면 마냥 좋다가도 기사단의 일행 누군가에게 들킬까 마음이 조마조마했다. 자신이야 그냥 손가락질을 당해도 견디면 그만이지만, 그는 아니었다. 자신의 노예 하녀와 그렇고 그렇다는 소문이 돌면 밝은 앞날에 좋을 게 없었다.

'명문가의 아가씨와 결혼을 할 사람인데.'

클로이는 추잡한 소문으로 인해 그가 어떤 피해도 입지 않기를 바랐다. 소문은 남성 귀족에겐 더 관대했지만, 그는 곧 결혼을 앞둔 입장이라 사정이 달랐다. 게다가 그의 아버지, 던칸을 생각하면 뒷목이 서늘해졌다.

"휴우."

클로이가 깊은 한숨을 내쉬자 알렉산드로가 다시 그녀를 바라보고는 진지한 목소리로 말했다.

"네가 건네준 어머니의 일기를 읽었다."

의외의 말에 클로이가 그에게 집중했다. 마침 궁금했던 이야기였다.

"어머니께서는 내 이름을 '알렌'이라고 짓길 원하셨더군. 아버님의 독단적인 결정으로 결국 무시되었지만."

클로이는 어렴풋이 일기가 그에게 좋은 내용이었을 거라고 짐작했다. 어머니를 말하는 알렉산드로의 표정이 부드러웠다. 전에 말할 때와는 완전히 달랐다.

"그 이름이 내게 어울린다고 생각하느냐?"

"음……."

알렌. 입 속에서 혀만 움직여 입천장에 닿고 아랫니에 닿았다. 조용히 이름을 되뇌어 본 클로이는 부드러운 어감이 마음에 들었다. 이름은 짧지만 기억에 남았다. 물론 무자비하고 뛰어난 기사이자 큰 권력을 누리는 그레이엄의 후계자하고는 어울리지 않았다. 하지만 다정하고 섬세한 마음을 가진 진짜 이 남자와 잘 어울리는 이름이었다.

알렌.

"네. 잘 어울리세요."

그러자 알렉산드로가 환하게 웃었다. 그러고는 덥석 클로이를 끌어안았다.

"나와는 별로 어울리지 않는 것 같아 걱정이었다."

그녀가 잘 어울린다고 말한 순간부터 알렉산드로는 그 이름이 아주 마음에 들었다.

알렌.

'알렉산드로의 편한 줄임말 같기도 하고.'

게다가 클로이가 잘 어울린다고 하지 않았나? 이제 의심의 여지 없이 자신의 이름인 것이다.

"알렌."

클로이는 그의 이름을 불렀다. 다정한 이름이다. 다정한 그와 잘 어울렸다.

수북이 쌓인 상소문과 호소문, 인정을 구하는 수많은 편지, 각 영지에서 온 내역서와 조세 관련 서류들을 보며 험프리는 잔뜩 인상을 찌푸렸다. 황궁, 황제를 수신인으로 하진 않았지만 던칸 그레이엄의 앞으로 온 편지들은 모두 그에게 먼저 전해졌다. 다른 잡다한 일들은 자신의 밑에서 일하는 이들에게 시켰다. 하지만 던칸이 꼭 읽어야 하는 편지를 구별해내는 일은 오로지 험프리만 할 수 있었다.

'안테노르 공작, 안테노르 공작…….'

세리머니의 기사단은 칼스버그 공작령에 들른 뒤, 급하게 방향을 바꿔 안테노르 공작령으로 향했다. 수도 기사단은 제국에서 일어날지도 모르는 반란에 대비하고 영주들을 견제하기 위해 세리머니를 하는 중이었다. 그래서 황궁은 그들의 움직임을 예의 주시하고 있었다.

물론 대외적인 이유는 그랬으나, 사실상 황궁, 아니 던칸 그레이엄이 기사단을 몰래 관찰하고 있는 가장 큰 이유는 따로 있었다.

"찾았다."

던칸은 더 이상 알렉산드로의 사생활과 관련된 소식을 듣지 않으려 했다. 하지만 험프리는 혹시 주인의 마음이 바뀔지 몰라 어쩔 수 없이 꾸준히 그 정보를 듣고 있었다. 굳은 얼굴로 안테노르 공작에게서 온 편지를 뜯은 험프리는 편지를 열기 전 긴 한숨을 내쉬었다. 이번에도 같은 내용일까 두려웠던 것이다.

'얼른 읽고 끝내 버리자.'

이 골치 아픈 일 말고도 할 일은 산더미처럼 쌓여 있었다.

저희 안테노르 공작가는 제국의 기사단을 모시는 영광을 안게 되어 큰 축복을 받았습니다.

분명 일정에 없던 갑작스러운 방문이었으나, 영주인 제가 모든 일에 직접 나서 최선을 다했습니다.

그레이엄 기사단장님과 쿠피히트 부단장님께서는 떠나시는 날까지 큰 만족스러움을 보여 주셨고…….

구구절절한 내용이 담긴 편지의 앞부분을 한 장씩 넘겼다. 지루한 얼굴로 뻔한 내용을 읽어 내려가던 그는 중간에 어떤 내용에서 멈칫하고 말았다.

……그런데 저희 공작가에서 오랫동안 일한 어떤 시녀가 빨래터에서

괴상한, 아니 놀라운 장면을 목격했다고 합니다.

그레이엄 대공님께서 어떤 고운 소년과 입술을 부딪치더라는 믿지 못할 말이었습니다.

"이번엔 빨래터에서!"

아니, 누가 보면 어쩌려고!

깜짝 놀란 험프리가 자신도 모르게 입 밖으로 큰 소리를 내고 말았다. 아무도 없는 우편실이지만 그는 행여 다른 이가 들었을까 얼른 문을 살폈다. 덜컹거리는 심장 부근을 쓸어내린 그는 점점 과감해지는 알렉산드로의 행보에 입을 다물 수가 없었다.

'크리스와 그렇게 자주 만나신다더니…… 도대체 이 미동은 또 누구란 말인가.'

와일러가 알렉산드로에게 들키고 난 뒤, 이제 기사단 내에 그의 첩자는 단 한 명뿐이었다. 그리고 첩자가 언급하는 인물은 크리스와 트리거뿐이었다. 첩자가 보낸 편지 그 어디에도 소년이라는 말은 없었다.

'크리스를 말하는 건가? 아니면 대공님의 마부?'

하지만 누가 봐도 객관적으로 크리스를 소년이라고 칭하기엔 무리가 있었다. 그는 기사치고는 곱상한 외모를 갖고 있긴 했지만 근육이 우람했다.

'그 마부 소년이 분명해. 역시 반도라스 영애와의 결혼을 거부하셨던 이유가 있었군.'

하지만 기사단의 첩자는 그 마부에 대해선 언급이 없었다. 어렴풋이 트리거를 떠올리던 험프리는 점점 미궁에 빠지는 것 같은 기분이었다. 게다가 트리거는 소녀처럼 고운 얼굴은 아니라고 들었다.

'미치겠군.'

기사단의 첩자에게 답장을 보내서 안테노르 공작이 말하는 '소년'이 누구냐고 물어볼 수가 없으니 답답했다. 자꾸 위치를 옮기는 기사단의 특성상 받는 편지는 모두 에반이 관리했다. 그래서 험프리는 철저히 답장은 보내지 않았다.

소년은 흡사 소녀라고 오해할 만큼 귀엽고 곱상한 외모를 가진 자로, 처음 며칠은 시종들의 숙소에서 잠을 청했으나 마지막 날 밤은 단장님의 침실에서 나오지 않았다고 합니다.

이는 시종들의 숙소에서 머물렀던 이들의 증언입니다.

단장님께서 쓰시던 침실을 정리하던 시녀들의 말로는 침대와 소파 등 여러 곳에서 거칠게 몸을 뉘인 흔적이 역력했으며…….

편지를 읽는 험프리의 눈이 커질 대로 커졌고 심장은 덜컹거렸다.

심지어 시종들이 지나다니는 복도에서도 차마 글로는 담을 수 없는 애정 표현을…….

차마 글로는 담을 수 없는 애정 표현…….

결국 편지를 끝까지 읽지 못한 험프리는 얼른 그것을 접었다. 몰래 알렉산드로의 불온한 사생활을 엿본 기분이라 심장이 쿵쾅거렸다.

'나도 이런 기분인데 전하께서는 대체 어떤 마음이실지…….'

험프리는 불꽃이 활활 타오르는 벽난로를 바라보았다. 땔감이 쌓인 곳에 자신이 숨겨 놓은 편지가 얼마나 많은가. 차마 태워 버리지는 못하고, 그렇다고 행여 누가 발견할까 보관할 수도 없고. 언제부터인가 우편실은 오직 험프리만 드나들 수 있는 곳이 되었다.

'람붓 백작이 언급했던 그 소년이 분명한데.'

그런데 도대체 누구를 말하는 것인지 알 수가 없었다. 일행과 함께하는 마부라면 분명 트리거일 텐데. 기사단의 첩자가 보낸 편지는 주로 크리스 위주의 내용이었다. 험프리는 충격적이었던 그의 편지 중 한 장을 떠올렸다.

단장님께서 크리스 경과 대련을 하는 날에는 항상 든든한 고기 위주의 식사를 하십니다.

그리고 두 분은 아무도 없는 으슥한 곳에서 단둘이, 꼭 밤에만 함께 대련을 하시곤 합니다.

저는 두 분의 사생활을 존중하고자 먼 곳에서 오직 소리만을 들었습니다.

하지만 칼이 부딪치는 소리는 전혀 들리지 않았고, 몸이 부딪치는 소리만 들리는 것으로 보아 역시 오늘도…….

첩자의 편지를 되새기던 험프리의 코밑으로 강한 바람이 새어 나왔다. 자신이 심어 놓은 기사단의 첩자가 보내는 편지는 점점 그 내용이 지나쳤다.

"아니 사실을 객관적으로 써서 보내야지, 너무 주관적으로 쓴단 말이야."

지금은 던칸의 명으로 보고를 올리지 않고 있지만, 그가 보내는 편지들은 점점 이게 소설인지 사실을 써 놓은 것인지 헷갈릴 정도였다. 전에 던칸에게 편지들을 올릴 때는 자신이 민망스러워서 고개를 들 수가 없을 정도였다. 그는 짜증스럽게 혼잣말을 했다.

"편지를 보는 사람도 좀 생각해야지. 답장이 안 온다고 그냥 막 써서 보내는 거야, 뭐야."

험프리는 시간 낭비를 한다며 혀를 끌끌 찼다.

"인간들이 지금 보고를 하랬지, 여기다 자꾸 말 같지도 않은 내용들을 써서 보내고 있어."

첩자는 기사였다. 명예롭지 못하다며 돈을 거부한 그는 대신 던칸에게 칼을 하사받기로 약속받았다. '저 또한 한 가정의 가장으로서 단장님을 걱정하시는 전하의 마음을 이해하니 이 일을 하겠다'며 첩자 제의를 수락했다. 그래 봐야 늙은 하급 기사의 변명이었다. 험프리는 고개를 설레설레 저었다. 그나마도 귀족 영지에 들어서면 편지는 뚝 끊겼다.

하급 기사이니 분명 행군을 할 때보다 시간은 넉넉할 텐데, 편지가 없는 걸 보면 연회에서 술이나 마시느라 낮과 밤이 바뀐 생활을 하는 게 분명했다. 쌍방으로 의사소통이 되질 않으니 양쪽에서 각각 다른 의견을 받는 험프리는 당황스러웠다.

'이 소년은 도대체 누굴 말하는 거지?'

왔던 길을 돌아가는 알렉산드로와 클로이는 내내 손을 잡고 있었

다. 땀이 나는 것 같아서 손을 빼려고 하면 그가 자신의 손을 이끌어 팔짱을 꼈다. 물 흐르듯 자연스러운 행동에 이상함을 느낄 겨를도 없었다.

“저어…….”

알렉산드로는 대답을 하는 대신 걸음을 멈추고 뚫어져라 그녀를 바라보았다. 무언의 재촉을 하는 그의 눈빛에 클로이는 얼른 말을 정정했다.

“아, 알렌 님.”

“그래.”

알렉산드로는 만족스러운 듯 웃으며 대답하고는 다시 걸음을 옮겼다.

“이 세리머니는…… 언제쯤 끝날까요?”

클로이는 자신이 왕녀 베아트리체였음을 말하고 싶었다. 그가 잘해 주면 잘해 줄수록 씁쓸하기도 했다. 세리머니의 끝은 둘의 이별을 의미했다. 수도로 다시 돌아가면 분명 그의 아버지인 던칸이 결혼을 준비할 것이다. 이미 약혼을 한 이상 그는 결혼을 더 이상 미루지 않을 것이다. 어쩌면 그는 정부로 자신을 데려가려는지도 모르지만 결혼한 남자를 만날 수는 없었다.

클로이는 자신이 왕국의 왕녀였음을 밝히고 영원히 이별할 생각이었다. 타국의 왕족 출신 전쟁 노예와 제국의 대공은 절대로 함께할 수 없을 테니까.

“아마 여섯 달 정도는 더 걸리지 않을까 한다.”

그렇다면 지금은 반 정도를 온 셈이다.

“세리머니는 한 번도 제대로 끝난 적 없다는 사실을 들었나?”

“네. 그래서 더 유명해졌다고 하던데요.”

세리머니는 중간에 반란과 전쟁이 생겨 단 한 번도 제대로 마무리되지 못했다. 하지만 기사단의 거대한 승리가 있었기에 명성은 더욱 드높아졌다.

“하지만 지금은 제국의 상황이 달라졌지. 일단 큰 변수가 없는 한 세리머니는 예정대로 수도에서 마무리될 것이다.”

제국에서 손꼽히는 기사로서, 또 기사단의 단장으로서, 제국을 통일한 영웅으로서. 세리머니까지 성공적으로 마친다면 남자가 누릴 더한 영광이 있을까? 차근차근 쌓은 명성과 더불어 알렉산드로의 행적은 분명 제국의 역사에 기록으로 남을 것이다.

“대공님은 진짜…… 대단하신 것 같아요.”

클로이는 순수한 마음으로 그를 칭찬했다. 무슨 생각을 하는지 알렉산드로의 얼굴은 그다지 밝지 않았다. 그가 이날까지 살아온 건 명예나 권력을 바라서가 아니라 그냥 하루하루를 버텼을 뿐이다. 씁쓸하게 웃은 그는 말없이 야영지로 걸음을 옮겼다.

아무리 천천히 걸어도 길은 짧고도 짧았다. 야영지에 다 와 가자 늦은 시간임에도 아직 이야기꽃을 피우는 이들이 있었는지 작은 말소리가 들려왔다. 클로이는 말없이 그에게 잡혀 있던 손을 빼냈다. 그러자 알렉산드로가 그녀의 팔을 잡고 몸을 돌렸다. 그를 올려다보자 대뜸 두 손이 그녀의 얼굴을 잡아 왔다. 그러고는 쪽 소리와 함께 입술이 볼에 짧게 붙었다가 떨어졌다. 갑작스러운 그의 입맞춤에 할 말을 잊고 멍하니 올려다보니 그가 웃었다.

“놀랐느냐?”

클로이는 그 와중에 그의 입술이 닿은 곳이 자신의 입술이 아니라 아쉽다는 생각이 들었다.

"조, 조금요."

그녀는 여전히 그녀의 얼굴을 붙잡고 있는 큰 손이 더 신경 쓰였다. 그의 엄지손가락이 조심스럽게 입술을 쓸고 지나갔다. 아무 말 없이 서로를 바라보던 둘 사이로, 아침이 되면 사라질 고요한 달빛이 쏟아져 내렸다. 클로이는 그와 처음 만났을 때, 얼음장처럼 차가운 얼굴을 한 무서운 기사를 떠올리고 있었다. 부드러운 미소를 띤 지금의 알렉산드로와는 천지 차이로 달랐다.

'사람 일은 모르는 거라더니…….'

처음에 그와 눈이라도 마주칠까, 한마디라도 말을 걸까 무서워서 전전긍긍했었는데. 이렇게 부드러운 눈빛으로 자신을 바라보는 날이 올 줄이야.

"처음엔 몰랐지. 너를 사랑하게 될 줄은."

그런데 알렉산드로 또한 자신과 비슷한 생각을 하고 있었던 것 같다.

"네게 입 맞추고 싶다."

대공은 허락을 구하듯 말했지만, 대답을 들을 여유가 없는 사람처럼 급하게 다시 입술을 겹쳐 왔다. 다가오는 그의 얼굴을 보자 저절로 두 눈이 감겼다. 그리고 부드러운 입술이 닿았다. 오직 서로가 닿아 있는 부분만 존재하는 것처럼 그 외의 것은 아무것도 느껴지지 않았다. 아랫입술을 살며시 물었다가, 혀로 건드렸다가, 빨기도 했다. 그러고는 곧 윗입술의 가장 도톰한 부분을 살짝 이로 물기도 했다. 워낙에 조심스러운 몸짓이라 클로이는 사탕을 입에 물고 있는 기분이었다. 자신도 모르게 그의 입술을 더 가깝게 느끼고 싶어 까치발을 했다. 그건 그도 마찬가지였는지 자신의 뒷머리를 잡은 두 손이 그녀의 고개를 더 당겼다. 점막과 점막이 닿을 만큼 더 깊은 입맞춤이었다.

그때 까르르 웃는 시녀들의 웃음소리가 들려왔다. 깜짝 놀란 클로이는 얼른 알렉산드로의 몸을 밀어냈다. 그는 순순히 밀려났지만 아쉬운 기색이 역력했다.

"누가 보면 어떡해요."

클로이는 이제 자신보다 그가 더 걱정이었다. 기사단 모두의 시선이 단장인 그에게 향했다. 그냥 하녀와 놀아나는가 보다 생각할 수도 있지만, 모두가 그녀의 출신지를 알지 않는가.

'엘파사에서 온 노예.'

남들의 입에 오르내리는 가벼운 소문조차 그에게는 어울리지 않는다. 바로 자신 때문에 알렉산드로의 명예가 상한다면…… 상상도 하기 싫었다. 그에게 누를 끼칠 수는 없었다.

"누가 보든 말든 난 상관없어."

알렉산드로는 단호하게 말하고는 다시 그녀에게 입을 맞췄다. 클로이는 얼른 몸을 뒤로 뺐다. 그런데 그가 단단히 허리를 붙잡았다. 눈을 마주치자 피할 수가 없었다. 평생을 권력자로 살아온 그의 눈빛은 쉽게 도망칠 수 없는 힘이 있었다.

"나와 평생 부부로 살자."

"……!"

"내 아이를 낳고, 그레이엄 영지에서 우리 둘만 그렇게 살아가자."

알렉산드로는 화들짝 놀란 그녀의 얼굴을 보고도 말을 멈추지 않았다.

"너 아닌 그 누구도 옆에 두지 않겠다. 그렇게 맹세할 테니 내 아이들의 어머니로……."

"대공님!"

클로이는 진심이 아닐 그의 뒷말이 두려워 당장 그를 멈춰 세웠다. 아연실색한 그 표정을 보고 알렉산드로는 거기서 말을 그쳐야 했다. 머릿속에 있는 많은 것들을 말하고 싶었지만 그녀가 놀라 도망칠까 두려웠기에 대신 그녀의 몸을 당겼다.

"여기서 이러시면……!"

밀어내려 했지만 말도 안 되는 힘의 차이로 클로이는 당장 그의 품에 안겼다. 자신의 우려와 달리 알렉산드로는 입술을 맞추는 대신 그녀를 품에 안았다. 안심하라는 듯 자신을 달래 주며 어깨와 등을 쓸어 주는 그의 손길에 클로이는 안락함을 느꼈다.

참 신기했다. 머리와 이성은 견고하게 그는 안 된다, 하는데 막상 그의 손길이 닿으면 그 어떤 것도 거부할 수 없을 만큼 달콤하게 느껴졌다. 도저히 싫다, 안 된다 하는 말이 입 밖으로 나오지가 않았다. 그의 눈빛과 손길은 당장 모든 걸 잊고 자신을 믿으라 하는 그의 말처럼 강력한 설득력이 있었다. 정말로 그가 자신을 모든 걱정과 위협에서 지켜 주리라는 믿음을 가지게 만들었다.

하지만 안도한 마음도 잠시. 그녀의 귓가로 악마의 유혹 같은 달콤한 속삭임이 들려왔다.

"오늘 나와 함께 밤을 보내겠느냐?"

클로이는 작은 한숨을 내쉬었다. 상황은 예전과는 달라졌다. 자신의 한숨 소리를 들었는지, 등 뒤에 두르고 있는 그의 양팔이 더 꽉 안아 왔다. 그리고 한 손을 올려 조심스레 그녀의 뒷머리를 쓰다듬어 주었다.

"네가 원하지 않는 어떤 일도 없을 것이다."

클로이는 다시 한숨을 내쉬었다. 그가 별로 욕망에 충실하다거나, 욕구가 넘치는 사람이 아니라는 사실을 잘 알고 있었다.

'그 어떤 일을 내가 벌일까 봐 그러죠.'

어떤 미녀들이 침실로 찾아와도 눈길조차 돌리지 않는 남자였다. 게다가 자신과 입맞춤을 하면서도 그의 손은 다른 어디로도 움직이지 않았다. 클로이는 그가 굉장히 담백한 사람이라고 생각했다. 하지만 자신은 아니었다. 아니, 대체 언제부터 마음속에 이런 몹쓸 욕망이 생겼는지 모르겠다. 알렉산드로의 저 뜨거운 눈빛을 볼 때면……. 그녀가 살아 있음을 알려 주는 두근거리는 심장은 거세게 이성을 뒤흔들었다. 붉어지는 얼굴은 분명 부끄러웠지만, 그것은 멀어지고 싶은 마음이 아니라 그에게 더 다가가고 싶은 뜨거운 마음이었다. 그의 손길이 닿을 때면 뱃속에서부터 올라오는 뜨거운 열기가 자신이 여성임을 증명했다. 클로이는 난생처음으로, 이곳에서 여자로 태어난 사실에 감사했다. 이 낯설고 불친절한 감정은 처음이지만 기꺼웠다. 하지만…….

"어휴."

또다시 한숨이 새어 나왔다. 저렇게 멋진 남자를 앞에 두고서 다른 마음을 품지 않을 여자가 세상에 어디 있단 말인가? 그는 손을 뻗을 수밖에 없는 남자였다.

'이 남자는 자기가 얼마나 야한지 모르나 봐.'

클로이는 침을 꿀꺽 삼켰다.

"……저는 그냥 가서 잘게요. 밤이 너무 늦었어요."

앓듯이 나온 대답에 알렉산드로는 두 번 묻지 않았다.

"원하는 대로."

돌아선 각자의 밤은 길고도 길었다.

클로이는 의식적으로 행군 중에는 알렉산드로와 거리를 두었다. 이유는 바로 자기 자신 때문이었다.

'내가 미쳤지.'

어느덧 그녀는 줄리아가 보냈던 경고의 편지는 안중에도 없었다. 그가 옆에 있으면 다른 무엇보다 심장이 쿵쿵 뛰어 아무것도 생각할 수가 없었기 때문이다. 클로이는 알렉산드로가 너무 좋았다. 그가 고백한 지 얼마 되지 않았음에도 그녀는 자신의 감정을 제대로 인지했다.

세상은 완전히 바뀌어 있었다. 클로이는 눈을 뜨면 알렉산드로가 떠올랐고, 잠이 들기 직전까지도 머릿속으로 그를 그렸다. 이제는 눈을 떠도, 감아도 그의 얼굴이 눈앞에 나타났다. 그의 얼굴과 손길, 그 숨소리마저 아른거렸다. 설렘은 날이 갈수록 불어났다.

이 미칠 듯한 갈증을 깨닫고 나니, 그가 옆에 없어도 있는 것 같았다. 도무지 감당할 수 없는 이 감정은, 바로 사랑이었다. 그래서 클로이는 알렉산드로가 없을 때마다 트리거를 찾아갔다. 그런데 단체 생활 중이라 그런지 좀처럼 단둘이서만 있을 기회가 오지 않는 것이다. 참 이상하게도 방해꾼이 시시때때로 등장했다. 트리거와 둘이서 대화를 하려고 하면 어디서 나타나는 건지 자꾸만 크리스가 그녀를 가로막았다.

"저번에 말했던 내 친구 말이야, 농부라는."

"네. 저, 그런데 정말 죄송하지만 제가 지금 트리거 님과 할 말이……."

"일단 내 얘기 좀 들어 봐."

그는 다짜고짜 클로이의 말을 끊었다.

"걔가 요즘 좀 이상하단 말이야."

그런데 대충 대답을 하자니, 크리스가 너무 심각한 얼굴로 말을 걸어서 도저히 무시하고 트리거에게 갈 수가 없었다.

"어디가…… 이상하신데요?"

"걔가 그런 애가 아니거든? 근데 자꾸만 실실 웃음을 터뜨리질 않나, 이유 없이 하늘을 보질 않나."

"……."

"아니, 저번에는 뜬금없이 하늘에 별을 보고, '밤이 너무 아름답다'는 거야. 나 참."

어이가 없다는 듯 헛웃음을 터뜨리며 고개를 설레설레 젓는 크리스를 보니, 클로이는 의아해졌다.

"친구분은 농부라고 하셨잖아요. 그런데 언제 만나신 거예요?"

"펴, 편지로."

크리스는 임기응변으로 고비를 넘겼다.

"걔가 편지를 아주 잘 쓰거든. 편지를 읽고 있으면 눈앞에 있는 사람처럼 생생하다니까. 걔가 또 책을 많이 읽어서 표현력이 아주 시인 뺨쳐."

"아하, 편지."

"어렸을 때는 그놈이 책만 읽는 샌님 같아서 칼자루를 쥘 수나 있을까 싶었는데……."

"칼자루요?"

"아니, 삽자루. 네가 잘못 들었나 보다."

'그런가 봐요' 하며 고개를 끄덕이자 크리스가 씩 웃었다.

"아무튼 그래서 여자들이 아주 줄줄 쫓아다녔어. 농사도 잘 짓는데다가 생긴 것도 잘생겨서 인기가 많았거든."

"그렇구나."

그의 찰진 언변에 어느덧 빨려들어 간 클로이는 점점 농부가 어떤 사람인지 궁금해졌다.

"걔가 무서운 남자라고 소문은 별로 좋지 않았는데, 막상 얼굴을 본 여자들은 편지도 보내고, 집도 찾아오고 아주 난리였지."

평민 농부가 무슨 이유로 무서운 사람이라고 소문이 났을까? 클로이는 조용히 크리스의 말에 집중했다.

"몇 대째 소문난 농사꾼 집안이라 재물도 빵빵했거든."

"평민인데도 돈을 많이 모았나 봐요."

"아주 어마어마해."

익살스런 크리스의 말은 재미있게 들렸다. 하지만 뒤에 이어진 말은 클로이의 공감을 살 수 없었다.

"내 친구 농부 말이야. 우리 단장님과 비슷한 점이 많지 않아?"

알렉산드로와? 그녀는 고개를 갸웃했다. 평민인 농부와 알렉산드로는 아무리 생각해도 별로 비슷한 게 없는 거 같은데……. 그녀의 회의적인 표정을 보던 크리스는 마음이 조급해졌다. 클로이가 영 자신이 이끄는 대로 따라오는 것 같지가 않았다.

"여자들이 막 줄줄 따랐다니까? 아주 쫓아다녔어!"

그가 공감을 사려고 과장되게 손짓했다.

"우리 단장님도 여자들이 가만 내버려 두질 않잖아. 밤에 연회에 오는 영애들도 한 번만 만나 달라고 여기저기서 그냥…… 악!"

갑자기 어디서 나타난 건지 서늘한 얼굴을 한 알렉산드로가 크리스의 뒷목을 잡고 일행의 뒤쪽으로 향했다. 행군을 하는 이들은 앞으로 걷고 있었다. 일행을 모두 거슬러 성큼성큼 자리를 옮기는 둘의 모습은 곧 시야에서 사라졌다.

"또 회의를 하시나?"

클로이는 의아했지만 일단 일행들의 걸음에 맞췄다. 눈으로는 트리거를 찾았다. 그런데 그는 다른 마부들과 이야기를 하느라 많은 사람들과 함께였다. 시무룩한 얼굴로 뒤를 돌아보자 많은 기사들과 시종, 시녀들에 가려 크리스와 알렉산드로의 흔적은 찾을 수도 없었다. 그들은 멀리까지 간 것 같았다. 하지만 둘은 회의를 하러 일행들과 멀어진 게 아니었다.

"잘못했어요! 잘못했어요!"

크리스는 전우이자 오랜 친구인 알렉산드로에게 잘못을 빌었다. 둘은 일행이 가는 길이 아닌 옆의 오솔길로 빠졌다. 그래 봐야 멀지 않은 옆이지만 알렉산드로는 크리스에게 할 말이 잔뜩 쌓여 있었다.

"으악!"

내동댕이치듯 크리스를 놓아준 알렉산드로는 거친 숨을 몰아쉬는 그를 다그쳤다.

"도대체 왜 클로이에게 그런 말을 했느냐!"

"아니, 나는 그냥…… 내 친구 얘기를 하다가 갑자기 네가 생각이 나서……."

아무리 그래도 이건 좀 너무한 거 아니냐고 따지려던 크리스는 간만에 보는 친구의 흉흉한 눈빛에 고개를 숙였다.

"너 인기 많았잖아, 여자들한테……. 그, 클라라 반도라스 영애도 그렇고, 시녀들도 그렇고."

"하!"

"하룻밤만 모셔 보겠다고 네 침실에 찾아가던 여자들이……."

"그따위 헛소리 좀 지껄이지 마라! 내가 난잡하고 저질스런 남자처럼 들리지 않아!"

"네가 유달리 정조 관념이 뛰어난 거지 무슨 그걸 가지고 난잡하고 저질스럽기는……."

크리스는 죽창처럼 꽂히는 날카로운 시선에 조용히 말끝을 흐렸다. 답답해진 알렉산드로는 가슴을 두드렸다. 맑은 하늘을 올려다보자 한숨이 푹 나왔다. 모두에게 사실을 알리고 싶었다.

제 감정은 떳떳했고, 부인이 될 여자이니 한 점 부끄러움이 없었다. 매일 함께 밤을 보내고 아침을 맞이하고 싶었다. 결혼해서 평생 같이 있을 여자니까 아직 예식을 올리지 않았다 한들 상관없었다. 하지만 클로이가 그것을 바라지 않았다. 그녀는 숨기고 싶어 했다. 알렉산드로는 영 이해할 수 없었지만 존중하리라 마음먹은 이상 그렇게 해 줘야 했다.

"두 번 다시는 나와 다른 여자들을 엮어 말하지 마라."

"예에."

얼른 대답한 크리스는 조용히 그의 눈치를 살폈다. 알렉산드로는 마치 그에게 들으라는 듯, 다시 한번 크게 한숨을 내쉬고 크리스를 노려보았다.

“또 그런 말을 하고 다니면 정말 가만두지 않을 것이다.”

알렉산드로는 매서운 눈빛을 남기고 휙 뒤돌았다. 그의 뒷모습을 보며 크리스는 피식 웃고 말았다. 입꼬리가 귀에 걸릴 듯 올라갔다. 전혀 상상도 못했던 친구의 모습이 그렇게 재미나고 새로울 수가 없었다.

‘진짜 많이 좋아하나 보네.’

알렉산드로는 속이 상해서 클로이의 뒷모습을 흘겨보았다. 아까 크리스에게 한 소리를 하고 당장 그녀에게 가서 설명을 하려 했다. 당장에 달려가서 그가 한 말은 귀담아들을 필요도 없는 헛소리라고 말하고 싶어서 마음이 조급했다. 그런데 클로이가 제 눈치를 보다가 토마스에게로 도망치듯 사라졌다.

오늘 하루 종일, 자신과 단둘이 있는 시간을 피해 다니는 것을 알고 있었기에 별스럽지도 않았다. 머릿속은 이해했지만 막상 다른 남자들과 뒤섞여 웃는 모습을 보니 속이 부글부글 끓었다. 대체 무슨 얘기가 그렇게 재밌는지 다른 시종들 사이에서 장난을 치며 떠드는 것이다.

'나하고 있을 때는 땅만 쳐다보더니.'

회의를 마치고 나오니 어느덧 토마스가 다른 이들과 함께였다. 그럼 클로이는 어디로 갔는가. 열심히 찾는데 기막힌 광경이 눈에 들어왔다. 그녀가 트리거의 한쪽 손을 붙들고 숲속으로 향하는 게 아닌가! 그것도 단둘이서만! 벌써 해가 떨어졌는데!

"클로이!"

당장 그녀를 불러 세워 막사로 돌아왔다. 그러고 나니 속이 아주 불편했다.

'다른 온갖 남자들하고 저렇게 친하면서 왜 나만 안 된단 말인가.'

토마스, 트리거, 심지어 크리스까지. 기사단의 특성상 남자들이 많은 건 어쩔 수가 없었다. 그런데 아주 옆에 달라붙다시피 해서 이런저런 얘기를 하고 있는 모습을 보면 속에서 열불이 치솟았다. 결국 저녁 식사 때, 막사에 단둘이 남았을 때서야 알렉산드로는 크리스가 했던 말에 대한 해명을 꺼낼 수 있었다.

"원래 실없는 말을 자주 하는 이다. 그러니 크리스가 했던 헛소리는 신경 쓸 가치도 없지."

그런데 클로이는 정말로 신경 쓰지 않았다. 전혀.

"……."

알렉산드로가 있는 쪽은 바라보지도 않고 묵묵히 탁자에 식사를 차리는 일에만 열중했다. 혹시 마음이 상했나 싶어 표정을 살펴보니 그런 것 같진 않았다. 곧 들려오는 대답도 건성이었다.

"네."

클로이는 너무 가깝게 다가온 그 때문에 손이 떨려서 자신을 진정시키느라 고생이었다.

'오늘따라 또 왜 저렇게 사람을 뚫어져라 쳐다보시는 거야.'

게다가 크리스의 말이 사실인 것을 그녀가 더 잘 알고 있었다. 람붓 백작성에서 그의 침실을 찾던 아리따운 미녀들을 마주치지 않았던가? 알렉산드로 같은 남자에게 여자가 없다면 오히려 그게 더 이상한 일이다.

'그래서 게이라고 오해를 했었지.'

그 일이 떠올라 피식 웃음이 터졌다.

"아, 맞다! 아까 오리고기로 만든 스튜가 있다고 했는데 그것도 가져다드릴까요? 오리고기 좋아하시죠?"

요리를 담당하는 시종의 말을 떠올린 클로이가 뒤늦게 고개를 들었다. 그런데 알렉산드로가 아무런 대답 없이 자신을 바라보고만 있었다.

"대공님?"

"……아니, 그건 됐다."

그의 기다란 손가락이 툭툭 식탁을 두드렸다. 참 이상했다. 혹시나 클로이가 자신을 오해했을까 마음 졸였는데, 그렇다고 저렇게 아무렇지 않은 얼굴을 보니 영 좋지만은 않았다. 가만있는 여자를 두고 혼자 오락가락한 이 기분은 대체 무엇인가. 제겐 짧은 여지조차 남기지 않는 클로이가 무척 야속했다. 허나 그녀는 아직 자신의 여자가 아니다. 도무지 다가올 생각을 못하는 클로이 때문에 그런 말을 하긴 했지만, 정작 그녀는 자신에게 아무런 대답을 주지 않았다. 알렉산드로는 씁쓸한 마음을 삼켰다. 최대한 객관적으로 자신과 클로이의 거리를 가늠하며 다시 말문을 열었다.

"……나를 오해하지 않아 다행이다."

그러자 클로이가 옅은 미소를 지었다. 알렉산드로는 어색하게 그녀를 따라 웃었다.

'그래, 내가 원하는 건 저 웃는 얼굴이니까…….'

그렇게 스스로를 다독이고, 인내했다. 같은 마음으로 서로를 마주볼 수 있다면, 얼마든지 기다릴 수 있다고.

하지만 인내는 오래가지 않았다.

20. 방아쇠를 당기다

20. 방아쇠를 당기다

기사단 일행은 콘래드 후작령으로 향했다. 안테노르 공작령에서는 멀지 않은 곳이었다. 며칠을 더 가니 카를로 콘래드 후작성이 보이기 시작했다. 콘래드 후작령은 다른 곳과 달리 굉장히 소박했다. 하지만 후작성은 달랐다.

"콘래드 후작성은 굉장히 아름다운 것 같아요. 저렇게 긴 해자는 처음 봐요."

해자의 푸른 강물은 역동적으로 굽이쳤다. 거대한 용처럼 성을 휘감고 있었다. 기사단 일행은 다리를 건너 성문에 닿기까지 조금 걸어야 했다.

"그러게. 교량이 긴 게 흠이긴 하지만 멀리서 보니 아름답네. 그만 좀 보고 빨리 와라. 넌 다리가 짧아서 남들보다 배로 걸어야 되잖아."

"지금 열심히 가고 있어요."

실제로 클로이는 일부러 걸음을 늦추고 있었다. 일행의 뒤에 있는 트리거에게 이따가 단둘이 보자는 말을 전하기 위해서였다. 그녀의 속을 모르는 토마스는 사방을 둘러보느라 바쁜 클로이의 팔을 잡아 이끌었다.

"야, 빨리 좀 오라니까! 빨리! 네가 안 보이면 또 대공님이 나만 닦달하신단 말이야."

"가요, 갈게요!"

결국 둘은 나란히 걸으며 도란도란 이야기를 나누었다.

"혹시나 해서 묻는 건데 말이야."

클로이는 중간중간 뒤를 돌아보며 트리거를 확인했다.

"대공님이 설마 널 소년으로 아시는 건 아니겠지?"

그녀는 토마스가 하는 말을 제대로 귀담아들을 수가 없었다.

"글쎄요."

"흐음."

갈수록 마음이 조급해졌다. 알렉산드로는 처음 약속대로 얌전히 대답을 기다렸다. 하지만 감정만은 숨기지 않았다. 클로이의 가슴 속에서 그를 좋아하는 마음이 커질수록 죄책감 또한 비례해서 커졌다. 그런데 좀처럼 트리거에게 사실을 말할 기회가 없었다.

그가 청혼했던 날처럼, 모두들 일정이 없는 시간에 단둘이 사람들에게서 벗어나는 일은 생기지 않았다. 행군 중에는 이탈할 수가 없고, 행군이 없는 시간에는 그녀가 알렉산드로에게 종일 붙들려 있었다. 일행 중에 가장 일찍 일어나서 제일 늦은 시간까지 깨어 있는 게 바로 알렉산드로였다.

그의 감시는 갈수록 삼엄해졌다. 도무지 트리거와 단둘이 있을 기회가 없어 클로이는 마음이 불안해 견딜 수가 없었다. 청혼을 받은 게 벌써 열흘 전인데. 트리거와 둘이 있을라치면 어디에선가 크리스가 나타나 말을 걸거나, 아니면 귀신같이 알렉산드로가 나타났다.

"뭔가 이상해. 요즘 대공님께서 부쩍 너만 찾는 것 같단 말이야."

"제가 시중을 잘 든다는 증거예요."

클로이는 말을 해 놓고도 자신의 임기응변에 깜짝 놀랐다.

'나도 당황하니까 이런 융통성이 생기는구나.'

토마스는 피식 웃으며 그녀의 어깨를 툭 쳤다.

"너 일 못하기로 소문났는데 무슨 소리야."

놀란 클로이가 말을 더듬었다.

"소, 소문까지요?"

그녀는 약방에서 일할 때 단순히 몸을 쓰던 노예가 아니었다. 귀족의 곁에 있는 일을 하기에는 천한 신분을 가졌기에 시중을 드는 건 생전 처음 해 보았다. 여느 시녀들처럼 자국 없이 갑옷을 닦거나, 살랑거리며 어깨를 주무르고 아부를 떠는 일을 못했다. 잘하는 건 그나마 세탁뿐이었다.

"풋, 농담이야. 아무튼 너 여자라고 티 좀 내고 다녀. 앞뒤가 다를 게 없어서 대공님이 아무래도 오해를 하신 것 같은데 말이야."

클로이는 민망하게 코를 찡긋했다. 타고난 글래머는 아니지만 사는 데 불편함은 없는 몸매라 그녀는 이 정도면 만족했다. 남들과 비교할 수는 없었다. 그런다고 얻어지는 게 아니니까.

"내가 보기엔 분명히 여자같이 보이는데, 참 이상하단 말이지."

토마스는 클로이의 위아래를 짧게 훑어보았다. 꽤나 심오하게 턱에 손을 대고 고개를 갸웃했다.

"대체 대공님은 왜 너를……."

소년으로 알고 좋아하시는 걸까? 토마스는 뒷말은 하지 않았다. 대공이 남색을 하는 줄 아는 이들이 3할, 아니라고 하는 이들이 3할, 참견할 바 아니라고 하는 이들이 그 나머지였다. 확실한 건 그 누구도 차마 대놓고 말을 꺼내지 못하고 쉬쉬했다.

"여, 여자같이 보이긴요. 아, 벌써 다 왔어요!"

"전보다 머리가 길어서 그런가? 가끔씩 네가 예뻐 보일 때면 내가 제정신인가 싶다니까."

"저 아가씨 정말 예쁘시다. 저런 아가씨가 예쁘신 거죠."

"예쁘다고? 어디?"

그녀의 손끝을 따라가자 일행의 앞머리에서 카를로 콘래드 후작과 가신들이 줄지어 그들을 맞이하는 모습이 보였다. 알렉산드로 및 기사단의 고위 기사들은 그들과 인사를 나누었다. 점심시간이 넘어서 도착했기 때문에 그들은 형식적인 환영 인사로 오래 시간을 끌지 않았다. 기사들은 준비된 점심 식사를 위해 연회장으로 향했고, 클로이와 다른 시종, 시녀들은 모두 함께 고용인 식당으로 갔다.

클로이는 트리거를 향해 시선을 돌렸지만 마부들은 이미 자기들끼리 모여 말들의 목을 축이느라 마구간으로 간 지 오래였다.

'내일 마구간으로 가 봐야겠다.'

첫날은 모두가 일이 많았다. 성 안내도 받아야 했고, 밀린 일거리도 많았기 때문이다. 트리거는 볼 수 없을 터였다. 클로이는 누구에게도 말할 수 없는 고민 때문에 근심만 쌓여 갔다.

알렉산드로는 콘래드 후작과 만찬을 즐긴 후 기사들과 연회에 참석했다. 그는 주로 에반이나 크리스, 그 외의 몇몇 기사들과 가벼운 담화를 나누고는 제일 먼저 연회장을 나서는 사람이었다. 그는 이제 술도 별로 즐기지 않았다. 그러니 연회장은 그저 시끄러운 장소일 뿐이었다.

"저기, 우리 단장님?"

그런데 크리스가 그에게 무슨 할 말이 있는지 씩 웃으며 다가왔다. 알렉산드로는 저도 모르게 살며시 미간을 찌푸렸다. 크리스는 속을 긁는 말을 자주 했다. 뭘 알고서 그런 건 아닐 텐데, 뜬금없이 클로이를 보면서 자신의 시종과 잘 어울리겠다는 둥, 너무 체격이 큰 기사들과는 영 어울리지 않는다는 둥의 헛소리를 지껄였다. 그럴 때면 한 대 때려 주고 싶은 걸 애써 참아야했다.

"이제 성에 왔으니 클로이도 고생이겠네."

"……무슨 말이지?"

뜬금없는 그의 말에 알렉산드로는 의아했다. 영주의 성에서 지내는 기간은 기사들에게도 시종들에게도 휴식이나 다름없었다. 오찬이며 만찬이며 회의 때문에 바쁜 것은 자신을 포함한 고위 기사들 몇몇이었다.

"아직 어린 소녀인데, 에휴."

"또 무슨 헛소리를 하려는지 모르겠지만 가서 술이나 마셔라. 난 곧 일어날 거니까."

"아니, 글쎄 그 애가 영주들 성에서는 남종이 자는 숙소에서 같이 뒤섞여서 자더라고."

순간 정면을 향하던 알렉산드로의 고개가 천천히 돌아갔다.

"소녀가 남종들 사이에서 잠을 자려면 얼마나 힘들겠어. 한 침실에서 말이야."

"뭐?"

크리스가 정말 안쓰럽다는 듯 과장되게 미간을 찌푸리며 쯧쯧 고개를 저었다. 알렉산드로는 속에서 울화가 치밀었다.

"똑바로 말을 해라! 클로이가 왜 그들과 함께 잔단 말이냐?"

"걔가 영주 성에서는 남자 옷을 입고 다니잖아?"

크리스가 어깨를 으쓱하며 대답했다.

"네가 입으라고 준 거. 요상한 그 옷 말이야."

"……!"

알렉산드로는 경악한 표정을 미처 숨기지 못했다. 뒤통수를 후려 맞은 기분이었다.

"아니 글쎄 내 시종 말로는 남자들이 코 고는 소리에 걔가 밤새도록 몸을 뒤척뒤척한다더라고?"

크리스가 말하는 모든 게 눈앞에서 상상이 되었다.

"항상 목욕을 하고 잠이 드는데, 보송보송한 그 얼굴이 아침에는 잠을 설쳐서 퀭하다고 안쓰럽다지 뭐야."

밤새도록 몸을 뒤척뒤척…… 항상 목욕을 하고…… 보송보송한 그 얼굴…….

알렉산드로는 하얗게 질려선 급히 이마를 짚었다. 잔뜩 신이 난 크리스는 두 눈을 동그랗게 뜨고 뻔뻔하게 되물었다.

"아이고, 우리 대공님은 전혀 모르셨나 봐?"

클로이는 짧게 성의 구경을 마쳤다. 성이 워낙 작아서 오래 걸리지도 않았다. 그녀는 후작성 시녀들의 부담스러운 눈빛을 피하고자 얼른 알렉산드로의 침실로 향했다. 아마 「비밀의 마구간」이 여기까지 뻗친 게 분명했다.

'내일 만찬에 입으실 연미복이나 준비해야겠다.'

시녀들의 눈빛을 피할 곳이 그의 침실이라는 것도 우스웠지만, 클로이에게 갈 곳은 거기밖에 없었다.

"휴우."

긴 한숨을 내쉰 그녀는 눈앞의 일거리에 집중했다. 하지만 떠오르는 생각은 오직 트리거와의 결혼 문제뿐이었다. 죄책감은 그녀의 마음 깊은 곳에서부터 매시간 그녀를 찔러 왔다.

'벌써 세리머니를 시작한 지 여섯 달이나 됐네.'

간신히 다른 생각을 하면서 그의 옷가지를 정리하다 보니 쾅! 침실 문이 열리는 소리가 들렸다. 알렉산드로라면 저렇게 급하게 들어올 리가 없었다.

"누, 누구세요?"

"클로이!"

그런데 그가 맞았다. 후작과 만찬을 즐기고 기사들과의 연회에서 부쩍 이른 시간에 돌아온 셈이었다. 무엇 때문인지 무시무시한 기세였다. 그가 클로이를 발견하자마자 대뜸 물었다.

"성에서 시종들의 숙소에 머물렀다는 게 사실이냐?"

"네."

코앞까지 다가온 그를 보며 클로이는 솔직하게 답했다.

"제가 미동 옷을 입고 있잖아요."

어차피 시종들과 한 숙소를 쓴다 해도 이상한 일은 없었다. 그녀는 보통 늦게 들어가서 잠만 자고 일찍 나오기 일쑤였다.

"다들 저를 소년으로 알아서……."

알렉산드로는 입을 다물지 못했다. 정말 사실이었다. 크리스가 말해 주지 않았다면 전혀 몰랐을 터였다. 속이 타들어 갔다. 당장이라도 터질 것 같아서 급하게 마른세수를 했다.

'내가 왜 저따위 남장을 시켰던 건지.'

그저 정략결혼을 밀어붙이던 고집불통 아버지, 던칸을 골려 주려던 것뿐이었는데. 자신을 탓하던 그는 점점 서운한 마음이 들기 시작했다. 아무리 그랬기로서니, 지금 벌써 몇 번째 성을 거쳐 왔는데 여태 일언반구의 말도 없었단 말인가!

"당혹스런 상황에 처했다고 왜 내게 말하지 않았느냐?"

도대체 그녀는 왜 그런 일들을 자신에게 털어놓고 상의하지 않는 걸까. 내게 그럴 필요가 없다고 생각하나? 내가 신뢰가 가지 않는 걸까?

"진작 말을 했다면 그런 옷은 절대로 입히지 않았을 것이다!"

그의 잘생긴 이마에 깊은 주름이 졌다. 얼굴이 뜨거워 미칠 지경이었다.
"세상에, 사랑하는 여자를 그런 데서 재운 게 바로 나였다니……."
정작 클로이 본인은 별것도 아닌 눈치였다.
"그렇게 난처하진 않았어요."
그 첫 마디에 알렉산드로는 입을 다물지 못하고 황당한 눈으로 그녀를 돌아보았다.
"잠만 자고 나와서 아마 다들 제가 거기서 자는 줄도 몰랐을걸요? 저도 너무 피곤해서 다른 사람들은 신경 쓸 여유도 없었으니까요."
"그걸 지금 말이라고……!"
그가 신음하듯 중얼거렸다. 동시에 크리스의 목소리가 귀를 울렸다. 밤새도록 몸을 뒤척뒤척…… 항상 목욕을 하고…… 보송보송한 그 얼굴…….
"누가 네게 음심이라도 품었으면 어쩔 뻔했느냐!"
"누가 저한테 음심을 품겠어요?"
"……."
픽 웃는 말간 얼굴을 보고 있으니 알렉산드로는 눈앞이 어지럽고 머릿속이 혼란스러웠다. 이제는 억울했다. 이건 굉장히 불공평한 처사였다.
'처음 보는 남자들과는 저렇게 쉽게 침실을 공유하면서, 왜 나와는 싫다고 매번 거부한단 말인가?'
왜 내게는 아무것도 공유하려고 하지 않는 거지?
'이건…… 나를 믿지 못해서가 아닌가?'
아무리 자신이 사랑한다고 고백을 했다고 해도 설마하니 그녀에게 싫다는 잠자리를 강요할까? 알렉산드로는 그저 클로이가 편한 곳에서 안전하게 잠들길 원하는 마음뿐이었다. 그는 두 손을 허리춤에 얹고 그녀를 쏘아보기 시작했다. 물론 저 얼굴을 보고 있으면 깊은 곳에서 끓어오르는 욕망이 없는 건 아니지만, 그는 짐승이 아니다. 사랑하는 여자를 존중하고 싶은 한 남자일 뿐. 복잡한 감정이 오고 가는 와중에 그에게서 마치 따지듯 불퉁한 목소리가 터져 나왔다.

"잘 알지도 못하는 이들과는 한곳에서 자면서 왜 내 침실은 싫다는 것이냐?"

그의 한탄 같은 질문을 들은 클로이는 조개처럼 입을 다물었다. 그녀는 노예이자 하녀였다. 알렉산드로는 원한다면 무엇이든 취할 수 있는 입장이있으나 그는 그렇게 하지 않았다. 그랬기 때문에 클로이는 더더욱 그에게 미안했다. 진심으로 자신을 사랑한다는 남자에게 희망 고문을 하는 못된 여자가 된 기분이었다. 트리거와의 일도 그랬고, 그를 향한 죄책감도 클로이를 가로막았다. 그와 더 이상 막사를 공유하지 않는 건 저 남자와 함께 있으면 스스로를 주체할 수가 없기 때문이었다. 이런 난감한 상황에서도 그에게 가슴이 떨려서 미칠 것 같았다.

"……저도 힘들어요."

한숨을 내쉬며 지친 목소리로 대답하는 클로이를 보니 알렉산드로는 급하게 마음이 진정되기 시작했다. 저러다 도망갈까 무서웠다.

'너무 몰아붙였나.'

그는 최선을 다해서 클로이를 꼬시는 중이었다. 그런데 그녀는 아직 아무런 대답도 하지 않았다. 호감이 있는 건 분명했지만, 사랑하는 마음은 아직 아닌 것이다. 알렉산드로는 답답했지만 그녀가 확답을 들려주기 전까지는 참아야 한다고 생각했다. 그는 스스로를 다독였다.

'나는 신사다. 신사가 되어야 한다.'

상대는 겁이 많아 늘 뒤로 도망갈 기회만 엿보는 여자였다.

"후우……."

짜증이 머리끝까지 치솟았지만 결국 저 옷을 입으라고 권했던 자신의 잘못이다. 그는 클로이를 탓하고 싶지 않았다.

"……그래, 알겠다."

쉽게 대답한 그는 클로이의 옆에 앉았다. 이제 다시 그녀가 뒷걸음치지 못하게 살살 달래야 했다.

"너무 내 생각만 한 것 같아 네게 미안하구나."

클로이는 긴 한숨을 내쉬었다. 그가 이토록 잘해 줄 때마다 죄책감은 더 큰 가시를 세우고 그녀에게 달려들었다. 차마 그의 얼굴을 쳐다볼 수가 없었다. 그런 마음을 아는지 모르는지 알렉산드로가 살며시 손을 붙잡았다. 신경이 예민했던 그녀는 펄쩍 뛰며 손을 물렸다.

그는 다시 손을 뻗는 대신 입술을 깨물고 마음을 억눌러 참았다. 전보다 훨씬 부드러운 목소리가 흘러나왔다.

"……앞으로는 불편한 일이 있거든 제발, 내게 말을 좀 하거라."

다정한 그의 말에 클로이는 입술을 질끈 깨물었다. 목구멍까지 올라온 말들이 있었다. 순서도 없이 뒤죽박죽 쏟아져 나오려 안달이었다.

"저, 대공님. 사실은 제가……."

똑똑.

때마침 누군가 문을 두드렸다. 기사단장의 침실 문을 두드릴 수 있는 이들은 많지 않았다.

"잠시 실례한다."

알렉산드로는 클로이 대신 자리에서 일어섰다.

"그대, 연회도 한창인데 일을 너무 열심히 하는 건 아닌가?"

문을 열고 보니 에반이었다. 기사단 회의도 이미 끝났는데 밤에 이렇게 자신의 침실까지 찾아올 이유가 무엇인가? 그는 누구에게도 방해받고 싶지 않은 마음이 몹시 간절했다.

"밤이 늦었지만 드릴 말씀이 있습니다, 각하."

"밤이 늦은 건 알고 있군."

삐딱한 알렉산드로의 말에 에반은 작게 웃음을 터뜨렸다. 다행히 조급한 일은 아니었다.

"기사단과 관련된 일은 아닙니다."

"급한 일인가?"

"그렇진 않습니다만……."

"그럼 내일 얘기하지."

알렉산드로는 그가 하려던 이야기가 뭔지 궁금하지도 않았다. 만약 중요한 일이었다면 두말없이 제게 용건만 말했을 터. 그보다는 어르고 달래야 할 제 여자가 더욱 문제였다.

"그럼 좋은 밤 되길, 에반."

문을 닫고 돌아서려는 그를 향해, 주저하던 에반이 작은 목소리로 급히 덧붙였다.

"베아트리체 왕녀와 관련된 일입니다."

멈칫한 알렉산드로가 힐긋 뒤를 돌아보았다. 클로이는 옷을 정리하느라 분주했다. 평소와 조금도 다를 바가 없는 '하녀' 클로이였다. 동시에 그녀는 '베아트리체 왕녀'였다. 감춰 둔 진짜 정체를 본인은 입도 벙긋하지 않았다.

바로 그렇기 때문에, 알렉산드로는 그녀가 왕녀라는 사실을 단 한 번도 잊어 본 적이 없었다. 그 사실을 알았을 때부터 지금까지도.

"서재로 가지."

결국 침실을 나선 알렉산드로가 앞장섰다.

어두운 밤이 되니 성은 고요했다. 에반은 얼른 알렉산드로에게 말하고 편안히 발 뻗고 잠들 계획이었다. 공식적으로는 대공이 크게 신경 쓸 것 없는 일이긴 하지만…… 찜찜했다.

"대체 무슨 일이지?"

이제 와서 에반이 왕녀에 대해 더 할 말이 남았던가? 팔걸이에 양손을 얹고 편하게 앉은 알렉산드로가 얼른 말해 보라고 고갯짓했다.

"별건 아닙니다만…… 알려는 드려야 할 것 같아서 귀찮게 해 드렸습니다."

알렉산드로는 그 겸손한 말에 피식 웃음을 터뜨렸다.

"그대가 나를 귀찮게 할 일은 없을 거야. 나라면 몰라도."

마주 웃은 에반은 한결 편한 마음으로 말했다.

"어쨌든 그가 공식적으로 요청했으니까요."

"그……?"

"세리머니가 끝나고, 마부 트리거가 베아트리체를 저희 가문으로부터 사겠다고 했습니다."

"뭐?"

순식간에 알렉산드로의 얼굴이 굳었다. 누가 누구를 산단 말인가? 알렉산드로는 험악하게 얼굴을 구겼다. 그녀는 노예 신분이고, 전쟁 노예를 사고파는 일은 물론 불법이 아니다. 하지만 기분은 바닥으로 곤두박질쳤다.

"그래서 뭐라고 했나."

예상치 못한 알렉산드로의 거센 반응에, 에반은 잠시 대답을 망설였다.

"그렇게 하라고 말했습니다만……."

"하."

어이가 없었다. 트리거는 알렉산드로와도 오랜 시간을 함께해 온 이였다. 하지만 그렇다 한들 감히 누구도 그녀를 건드릴 수는 없었다. 뒤늦게 후회가 밀려왔다. 클로이의 부탁이야 어쨌건 그냥 모두가 보는 앞에서 우리는 연인이라고 일방적으로 말을 해 버릴 것을. 그러면 그녀는 싫든 좋든 진짜 자신의 여자가 되었을 것이다……. 알렉산드로는 강압적으로 관계를 시작하고 싶지 않았기에 그녀의 요청을 들어주었으나, 막상 이런 상황이 닥치자 짜증이 밀려왔다.

"트리거는 엘파사의 그 누구와도 알고 지내는 사이가 아닙니다. 그의 가족들 모두 전부 수도에서 태어나 자란 이들로……."

"됐다, 그만."

듣기 싫었다. 트리거가 그런 생각을 품었다는 사실이 괘씸하긴 하지만 어쨌든 지금이라도 자신이 알았으니 되었다. 알렉산드로는 그냥 이렇게 얘기를 끝내려고 했다. 하지만 에반의 말은 거기서 끝이 아니었다.

"왕녀와는 이미 얘기가 된 일이라고 합니다."

그 순간 알렉산드로는 자신의 귀를 의심했다.

"둘은 세리머니가 끝나면 결혼을 할 예정이라고 했습니다. 그래서 그녀의 노예 증서를 사는 거라고 합니다."

믿을 수가 없었다. 그가 넋을 잃고 멍하니 에반을 바라보았다.

—둘은 세리머니가 끝나면 결혼을 할 예정이라고 했습니다.

머릿속이 곤죽이 된 것처럼 엉망이었다. 아무런 말도, 생각도 할 수 없었다.

'결혼을 할 예정…….'

에반의 말이 귓속에서 계속 맴돌았다. 어떻게 그녀가 그런 선택을 한 건지. 그게 도대체…… 무슨 뜻인지. 어서 설명을 해 보라 추궁하는 시선으로 에반을 노려보았다. 하지만 그는 고집스레 입을 꾹 다물었다. 알렉산드로는 주먹을 꽉 움켜쥐었다. 내가 얼마나 그녀를 아끼는지 잘 알고 있으면서.

"……."

에반은 변명을 하지 않고 슬며시 고개를 숙여 아래를 응시했다. 형제 같은 그의 뻔뻔한 얼굴을 보니 알렉산드로는 욕설이 튀어나올 것만 같았다. 그러나 원망스러운 마음이 드는 동시에 그를 이해했다. 가족은 누구에게나 같은 마음으로 소중한 것이다. 게다가 진짜로 화가 나는 것은 따로 있었다.

“정말로 베아트리체가 그 결혼을…… 원했다는 말이냐?”

알렉산드로는 떨어지지 않는 입술을 움직여 읊조리듯 물었다. 에반은 안타깝지만 자신이 들은 모든 것을 말했다.

“그렇습니다. 왕녀는 자신이 엘파사의 왕족이었다는 사실도 이미 그에게 밝혔더군요.”

하늘이 무너져 내렸다. 알렉산드로는 처참한 심정이었다. 그 누구에게도, 심지어 자신에게도 말하지 않은 비밀을 트리거에게 말했다니. 믿을 수가 없지만 지금 에반은 진실을 말하고 있었다.

“그게…… 그게 정말, 사실이냐?”

“저도 몇 번이나 물었습니다. 사실입니다. 둘은…… 꽤 가까운 사이인 것 같습니다.”

누군가 벼랑 끝에서 자신을 밀친 것 같았다. 아무 말도 나오지 않았다. 이렇게 화가 치미는 적은 처음이었다. 분노가 그의 온몸을 휘감았다. 머리로 피가 몰려 이러다 터지는 건 아닐까 하는 생각이 들었다. 그는 클로이에게, 에반에게, 트리거에게 모두 배신을 당한 느낌이었다.

그 즉시 에반을 뒤로한 그는 가장 먼저 트리거를 찾아 서재를 나섰다. 그에게 먼저 들어야 할 변명이 있었다. 도대체 왜 클로이가 그런 선택을 한 건지 알고 싶었지만, 그의 마음은 분노로 얼룩졌고 동시에 슬픔으로 가득했다.

그 어떤 변명보다 이 모든 게 사실이라는 잔인한 말이 자신이 사랑하는 그 입술에서 흘러나올까 두려웠다.

마구간에는 그가 없었다. 지금 당장 트리거를 불러오라는 명령에 마부들은 두말없이 어디선가 그를 데려왔다. 그를 보고 있자니 맑은 눈과 성실함이 마음에 들어 처음 크산토스를 맡겼던 기억이 났다. 알렉산드로는 간신히 화를 삭였다.

"대공님?"

심상치 않은 기세를 읽은 트리거가 먼저 그에게 다가왔다.

"무슨…… 일이십니까?"

알렉산드로의 얼굴은 화가 난 것도 같았고 슬퍼 보이기도 했다. 시선은 마구 흔들렸지만 오직 자신을 바라보는 게, 자신을 찾아온 게 분명해 보였다. 그런 대공의 표정을 가만히 바라보던 트리거는 문득 머릿속을 스치고 지나가는 얼굴을 보았다. 항상 대공의 시선이 향하는 그 아이. 트리거는 깜짝 놀란 얼굴을 했다. 그러자 대공이 입을 열었다.

"그게 사실이냐."

트리거는 당장 무릎을 꿇고 고개를 조아렸다. 그가 말하는 바가 무엇인지 대번에 알아챘다.

"용서해 주십시오. 제가 클로이에게 부탁했습니다!"

분명 대공이 오해할 수 있는 상황이었다. 클로이에게는 털어놨지만, 누구에게도 말 못할 그 비밀을 모르고 있을 테니까. 트리거는 바짝 몸을 조아렸다. 대공의 얼굴을 차마 마주 보고 그 사실을 말하기가 두려웠다. 같은 동성인 그에게 남자만을 좋아한다고 고백하면 더러운 시선이 돌아올까 무서웠다. 가족인 자신의 형조차 자신을 그렇게 바라보지 않았던가.

“저, 저는…… 저는 여자를 좋아하지 않습니다. 그저 부모님이 결혼을 종용하시기에 클로이에게 그런 부탁을 했습니다.”

비밀을 말하는 목소리가 마구 떨렸다.

“그 아이는 제가 남자를…… 좋아하는 것을 알고 있습니다.”

그에게는 큰 용기였다. 하지만 그 용기가 무색하게도, 알렉산드로에게서는 아무런 대답도 없었다. 둘의 침묵으로 마구간에는 가끔 들리는 말들의 투레질 소리만 있었다. 트리거에게는 너무도 긴 시간이 흘렀다. 그는 식은땀만 흘리고 있었다. 한참의 시간이 지나고서야 알렉산드로가 입을 열었다.

“하, 너를 사랑하지도 않는데 클로이가 그 결혼을…….”

그는 말을 잇기가 힘들었다. 도저히 믿기지 않았다. 이 상황을 인정할 수가 없었다. 그녀를 이해할 수도 없었다.

“너와의 결혼을 받아들였다는 말이냐?”

그녀에겐 자신의 옆자리가, 남색가인 마부의 부인이 되는 것보다 못하다는 사실이 어이가 없다 못해 황당했다. 그 기색을 읽고 트리거는 마음이 좋지 않았다. 대공이 어떤 감정을 느끼고 있을지 대충 예상할 수 있었다. 동시에 클로이의 입장도 이해가 갔다.

‘겁 많은 그 애가 설마하니 대공님을 덥석 따르진 못했겠지.’

그러니 둘이 지금 어떤 상황에 와 있는지 빤히 보였다.

“언제 그랬지.”

“안테노르 공작가에서, 클로이가 산속에서 길을 잃기 전입니다.

그 산속에서 제가 먼저 부탁했습니다."

알렉산드로가 자신의 감정을 깨닫기 전이었다. 그는 자신이 사랑을 고백하기 전에 클로이에게 있었던 모든 일을 전부 묻어 둘 생각이었다. 그래서 길버트와의 결혼 생활이 꽤 길었어도 결코 흠이 아니었다. 하지만 지금 이 일을 자신에게 말하지 않았다는 사실과, 결국 이 결혼을 취소하지 않았다는 것은 도저히 용서할 수가 없었다. 그동안 그는 배려하고, 인내하고, 기다려 주었다. 함께하는 시간이 값지다 여겨 그만큼 그녀를 소중히 해 줄 생각이었다. 그래서 더욱, 자신의 모든 게 부정당한 기분이었다. 화가 난 상황에서 알렉산드로의 머릿속은 더욱 냉정해졌다.

"노예로 사는 아이라서, 어디로 팔려 가느니 차라리 저와 허울뿐인 가정을 이루는 게 나을 것이라고 제가 설득했습니다."

무시무시한 대공의 기세를 보고 트리거는 급히 그녀를 대변하듯 변명했다.

"저는 여자를 좋아하지 않으니 서로 존중하면서 살자고요. 워낙에 겁이 많고 조심스러운 사람이라서 제가 설득하니 마지못해 대답한 겁니다."

하지만 장황한 설명에도 무색하게, 돌아오는 알렉산드로의 질문은 그를 충격에 빠뜨렸다.

"네가 아론의 연인이라는 것도 그녀에게 밝혔느냐?"

트리거의 두 눈이 휘둥그레 떠졌다. 벌어진 입에서는 그 어떤 말조차 나오지 않았다. 아무도 모르는 비밀이라고 생각했는데, 설마하니 대공이 알고 있었으리라고는 생각도 못한 것이다.

"그걸…… 어떻게……."

신음과도 같은 목소리가 트리거의 입술 사이로 터져 나왔다.

“말하지 않았나 보군.”

알렉산드로는 참담한 기분이 들었다. 분노와 연민이 동시에 들끓었다. 사랑하는 여자가 누구에게나 쉽게 이용당할 수 있는 위치라는 사실이 너무도 안타까웠다. 에반도, 트리거도 모두 클로이가 노예라는 이유로 자신들의 이익을 찾아 설명도 없이 너무도 쉽게 그녀를 이용하려 했다. 그리고…… 그녀를 그 자리로 끌어내린 것은 바로 자신이었다. 알렉산드로의 가슴이 산산조각 난 기분이었다. 쓰리고 괴로웠다. 그녀를 향한 죄책감과, 그럼에도 자신을 버리고 떠나려 했던 클로이에 대한 원망이 거대한 해일처럼 밀려와 그를 삼켰다.

“어떻게…… 그걸…….”

“에반과 아론은 내 형제와도 같다. 하지만 이 기사단에서 아론에게 가장 많은 편지를 받는 이는 바로 네가 아니냐?”

트리거는 입을 다물지 못했다. 제국의 수도에서 내로라하는 공작가의 차남이 알렉산드로의 집사를 자처하게 된 데에는 이유가 있었다. 에반 또한 하나뿐인 남동생 아론의 비밀을 잘 알고 있었다. 그는 내심 트리거가 여자와 결혼해 아론과 멀어졌으면 하는 마음을 품었을 게 분명했다. 그래서 그 결혼을 모르는 척 허락하려던 것이다. 멀쩡한 여자가 남색을 하는 남자를 남편으로, 그것도 사랑하는 사람이 이미 있다는 사람을 남편으로 삼겠는가. 트리거는 뻔뻔스레 그런 부탁을 한 것도 모자라, 이미 연인이 있다는 말도 하지 않았다.

“너처럼 비겁한 놈을 질투했던 내가 어리석었다.”

어쩌면 그녀는 예상했을지도 모른다. 하지만 클로이가 어떤 마음으로 트리거와의 결혼을 받아들였을지 생각하니 마음이 아파서 견딜 수가 없었다. 알렉산드로는 깊은 한숨을 내쉬었다.

"그녀가 왕녀였다는 사실을 스스로…… 먼저 말했나?"

"그렇습니다."

트리거는 알렉산드로의 표정은 보지 못했지만 들리는 목소리로 짐작했다. 그는 더 이상 화가 났다기보다는 지독한 절망에 빠진 것 같았다. 귓가로 멀어지는 대공의 발자국 소리가 들렸다.

알렉산드로는 마구간을 나서며 마른세수를 했다. 복잡한 감정들로 머리가 터질 것만 같았다. 비참했다. 그리고 그녀의 처지가 안쓰럽고 불쌍하다가도, 결국은 자신을 믿지 못해 그런 처절한 선택을 했다는 사실에 화가 났다. 내가 믿음을 보여 주지 못했던가.

알렉산드로는 줄곧 클로이의 의견을 존중하려 했다. 그녀의 입밖으로 나오지 않은 건 함부로 단정 짓지 않았고, 요구한 모든 것은 따라 주었다. 차라리 클로이가 트리거를 사랑했다면 용서할 수 있을 것 같았다. 그녀가 자신과 같은 감정을 트리거에게 가졌으니 그와 결혼을 하고 싶은 것이라고 이해할 것이다. 하지만 그녀는 트리거를 사랑하지 않음에도 결혼이라는 방법을 통해 탈출구를 찾은 것이다.

'내가 옆에 있었음에도.'

도저히 클로이를 용서할 수가 없었다. 복잡한 마음이 소용돌이치며 그를 구렁텅이로 몰아넣었다.

'나를 믿으라고 얼마나 많이 말했던가.'

그럼에도 끝까지 자신을 신뢰하지 못했고, 저의 사랑을 믿지 않았다. 그녀를 위해서 참고 기다리던 날들이 전부 쓸모없는 짓이 되었다. 한심하게 느껴졌다. 자신이 가진 똑같은 감정을 그녀에게 원했던 소망이 산산이 부서졌다. 사랑하는 여자의 신뢰를 얻지 못한 남자의 자존심은 버려진 종이처럼 구겨졌다. 짓밟힌 순정은 그녀를 향한 분노 말고는 아무것도 생각할 수 없게 만들었다. 이제야 왜 그렇게 소극적이었는지 전부 조각이 맞추어지고 확실해졌다. 아무런 빈항 없이 조용히 안겨 오던 작은 몸은, 함께하는 미래를 원하지 않았던 것이다.

—이 세리머니는…… 언제쯤 끝날까요?

두 주먹이 꽉 쥐어졌다. 으득 이가 갈렸다. 그녀가 자신을 보며 어떤 생각을 하고 있었는지도 알 수 있었다. 믿기지 않았다. 가슴이 타들어 가는 기분이었다. 분노가 몰아쳐 손끝이 떨렸다.

'세리머니가 끝나면 나를 떠나려 했나.'

당장 만나야 했다. 알렉산드로는 그녀가 어디에 있을지 잘 알고 있었다. 비릿한 웃음이 터졌다. 마부와 결혼을 약속한 클로이는, 바로 자신의 침실에서 얌전히 기다리고 있었다.

'왕녀였다는 것을 고백했다고.'

그 사실이 가장 화가 났다. 그녀는 끝까지 자신에게 왕녀였음을 밝히지 않았다. 하지만 마부에게는 그 사실을 밝혔다. 클로이가 자신이 아닌 그 마부를 더 신뢰했고 의지했다는 사실이 그에게는 가장 견딜 수 없는 일이었다.

'왜 나를 믿지 못했느냐……!'

침실로 향하는 그의 발걸음은 평소와 달랐다.

콰앙!

문을 열고 들어가니 언제나와 다를 것 없이 호르헤에게 편지를 쓰고 있던 그녀의 놀란 얼굴이 보였다.

"하!"

저 맑은 얼굴로 자신에게 거짓을 말하고 진실을 숨기고 있던 것이다. 자신이 사랑스럽다 생각해 아껴 주던 얼굴을 보니 분노가 솟구쳤다.

"대공님……?"

그녀를 향하던 동정보다, 비참한 기분이 더욱 그를 부채질했다. 거부당하고 버림받았다는 사실을 도저히 참을 수가 없었다.

"내게 잘못한 일이 있나?"

그는 성큼성큼 클로이에게 다가갔다. 심상치 않은 그의 기세에 클로이는 주춤주춤 뒷걸음질을 쳤다. 그 모습을 본 알렉산드로는 비틀린 어조로 말했다.

"없다면 무엇을 걱정하느냐? 응?"

클로이는 아무런 말도 하지 못했다. 그는 굉장히 화가 난 얼굴이었다. 처음 보는 그의 모습에 몸이 오싹했다. 떨고 있는 그녀의 모습을 본 알렉산드로는 더욱 화가 났다. 분명 그 또한 클로이가 자신을 향해 수줍어하고 가슴 뛰어 하던 것을 알았다. 자신을 좋아하는데도 아무 감정 없는 트리거를 택하고 뒤돌아서려던 그녀를 용서할 수가 없었다. 당장 클로이를 벽으로 밀어붙인 그는 옴짝달싹 못하는 그녀를 보며 이를 갈듯 낮은 어조로 말했다.
"받아 주는 척 사람을 안심시켜 놓고는…… 뒤에선 다른 남자와 결혼하고 감히 나를 떠나려 해?"
클로이는 휘둥그레진 눈으로 그를 바라보았다. 트리거의 일을 알게 된 것이다. 일단 너무 화가 난 그를 진정시켜야 했다. 그리고 그 일은 그가 생각하는 것과는 달랐다.
"그, 그게 아니라."
"그래서 세리머니가 끝나길 손꼽아 기다리고 있었나!"
그가 주먹으로 벽을 내리쳤다.
쾅!
소리와 함께 클로이의 몸이 움찔 떨렸다. 정말로 무서웠다. 한 번도 생각해 본 적 없는 그의 흉흉한 모습에 무릎이 후들후들 떨리는 것 같았다.
"그래, 모셔야 하는 주인이니 감히 싫다고 말할 수가 없었겠지. 그게 네가 자주 말하는 변명이 아니냐?"
비꼬아 말하는 것을 들으면서도 클로이는 말 한마디 꺼낼 수 없었다. 입술이 덜덜 떨렸다. 알렉산드로는 서로의 입술이 닿을 만큼 얼굴을 가까이했다. 평소라면 반길 일이지만 지금은 그렇지 않았다.
"네가 그놈과 결혼하는 것을 가만히 두고 볼 줄 알았느냐."
낮게 읊조리는 그를 보니 클로이는 눈도 깜빡일 수 없었다.
"네가 안 되겠다고 말하면 그땐 내가 널 보내 줄 거라고 생각했어?"
알렉산드로는 클로이의 어깨를 잡고는 거칠게 흔들었다.
"왜 아무런 말도 하지 않느냐? 어서 변명이라도 해!"
그가 정신없이 몰아붙이자 클로이는 무슨 말을 해야 한다는 생각전에 눈물부터 차올랐다. 이렇게 매섭게 그녀를 다그치는 모습은 처음이었다. 알렉산드로가 거대한 벽처럼 느껴져 자신을 내리누르는 것 같았다. 맨 처음 왕궁에서 자신을 죽이려 했던 기사보다 더 사납게 느껴져 두려웠다.

"……흑."

클로이가 금방 눈물을 보이자 그는 잡고 있던 그녀의 어깨를 놓았다. 진이 빠지는 기분에 뒤돌아 몇 발자국 걸음을 옮겼다. 지금은 울고 있는 그녀를 보고 싶지 않았다. 이 상황에서도 그녀의 눈물을 닦아 주고 싶은 자신의 순정이 비참했다. 동시에 그가 바라마지않던 변명의 말이 들려왔다.

"트, 트리거 님과는 아무런 감정도, 흡, 없어요."

알렉산드로는 본능적으로 몸을 돌렸다. 숨을 헐떡이며 말을 잇는 클로이를 착잡한 심정으로 바라보았다.

"가족과 도, 독립해서, 살고 싶다고. 결혼하자고. 하셔서, 알겠다고, 한 거예요."

불같이 화를 냈던 그였지만 막상 클로이가 울고 있으니 속이 상해서 돌아 버릴 것 같았다.

"더 이상…… 팔려 가고 싶지 않으니까."

클로이는 최대한 트리거의 비밀을 말하지 않고 싶었다.

"너를 사랑한다고 말한 내 진심은 거짓말 같았나?"

그런데 눈물을 닦으며 담담히 말하는 그녀의 모습을 보니 알렉산드로는 다시 화가 났다. 당장 그녀에게 다가가 팔을 당겨 가까이로 끌어왔다.

"평생 너만 보고 살겠다 했던 내 말이 거짓말 같았느냐고!"

그러자 클로이가 고개를 저었다. 그녀는 알렉산드로의 마음을 고스란히 알 수 있었다. 그는 언제나 진실하게 말하고 행동해 왔다. 그렇기 때문에 그녀는 더욱더 다가갈 수 없었다.

"팔려 가고 싶지 않았다면! 그게 싫었다면! 왜 내게는 아무 말도 하지 않았지?"

다그치듯 말하는 알렉산드로에게 클로이는 조용히 말했다.

"대공님도, 결혼을, 하셔야 되잖아요. 가문도…… 있고."

클로이는 그의 약혼녀와 던칸을 동시에 떠올렸다.

"그런데 저랑 어떻게……."

"나는 무슨 일이 있더라도 너와 결혼해서 정식 아내로 맞을 생각이다. 나를 믿으라고 얼마나 많이 말했느냐?"

그녀의 같잖은 변명이 더 화가 났다.

"차라리 네가 다른 남자를 사랑해서 그와 결혼하겠다면 이만큼 화가 나진 않았을 것이다! 하지만 너는 사랑하지도 않는, 너 또한 평생 사랑받을 수 없는 남자를 선택했다!"

쩌렁쩌렁한 노성이 침실을 울렸다.

"왜 나를 신뢰하지 못하고 그를 택했느냐! 왜 나를 거부하고 택한 게 그런 놈이란 말이냐!"

스스로를 자제하려는 듯 길게 숨을 내쉰 알렉산드로는 클로이의 양팔을 잡았다.

"내가 못 미더웠느냐?"

그녀가 고개를 저으며 시선을 피하자 그는 곧바로 턱을 붙잡아 자신에게 시선을 고정시켰다.

"아직도 나를 속이려고 하는군!"

이를 갈듯 광기 어린 그의 목소리에 클로이는 몸이 오싹했다. 한결같이 부드럽고 다정했던 그에게 이런 면이 있으리라고는 생각도 못했다. 두려움이 서린 그녀의 얼굴을 보던 알렉산드로는 비틀린 웃음을 지었다.

“넌 나를 믿지 않았고 내게 의지하려고 하지도 않았다! 하지만 그 마부 놈에게는 모든 진실을 다 말하고! 거기다 결혼까지 약속했다!”

그는 덜덜 떨고 있는 그녀를 더 사납게 몰아갔다.

“네가 말만 했다면 그 무엇도 네게 해 줄 수 있음을 몰랐느냐? 내 마음을 전부 알고 있으면서! 기꺼이 나를 이용해도 된다고도 말했는데!”

목에 핏대가 설 만큼 흉흉한 기세에 클로이의 온몸이 바들바들 떨렸다.

“사랑할 수도 없는 남자를 택할지언정 왜! 왜 내겐 기회도 주려 하지 않았어!”

그의 얼굴은 누구보다 처절해 보였다.

“어서 내가 납득할 만한 변명을 해! 뭐라도 좋으니 당장 말하라고!”

사나운 외침에 그녀는 이까지 덜덜 떨려서 아무런 말도 꺼내지 못했다. 대체 무슨 말부터 해야 할지 머릿속이 하얗게 변했다.

“내게 진실을 말해!”

계속되는 다그침에도 떨고만 있는 그녀를 바라보던 알렉산드로가 쥐어짜듯이 외쳤다.

“베아트리체!”

클로이가 숨을 멈췄다. 잠시 정적이 찾아오고, 클로이는 멍하니 알렉산드로를 바라보았다. 온몸에 바늘이 꽂히는 기분이었다. 설마 잘못 들은 건 아닌가 의심이 들 때쯤 그의 날 선 목소리가 날아들었다.

"대체 언제쯤 말할 생각이었지? 그놈과 결혼하고 난 뒤에?"

클로이는 놀란 얼굴로 그를 바라보았다.

"노예라서, 패전국의 왕녀라서 나는 안 되겠다 말하고, 그리고 나를 버리고 훌쩍 떠날 생각이었느냐?"

설마 그가 알고 있으리라고는 생각도 못한 터였다. 그녀는 의지와 상관없이 덜덜 떨리는 입술을 간신히 움직였다.

"어, 언제부터……."

그러자 그가 살벌하게 웃으며 말했다.

"벌써 다섯 달 전의 일이다."

생각지도 못한 일에 온몸에 소름이 돋았다. 세리머니가 시작되고 얼마 안 돼서 그는 이미 사실을 알고 있었던 것이다.

"에반이 먼저 내게 알려 주더군."

경악한 그녀의 반응을 확인한 알렉산드로는 무시무시한 얼굴로 쐐기를 박았다.

"더 이상 네가 노예라는 이유로 나를 거부하지 마라."

그녀는 충격으로 머리가 어지러웠다. 그가 무엇을 알고, 무엇을 모르고 있는 건지 의심스러웠다. 일전에 결혼을 했다는 말을 하긴 했지만 그는 귀 기울여 듣지 않은 게 분명했다.

"이게 대체……."

자신이 엘파사의 왕녀였다는 사실을 알고 있는데도 여전히 자신을 원한다는 사실이 믿기지 않았다. 아무래도 알렉산드로는 베아트리체 왕녀에 대해서 잘 모르는 것 같았다. 길버트가 아직 살아 있다면, 그녀는 여전히 그와 결혼을 한 상태인 것이다. 설마하니 알렉산드로가 이런 자신과 결혼까지 생각했으리라고는 믿기지 않았다.

"저는."

절대로 숨기지 말아야 할 사실이었다. 그래서 이 사실을 숨기고 싶었다. 욕심이 마음 한구석에서 솟았다. 자신을 사랑한다는 사람 앞에서 떳떳해지고 싶은 자존심과 여전히 사랑을 확인받고 싶은 이기적인 욕망이 함께 들끓었다. 클로이는 자신의 사랑을 도저히 외면할 수가 없었다. 둑이 터지듯 새어 나오는 감정은 그를 속여 왔다는 죄책감도, 이성도, 그 어떤 것도 돌아볼 수 없게 했다. 그녀는 두 눈을 질끈 감았다. 그리고 더듬더듬, 나오지 않는 말을 간신히 뱉었다.

"저는 결혼도 했었던 거, 알고 계세요……?"

조심스레 다시 눈을 뜨자 알렉산드로의 푸른 눈동자와 마주쳤다.

"알고 있다."

이글이글 타오르는 것 같았다. 집어삼킬 듯한 그의 표정은 많은 설명을 필요로 하지 않았다.

"계속 말해."

표정과는 다르게 목소리는 담담했다. 정말로 그녀의 변명을 듣고 싶은 듯 종용하는 눈빛에 클로이는 횡설수설 자신의 처지를 설명했다.

"그러니까…… 저는 결혼 생활도 몇 년간 했고……."

"나를 만나기 전의 일이 아니냐?"

"그렇지만 대공님은, 그레이엄 가문을 이어 가실 분인데."

그녀가 쉽게 뒷말을 잇지 못했다. 이리저리 바닥을 헤매는 시선이 지금 얼마나 당황했는지를 여실히 보여 주었다. 알렉산드로는 그녀의 어깨를 붙잡았다. 부딪힌 눈빛은 가까웠지만, 서로를 마주 보는 두 남녀는 먼 곳에 있었다. 그는 내려다보았고, 그녀는 올려다보았다.

"오직 너만이 내 아이를 낳을 것이다."

특히 클로이에겐 코앞에 있는 알렉산드로가 여전히 저 높은 곳에 있는 것처럼 느껴졌다.

"내가 아내로 맞을 사람은 너뿐이니까."

"헉."

뒤늦게 화들짝 놀란 클로이는 두 손으로 입을 가렸다. 저 단호한 태도를 보니 갑자기 튀어나온 헛소리는 아닌 것 같았다.

'아이? 아내? 나뿐이라고……?'

그녀에게는 멀고도 먼 얘기였다. 거기까지는 상상도 해 본 적 없거니와, 그게 가능한지도 확실치 않았다. 알렉산드로가 하는 모든 말들은, 내겐 날개가 있으니 이 절벽에서 함께 뛰어내리자는 악마의 속삭임처럼 들렸다. 잔뜩 경악한 그녀의 반응이 다시금 화를 돋웠다.

"정말로 그냥 떠날 생각이었군그래."

단 한 번도 생각해 본 적 없는 듯. 자조적으로 웃은 그가 잔뜩 상처받은 얼굴을 하고 노려봤다.

"나를 버리고서."

"대공님, 제가 어떻게 그런."

그를 버린다니, 입으로 내뱉을 수도 없는 말이었다. 그게 아니었다. 그는 감히 그녀가 마주 볼 수 없는 남자였을 뿐이다.

"그렇지 않아요, 대공님……."

"아니라면."

"……."

"넌 나를 남자로 보려 하질 않았다. 무던히도 노력하는 게 빤히 보이더군!"

알렉산드로는 자신을 속인 여자에게 자존심까지 버리고 그래도 사랑한다고, 앞으로도 사랑하겠다고 고백했다. 그러고도 변명을 기다리고 있었다. 하지만 그녀는 결코 긍정의 한마디를 던지지 않았다. 알렉산드로는 할 수만 있다면 펄떡펄떡 뛰는 자신의 심장을 꺼내 이만큼 진심이라고 보여 주고 싶었다. 이렇게 마음대로 되지 않는 일은 저 여자가 생전 처음이었다. 저 조그만 여자의 마음을 돌리는 게 꼭 전쟁을 치르는 것 같았다.

피가 들끓었다. 전신이 활활 타오르는 기분이었다. 훨씬 쉬운 길도 있다. 그녀의 의사를 묻지 않고, 듣지 않으면 될 일이다. 여자가 원하든 원하지 않든, 그런 것은 사실 중요치 않으니까. 그레이엄의 후계를 가진 여자는 아무도 함부로 할 수 없을 것이다……. 가만히 클로이를 내려다보던 알렉산드로의 시선이 한층 짙어졌다.

그녀의 목덜미, 전에 보았던 벗은 어깨, 마른 듯한 날갯죽지, 촉촉이 젖어 있던 검은 머리카락. 그런 것들이 잔상처럼 나타나 눈앞에 아른거렸다. 동시에 그의 두 주먹이 꽉 쥐어졌다. 여태껏 그녀를 가질 많은 기회가 있었다. 물론 지금도 늦지 않았다. 주제 파악이 빠른 여자이니만큼 아마 그녀는 반항하지 않을 것이다. 비명 한 번 지르지 않고 순순히 자신을 내어주고, 그저 견뎌 내고 참아 낼 것이다. 그녀의 지난 삶이 그래왔듯이…….

"후우."

알렉산드로의 얼굴이 괴롭게 일그러졌다. 이런 기막힌 생각을 하고 있는 자신이 놀라웠다. 그 '쉬운 길'을 택하지 않았던 건 그의 본능이었다. 사랑하는 사람에게, 사랑받고 싶은 본능. 그의 본능은 그를 더 좋은 사람이 되고 싶게 만들었다. 그녀에게 좋은 남자처럼 보이고 싶었고, 그런 사람이 되고 싶었다……. 알렉산드로는 터질 것 같은 자신의 감정을 다스리려 휙 몸을 돌렸다. 그리곤 불안하게 침실을 서성였다.

이대로 후회할 짓을 저지르게 될까 봐 두려웠다. 대신 알렉산드로는 그녀를 이해하려 노력했다. 대체 왜 자신을 거부하는지, 하지만 아무리 생각해도 답이 나오질 않았다.

클로이는 자신과 모든 게 달랐다. 하나부터 열까지, 태어나면서부터 지금까지, 모든 게. 그래서 그녀를 알려고 하면 할수록 화만 나고 열이 받았다. 그는 결국 급하게 다시 클로이를 마주 보았다. 그녀의 대답을 기다리지 못하고 말이 먼저 튀쳐나갔다.

"왜 내게만 그리 잔인한 것이냐."

클로이가 흠칫 놀란 눈으로 그를 올려다보았다.

"그 마부 놈과는 그리도 쉽게 결혼을 약속하고, 다른 남자들과는 한데 뒤엉켜 자기도 하면서……! 도대체 왜!"

말을 꺼내니 감정이 함께 휘몰아쳤다. 두 눈을 부릅뜬 그는 마치 애원하듯이 절규했다.

"왜 내겐 여지조차 주지 않는 것이냐?"

클로이는 눈을 크게 떴다. 그녀의 예상과 다르게 그는 너무나도 절박했다. 이렇게 상처 주려고 했던 게 아니었다. 맹세코 단 한 번도 그러려고 했던 적이 없었다.

"……다들 대공님을 제국의 차기 황제가 되실 분이라고 말해요. 가장 고귀하고 높으신 분이라고요."

그의 절망스러운 눈동자가 그녀를 부추겼다. 할 말이 없는 게 아니었다. 답답한 건 피차 마찬가지였다.

"게다가…… 이 기사단의 단장님이잖아요!"

클로이도 그와 같은 마음을 가지고 있었다. 눈앞의 사랑을 놓치고 싶지 않은 마음은 알렉산드로 혼자만이 아니었다. 오히려 간절함은 그녀가 더했다.

"이 제국의 모두가 대공님의 가문을 알아요! 아주 어린애들도 대공님을 제국의 영웅이라고 말해요! 마을에 가면 사람들이 대공님을 찬양하는 노래를 부르고, 칭송해요!"

아무리 잠재우려 해도 사랑은 가슴이 터질 듯이 커져만 갔다.

"그런데 어떻게 저하고 결혼을 해요? 심지어 저는 처녀도 아니에요! 결혼을 하게 된다면 재혼이라고요!"

그는 뭐든 원할 수 있고, 그것을 쉽게 말할 수 있는 위치의 사람이었다. 하지만 그녀는 아니었다. 어느새 눈물이 줄줄 흐르고 있었지만 클로이는 말을 멈추지 않았다.

"저는 평생을 노예로 생활했고, 허울뿐인 왕족으로 살았던 시간도 조롱거리였을 뿐인데……!"

"내가 괜찮다고 하지 않았어! 대체 내 말을 뭘로 듣고……!"

"제가 안 괜찮다고요!"

그녀 또한 자신의 처지가 비참하고 속상하기는 마찬가지였다. 그녀는 이제 숫제 울면서 소리를 치고 있었다.

"대공님은 잃으실 게 얼마나 많은데요! 저 때문에…… 평생 쌓아온 명예를 가장 먼저 잃으실 거예요! 명예를 가장 소중하게 생각하시잖아요……!"

만약 자신이 클라라처럼 공작가의 영애였더라면, 하다못해 남작가 영애였더라도 분명 두 팔 벌려 그를 환영했을 것이다. 하지만 그녀는 남작은커녕 평민도 못 됐다. 가장 큰 문제는 후사였다. 그는 후사를 이어야 했다. 하지만 자신은 어쩌면…….

"가문에서도 난리가 나겠죠! 다들 무서워서 감히 입에도 올리지 못하는 대공님의 가문이요!"

클로이는 자신을 사랑한다는 남자를 앞에 두고도 뒤돌아서야 하는 자신의 처지가 한탄스러웠다. 감정이 격해진 그녀가 소리쳤다.

"게다가 대공님의 아버지가 저 같은 여자와 결혼하려는 걸 두고 보시겠어요? 황궁에서 사시는 그분이요! 저랑 결혼하면 대공님도 쫓겨날 거예요!"

"상관없다! 명예든 가문이든 내가 원하는 건 오직 너 하나인 걸 아직도 모르느냐?"

그 말을 들으니 헛웃음이 터져 나왔다. 클로이는 오랜 시간을 살아왔다. 당장 치솟는 패기로 내뱉은 게 분명한 저 말을 믿기엔 그녀는 너무 많은 것을 보고, 듣고, 겪었다. 클로이는 이 순간 차라리 자신이 아무것도 모르는 순진한 여자이길 바랐다. 다른 사람이 말하는 것을 그대로 믿고 마음이 돌아서는 그런 여자였다면 차라리 마음이 편할 것 같았다.

"모든 걸 다 가지고 태어나신 분께서…… 명예도, 가문도, 가지고 계신 걸 다 내려놓고 저를 택하신다고요?"

클로이는 그의 시선을 피했다.

"대공님은…… 그럴 수 없어요."

그는 가진 게 너무 많은 남자였다. 권력, 재물, 명예, 가문 전부 최고의 자리에 있었다. 그것을 전부 포기할 수는 없을 것이다. 지금까지 봐 온 그의 모습을 생각한다면 정말 그럴 수도 있다는 생각도 들었지만…… 사실 그 무엇보다도…….

"그러길 바라지도 않아요."

앞길이 창창한 저 남자를 막아서고 싶지 않았다. 클로이는 자신의 불행을 그와 나누고 싶지 않았다. 자신 때문에 하나뿐인 그의 가족인 아버지와 다투거나 주위 사람들에게 손가락질받는 것도 원하지 않았다. 비참한 삶을 사는 것은 자신으로 족했다.

그를 사랑한다. 그래서 진심으로, 진심으로 그의 행복을 빌었다. 제발 그가 평탄하고 행복한 시간을 보내기를 바랐다.

"그냥…… 세리머니가 끝날 때까지만, 그때까지만 옆에 있을게요. 그리고 대공님도 대공님과 어울리는 분을 부인으로 맞으세요."

말하고 나니 씁쓸했다. 알렉산드로와 이런 식으로 대화를 끝내고 싶진 않았다.

"저는 대공님께도, 그 가문에도 어울리지 않아요."

하지만 그녀가 계속 생각해 왔던 결말이었다.

"내게 어울리는 여자는 오직 너뿐인데, 나더러 누굴 만나란 말이냐."

알렉산드로는 포기하지 않았다. 처음 보는 그녀의 단호한 태도에 놀란 그에게서 애절한 목소리가 흘러나왔다.

"이 세리머니가 끝나면 너를 내 유일한 부인으로 들일 것이다.

그러니 제발…… 제발 나를 믿고 따라 다오."

클로이는 한숨을 내쉬었다. 도무지 알렉산드로가 쉽게 포기할 것 같지 않았다. 게다가 이미 서로 끝을 알고 있는 관계가 전과 같을 수는 없었다.

"싫어요. 그렇게는 못 해요."

싫다는 말의 효과는 실로 대단했다. 화들짝 놀란 그의 두 눈이 커다래졌다.

"제 대답을 듣고 싶다고 하셨죠. 이게 제 대답이에요. 저는 그러기 싫어요."

"클로이!"

"정말로 제 의사를 존중하신다면 저는 그냥 수도로 보내 주세요. 아니면 그냥…… 이 영지에 남을게요. 여기까지예요. 저는 안 돼요."

그녀는 스스로에게 이야기했다. 그의 시선을 피해 고개를 돌렸다. 다시 눈물이 터져 나올 것만 같았다.

순식간에 내쳐진 그는 큰 충격을 받았다. 심장이 쿵 하고 떨어져 내렸다. 애타는 마음에 가슴이 욱신거렸다. 꾹꾹 눌러 참던 인내가 끝에 달해, 조급하게 닦달해서 결국 그녀를 뒷걸음질 치게 만들었다. 이대로 그녀를 잃을 수는 없었다. 알렉산드로는 자신을 피하는 그녀의 시선을 좇았다.

"제발……."

하지만 클로이는 제발 자신을 봐 달라고 애원하는 간절한 얼굴을 차마 마주할 수가 없었다. 그러자 그가 마치 설득을 하듯 빠른 어조로 말을 시작했다.

"내가 전부 잘못했다. 그럼 아무것도 네게 바라지 않겠다고 약속하마. 그냥 네 옆에만 있게, 그냥 네 뒤에서 기다리게만 해 줘."

"……."

"나는 누구와도 만나지 않고 너를 기다릴 것이다. 그자와 결혼을 해도 괜찮으니, 나중에라도 네가 마음이 바뀌면……."

자신에게 매달리는 알렉산드로의 목소리가 당장이라도 끊어질 것처럼 희미했다. 듣고 있던 클로이는 가슴이 찢어질 것 같았다. 얼마나 자신을 원하는지 그대로 느껴졌다. 상처받은 마음이 그의 표정에 고스란히 나타났다. 하지만 그녀는 마음을 다잡았다. 언젠가는 했어야 할 말이었다.

"아니요. 그러지 마세요. 저는…… 대공님이 그렇게 애쓰실 만한 여자가 아니에요."

클로이는 안 되는 것을 바라고 싶지 않았다.

'부인이라니. 아이라니……!'

모든 것을 솔직하게 말하고 여기서 알렉산드로를 놓아주어야 했다. 그리고 제일 먼저 그녀의 목구멍으로 올라온 것은 가장 감추고 싶었던 자신의 치부였다.

"저는……."

더 이상 그 누구에게도 듣고 싶지 않았던 이야기라 아무도 모르기를 바랐다. 수없이 많은 손가락질을 받았다. 아닐 거라고 믿었지만 마음속 깊은 곳에서는 '어쩌면 그럴지도 모른다'는 불안함이 자랐다. 클로이는 눈을 질끈 감고 말했다.

"저는 임신이 어려울 거예요."

그건 이 사회에서, 여자로서 아무런 쓸모가 없음을 의미했다. 클로이는 괜찮았다. 왕녀로서 길버트의 여자로 사느니, 노예로서 아무 성별 없는 사람으로 사는 게 나았다. 적어도 사람으로서는 가치 있으니까. 하지만 생전 처음으로 자신이 불임일지 모른다는 사실이 그의 앞에서 부끄러워졌다. 아니나 다를까, 알렉산드로는 순식간에 얼음처럼 굳어져 있었다. 클로이는 한숨을 집어삼켰다. 딱딱한 돌을 삼킨 것처럼 더 이상 말이 나오지 않았다. 그녀는 힘겹게 다시 입술을 열었다.

"그러니까 저는……."

대공님의 부인은 될 수 없어요. 하지만 뒷말은 이어지지 못했다.

그의 입술이 부딪쳤다. 차가운 손은 있는 힘껏 그녀를 끌어안았다. 클로이는 덜덜 떨리는 몸 때문에 꼼짝도 할 수 없었다. 가만히 떨고만 있는 그녀를 느끼고 다행히 알렉산드로의 입술은 금방 떨어졌다. 대신 자신을 버리지 말라던 연약한 남자의 강인한 목소리가 들려왔다.

"상관없다."

그 순간 단단하리라 마음먹었던 클로이의 껍질이 와장창 부서져 내렸다. 그녀의 미간이 잔뜩 구겨졌다.

"아이는 필요 없어. 내가 말을 잘못했다."

반쪽짜리. 모자란 왕녀는 임신도 하지 못한다며 자신을 호되게 나무라고 질책하던 길버트가 떠올랐다. 뒤에서 수군거리던 잔인한 손가락질, 잊으려 했던 채찍 같은 목소리들이 맴돌다 알렉산드로의 눈이 마주치니 흔적도 남기지 않은 채 사라졌다.

"조금도 아쉽지 않아. 진심이다."

당장 눈시울이 시리고 가슴 한구석이 아릿해졌다. 의지와 상관없이 순식간에 차오른 눈물이 속수무책으로 툭툭 떨어져 내렸다. 알렉산드로는 꾹꾹 울음을 삼키며 고개를 숙인 그녀의 얼굴을 닦아 주었다. 사납게 다그칠 때는 언제고 그의 손길이 꽃송이를 만지는 것처럼 섬세했다.

"내가 한 말은 잊거라. 난 자식 따위는 바라지 않아."

다정한 위로에도 클로이는 마냥 고개를 저었다. 이 남자는 아무리 생각해도 과분하다. 그래서 오히려 그에게 화가 났다.

"우리 둘이서만 살자."

이렇게 좋은 남자를 남편으로 맞을 수는 없었다. 그에게 줄 게 아무것도 없어서 창피스러웠다. 미안한 감정은 그녀를 고개 숙이게 만들었다. 또다시 그 생각이 고개를 들었다. 차라리 그 또한 자신처럼 아무것도 잃을 게 없는 사람이었다면……. 이런 이기적인 생각이나 하고 있는 게 죄스러웠다. 미안하고 부끄러웠다. 그는 좋은 남자이며, 좋은 사람이었다.

"그냥 좋은 아가씨를 만나서 행복하게 사세요. 그게 제가 진심으로 바라는 거예요."

그녀의 대답을 들은 알렉산드로는 무슨 생각을 하는지 어느 때보다 진지한 얼굴이었다.

"……."

침묵을 유지하던 그에게서 긴 한숨이 터져 나왔다. 한참 말이 없던 그는, 무슨 결심을 했는지 다른 곳을 보다가 돌연 그녀를 돌아보았다.

"하나만 묻겠다. 이번만은 내게 솔직하게 답해."

그녀는 떨리는 눈으로 그를 응시했다. 단 한 번도 그에게 솔직했던 적이 없었다. 클로이는 그가 무엇을 묻든 이번에는 꼭 솔직하고 싶었다. 클로이는 어렴풋이, 그를 똑바로 마주 보고 하는 대화는 이게 마지막일 거라고 예감했다. 그래서 이번만큼은 그가 무엇을 물어보든 사실대로 말해 주리라 결심했다. 사실을 말할 수 없어서, 기회가 되질 않아서, 라는 변명은 더 이상 사절이다. 그녀는 스스로에게 떳떳하고 싶었다. 자신에게 솔직할 수 있는 마지막 기회라고도 생각했다.

"너도…… 나를 사랑한다고 느꼈던 것은 내 착각이었나?"

떨리던 손길, 두근대던 심장, 설레던 수줍은 얼굴…….

너 또한 나를 사랑하지 않았느냐.

그는 그렇게 묻고 있었다. 어렵게 나온 그의 마지막 질문은 가장 쉬운 것이었다. 클로이는 가슴이 찢어지는 것 같았다. 그를 사랑한다. 그렇기 때문에 알렉산드로를 놓아주고 싶었다. 사랑하니까 보내 준다는 말은 거짓이 아니었다.

'나는 이미 익숙하게 살아왔으니 괜찮아.'

하지만 그는 아니다. 그녀는 자신 때문에 평생을 후회하며 불행해할 그의 모습을 보고 싶지 않았다. 그리고 클로이가 입술을 떼려던 찰나에, 그가 말을 막았다.

"아니, 내게 작은 호감이라도 있느냐? 그 마부만큼? 나를…… 나를 좋아하느냐?"

그가 질문을 바꾸지 않았어도 대답은 같았을 것이다.

"……네."

한숨처럼 터져 나온 대답을 듣고 그가 성큼 그녀의 코앞까지 다가왔다. 의아해하던 찰나에 알렉산드로가 클로이를 들어 올렸다.

"꺅!"

한쪽 팔로 번쩍 클로이를 올린 그는 어깨에 그녀를 둘러멨다. 돌발적인 그의 행동에 그녀는 깜짝 놀라고 말았다.

"대공님, 뭐 하시는 거예요!"

그가 지금 뭘 하려는 건지 상상도 할 수 없었다. 그의 표정을 볼 수가 없었다. 마치 쌀가마처럼 상체가 거꾸로 매달린 상태라 단단한 등만 보였다. 그런데 아무 대답 없는 알렉산드로가 저벅저벅 침실 문을 나서는 것이 아닌가. 클로이는 거세게 몸부림쳤다. 하지만 그녀의 다리를 잡은 팔은 미동도 없었다.

"내려 주세요! 뭐 하시는 거예요!"

이 상황에서도 행여 누가 들을까 최대한 작은 목소리로 외쳤다. 손으로 그의 등을 마구 때렸지만 그는 묵묵부답이었다.

"누가 보면 어떡해요, 대공님!"

때마침 성을 빠져나가던 그들의 앞에 시종이 나타났다. 놀란 얼굴로 대공과 그가 둘러멘 클로이를 번갈아 바라보던 시종은 얼른 고개를 숙였다. 성에서 시녀들에게 소문이 자자한 바로 '그 커플'이었다. 그들의 비밀스럽고 열정적인 연애사를 원치 않게 눈앞에서 마주친 시종 또한 난감했다. 시녀들이 말하던 대로 젊음이 넘치는 뜨거운 동성 연인임에 틀림없었다.

"조, 좋은 밤입니다."

당황한 시종은 아무렇게나 지껄였다. 알렉산드로는 마침 잘됐다는 듯 말했다.

"나 대신 아버님께 편지를 전해 주겠느냐? 던칸 그레이엄이다."

그의 입에서 아무렇지 않게 나온 이름에 시종은 기겁했다. 알렉산드로가 그 존함을 직접 말하지 않아도 누가 그의 아버지인지 잘 알고 있었다. 이 제국의 모두가 아는 사실이었다.

"말씀만 하시지요, 단장님."

어쩔 줄을 몰라 하는 시종에게 알렉산드로는 덤덤하게 말했다.

"나는 사랑하는 이와 평생을 함께할 것이니, 두 번 다시는 나를 찾지 마시라고 전해라."

생전 해 본 적 없는 충동적인 결정이지만 알렉산드로는 후회하지 않았다. 임신이 어려울 거라는 말을 듣고부터 이 길밖에는 방법이 없는 것처럼 보였다. 그의 마음은 확고하게 굳어 있었다.

"Alessandro Graham, 이름은 모두 대문자로 쓰고 성은 소문자로 써라. 아버님께서 아실 것이다."

"대공님! 미쳤어요!"

놀란 클로이는 당장 내려 달라는 듯 심하게 몸을 들썩였다. 하지만 그는 미동도 하지 않았다. 충격적인 내용에 시종은 감히 대답도 하지 못하고 멍하니 알렉산드로를 바라보았다. 그러자 그가 클로이를 안지 않은 맨손으로 그의 허리춤에 있던 칼을 꺼내 들었다.

갑작스런 행동에 시종이 깜짝 놀라 뒷걸음질 치자, 그가 칼의 날 쪽을 바닥으로 내리고 손잡이를 시종에게 내밀었다.

"네 수고비다."

얼른 받으라는 듯 칼을 슬쩍 움직이며 재촉하자, 시종은 어쩔 수 없이 두 손으로 공손히 그의 칼을 받아 들었다. 들고만 있기에도 무거운 칼이었다. 알렉산드로가 세리머니를 떠나는 기념으로 제국의 가장 뛰어난 장인에게 받은 선물이었다. 세상에서 단 하나뿐이라 값을 매길 수 없는 상징적인 물건이기도 했다.

"대공님, 지금, 지금 뭐 하시는 거예요!"

그는 그 누구에게도 자신의 칼을 맡기는 사람이 아니었다. 클로이는 온몸에 소름이 돋기 시작했다. 지금 그는 못된 장난을 치는 게 아니었다.

"대체 왜 그러시는 거예요!"

그녀는 있는 힘껏 몸부림을 쳤지만 단단한 그의 팔은 여전히 꿈쩍도 하지 않았다.

"저, 정말로 그렇게만 전해 드리면 되는 것입니까?"

시종이 떨리는 목소리로 물었다. 그는 칼이 탐나서가 아니라, 알렉산드로의 기세에 눌려 얼른 이 자리를 벗어나고 싶었다. 이런 치정극의 목격자로 남고 싶지는 않았다.

"그래."

시종은 알겠다며 다시 한번 고개를 푹 숙였다.

"행운을…… 빌겠습니다."

"고맙다."

알렉산드로는 다시 성큼성큼 걸음을 옮겼다.

어느덧 성을 빠져나온 그는 마구간으로 향했다. 다행인지 불행인지 다들 연회장에 있어 아무도 마주치지 않았다.

"대공님, 제발 내려 주세요! 제가 다 잘못했어요! 제가 잘못했어요!"

계속되는 클로이의 애원에도 알렉산드로는 들은 척도 하지 않았다. 다행히 마부들의 교대 시간인지 크산토스의 우리에는 아무도 없었다. 그는 클로이를 먼저 말 등에 앉혔다. 갑작스러운 그의 행동에 놀란 클로이는 말의 목을 끌어안았다. 말 등이 너무 높아서 감히 뛰어내릴 생각도 하지 못했다. 바로 뒤에 그가 올라타더니 그녀의 몸을 단단히 감싸 안은 채 크산토스를 움직이기 시작했다. 클로이는 말이 움직이자 다급하게 그의 팔을 부여잡았다. 크산토스는 급하게 우리를 박차고 나갔다.

깜깜한 밤중에도 말은 잘만 달렸다. 한밤중에 성안을 울리는 다급한 말발굽 소리에 몇몇 시녀들이 뛰쳐나와 그들을 구경했지만 크산토스는 멈추지 않았다. 그들을 제지하는 경비병을 지나쳐, 열린 성문을 뛰쳐나간 말은 성을 감싸 안은 해자까지 다다랐다. 클로이는 설마, 했지만 크산토스는 여전히 멈추지 않았다. 해자를 건너는 다리 쪽으로 방향을 바꾸지도 않았다. 더 빨리 달리고 있었다. 곧 물에 빠질 듯, 강물이 눈앞으로 점점 가까워졌다.

"꺄악!"

클로이는 두 눈을 질끈 감았다. 그리고 잠시 몸이 붕 뜨는가 싶더니 곧 무시무시한 충격과 함께 바닥에 착지했다. 말이 해자를 뛰어넘은 것이다. 분명 어마어마한 충격이 전해졌을 텐데 그러고도 크산토스는 멈추지 않았다. 그녀는 넋이 나간 채로 매달려 있었다. 그저 조용한 줄만 알았던 이 말이, 이렇게 달릴 줄 아는 짐승이었던가…….

사방은 조용했고 여전히 급하게 바닥을 내달리는 소리만 들렸다. 너무 빨리 달리는 말 때문에 클로이는 아무런 말도 할 수 없었다. 그저 자신을 감싸 안은 그의 팔만 생명줄처럼 붙잡고 있었다. 확실히 제국에서 뛰어나다고 손꼽히는 명마였다. 말이 이렇게 빨리 달리는 줄은 상상도 못했다. 바람이 스쳐 지나가는 것만 느껴져서, 클로이는 눈을 뜨는 것조차 힘겨웠다. 둘은 어느덧 마을을 지나쳐 있었다.

순식간이었다. 마을을 지나니 어느덧 평야였다. 여전히 크산토스는 멈추지 않았다.

간혀 있던 답답한 마구간을 벗어나, 원하던 대로 신나게 달리는 흑마를 멈출 수 있는 것은 아무것도 없었다.

착잡한 마음에 혼자 술을 마시던 에반은 한밤중에 들린 힘찬 말발굽 소리에 신경이 예민해졌다.

'귀에 익은 소리인데…….'

들어 본 적 있는, 아주 건강하고 박력 넘치는 말발굽 소리. 에반이 자리에서 일어나 창문으로 향하자 급하게 누군가가 침실 문을 두드렸다.

"부단장님, 큰일입니다!"

시종인 토마스였다. 다급하게 들리는 그의 목소리에 에반은 칼을 챙기고 침실 문을 열었다. 토마스는 울 것 같은 목소리로 말했다.

"대공님이 클로이를 데리고 성을 떠나셨다고 합니다."

"뭐?"

에반은 자신의 예상 범위를 훨씬 벗어난 충격적인 내용에 목에서 쉿소리를 냈다. 하지만 다시 목을 가다듬을 생각조차 하지 못했다.

"자세히 설명해 보거라!"

토마스는 눈물이 그렁그렁한 채 말했다.

"성의 시종이 방금 성안에서 대공님과…… 클로이로 추정되는 이를 만났다고 합니다."

"클로이로 추정되는 이라니?"

"그게…… 대공님께서 납치하듯 어깨에 둘러메고 있어서 얼굴을 보지 못했답니다. 클로이는 내려 달라고 몸부림을 치고 있었고요."

에반은 손으로 얼굴을 짚었다.

'나는 분명 도피였지, 납치가 아니었다고!'

대공에게 무용담을 늘어놓듯 자신과 아내의 사랑 이야기를 털어놨던 과거를 떠올렸다.

"……그게 전부인가?"

제발 그게 전부이길 바랐다. 그렇다면 자신이 이야기를 꾸며 내서 변명거리라도 만들 수 있을 것 같았다. 하지만 전부가 아니었다.

"그레이엄 전하께 편지를 전해 달라고도 하셨답니다."

"무슨 편지!"

"사랑하는 이와 평생을 함께할 것이니, 다시는 찾지 마시라는 내용의……."

에반은 옆으로 쓰러질 것 같았다. 그는 자신이 지금 꿈을 꾸는 건가 하는 생각이 들었다. 눈을 크게 떴다가 세게 감았다가, 다시 눈을 떴지만 여전히 그의 앞에 있는 것은 금방이라도 눈물을 쏟을 것 같은 얼굴의 토마스였다. 그리고 그의 말은 끝난 게 아니었다.

"그러고는 수고비라면서 대공님의 칼을 그 시종에게 주셨답니다."

"칼? 칼을 시종에게 줬다고?"

에반은 이제 황당하다 못해 기가 찼다. 그 칼은 설명할 필요도 없는 대공의 분신 같은 물건이었다. 알렉산드로의 이름과 장인의 서명이 새겨진 그 명품은 값을 매길 수가 없었다. 에반은 그의 의중을 알 것 같았다. 알렉산드로는 기사로서, 기사단장으로서의 삶까지 모두 이 성에 놓고 간 것이다. 에반은 기막힌 일에 다리가 후들거려 간신히 힘을 주고 버텼다.

그는 알렉산드로 그레이엄이다. 그레이엄이 아닌 채로는 한 번도 살아 본 적 없는 남자다. 그러니 믿기지 않았다. 믿을 수 없었다.

"……그 시종이 거짓말을 했을 일말의 가능성은 없느냐? 아니, 그 시종이 거짓말을 하는 것 같다."

당황한 에반은 횡설수설했다. 아무리 그래도 알렉산드로가 설마 그런 일을 벌이리라고는 전혀 상상도 하지 못했다. 고귀한 가문의 후계자로서, 차기 황제로 거론될 만큼 성실하고 믿음직스러운 기사로만 살아왔기 때문이다.

"모두 진실입니다."

토마스는 얼른 눈물을 훔쳐 냈다. 그는 클로이를 다신 못 볼지도 모른다는 생각을 하고 있었다. 그가 잘못했던 과거의 일들이 자꾸 생각났고, 고마웠던 마음보다는 더 잘해 주지 못해 아쉽고 미안한 마음이 자꾸 생겨났다.

"제가 그 자리에 같이 있었습니다. 저도 들었습니다."

"그럼 진짜로 이 일이…… 실제로 벌어진, 사실이란…… 말이냐?"

"예. 저는 시종의 뒤를 쫓다가 편지를 쓰는 모습을 보고 바로 부단장님께 왔습니다."

토마스는 밤늦게 창고에서 성의 시녀 한 명과 밀회를 즐기고 있었다. 그러다가 우연히 복도에서 일어난 일들을 전부 들었던 것이다. 분명히 대공의 목소리였다. 그가 사라지는 소리가 들리고 얼른 고개만 내밀어서 보니 분명히 알렉산드로와 클로이였다.

“일단, 일단.”

에반은 스스로를 진정시키기 위해 애썼다. 전쟁터에서 예고 없이 적이 공습해 와도 당황하지 않던 그였다. 하지만 지금의 상황은 달랐다.

“일단. 그 시종은 어디 있느냐?”

“시종은 이미 전하께 전서구를 날리는 중입니다.”

“맙소사.”

에반은 자신의 머리를 짚었다. 아마 던칸에게 답장을 받으려면 시간이 좀 걸릴 것이다.

‘그가 돌아올까?’

에반은 금세 고개를 저었다. 알렉산드로는 결정을 번복하는 사람이 아니었다. 저렇게까지 하고 나갔다면 돌아오지 않을 것이다. 아무리 좋은 쪽으로 생각하려고 해도, 에반은 확신했다. 그에게 왕녀의 일을 말할 때 넋이 나간 듯했던 알렉산드로의 반응이 이제야 이해가 갔다. 그때는 별일 있겠나 싶었는데, 자신이 그를 너무 믿었던 것이다.

에반은 알렉산드로의 부모보다도 더 오랜 시간을 함께했다. 대공은 책임감이 굉장히 강한 남자였다. 겨우 여자 때문에 그가 가진 모든 걸 뒤로한 채 그런 일을 벌이리라고는 감히 상상도 할 수 없었던 것이다.

‘나 때문인가.’

동시에 깊은 죄책감이 들었다. 알렉산드로가 왕녀에게 그렇게 깊은 마음을 가지고 있으리라고는 짐작도 하지 못했다. 미리 알았더라면 마부와 왕녀의 결혼을 절대로 허락하지 않았을 것이다.

'아니, 사실 난 알고 있었다.'

알렉산드로의 뜨거운 눈빛을 잘 알고 있었다. 언제나 시선이 향하는 곳, 그리고 햇살 같은 미소가 지어질 때는 항상 왕녀가 함께였다. 그래, 자신은 분명 그의 마음을 알고 있었다. 하지만 차마 응원할 수 없는 둘의 처지 때문에 외면해 왔던 것이다.

'만약 내가 왕녀를 마부와 결혼시키려 하지 않았다면.'

그러면 상황이 달라졌을까.

에반은 모든 게 전부 자신의 탓인 것만 같았다. 설마하니 그가 기사단이고 가문이고 모두 뒤로한 채 베아트리체를 택할 줄 누가 알았을까.

'그것도, 뭐? 납치라니, 나 참.'

모두가 보란 듯이 어깨에 둘러메고 갈 건 또 뭔지, 에반은 자신의 얼굴이 다 화끈해지는 기분이었다. 그 와중에 걱정스런 토마스의 목소리가 그를 현실로 이끌었다.

"대공님은 그 애가 여자라는 건 알고 데려가신 걸까요?"

진심으로 염려하는 표정을 보고 에반은 기막히고 짜증스러워 눈을 질끈 감았다.

"그분은 남색을 하지 않으신다."

"그럼 여색도 하신다고요?"

"지금 머리가 심하게 아프니 제발 더 이상 아무 말도 하지 마라."

잠시 벽에 기대어 생각하던 그는 토마스에게 그 시종을 불러오라고 명했다. 혼자 남은 그는 생각을 정리하기 위해 손으로 머리를 짚었다.

'왜 그렇게까지 했을까. 그냥 뒤에서 몰래 왕녀를 취했어도 됐을

텐데…….'

그리고 다음 순간, 에반의 두 눈이 커질 대로 커졌다.

"설마."

자신도 모르게 입 밖으로 소리를 낸 그는 누가 들을까 당장 손으로 입을 가렸다. 그의 머릿속에 가장 그럴듯한 가능성이 떠올랐다.

'설마 왕녀가 임신을 했나?'

점점 배가 불러 올 테니 세리머니 여정을 계속 함께할 수는 없었을 것이다. 그렇다고 출산을 앞둔 자기 여자를 누군가에게 맡겨 두고 갈 남자는 아니다. 그렇다고 떳떳하게 임신을 했다고 나섰다가는 던칸에게 쥐도 새도 모르게…….

"이런, 세상에!"

아귀가 딱딱 맞아떨어졌다. 등줄기로 소름이 돋았다. 만약 그렇다면 알렉산드로를 이해할 수 있었다.

'작은 소녀 같은 그 왕녀가…… 알렉산드로의 아이를 가졌다고!'

이런 의심에는 증거가 있었다. 그의 기억에 종종 허리를 두드리던 왕녀의 모습과 어깨를 주물러 주던 알렉산드로의 다정한 모습이 스쳐 지나갔다. 깜짝 놀라 못 본 척했지만, 일행들과 멀리 떨어진 곳에서 그런 모습을 몇 번 목격한 적이 있었던 것이다. 게다가 둘은 종종 막사를 공유하기도 했다.

"정말 큰일이다."

에반은 신음하듯 말했다. 왕녀가 낳은 아이는 일단 여자아이든 남자아이든 그레이엄의 성을 물려받지 못할 것이다. 사생아로 태어날 테니까.

황궁에서 알렉산드로의 결혼을 대대적으로 선언했던 던칸이다.

거기다 후보로 이름을 거론했던 이들은 모두 공작가의 적녀들이었다. 던칸은 가문과 핏줄을 제일 중요시하는 사람이었다. 베아트리체가 낳은 아이를 인정해 줄 리가 없었다.

'그걸 누구보다 잘 알고 있으니 결국 그런 선택을 한 거겠지.'

그리고 소심한 왕녀와 대공 사이에 마찰이 있었던 거로군. 에반은 이제야 정확히 모든 일이 이해가 됐다. 그리고 가슴을 쓸어내렸다.

'임신부를 그렇게 짐짝처럼 데려가다니, 아무리 여자를 만나 본 적이 없어도 그렇지 너무 무지하군!'

에반은 심각한 표정으로 고개를 내저었다. 제발 임신부와 태중의 아기님도 무사하시길 바라며 큰 죄책감과 동시에 이 일을 마무리 지어야 한다는 책임감으로 의지를 다졌다.

때마침 시종이 그의 침실 문을 두드렸다. 무서운 표정으로 그를 맞은 에반은 자세한 상황을 물었다. 겁에 질린 표정의 시종은 보고 들은 것들을 빼놓지 않고 전부 말했다. 그리고 알렉산드로의 칼 또한 그에게 내밀었다.

"그건 단장님께서 네게 하사하신 게 아니냐? 네가 가져도 되는 것이다."

에반은 진심으로 그렇게 생각했다. 알렉산드로가 그에게 건넸으니까. 그들은 기사였다. 자신의 칼을 분신과도 같이 여겼고, 때문에 칼의 주인이었던 알렉산드로의 의사에 따라야 한다고 생각했다.

"저는 한낱 시종입니다. 제가 감히 어떻게 이런 것을 가지고 있겠습니까? 갖고 있어 봐야 불량배들의 표적만 될 것이 뻔합니다."

시종은 진심인 듯했다. 그가 극구 사양하기에 에반은 결국 그 칼을 받아 들었다. 칼을 내려다보니 한층 착잡한 심정이 되었다. 알렉산드로가 이렇게 떠나 버릴 거라고는 상상도 하지 못했다. 물론 그가 기사단의 단장 자리를 별로 좋아하지 않았던 것은 알고 있었지만, 적어도 세리머니가 끝나고서 천천히 정리하지 않을까 어렴풋이 짐작했었다.

"내가 너를 부른 것은 다름이 아니다. 전하께 답장을 받을 때까지 너는 나와 함께 있어야겠다."

시종은 별다른 반항 없이 알겠다며 고개를 끄덕였다. 에반은 괜한 소문을 만들고 싶지 않았다. 다행히 시종은 아직 콘래드 후작에게는 언급도 하지 않은 상태였다. 콘래드 후작은 밤에 침실 문을 두드리는 것을 가장 싫어하는 이라고 했고, 그것이 에반에게는 천만다행이었다. 둘은 뜬눈으로 밤을 지새웠다.

날이 밝아 오자 전서구가 올 시간이라며 토마스가 호들갑스럽게 나타났다. 셋은 비장한 마음으로 던칸의 답장을 확인하기 위해 자리를 옮겼다. 에반은 기다리는 내내 심장이 쿵쾅쿵쾅 뛰는 것 같았다.

'만약 알렉산드로가 가문에서 배제당하면 어떡하지?'

그는 오랫동안 대공을 봐 온 만큼, 그를 친형제처럼 생각했다. 던칸이 화가 나 그레이엄 가문에서 알렉산드로를 추방하려고 할 수도 있었다. 그는 피도 눈물도 없는 사람이었다. 그가 자신의 아들만큼은 남다르게 생각한다는 사실은 알았지만, 그래도 그 '던칸 그레이엄'이다. 과연 가문의 명예와 아들 중에, 무엇을 선택할까.

'어찌 되든 나는 끝까지 그의 곁을 지킬 것이다.'

에반은 무조건적으로 끝까지 알렉산드로를 지지할 생각이었다. 그가 의리를 지키는 것은 그레이엄 대공도, 기사단장도 아닌 그저 알렉산드로였다. 그들이 기다리던 전서구는 오후가 되어서야 도착했다. 비장한 마음으로 새의 다리에서 편지를 꺼내 든 에반은 잠시 주저했다.

황궁의 직인이 찍힌 그것은 분명 던칸에게서 온 것이 맞았다. 에반은 마른침을 꿀꺽 삼켰다.

"응?"

편지를 열고 보니, 그곳에는 단 한 줄의 물음만 있었다. 황당했다. 두서없이 짧은 내용도 그랬고, 던칸의 반응도 그랬다. 에반은 얼른 편지를 접고는 시종에게 말했다.

"대체 네가 뭐라고 전하께 편지를 보냈는지 여기다 똑같이 적어 보거라."

흰 종이를 받아 든 그는 망설임 없이 편지를 써 내려갔다.

사랑하는 이와 평생을 함께할 것이니, 두 번 다시는 저를 찾지 마십시오.

ALESSANDRO graham

*이 편지는 카를로 콘래드 후작성의 시종, 베니 롬버그에 의해 대필되었습니다.

종이를 받아 든 에반은 다시 시종을 바라보았다. 상식적으로 이해가 가지 않았다.

"정말 이렇게만 적었느냐?"

그러자 시종은 세차게 위아래로 고개를 끄덕였다.

"신께 맹세합니다. 대공님께서 시키신 대로만 했습니다."

'그런데 왜 전하께서 이런 답장을 보냈지?'

에반은 이해가 가지 않았다. 다시 던칸의 편지를 꺼내 든 그는 황당한 내용을 다시 확인했다. 이런 내용의 편지를 보낸 아들에게, 아버지인 그가 할 말이 정녕 이것뿐인가? 던칸이 보낸 답장은 간단했다.

그 소년이냐?

험프리는 새벽녘부터 온 편지들 때문에 머리에 번개가 치는 것 같은 기분이었다. 대부분 영주들에게서 온 편지였다. 그 속에는 아주 짧은, 제대로 인장조차 갖추지 못한 작은 편지도 한 통 있었다. 현재 기사단이 머물고 있다던 카를로 콘래드 후작성에서 온 것이었다. 그리고…… 기사단에 섞여 있는 한 명의 '종달새'에게서도 편지가 전해져 왔다. 그걸 보니 갑자기 머리가 너무 아팠다. 기사단에 심어 놓은 첩자는 아직도 비밀스럽게 자신에게 상황을 보고했다. 하지만 특별한 것은 없었다. 알렉산드로와 크리스가 은밀한 시간을 보냈다는 내용이 주를 이루었다. 별다른 고민 없이 편지를 펼쳐 본 험프리는 짧게 헛웃음을 터뜨렸다.

단장님께서 새벽에 말을 타고 영주의 성을 나가셨습니다.

저는 자세히 얼굴을 보지는 못했습니다만 성의 시녀들이 하는 말로는 콘래드 후작가의 어떤 소년을 납치했다고 합니다.

기사단의 일행은 아닌 것 같습니다.

알렉산드로가 영지의 소년을 납치해서 성을 나갔다는 내용이었다. 얼마나 급하게 썼는지 글자를 알아보기도 힘들었다.

'이걸 지금 말이라고 하는 건가?'

말도 안 되는 내용의, 혹은 실제라고 하더라도 절대로 일어나서는 안 될 불경한 내용의 편지였다.

"또 아주 소설을 써 놨군."

끌끌 혀를 찬 험프리는 곧 진짜로 중요한 내용의 다른 편지를 손에 들었다. 발신인은 아주 드물게 던칸에게 연락을 취하는 이였지만, 가장 최우선 순위에 들어 있는 알렉산드로였다. 급히 쓴 것처럼 아주 짧은, 콘래드 후작성의 비둘기로부터 전해진 편지를 들고 험프리는 순간 멈칫했다.

'설마.'

불안한 예감이 그의 온몸을 휘감았다. 차라리 진짜 알렉산드로가 보낸 편지가 아니길, 누군가 사칭을 한 것이길 하는 불경한 생각이 들었다. 물론 던칸 그레이엄에게 그런 장난이나 음모를 꾸밀 수 있는 사람은 없겠지만……. 조심스레 편지를 열자 그가 서명하던 방식이 보였다. 가끔 불안정한 전장에서 군용이 아닌 비둘기를 이용해야 하는 상황이 있었기에, 알렉산드로는 서명하는 방식으로 자신을 증명했다. 소수의 몇몇만 알았다.

사랑하는 이와 평생 함께할 것이니, 두 번 다시는 저를 찾지 마십시오.

ALESSANDRO graham

*이 편지는 카를로 콘래드 후작성의 시종, 베니 롬버그에 의해 대필되었습니다.

"어이쿠."

내용은 기가 막혔다. 순식간에 험프리는 첩자의 말이 거짓이 아니라는 것을 알게 되었다. 머릿속에 번개가 쳤다. 세게 얻어맞은 뒤통수부터 한 줄기 식은땀이 흘렀다. 이 편지를 도대체 어떻게 던칸에게 보여 준단 말인가.

"그레이엄 부자 때문에 아주 미치겠군. 돌아 버리겠어."

안 그래도 요즘 지역 영주들과 던칸의 마찰 때문에 신경쇠약에 걸릴 것 같았던 그는 뒷골이 당겼다. 알렉산드로의 편지와 영주들의 항의문, 어떤 게 더 던칸을 화나게 할까. 고민할 필요도 없었다.

'대공님의 일에는 민감하시니까.'

게다가 내용도 범상치 않았다. 험프리는 알렉산드로와 관련된 일에는 던칸이 극도로 예민해지는 것을 알았기 때문에, 밀봉도 없이 온 편지를 먼저 읽어 볼 수밖에 없었다. 그 또한 마음의 준비가 필요했기 때문이다. 게다가 던칸은 더 이상 험프리에게 아들의 문제를 숨기지 않았다. 그는 대놓고 자신의 고민을 말했다.

—종교를 한번 믿어 볼까. 기도를 열심히 하면 신께서 소원을 이뤄 준다던데 말이야.

전 같으면 절대로 하지 않았을 말도 심심치 않게 그의 입에서 나오곤 했다. 실제로 그는 최근에 신전의 기도회에도 한 번 다녀왔다. 신전은 노망난 늙은이들의 환장할 모임이라며 '난 나만 믿으며 혼자 잘 살겠다'던 예전과 달랐다. 고민하던 험프리는 일단 던칸의 집무실로 향했다. 아주 이른 시각이지만 던칸은 그곳에 있을 것이다.

집무실의 문은 마치 지옥으로 가는 문처럼 보였다. 침을 꿀꺽 삼킨 그는 결국 문을 노크하고 던칸의 허락을 받고 들어갔다. 그는 요즘 수도의 비용을 조금이라도 더 줄여 보육원과 병원을 확장하는 일에 푹 빠져 있었다. 칼스버그 공작은 다시 수도로 오라는 권유에 회의적인 답장을 보냈지만 전폭적으로 많은 편지를 보내서 그를 응원하는 모습을 보였다. 물론 고생하는 것은 험프리였다. 던칸은 칼스버그의 편지를 읽을 때마다 씩씩거렸지만 착실히 그의 말을 따랐다.

"무슨 일이냐?"

던칸이 황궁의 분기별 경비 내역서를 들고 비교하는 모습을 지켜보던 험프리는 점점 긴장이 되기 시작했다. 알렉산드로의 편지가 자신의 손에 있었다. 그는 작은 편지를 쥐었다 놓았다 했다. 때마침 답장을 마무리한 던칸이 문득 표정이 좋지 않은 험프리를 보고 의아해하며 물었다.

"네 손에 든 것도 영주에게서 온 편지인가?"

그러자 험프리가 눈을 질끈 감고는 말했다.

"대공님께서…… 보내신 것입니다."

굳은 얼굴의 던칸은 잠시 행동을 멈추었다. 그는 천천히 두 손을 책상에 올리더니 머리를 감싸 쥐었다. 기쁜 소식이라면 험프리가 저런 반응을 보일 리 없는 것이다. 그의 아들인 알렉산드로와 던칸은 서로 편지를 보내거나 자주 방문을 하는 친밀한 사이가 아니었다. 잠시 고민하던 그는 결심한 듯 손을 내밀었다. 그 위로 공손히 편지를 건넨 험프리는 마른침을 삼켰다.

던칸은 급하게 쓴 듯 봉해지지 않은 편지지를 보고 의심했지만 금방 거두었다. 감히 그 누가 알렉산드로를 사칭해서 자신에게 편지를 보내겠는가. 짧은 고심 끝에 던칸은 편지를 펼쳐 보았다. 내용은 간단했다.

저는 사랑하는 이와 평생을 함께할 것이니, 두 번 다시는 저를 찾지 마십시오.

ALESSANDRO graham

*이 편지는 카를로 콘래드 후작성의 시종, 베니 롬버그에 의해 대필되었습니다.

믿기지 않는 듯 잠시 두 눈을 감았다 떴지만 내용은 변함이 없었다. 알렉산드로의 서명이 눈에 들어왔다. 필체는 달랐지만 분명 그가 서명하는 방식이었다. 아들은 자랑스러운 가문의 이름, 그레이엄을 항상 소문자로 적었다. 시종을 시켜서 내용을 전달한 것이 분명했다.

"이게…… 이게 지금 무슨."

그의 입에서 당황한 목소리가 터져 나왔다. 차마 이게 사실이냐는 말을 입 밖으로 꺼내지 못한 그는 험프리를 바라보았다. 그의 눈은 사실을 원했지만, 그렇다고 해서 진실을 알고 싶은 것은 아니었다. 흔들리는 던칸의 눈을 바라보던 험프리는 떼어지지 않는 입술을 겨우 움직였다.

"……사실입니다. 첩자가 말하길, 대공님께서는 어떤 소년과 함께 늦은 밤 성을 나가셨다고 했습니다."

"휴우……."

던칸은 험프리에게 더 이상 알렉산드로의 소식을 전하지 말라고 명한 뒤로는 기사단 일행의 소식을 듣지 않고 있었다. 들어 봐야 속만 터졌기 때문이다. 그리고 오랜만에 받아 본 아들에게서 온 편지는 충격 그 자체였다. 긴 한숨을 내쉰 그는 다시 한번 그 편지를 바라보았다. 충격적인 내용은 여전히 변하지 않았다. 던칸은 질끈 눈을 감았다. 가슴이 무너져 내리는 것 같았다. 게다가 아들은 무슨 생각인지, 기사단의 정해진 경로까지 바꾸며 전 맥코웰 가문의 영지에 들렀다. 그는 혹시 아들이 친모와 관련된 진실을 알고 자신에게 실망해 이런 결정을 내린 건 아닐까? 하는 생각이 들었다.

'두 번 다시는 찾지 말라니…….'

평생 자신을 보지 않고 살겠다는 뜻이리라. 짧은 편지에도 던칸은 알렉산드로가 진심임을 알았다. 어릴 때부터 제왕학을 배우며 수많은 권력자들 사이에서 자랐던 아들은 자신과는 다르게 황궁과 정치에 환멸을 느꼈다. 알렉산드로는 자신과는 굉장히 다르게 소박한 꿈을 꾸는 아이였다.

던칸도 알고 있었지만, 알렉산드로가 그런 말을 할 때마다 무시로 일관했다. 싫든 좋든 그레이엄 가의 장남으로 태어난 이상, 평생을 그들과 함께해야 한다, 그리고 자신이 시키는 대로 해야 한다고 생각했기 때문이다.

하지만 소피아의 일 이후, 돌연 기사가 된 아들은 제국의 통일을 이루는 것까지만 자신의 역할이라고 못을 박듯이 말해 왔다. 던칸은 알렉산드로가 그의 손안의 자식인 이상 멋대로 그의 꿈을 강요할 수 있을 거라고 생각했다. 그래서 아들이 뭐라고 말을 했어도 들은 척도 하지 않고 자신이 원하는 대로 밀어붙였다.

'황제가 되는 것을 누가 원치 않는단 말인가.'

자신의 의도야말로 아들을 더 좋은 길로 이끄는 왕도라고 생각했던 것이다.

설마 알렉산드로가 이런 선택까지 할 줄이야. 단 한 번도 아들인 내가 하는 말을 제대로 들어 본 적 없지 않느냐, 편지엔 마치 그렇게 쓰여 있는 것 같았다. 자신을 비웃기라도 하듯, 반도라스 영애와의 정략결혼에 침을 뱉고 돌아서는 것 같았다. 가문을 위해서라는 변명으로 아들을 통해 자신이 끝내 이루지 못했던 완벽한 가정을 보고 대리 만족을 하고 싶었던 추악한 내면을 들킨 것 같았다.

던칸은 당장 자리에서 일어나 자신의 가슴을 퍽퍽 두드렸다. 주먹을 쥔 손은 갈수록 힘이 들어가 더 큰 소리를 내기 시작했다. 심상치 않은 소리에 험프리는 당장 던칸을 말리기 시작했다.

"이러시면 안 됩니다, 이러시면 안 됩니다!"

"이것 놓거라!"

던칸은 감정이 격해져 험프리를 밀어 넘어뜨렸다. 그러더니 옆에 있던 화병을 집어 던졌다. 장인이 작업해서 만들었다던 유명한 예술 작품이 큰 소리를 내며 와장창 깨져 버렸다. 산산조각이 난 화병을 본 던칸은 마치 자신의 모습을 보는 것같이 느꼈다. 그의 속상한 마음이 딱 그랬다.

비틀거리며 서재의 창문에 기댄 그는 황궁의 아름다운 정원을 내려다보며 얼굴을 감싸 안았다. 자신에게 일어난 비극과는 다르게, 그를 둘러싼 모든 것은 여전히 완벽했고 아름다웠다. 이 아름다운 황궁에서, 제국의 권력 최정점에 서 있는 자신에게 이런 비극이 일어났다는 사실을 믿을 수 없었다. 따스한 아침 햇살이 창가를 비추며 그에게 다다랐지만 그의 마음은 캄캄한 동굴로 혼자 기어들어가는 기분이었다.

'제국이 다 무슨 소용인가?'

이제 그레이엄의 성을 가진 가족은 알렉산드로와 던칸, 오직 둘뿐이었다. 던칸은 사실 이복형제가 있었지만 작위를 물려받기 위해 그들을 사지로 내몰았다. 세상에 남은 적법한 그레이엄은 던칸과 알렉산드로 둘뿐이었다. 그리고 그의 피를 물려받은, 자신과 똑 닮은 그의 자랑스러운 아들은 뜻대로 움직여 주지 않았다. 헛웃음이 터져 나왔다.

"최악의 상황은 아닙니다, 전하. 다시 대공님의 마음을 돌릴 방법이 분명 있을 것입니다."

험프리가 다급하게 말했다. 하지만 극도로 예민해진 던칸은 당장 그에게 다가와 멱살을 잡아 올렸다.

"무슨 방법? 도대체 어떤 방법이 있느냐? 어떤 신통한 방법으로 내 아들을 돌아오게 할 수 있단 말이냐!"

절규와도 같은 그의 외침에 험프리는 움찔 몸을 떨었다.

"네 일이 아니라고, 지금 나를 농락하는 것이냐!"

던칸의 목에 선 핏대가 터질 것 같았다. 붉게 충혈된 그의 눈은 금방이라도 눈물이 떨어질 듯 촉촉했다. 던칸은 거칠게 그를 놓아주었다. 험프리는 비틀거리며 바닥에 넘어지고 말았다. 험프리는 그의 주군이 안타까웠다. 던칸이 세상에서 가장 사랑하는 사람이 바로 그의 아들이었다. 유일한 핏줄이기도 했지만, 아들에게 가지는 죄책감과 연민, 동정심 같은 복잡한 심정을 험프리는 누구보다 잘 알았다. 쓰러지듯 의자에 앉는 던칸을 바라보는 그의 마음은 착잡했다.

던칸은 정신 나간 사람처럼 멍하니 깨진 화병을 바라보고 있었다. 그 누구도 상상할 수 없는 일이다. 이토록 나약한 모습의 던칸 그레이엄이라니. 잠시 침묵을 유지하던 험프리는 조심스레 말했다.

"일단 대공님을 가문에서 멀어지게 할 수는 없지 않습니까?"

던칸은 여전히 깨진 화병에 시선을 고정한 채 말했다.

"내 아들이다. 그레이엄의 이름을 가진 유일한 내 아들이야. 알렉산드로는 절대 우리 가문에서 나갈 수 없어."

힘은 없어도 단호한 목소리였다. 이대로 알렉산드로를 포기한다면 또 어떤 일이 벌어질지 알 수 없었다. 정말로 두 번 다시는 알렉산드로를 못 볼지도 몰랐다. 제국은 아주 넓었다.

"그 소년과 평생을 함께한다고 해도 대공님을 아들로 인정하실 것입니까?"

편지에 등장하는 사랑하는 이는 그 소년이 틀림없었다. 험프리는 기사단이 지나왔던 영지의 영주들과 조용히 연락을 주고받고 있었다. 그리고 알렉산드로와 소년이 꽤 유명 인사라는 것을 알게 되었다. 알렉산드로는 한시도 소년과 떨어지지 않는다고 했다.

"인정? 알렉산드로는 평생 내 아들이다. 달라질 것은 없어."

아버지인 자신과의 인연도 끊으려는 마당에, 남색을 하든지 여색을 하든지의 문제는 이제 더 이상 중요하지 않았다.

"그렇다면 차라리 대공님을 잘 구슬려서 수도로 돌아오게 하시는 게……."

던칸은 두 눈을 질끈 감았다. 단 한 번도 말썽을 일으킨 적 없던 아이였다. 조용하고 내성적이던 아들이 소피아와의 불미스런 일이 터진 뒤 자진해서 기사가 되겠다고 했다. 그때도 그는 바빴다. 그때만 해도 다섯 개의 독립국들이 전쟁을 준비 중이었다. 소피아와의 끔찍한 일이 터졌을 때 알렉산드로는 고작 열한 살이었다. 하지만 자신은 알렉산드로의 곁에서 그를 위로하는 대신 얼른 맥코웰 가문을 정리하고 황궁으로 들어와 버렸다.

자신에게도 그 일은 견디기 힘든 끔찍한 일이었다. 분명 알렉산드로에게는 더 큰일이었을 것이다. 사실상 어린 아들을 방치한 것이나 다름없었다. 던칸은 황당했다. 그가 저질렀던 과오들은 수도 없이 많았다. 하나를 해결하려고 하면 다른 하나가 또 있었다.

'소피아.'

그의 아내였던 그녀는 사실 처음에는 착하고 명랑한 소녀였다. 자신은 정략결혼을 한 것이지만 그녀는 더 많은 것을 바랐다. 하지만 당시 그에게 결혼은 군사력을 얻기 위한 도구, 그 이상의 의미가 없었다. 때문에 소피아가 자살했을 때는 오직 그녀만을 탓했다.

가문끼리의 약속된 결혼에 왜 사랑까지 바랐단 말인가. 세상을 발밑에 둔 꼿꼿한 자존심으로는 자신의 잘못은 인정할 수가 없었다. 아무것도 자신의 탓으로 돌리고 싶지 않았다. 그는 그때 죄책감을 느낄 수 없는 남자였다. 만약 자신이 조금만 더 소피아에게 신경을 썼다면 과연 그런 끔찍한 일들이 벌어졌을까. 던칸은 답을 알고 있었다.

미친 사람은 소피아뿐만이 아니었다. 그 역시 권력에 미쳐 있었다. 그래서 맥코웰 가문까지 멸문시키고 그레이엄 가문에서도 추방했다. 그리고 도망치듯 황궁으로 온 것이다. 알렉산드로는 소피아가 이 세상에 남겨 둔 마지막 증거였다.

"……내가 죽어야겠다."

그럼 모든 일이 다 해결될 것이다. 전부 내가 저지른 일. 내가 원인이었으니, 죽어야겠다.

마치 실성한 사람처럼 읊조린 던칸은 곧 돌발 행동을 했다. 벽에다 스스로 머리를 박은 것이다.

"전하! 이러지 마십시오!"

퍼억 소리에 놀란 험프리는 곧 던칸을 말리기 시작했다.

"앞으로도 만회할 날들은 많습니다!"

험프리는 온몸으로 그의 자해를 막았지만, 던칸은 여전히 거센 힘으로 몸부림치다 잠잠해졌다. 항상 태산처럼 무너지지 않을 것 같던, 언제 어디서나 위풍당당하던 던칸 그레이엄은 없었다. 그는 눈물을 흘리고 있었다. 어디가 잘못된 건지 이마에선 피가 흘러내렸다. 험프리는 그를 진정시키기 위해 빠른 속도로 말했다.

"대공님은 현명하신 분입니다. 전하께서 그분의 뜻을 존중하고 따라 주신다면 분명 다시 돌아오실 것입니다."

던칸은 텅 빈 눈으로 험프리를 바라보았다. 아무런 말도 하지 않았지만 험프리는 그가 무슨 말을 하고 싶어 하는지 알 수 있었다.

'정말 내 아들이 다시 돌아온단 말이냐.'

험프리는 고개를 끄덕였다. 그리고 확신하듯 물었다.

"그분의 행복을 바라지 않으십니까?"

질문을 들은 던칸은 대답 대신 한이 서린 눈물을 떨구었다. 차마 아무런 말이 나오지 않았다. 속에 있는 감정이 모두 뒤섞여 입 밖으로는 한마디도 꺼낼 수가 없었다.

하지만 험프리는 그의 대답을 누구보다 잘 알고 있었다. 오랫동안 모셔 온 그의 주인이었다. 그를 봐 온 시간만큼, 험프리는 던칸을 이해했다.

21. 사랑의 다른 이름

21. 사랑의 다른 이름

· · ◆ · ·

던칸의 이해할 수 없는 답장을 받은 에반은 당장 시종에게 물었다.

"사실…… 두 분의 아, 아름다운 사랑 이야기는 다른 영지에서도 이미 유명합니다. 데미안 로베르트 자작성에서부터 인기였다고 들었는데……."

"인기?"

에반은 시종이 하는 말을 믿을 수가 없었다. 아무리 왕녀가 미동의 옷을 입고 다녔다고 해도, 그의 눈에는 영락없는 소녀였다. 그런데 콘래드 후작성에 있는 시녀들부터 시종들까지 모두가 베아트리체를 소년으로 알고 있었던 것이다.

'아무리 봐도 소녀처럼 보이는데, 어떻게 왕녀를 소년으로 착각할 수가 있지?'

의아한 에반의 얼굴을 본 시종은 황급히 덧붙였다.

"그렇게 곱상하고 귀엽게 생긴 소년은 저도 처음 봅니다. 분명 그레이엄 대공님께서도 그래서…… 흠흠.”

“감히 그따위 망발을 하다니, 네가 죽고 싶은 것이냐?”

“죄, 죄송합니다. 잊어 주십시오!”

시종은 한 치의 의심도 없이 베아트리체를 소년이라고 생각했다. 도대체 그 이유가 무엇일까 궁금해진 에반은 시종을 다그치기 시작했다.

“너는 어디서 그 소문을 들었느냐?”

“그게 사실은, 시녀들이 어떤 소설책을 돌려 보는데 그게 하도 인기라서 궁금해서 물어보니, 기사단장님이신 그레이엄 대공님과 어떤 마부 소년의 실화를 바탕으로 쓰여진 것이라고 해서…….”

기가 막히는 일이었다. 도대체 어떻게 그런 불손한 소설책을, 누가 써서 퍼뜨렸단 말인가?

알렉산드로와 관련된 악의적인 소문을 만들어 낸 이들이 누구인지 알아내야 했다.

“그 시녀들을 당장 데려오거라.”

그러자 시종은 인사를 한 뒤 부리나케 뛰어나갔다. 곧 몇몇 시녀들이 그 문제의 불온서적을 들고 에반을 찾았다. 책들을 받아 든 그는 제목을 보고는 피식 웃고 말았다. 제목은 「뜨거운 마구간」이었다. 그리고 책은 한 권이 아니라 여러 권이었다. 「뜨거운 마구간」, 「비밀의 마구간」 등 남세스러운 제목이었다. 「뜨거운 마구간」을 집어 든 에반은 잠시 내용을 훑어보았다. 하필이면 그가 읽은 곳이 책의 절정 부분이었다.

“대공님, 안 돼요! 여긴 빨래터라구요! 누가 보기라도 하면 정말 큰일

나요!"

"지금 내가 더 큰일이니 가만 좀 있거라."

"아앗! 그래도…… 아니, 거길 그렇게 만지시면……!"

"이것 봐라. 좋아 죽는구나. 몸은 솔직한데 네 앙큼한 그 입술은 항상 거짓말만 늘어놓지."

트로이를 괴롭히는 알렉스의 손짓이 점점 대담해졌다.

마치 소녀처럼 생긴 작고 귀여운 소년의 매끄러운 피부를 쓸고, 제 것처럼 유린했다.

커다란 손이 납작한 가슴에 툭 불거진 살점을 짚었다.

그러자 작은 몸이 뭍에 나온 물고기처럼 펄떡펄떡 튀어 올랐다.

알렉스는 이를 즐거운 눈으로 감상했다.

"이런 곳이라 더 즐거운가 보군."

"그, 그게 아니에요……!"

그를 내려다보던 알렉스가 비릿한 웃음을 흘렸다.

트로이는 자꾸만 자신을 배신하는 심장을 탓했다.

'안 돼. 대공님은 그레이 가문의 후계자야! 이래서는 안 돼!'

신의 축복을 받은 저 얼굴은 이런 상황에서도 황홀했다.

저렇게 멋진 기사님이 자신을 원하고 있었다.

그레이 가문의 후계자, 이 제국의 기사단장!

그가 바로 나를 원하고 있다!

안 된다, 안 된다 아무리 마음을 다잡아도 저절로 숨이 거칠어지고 몸이 달아올랐다.

알렉스가 피식 웃음을 터뜨렸다.

그의 모든 감각이 트로이를 쫓고 있었다.

지금 어떤 변화가 일어나고 있는지 생생하게 느껴졌다.

"트로이? 알렉스?"

트로이, 트로이…… 묘하게 익숙한 이름이었다. 대공의 근처에 있는 두 명의 얼굴이 에반의 눈앞에 아른거렸다. 알렉스는 알렉산드로가 분명했다.

"아니기는, 네 여긴 벌써 이렇게 날 원하고 있는데."

이 기사단에 들어온 이상 그의 작은 새는 더 이상 빠져나갈 길이 없었다.

알렉스는 처녀지를 가진 위험한 정복자처럼 거만하게 말했다.

"이제 그만 네 본능에 솔직해지는 게 좋을 거다."

이어진 충격적인 내용에 깜짝 놀란 에반은 황급히 책을 덮었다. 눈으로 본 모든 것을 잊으려는 것처럼 얼굴을 크게 흔들었다. 심장이 쿵쾅거리고 얼굴이 후끈했다. 반역을 도모하자는 선전물을 봐도 이보다 놀랍지는 않을 듯했다.

'이것은 절대로 유통돼서는 안 되는 책이다.'

그는 힐난이 섞인 눈으로 시녀를 응시했다.

"네가 제정신이냐?"

제국의 영웅인 대공을 두고 어떻게 감히 이런 저질스런 불온서적을 썼는지 그 사상이 의심되었다.

"그레이엄 가문이 두렵지도 않은 모양이군!"

특히 알렉산드로에게 들켰다간 큰 벌을 받을 것이다. 적어도 모욕죄로 사형이었다.

"미치지 않고서야 감히 이딴 것을 본단 말이냐? 이 책을 도대체 어디서 어떻게 구했느냐? 누가 쓴 것이지?"

눈치를 보던 시녀들 중 가장 나이가 많은 이가 대답했다.

"어떤 분께서 집필하셨는지는 모르겠습니다. 그저 연락하고 지내던 다른 영지의 시녀가 추천하기에……."

"집필? 하, 집필이라고?"

비난 어린 목소리에 다른 시녀가 억울한 듯이 옆에서 중얼거렸다.

"그건 외전이라 그렇고, 원래는 그냥 둘의 아름답고 순수한 사랑 얘기입니다……."

말끝을 흐리는 그녀를 보고 에반이 어이가 없어 큰 한숨을 내쉬었다. 부녀자들이 할 것 없이 이따위 불온서적이나 보고 있으니 나라가 이 꼴이라고 속이 울컥했다. 간신히 마음을 정리한 에반은 치미는 화를 참았다.

"어느 영지의 시녀가 추천했단 말이냐?"

시녀는 잠시 우물쭈물했지만 에반의 매서운 눈초리에 솔직하게 말할 수밖에 없었다.

"칼스버그 공작성에서 일하는 시녀입니다."

"뭐?"

믿을 수가 없었다. 그곳의 시녀들 또한 이 책에 대해 알고 있었단 말인가? 에반은 지역 귀족들과는 오찬과 만찬, 연회 같은 공식적인 행사에서만 만나 왔다. 귀족들은 알렉산드로의 사생활에 관해서는 아무런 말도 꺼내지 않았다.

당연했다. 대공이고 기사단의 단장이니까.

그래서 에반 역시 알렉산드로가 이렇게 대대적으로 오해를 받는 줄은 몰랐던 것이다.

'맙소사.'

이렇게 영지를 돌아다닐 정도로 둘에 관한 소설이 유명해졌다니, 시녀들과 시종들이 베아트리체를 소년이라고 생각하는 것도 무리는 아니었다. 얼핏 본 그 소설에도 베아트리체는 '마치 소녀처럼 생긴 작고 귀여운 소년'으로 묘사되어 있었다. 허탈해진 그는 모든 시종과 시녀들을 돌려보냈다.

토마스와 단둘이 남아 잠시 앉아서 생각에 잠겼다. 황궁에서는 기사단의 영지 방문과 관련해 어떤 일이 벌어지는지 전부 보고를 받는다. 그러니 던칸도 이 기막힌 일을 알 확률이 높았다. 그는 다시 손에 들린 황궁의 답장을 읽었다.

그 소년이냐?

'그래서 이런 답장을 보내신 건가?'

던칸에게도 몹시 충격적인 내용일 텐데, 예상했다는 듯 담담했다. 게다가 짧았다. 잠시 고민하던 에반은 다시금 알렉산드로와의 대화를 상기해 냈다. 그 순간 머릿속이 번쩍였다.

'설마 일부러 남색가인 척 위장을 하신 건가?'

패전국의 왕녀인 베아트리체는 절대로 알렉산드로의 짝이 될 수 없는 인물이었다. 그뿐인가, 왕족이니 원래는 죽었어야 마땅했다. 에반은 던칸 그레이엄을 누구보다 잘 알고 있었다. 행여 그 정체를 들켰다가는 던칸에게 우연한 사고를 위장한 암살을 당할 게 분명했다. 그리 생각하니 더더욱 알렉산드로의 돌발 행동이 이해가 갔다. 가문과 기사단장의 자리를 버리고 그녀를 택한 것이다.

아니, 어쩌면 그의 아버지를 설득하기 위한 위장일 수도 있었다.

—상대가 강적이니, 강수를 둘 수밖에.

게다가 베아트리체에게 미동의 옷을 입힌 것은 다름 아닌 대공이었다. 에반은 고개를 주억거렸다. 모든 추리의 앞뒤가 맞았다.

"토마스."

"예?"

"지금부터 내가 하는 말을 잘 듣거라."

토마스는 넋이 나간 채 고개를 끄덕였다.

"어젯밤 네가 본 것은 너와 나만 아는 비밀이다."

"그럼요. 감히 어디다 이런 얘기를 떠들겠습니까……."

남세스러워서 어디다 말할 수도 없었다.

"하지만 제가 입을 다문대도 이미 이 성의 모두가 알고 있을 텐데요. 아무리 단속을 해도 사람의 입이란 게……."

"아니, 클로이의 정체 말이다."

"예?"

"그 누구에게도, 클로이는 소년이다."

"무슨 말씀이십니까? 클로이는 소녀라고요, 부단장님!"

"그냥 그렇게 하란 말이다. 클로이는 소년이었다고 생각해라."

어차피 다시는 그 이름이 불릴 일이 없을 테니까. 에반의 단호한 말에 토마스는 엉겁결에 고개를 끄덕였다.

"그리고 나가서 모든 기사단의 일행을 단 한 명도 빠짐없이 집합시켜라. 장소는…… 후우. 마구간이 좋겠군."

토마스가 알겠다고 대답하며 나가자, 에반은 급하게 편지를 쓰기 시작했다. 수신자는 자신의 동생이자, 알렉산드로의 집사인 아론 쿠피히트였다.

아론, 비상이다.

엘파사에서 데려온 전쟁 노예 명부가 있을 것이다.

그곳에 '클로이'라는 이름의 소년을 추가해라.

기사단의 마구간에서 일하는 것으로 해.

그리고 황궁의 움직임을 잘 살펴보거라.

특히 전하께서 요즘 어떠신지 잘 살펴보고 내게 답장을 보내거라.

편지를 마친 에반은 얼른 옷을 껴입었다. 최대한 근엄한 복장으로 옷을 갖춰 입은 그는 갑옷까지 챙겨 입고, 마지막으로 투구와 칼까지 챙긴 다음 침실을 나섰다.

성안은 소란스러웠다. 에반은 성의 모든 시종과 시녀들을 뒤로했다. 마구간으로 향하는 그의 발걸음은 비장했다.

'내가 책임져야 해.'

자신의 형제와 같은 이에게 벌어진 일이었다. 알렉산드로가 왕녀를 바라보는 그 눈빛을 보고 내심 염려를 했고, 대공이 정말로 그녀와 사랑에 빠지기라도 할까 봐 서두르려 했다. 게다가 모른 척, 자신의 친동생인 아론을 떠올리며 혹시나 트리거가 말을 번복할까 두 번 고민하지 않고 결혼을 승낙했다.

왕녀는 어쩌면 트리거가 남색가라는 사실을 몰랐을 수도 있었다. 하지만 그런 것 따위는 당연히 묻지 않았다. 왕녀가 이용을 당하든 서로가 계약을 하든 그런 것은 그의 안중에 없었다. 오로지 피가 섞인 자신의 가족만을 생각했던 에반은 알렉산드로에게 큰 죄책감이 들었다. 기사로서 당당하지 못한 행동을 했다는 사실은 그의 양심과 이성을 뒤흔들었다. 걸음을 옮기는 에반의 몸짓은 주저함이 없었다. 알렉산드로가 어떤 생각이었든, 그를 지지해야 했다. 마구간에 들어선 그의 눈빛은 그 어느 때보다 당당했다.

"모든 문을 닫거라."

기사단의 일행들은 어리둥절했다. 어젯밤에 있었던 거한 연회에서 대부분 늦게 잠든 그들은 정확히 어떤 일이 있었는지 듣지 못했기 때문이다. 콘래드 후작은 자신의 영지에서 생긴 일에 어떤 책임도 원치 않았기에 모든 사태를 방관했다. 기사들은 영주의 성에 기거하는 시녀들에게 어렴풋이 소문만 전해 들은 상태였다.

"제국은 이제 전쟁을 걱정하지 않는 대신, 반란에 대비해야 한다. 세리머니가 제국의 영주들을 시찰하고 견제하기 위해서라는 사실을 모르는 이들은 아마 없을 것이다."

그런데 예상하지 못한 무거운 말이 나오자 모두는 침묵을 유지했다. 그들은 어젯밤에 일어난 말도 안 되는 일만 생각하고 모였던 것이다.

"나와 단장님은 세리머니의 시작 전에 모든 영지의 귀족들이 몰래 키우는 사병들을 조사했다. 그리고 우리는…… 얼마 전 특정 지역으로 보냈던 선발대 기사들을 잃었다."

그러자 듣고 있던 기사들과 시종들에게 탄식과도 같은 신음이 터져 나왔다. 선발대로 떠난 이들 또한 세리머니에 참여하는 자신의 전우들이었다.

"그래서 단장님은 지금 단독으로 비밀 임무를 수행 중이다."

에반은 혹시 기사단 일행이 알렉산드로에게 실망할까 거짓을 만들어 냈다. 알렉산드로가 다시 돌아올지, 안 돌아올지는 모르지만 에반은 그의 빈자리를 다른 기사들의 저하된 사기로 채울 수는 없었다. 갑자기 떠오른 거짓말이라서 일행들이 믿을지는 미지수였지만, 적어도 '사랑 때문에 기사단과 가문을 등지고 여자를 납치해 갔다'는 진실보다는 신빙성이 있었다. 에반 자신조차도 아직 알렉산드로가 그런 행동을 했다는 것이 믿기지 않았으니까. 그때 크리스가 모두의 주목을 받을 만큼 큰 목소리로 말했다.

"더 이상 전우들을 잃고 싶지 않아서, 그분께서 단독으로 떠나신 것입니까?"

"……그렇다."

그러자 몇몇 기사들은 철석같이 믿는지 에반의 말이 끝나자 그럼 그렇지, 하는 소리를 내뱉었다. 크리스는 다시 에반에게 질문했다.

"그럼 콘래드 후작에게 들키지 않기 위해서 일부러 그런 상황을 연출하신 겁니까?"

"……그렇다. 변방의 영주들은 굉장히 단단한 연대를 유지하고 있어서 그 누구도 믿을 수가 없지."

그러자 기사들은 역시 그랬구나, 하며 맞장구를 쳤다. 서로를 바라보며 웅성거리는 이들의 얼굴에 밝은 표정이 내비쳤다. 그도 그럴 게, 기사들은 밤에 일어났다던 일을 믿을 수가 없었다. 알렉산드로가 자신의 칼을 버리고 기사단을 뒤로한 채 누군가를 납치했다니. 절대로 일어날 수가 없는, 아니, 상상조차 되지 않는 일이었다.

"그렇다면 단장님께서 언제 돌아오실지는 일단 모르는 일이군요?"

또다시 크리스였다. 에반은 자신이 준비한 모든 거짓말들이 크리스 덕분에 술술 풀리는 것을 느꼈다.

"그렇다. 하지만 그분께서 부단장이신 내게 세리머니를 맡기셨으니, 우리는 예정대로 가면 단장님을 다시…… 만날 수 있을 것이다."

이제 모든 기사들이 진짜 그의 말을 믿는 눈치였다. 에반은 이제 가장 중요한 거짓말을 마무리해야 했다.

"그리고 그동안 클로이가 남장을 했던 것도 비밀 임무의 일환이다. 그러니 누가 묻거든 클로이는 소년이라고 대답해라."

그러자 크리스가 벌떡 자리에서 일어나며 말했다.

"그래서 항상 영주의 성에 들를 때만 그렇게 남자 옷을 입었던 거군요! 영지의 모든 이들을 속이기 위해서!"

"……그렇다."

에반은 크리스의 반응이 뭔가 찜찜했지만 곧 알렉산드로와 가장 친한 친구가 그라는 사실을 떠올렸다. 크리스는 아마 베아트리체와의 사이를 아는 듯했다.

"기사 크리스, 이 비밀을 죽는 날까지 지키겠습니다."

크리스는 자신의 칼을 꺼내 들고 맹세했다. 갑작스런 그의 행동에 다른 기사들은 어리둥절했지만, 얼떨결에 그를 따라 칼을 꺼내 들고 맹세를 하기 시작했다. 기사의 맹세는 목숨과 같았다. 다른 기사들은 이렇게까지 해야 하는 일인가 했지만, 크리스의 얼굴은 누구보다 진지했다.

게다가 기사단이 싸워야 할 것은 이제 다른 나라의 침략이 아닌 제국 영주들의 반란이었다. 만약 알렉산드로의 비밀 임무가 혹시라도 새어 나간다면 단독으로 임무를 수행하는 그가 위험에 처할 수도 있는 일이다. 그러니 알렉산드로와 친하게 지내던 크리스의 행동이 과장된 것은 아니었다. 기사들의 맹세를 본 에반은 한시름 놓을 수 있었다.

기사들은 자신의 명예를 위해 절대로 맹세를 깨지 않는다. 크리스의 자발적인, 그리고 적극적인 도움으로 무사히 일을 마친 그는 모든 기사들이 마구간을 나서는 것을 끝까지 지켜보았다. 그리고 마지막으로 크리스와 그만 남았다. 에반은 문을 나서려는 크리스에게 물었다.

"알고 있었느냐?"

문밖으로 이미 발걸음을 옮겼던 그는 사방의 눈치를 살피더니 다시 문을 닫고 마구간으로 들어왔다. 마구간에는 오직 둘뿐이었다.

"진짜 알렉산드로가 돌아오는 것입니까?"

"말을 조심하거라. 네 친구인 건 알지만 그분은 네가 모시는 분이기도 하다."

"아니 어떻게 그럴 수 있답니까?"

크리스가 답답한 마음에 가슴을 두드렸다.

'난 그냥 적당히 데리고 놀려는 줄 알았지.'

설마하니 노예, 그것도 하녀를 그 정도로 열렬히 사랑하고 있으리라고는……. 거기다 괜히 자신이 알렉산드로를 부추긴 것 같다는 생각도 들었다.

"영영 보지 못하는 건 아닐까, 그게 걱정입니다."

크리스는 건초 더미에 풀썩 주저앉았다. 그 역시 떠나 버린 알렉산드로에게 죄책감을 느끼고 있었다.

"제가 조금…… 못되게 굴었거든요."

누구보다 책임감 강하고 성실하던 자신의 친구가 오죽하면 그런 생각을 했을까. 크리스는 괜히 자신이 질투를 유발해서 알렉산드로가 충동적인 행동을 한 건 아닌가 걱정했다. 클로이만 보면 전혀 다른 사람처럼 실실 웃던 친구의 모습이 낯설고도 재밌었던 것이다. 지난 시간을 뒤돌아보니, 탓하는 마음보다 못되게 굴어 미안한 마음만 가득했다.

알렉산드로가…….

'오죽하면 그런 선택을.'

누구보다 알렉산드로를 잘 안다고 생각했던 크리스 역시 죄책감에 차마 그를 탓할 수가 없었다.

"돌아오실 거다."

에반은 조용히 말했다. 크리스는 에반을 바라보았다. 그는 헛된 말을 하는 사람이 아니었다. 아니나 다를까, 에반은 확신에 찬 눈빛으로 다시 크리스에게 말했다.

"도망칠 이유가 없다면, 분명 돌아오시지 않겠느냐?"

"어디까지 가시는 거예요?"

클로이는 불안한 목소리로 말했다.

이미 한밤중이었다. 게다가 그들은 어디인지도 모르는 평야를 달리고 있었다. 어느덧 크산토스가 달리는 속도에 익숙해진 클로이는 다시 대답 없는 대공에게 애원하듯 말을 건네고 있었다.

"대공님, 제발요. 대답만이라도 해 주세요……."

두려움 가득한 간절한 그녀의 목소리에 알렉산드로가 그제야 입을 뗐다.

"이름."

"대공님!"

"내 이름을 불러라."

클로이는 순간 그가 미웠다. 이런 상황에서 그가 신경 쓰고 있는 게 이름이라니, 하지만 일단 크산토스를 멈춰야 했다. 클로이는 작게 한숨을 내쉬었다.

"알렌 님."

"난 더 이상 대공도, 기사도 아니다. 그러니 내게 존칭을 쓸 필요 없어."

충격적인 그 말에 클로이는 머리가 어지러웠다. 그는 정말 단단히 마음을 먹은 것 같았다. 클로이는 마른침을 삼켰다. 그의 화를 먼저 푸는 게 급선무였다.

"진짜 왜 이러세요. 다시 돌아가요. 네? 제가 다 잘못했어요."

하지만 그는 답이 없었다. 클로이는 그녀를 감싸 안은 단단한 팔을 잡고 흔들었다.

"제가 전부 다 잘못했어요. 하자시는 대로 다 할게요. 제발 돌아가요. 네?"

"네가 무엇을 잘못했느냐?"

그는 이제야 대화할 마음이 든 것 같았다. 속도가 점차 느릿해졌다. 숨이 턱턱 막힐 정도로 내달리던 명마는 어느새 가볍게 뛰고 있었다.

"일단 말부터 세워 주세요. 그리고 우리 얘기해요, 네?"

"베아트리체, 네 상황 때문에 나를 받아들일 수 없었다는 것은 이해한다. 하지만 그 어떤 변명보다도 결국은 나를 신뢰하지 않았다는 게 사실이지."

담담한 그의 말에 클로이는 누군가 날카로운 송곳으로 가슴을 찌르는 것 같았다. 그리고 들려오는 그의 말은 진심이었던 것처럼 당당했다.

"나는 어떻게 해서라도 너를 내 정식 아내로 맞을 생각이었다."

앞만 보고 말하는 알렉산드로 때문에 클로이는 그와 눈을 맞추려고 고개를 뒤로 돌렸다.

"대공님, 제발 이러지 마세요."

크산토스 때문에 몸이 흔들려 그녀는 단단한 팔을 끌어안았다.

"하자는 대로 다 할게요. 제가, 대공님이 하자고 하는 대로 다 따를게요. 제가 다 잘못했어요. 우리 돌아가요."

알렉산드로는 절박하게 터져 나오는 클로이의 목소리를 들으니 피식 웃음이 터졌다. 이렇게…… 떠밀려서 듣고 싶었던 말이 아니었는데. 그래서 얼마든 그녀를 기다려 주려고 했었다. 그래서.

"네게는 끝까지 신사로 남고 싶었는데, 그건 좀 아쉽군."

그는 여전히 클로이를 바라보지 않았다. 답답한 마음에 클로이는 결국 소리를 질렀다.

"저 때문에 후회하실지도 몰라요!"

"그럴 일 없다. 너 또한 후회하지 않게 만들어 주마. 그러니 나를 믿어."

그의 낮은 목소리는 안정감이 있었다. 역시 그는 정말 대단한 사람이고, 멋진 남자였다. 하지만 클로이는 그의 말을 듣고 흔들리던 마음을 다시 다잡았다. 자신은 이미 진창에 구른 인생이지만, 그는 아니었다. 클로이는 자신의 몸을 두른 그의 팔을 잡고 흔들었다.

"머리가 아프고…… 토할 것 같아요. 알렌, 제발. 멈춰 주세요."

그녀가 낼 수 있는 최대한 간절한 목소리였다. 가만히 그의 눈치를 살폈는데 다행히 이번에는 먹힌 것 같았다.

"……내리고 싶으냐?"

"네."

알렉산드로는 천천히 크산토스를 멈췄다. 그들이 멈춘 곳은 평야의 한가운데였다. 그는 먼저 말에서 내리고 그녀를 내려 주었다. 달리는 말 위에서 꽤 오랜 시간 앉아 있었던 클로이는 휘청거리며 내렸다. 그녀는 이렇게 오래 달리는 말을 타 본 경험이 없었다.

크산토스는 그들의 주위를 서성이다 알렉산드로의 손짓에 자리에 멈춰 섰다. 알렉산드로는 여전히 휘청거리는 클로이를 옆에서 잡아 주었다. 클로이는 곧장 알렉산드로의 손을 뿌리치고는, 크게 소리쳤다.

"이러시는 게 어디 있어요!"

갑작스럽게 터져 나온 거센 반응에 그는 놀라고 말았다. 하지만 거기서 끝이 아니었다. 클로이는 그를 때리기 시작했다. 알렉산드로는 묵묵히 맞아 주려고 했지만 클로이가 먼저 주저앉고 말았다. 놀란 그가 다시 잡아 주었지만 그녀는 뿌리치고 자리에 앉아 버렸다.

"이제 어떡하냐고요!"

클로이는 속이 너무 상해서 견딜 수가 없었다. 다정하던 평소 그의 모습이 겹쳐 보이면서 더 마음이 아팠다. 자신이 뭐 그렇게 대수라고, 이런 짓을 벌인단 말인가! 눈물이 차올랐다. 그녀는 더 이상 속마음을 담아 두지 않기로 했다. 더 이상 그를 오해하고, 그가 자신을 오해하는 일들은 사양이었다.

"차라리 저한테 정부가 되어 달라고 하지 그러셨어요!"

그녀는 눈물을 훔쳤다. 얼굴을 타고 흐르는 물줄기는 솟구치는 감정의 분출구였다. 가슴 어딘가가 꽉 막힌 것처럼 불편했다. 자신을 바라보는 애처로운 얼굴의 대공을 보니 마음이 쓰렸다.

알렉산드로는 아예 주저앉아 울고 있는 클로이를 보고 어쩔 줄을 몰랐다. 분명 화를 내던 사람은 그였지만 저렇게 우는 모습을 보니 자신이 다 잘못한 것 같았다.

"제가 얼마나 대공님을 좋아하는지 아세요?"

그는 얼른 클로이의 곁에 앉아 그녀의 눈물을 닦아 주려고 손을 뻗었다. 하지만 감정이 예민해진 클로이는 그의 손을 다시 뿌리쳤다.

"그냥 뒤에서 몰래 만나자고 했어도 분명 그렇게 했을 거예요! 왜 바보같이, 나를…… 나를 그렇게…… 왜 저랑 결혼할 생각까지 하셨어요!"

클로이는 흐르는 눈물을 주체할 수가 없었다. 알렉산드로는 얼른 다시 손을 뻗었지만 그녀는 모든 손길을 뿌리쳤다.

"누가 노예랑 결혼해서 자식까지 낳을 생각을 해요!"

그녀의 외침은 울부짖음과도 같았다. 클로이는 자신이 그의 앞에 걸림돌이 된 것 같았다. 그의 인생은 흠잡을 데가 없었는데, 그런데, 자신 때문에 말도 안 되는 행동을 한 것이다.

"다른 귀족들처럼 그냥 데리고 놀면 되지, 내가 뭐라고!"

클로이는 엉엉 소리 내서 울기 시작했다. 마음에 없는 말이었다.

하지만 너무 속이 상한 나머지 아무런 말이나 나와 버렸다. 조용히 그녀의 말을 듣기만 하던 알렉산드로가 그녀의 몸을 끌어안았다.

"다른 여자와 결혼하고 너를 만날 생각이었다면 이렇게 도망치지도 않았다."

다시 그를 뿌리치려고 했지만, 이번에는 당해 낼 수 없었다. 아무리 발버둥을 쳐도 그의 품속이었다.

"이 세상에서 내가 가장 사랑하는 사람이 너다. 그런데 어떻게 감히 그럴 수 있겠느냐. 응?"

자신을 달래는 다정한 그의 말에 클로이는 더 속이 상했다. 똑똑하고 잘난 남자인 줄 알았는데, 완전히 멍청이였다.

"그만 울거라. 내가 속이 상해서 못 보겠다."

클로이는 목 놓아 울었다. 도저히 그칠 수가 없었다. 그녀의 등을 쓸어 주는 다정한 손길이 너무 좋았다. 귓속으로 들리는 그의 심장 소리가 그녀에게 말하는 듯했다.

'너를 사랑한다.'

그녀는 자기 자신이 소중하다고 생각하는 사람이었다. 비록 신분은 낮았어도 그녀의 삶에서 가장 중요한 사람은 바로 그녀 자신이었다. 그런데 지금은 아니었다. 클로이는 자신의 삶이 엉망이 될지언정 그의 것을 망치고 싶지 않았다. 차라리 그녀가 아프고 속상한 게 더 나았다.

"저는 그렇게 대단하고 휘황찬란한 삶을 사는 게 아니잖아요. 고작 노예인데. 저는 괜찮단 말이에요. 이렇게 살아도 살 만했다고요……."

알렉산드로는 조용히 그녀의 말을 끝까지 들어 주었다.

"내게는 아니다. 내게는 네가 가장 빛나는 사람이고 그 누구보다도 어려운 사람이야."

클로이는 다시 눈물을 훔쳤다. 아무리 막말을 해도 그의 대답은 그녀의 가슴을 울렸다.

"돌아가요."

하지만 이번에는 대답이 없었다.

"제발 부탁이에요. 지금 돌아가도 늦지 않았을 거예요. 저 때문에 이런 실수를 하지 마세요. 후회…… 후회하시면, 어떡해요. 무섭단 말이에요. 저 때문에 후회하실까 봐……."

클로이는 그의 얼굴을 올려다보았다. 눈물로 범벅이 된 자신의 얼굴은 신경 쓰이지 않았다. 그의 눈을 마주치자 알렉산드로는 조심스레 그녀의 눈물 자국을 닦아 주었다. 그러고는 그녀의 머리를 쓰다듬었다.

"너와 함께라면 후회하지 않아."

알렉산드로는 돌아갈 수 없었다. 클로이에게는 말할 수 없지만, 그는 그녀가 그레이엄 가문의 계보에 이름이 오르지 못하리라 확신했다. 부친이 그에게 정략결혼을 고집하는 이유는 가문의 후사를 잇기 위해서였다. 그런데 아이를 낳지 못할 수도 있다니, 진실을 말하지 않는다고 해도 둘 사이에서 소식이 없다면 던칸은 분명 다른 여자를 맞으라고 재촉할 것이다. 하지만 그는 사랑하는 여자를 두고 다른 여자를 안을 수 없다. 그리고 다른 여자를 만나지 않는다면, 더한 문제가 일어날 것이다.

'목숨을 위협당하겠지.'

던칸은 친자식마저 내다 버린 사람이었다. 알렉산드로는 클로이에게 그런 위험하고 가슴 졸이는 삶을 주고 싶지 않았다.

"약속한다."

그녀는 권력에도 재물에도 욕심이 없다고 했다. 노예로 사는 것도 나쁘지 않다고 했지만 알렉산드로는 가문이 없다고 해도 그녀를 먹여 살릴 자신이 있었다.

"절대 너를 고생시키지 않는다."

그의 목소리는 단호했다.

"……."

클로이는 아무 말 없이 그의 얼굴만 바라보았다. 이따금 들려오는 귀뚜라미 소리와 함께 크산토스가 풀을 뜯는 소리만이 들렸다. 사방이 조용했다. 어두운 새벽녘이지만 보름달과 하늘에 가득한 별 때문에 어둡지 않았다.

"나의 아내가 되어 평생 함께하겠느냐?"

조용한 그의 물음이 들려왔다. 클로이는 여전히 아무런 대답도 하지 못했다. 그에게 그러겠다고 말하는 것은 너무 이기적이었다. 하지만 아니라고 하면 그는…… 정말 돌아가지 않을지도 몰랐다. 그녀의 고민을 알았는지 알렉산드로는 피식 웃었다. 어떤 대답을 들어도 그는 결심을 바꿀 생각이 없었다.

"꺅!"

알렉산드로는 그녀를 안은 채 누워 버렸다. 그의 가슴팍에 안겨 있던 클로이 또한 갑자기 눕혀졌다. 하늘에 가득한 별들이 그녀의 눈으로 쏟아졌다.

"나는 그저 죽지 못해 살았을 뿐, 행복하게 살아오지 않았다."

담담한 목소리였지만 내용은 그렇지 않았다. 죽지 못해 살았다니, 그의 입에서 나온 말이 맞나 싶었다.

"기사가 된 것도, 전쟁에 참여한 것도…… 그저 명예롭게 죽기 위해서였어."

놀란 클로이의 입에서 비명과도 같은 짧은 숨소리가 터져 나왔다. 그러고 보니 그는 어머니와의 일 이후로 기사가 되어 전쟁터에 뛰어들었다고 했다. 그녀는 적어도, 죽기 위해서 살지는 않았다. 절대로 죽고 싶지 않았기에 이 고단한 삶조차 소중했다. 사랑하는 남자를 향한 뜨거운 연민이 울컥 솟았다.

"내게 기사단은 아무 의미도 없다. 그러니 죄책감 가질 필요 없어. 내가 너를 데려온 거니까."

아무렇지 않은 목소리였지만 클로이는 그가 겪어 왔던 아픔을 느낄 수 있었다. 상처가 무뎌지기까지 얼마나 많이 가슴 아린 아픔을 겪어야 하는지, 그녀는 잘 알고 있었다. 모든 것을 담담히 받아들이기까지, 얼마나 많이 스스로를 괴롭혀야 하는지…….

"내 삶은…… 너를 만나고부터 다시 시작됐지."

알렉산드로는 고개를 돌려 그녀를 바라보았다. 언제부터였는지 기억나지 않았다. 눈을 감아도 저 얼굴이 뚜렷하게 보였다. 암전된 그의 머릿속에도 저 얼굴만은 선명했다. 가슴 뛰고, 피가 뜨겁게 느껴지고, 아침의 시작이 몹시 즐거워졌다. 그녀와 함께 있는 시간들이 기다려졌다. 설레었다. 더 이상 무료하고 재미없는 삶이 아니었다.

"나는 이제야…… 살아 있는 것 같다."

숨 막히는 고백이었다. 클로이는 자신이 누군가에게 이렇게 큰 의미를 가진 사람이라는 게 믿기지 않았다. 그리고 그 사람이 그녀가 사랑하는 사람이라는 것 또한 믿기지 않았다. 두 번 다시는 만나지 못할, 두 번 다시는 누구에게도 품지 못할 감정이라는 것을 그녀는 확신했다. 간신히 눈물을 삼키는 차에, 진중한 그의 목소리가 들려왔다.

“돌아가고 싶으냐……?”

결코 가볍지 않은 물음이었다. 알렉산드로는 진심으로 그녀에게 선택할 수 있는 기회를 준 것이다. 클로이는 언제고 다정했던 그를 떠올렸다. 만약 지금, 돌아가자고 한다면 그는 다시 기사단으로 돌아갈 것이다. 그의 불안한 숨소리와 떨리는 눈동자가 증명했다. 내가 말한다면 그는 다시 돌아갈 것이다. 그레이엄의 하나뿐인 후계자, 제국의 기사단장으로…….

“정말 돌아가고 싶은 것이냐…….”

클로이는 지금 이 순간이 자신의 운명을 뒤바꾸리라는 직감이 들었다. 복잡한 감정이 맴도는 선택의 기로에서, 갑자기 그녀의 머리를 스치고 지나가는 것이 있었다.

‘나는…….’

그것은 그녀의 전생이었다. 클로이는 교통사고로 죽기 전, 마지막으로 그녀의 머릿속을 스치던 기억들을 떠올렸다.

그녀의 전생은 누군가에게 뒷목이 잡힌 채 끌려가는 삶이었다. 돈이 없다는 핑계로 가지 못했던 여행, 부모님의 기대를 저버리지 못해 청춘을 낭비하며 공부했던 시간, 간절히 원했음에도 타인의 시선 때문에 차마 해 보지 못했던 것들. 교통사고를 당하고서 눈을 감으면 죽는다는 사실을 알았을 때, 자신이 가장 후회하던 것은 바로…….

‘단 한 번도 내가 진짜로 원하는 걸 선택하지 못한 것.’

돌이킬 수 없는 삶에서 아까웠던 건, 오랫동안 공부해서 얻었던 직업도, 어렵게 돈을 모아 장만했던 집도, 자신을 아껴 주던 부모님도 아니었다.

'나를 위해…… 더 이기적으로, 더 행복하게 살지 못했던 것.'

죽음을 실감했을 때 그녀의 머릿속을 스치던 가장 큰 후회는.

'내가 진짜로 원하는 걸 놓쳤던 것……!'

전생에서는 행복하지 않았다. 자유롭지 않았기 때문에, 진정으로 원하는 것을 선택하지 못한 삶이었다.

'그래서 나는 행복해지길 선택하지 않았나.'

클로이는 노예로 태어나 때로는 비참하고 힘겨웠지만 한 번도 포기하려 마음먹은 적이 없었다. 그녀는 행복을 좇아갔다. 하지만 행복은 바로 옆에 있었다. 고개만 돌리면 볼 수 있는 곳에 언제나 행복이 함께였다. 그녀는 그것을 깨달았다. 피할 수 없는 오직 한 가지의 답을 남겨 두었다.

그때, 쌀쌀한 바람이 그녀를 흔들고 지나갔다. 날카로운 소리를 남기고 지나간 바람 때문에 제법 길어진 머리카락은 목과 얼굴에 와서 마구 부딪혔다. 잠시 따끔한 눈을 감았다 떴다. 끝이 보이지 않는 드넓은 벌판과 밤하늘은 서로 이어진 것처럼 보였다. 그리고 그곳에는 오직 자신과 알렉산드로, 둘만 있었다.

비추는 달빛은 드러난 얼굴이 따갑게 느껴질 만큼 밝았다. 손에 느껴지는 뜨거운 온기가 생생했다. 마치 그녀에게 와서 말을 거는 것처럼, 자신을 둘러싼 모든 것들이 그녀가 지금 살아 있음을 알렸다. 그 순간 온몸이 전율에 휩싸였다.

클로이는 깨달았다. 두 번째로 시작된 삶은 자신에게 기회를 준 것이었다. 그녀는 몸을 일으켜 그의 손을 꽉 붙잡았다. 자신의 떨리는 두 손을 감추지 않았다.

“정말로 후회하지 않으실 건가요?”

알렉산드로는 얼른 몸을 일으켜 그녀를 마주했다. 기다려 왔던 목소리를 들은 그의 얼굴은 환희로 가득했다.

“절대 후회하지 않아. 너도 후회하지 않을 것이다. 내가 그렇게 만들어 주마.”

“저 때문에 모든 걸 버려도…… 정말로 괜찮으신 거예요?”

스스로의 의지대로 뱉은 말임에도 남의 것인 양 낯설게 느껴졌다. 그녀의 목소리는 생각보다 담담하게 들렸다. 하지만 떨림만큼은 숨길 수 없었다.

“베아트리체.”

자신이 버린 이름이 그의 입에서 들려오자 클로이는 움찔했다.

“너의 이름을 빼앗은 나를 미워하느냐?”

“저는…… 대공님을 미워하지 않아요.”

클로이는 솔직하게 말했다.

“너의 나라와 신분, 모든 것을 가져간 나를…… 용서했다고?”

“네.”

“나는 아직 나를 용서하지 못했다. 그러니 네게 속죄하는 거라 생각해. 이제 난 아무것도 없다.”

그의 목소리는 당당했다. 클로이는 가슴이 벅차올랐다. 마음이 꽉 차는 기분이었다. 그녀는 정말 행복했다. 살아 있었다. 이 경이로운 삶을 살아 내고 있다는 게 여실히 느껴졌다.

“다시 시작하고 싶다. 엘파사의 왕녀와 제국의 기사단장이 아닌 채로…….”

그의 눈에는 오직 클로이뿐이었다. 마음속에도 오직 그녀뿐이었다.

"나를 받아 주겠느냐?"

서로를 사랑하지 않았더라면 어느 쪽도 제정신이 아닌 행동이었지만 둘은 서로의 존재만으로 감사했다. 평생에 한 번 있을까 말까 한 일이 서로에게 일어났다.

"정말로…… 저를 그만큼 사랑하세요?"

끊임없이 들어 왔음에도 확인을 받고 싶었다. 자신이 선택하려는 가시밭길 앞에서, 그녀는 다시 한번 알렉산드로의 고백을 듣고 싶었다.

"내 목숨도 아깝지 않아."

이어진 말은 그녀의 가슴을 울리기에 충분했다.

"다시 태어난다고 해도 또 너를 사랑할 것이다."

"……!"

그는 아무것도 모르고 한 말이겠지만 그녀에겐 의미가 남달랐다. 클로이는 더 이상 아무것도 두렵지 않았다. 그 무엇도 이겨 낼 수 있으리라는 확신이 생겼다. 사람이 할 수 있는 가장 아름다운 일이었다. 사랑하는 사람이, 또한 그녀를 사랑하고 있었다.

전생을 기억하는 그녀는 잘 알고 있었다. 이렇게 뜨겁게 누군가를 사랑하고, 그 사람이 같은 마음으로 자신을 사랑하는 일은 쉽게 일어나는 우연이 아니었다. 기적이었다. 사랑의 다른 이름은 바로 용기였다. 자신을 위해 이렇게 큰 용기를 보여 준 그가 고마웠다.

당장 그의 목을 끌어안자 그가 손쉽게 따라왔다. 두 손을 그의 얼굴로 뻗자 알렉산드로는 양손으로 바닥을 짚었다. 클로이는 그의 입술을 찾았다. 그의 떨리는 속눈썹과 감은 눈 뒤로, 밤하늘에 쏟아지는 별들이 보였다. 눈앞에 펼쳐진 이 세상이 선물처럼 느껴졌다. 그는 쏟아지는 단비와도 같았다. 척박하던 가슴을 적셔 주는 폭우 같은 남자였다.

클로이는 아무것도 고민하지 않기로 했다. 그가 보여 준 용기가 자신에게 옮은 듯, 더 커졌다.

'아무것도 겁나지 않아.'

모든 것을 버려도 후회하지 않을 것이다. 그에게 그녀가 사랑이라면, 그녀에게도 그는 사랑이었다.

입술이 떨어지자 아쉬웠다. 클로이는 다시 그를 붙잡았다. 조금이라도 더 알렉산드로와 닿고 싶었다. 그를 더 알고 싶었고, 이야기를 듣고 싶있다. 정말로 그의 삶의 일부가 되고 싶었다. 그것은 그 또한 마찬가지였다. 그녀의 입술 사이로 그의 혀가 움직였다.

알렉산드로는 조심스레 주어진 것들을 탐했다. 느끼는 모든 것들이 달콤했다. 그에게 와 닿는 모든 것들이 사랑스러웠다. 한 번도 경험하지 못한 달짝지근한 향기가 그를 황홀하게 만들었다. 야밤의 젖은 냄새와 그녀의 살 내음이 뒤섞여 있었다. 바람이 지나가는 소리, 그녀가 뒤척이는 소리, 손에 닿는 부드러운 육체와 입술로 느껴지는 몰캉하고 더운 살덩이까지……. 오감이 클로이로 가득 차 있었다. 그가 급히 입술을 떼어 내고 그녀를 내려다보았다.

살며시 눈을 뜬 그녀를 보고 있으니 눈이 부실 지경이었다. 자신의 심장이 쿵쿵 뛰는 소리가 귀로 들렸다. 가슴이 터져 나갈 것만 같았다. 이 모든 게 처음 느껴 보는 경험이었다. 미치도록 행복했다.

지금 이 순간은 영원히 잊을 수 없으리라. 절대로 잊혀지지 않으리라…….

"정말 다행이다. 이대로 납치가 되어 버리는 건 아닐까 했는데 네 덕분에 도피가 되었으니까."

그 말에 클로이는 웃음을 터뜨렸다. 그녀의 웃는 모습을 보던 알렉산드로 역시 씩 웃었다. 농담인 줄 알았겠지만 그는 진심이었다. 순진한 그녀의 속내와는 달리 그는 절대로 다시 돌아갈 마음이 없었다.

"지금 당장 너를 안고 싶다."

그는 자신이 무슨 말을 하는지도 몰랐다. 그냥 머릿속을 거치지 않고 입술이 멋대로 움직였다.

"네 옷을 전부 벗기고, 온몸에 입 맞추고 싶어. 머리부터 발끝까지, 전부 다."

클로이는 놀라지 않았다. 같은 생각을 했다. 마음이 이어진 듯, 자신이 하고 있던 생각을 그도 똑같이 하고 있었다. 그를 더 알고 싶었다. 그녀는 급한 마음에 알렉산드로를 다시 끌어당겼다. 하지만 솔직한 말과는 달리, 그는 전혀 미동이 없었다. 그녀는 애타는 마음으로 간절히 그를 올려다보았다.

"하지만 이런 곳에서 너를 부끄럽게 할 수는 없지."

그는 슬쩍 크산토스를 바라보았다. 사방이 뻥 뚫린 곳에서 풀을 뜯던 말은 그의 시선을 느꼈는지 고개를 들고 둘을 바라보았다. 동시에 클로이와 알렉산드로는 웃음을 터뜨렸다. 클로이의 옆에 누워, 그녀의 손을 자신의 가슴으로 끌어온 그는 하늘에 떠 있는 별과 달로 시선을 옮겼다. 누군가 보석을 뿌려 놓은 듯 아름다웠다.

드디어 이 세상이 아름답게 보였다.

드디어 이 삶이 선물처럼 느껴졌다.

드디어…… 행복했다.

이 모든 게 이제야 자신을 위해 준비된 것처럼 보였다. 알렉산드로는 항상 모든 게 아름답다고 말하던 클로이가 이해되기 시작했다. 그는 죽어도 여한이 없었으나 동시에 죽고 싶지 않았다. 자신에게 주어진 삶이 그저 감사했다.

"사랑한다."

백 번이고 천 번이고 고백하고 싶었다. 짧은 네 글자로는 자신의 마음을 손톱만큼도 전할 수가 없었다.

"저 이제 속상한 거, 화나는 거 전부 다 말할 거예요."

"제발 바라는 바다. 혼자 이상한 오해하지 말고, 내게 말을 해."

클로이는 웃음이 터졌다. 자신이 그를 게이로 오해한 동안 얼마나 마음을 졸였을지, 고의는 아니었지만 미안했다.

"아니, 그렇게 아름다운 여인들이 침실로 찾아오는데 눈 하나 깜빡 안 하셨잖아요. 저보고는 미동 역할을 하라고 하시질 않나."

"다른 여자들은 눈에 들어오지 않았다."

알렉산드로는 엄지손가락을 움직여 잡은 그녀의 손을 쓰다듬었다.

"대체 언제부터 저를 그렇게 좋아하셨어요?"

그는 잠시 대답이 없었다. 생각을 하는 중이었다. 하지만 언제부터였는지는 알 수 없었다.

저 눈에 별이 박힌 것처럼 빛난다고 생각했을 때였나? 눈을 감아도 그녀가 보였을 때였나?

너무 예뻐 보여서 입 맞추고 싶었을 때였던 것 같다.

아니, 아니다.

저 목소리를 더 듣고 싶어서 계속 말을 걸던 때였던 것 같다.

아니, 그보다 전이다. 그녀에 대해서 궁금했을 때부터.

"……너는 언제부터 나를 좋아했지?"

고심하던 그와 달리, 클로이의 대답은 시원했다.

"저는 대공님이 처음으로 다 벗고 계셨을 때부터요."

"하하하!"

커다란 웃음소리가 고요한 밤을 울렸다. 뭐가 그렇게 웃겼는지 그는 한참을 웃었다. 대화가 점점 재밌어졌다. 그는 손을 꼭 붙잡은 채, 몸을 돌려 그녀와 눈을 맞췄다.

"그런데 나를 남색가로 오해했느냐."

"얼마나 아쉬웠는지. 어차피 제가 못 가질 바에는 차라리 다른 남자가 가졌으면 했어요."

그가 피식 웃었다. 알렉산드로는 그녀의 손을 잡아 자신의 복부로 이끌었다. 그리고 심장까지 느릿하게 손을 가져갔다. 의복 위로 딱딱한 감촉이 고스란히 그녀의 손바닥에 느껴졌다. 클로이는 침을 꿀꺽 삼켰다. 그의 시선이 몹시 야릇해서 눈을 뗄 수가 없었다.

"전부…… 네 것이다."

너무 유혹적이라 클로이는 말문이 막혔다. 침만 꿀꺽꿀꺽 넘어가고 강한 콧김만 뿜어졌다. 애꿎은 크산토스와 그를 번갈아 힐긋거리는 그 순간 욱한 마음이 들었다. 허벅지를 찔러 가며 그를 피했던 날들이 생각난 그녀는 당장 쏘아붙였다.

"지금 얼마나 야한 눈으로 저를 보고 계신지 아세요? 자꾸 일부러 그러시는 거죠?"

그러자 또 그가 큰 소리로 웃었다. 웃고 싶지 않은데 그가 웃으니까 클로이도 함께 웃음이 터졌다.

"너무 둔해서 영 눈치가 없는 줄 알았더니."

"혹시 가끔씩 불쌍한 척도 좀 하셨어요?"

"그래."

그는 순순히 인정했다. 그리고 솔직히 털어놓는 김에 모든 것을 다 말하기로 했다.

"네가 면도를 해 줄 때도 내가 일부러 움직였다."

"그, 그건 왜요?"

"네가 놀라고 당황하는 모습이 예뻐 보여서. 내게 더 눈길을 보낼 것 같아서. 나는 너무 떨렸는데, 너는 내게 아무런 관심도 없는 것 같아서."

클로이는 놀란 얼굴로 그를 바라보았다. 그때 자신은 얼마나 놀랐던가. 그런데 저렇게 당당하게 말하다니, 그가 뻔뻔해 보였다.

"나도 후회했다. 용서해 줘."

"……매번 저한테 미안하다고만 하시는데, 그러실 필요 없어요."

하지만 알렉산드로는 아무 말도 할 수 없었다. 그녀를 마주하면서 느꼈던 죄책감을, 아직은 입에 담기도 힘들었다. 그것은 둘 사이에 금기였다.

"만약 그 일이 없었다면 우린 못 만났을 거예요. 제게도 대공님을, 알렌……을 만난 건 행운인걸요."

그는 와락 클로이를 끌어안았다. 까마득히 어두운 인생에서 그녀는 한 줄기 빛과 같았다.

"너무 멀리 돌아온 것 같다."

그의 말을 이해했다. 서로 같은 마음을 가진 알렉산드로와 클로이였다. 하지만 솔직할 수 없었던 탓에 둘은 많은 오해를 해 왔다.

서로를 마주 보기까지 너무 많은 고생을 한 것 같았다.그의 넓은 품속에 있던 그녀는 피식 웃었다. 아무렴 어떤가. 그녀는 지금 행복했다. 그 또한 마찬가지였다. 그리고 둘은 지금 함께였다.

바로, 지금 이 순간.

"추억이 되지 않을까요."

그녀의 웅얼거림에 알렉산드로는 생각했다. 그래, 자신은 지금 행복하다. 과거가 무슨 상관일까? 후회하며 사느니 앞으로 그녀를 더 열심히 사랑하는 게 훨씬 낫다. 그리고 그녀의 말처럼 이 모든 일들은 추억이라는 이름으로 간직될 것이다. 지금까지 그에겐 추억할 수 있는 기억들이 없었다. 잊고 싶은 일들만 가득했을 뿐.

그가 기억할 만한 첫 번째 추억은 클로이와 함께인 것이다.

"추억은 떠올리는 것만으로도 힘이 되니까. 나중에 힘들 때 꺼내 보고 웃어요, 같이."

그는 피식 웃었다. 웃음이 나는 일들이 좀 많긴 했다.

"사랑한다."

클로이는 그의 고백을 듣고 깨달았다. 그렇게 콘래드 후작성을 나오고서, 이젠 끝이라고 생각했는데…… 끝이 아니었다. 둘에게는 또 다른 시작이었다.

"근데 우리 이제 어디로 가야 할까요?"

"네가 원하는 곳으로 가자. 어디로 가든 함께 갈 테니."

진심이 느껴지는 그의 말에 클로이는 웃고 말았다.

"저는 제국을 잘 몰라요. 그리고 전 앞장서는 것보다 따라가는 게 훨씬 마음이 편해요."

알렉산드로는 그의 품 안의 작은 여체를 확인하려는 듯 더 꽉 끌어안았다. 그녀가 있었다. 그는 끌어안았던 클로이를 떼어 내 두 눈으로 다시 확인했다. 자신이 사랑하는 그 여인이 맞았다. 심각한 얼굴의 알렉산드로를 지켜보던 클로이는 의아한 얼굴이 되었다. 다행히 왜 그러냐고 묻기 전에 그가 먼저 말했다.

"왜 이제야 내게 왔느냐?"

"……."

클로이는 그 말을 들으니 마냥 기쁘지가 않았다. 명예롭게 죽기 위해서 기사가 되었다는 그의 말이 새삼 떠올랐다. 그는 홀로 너무 외로운 시간들을 보냈다. 속이 울컥했다. 그의 과거가 어땠을지 상상이 돼서 마음이 아팠다. 그녀는 알렉산드로의 목을 꼭 끌어안았다. 이번에는 그녀가 그를 안았다. 그가 안기기에는 훨씬 작은 몸이지만 알렉산드로는 큰 위안을 얻었다. 자신을 감싼 두 팔이 따스하고 편안했다. 그녀의 등을 마주 안았다. 고달프던 삶에 나타난 서로의 존재가 감사했다.

"평생 행복하게 해 드릴게요."

클로이는 누구보다 강인해 보이는 그에게서 말 못할 외로움을 느낄 수 있었다. 조심히 그의 머리를 쓰다듬던 클로이는 그가 자신에게 하듯, 그의 이마에 입을 맞췄다.

"다시는 외롭지 않게."

눈을 마주친 클로이는 두 손으로 그의 얼굴을 감쌌다. 그리고 그의 입술에 입을 맞췄다. 짧게 붙었다 떨어진 입술은 금방이라도 다시 닿을 듯 가까웠다.

"사랑해요."

그녀의 조용한 속삭임에 알렉산드로가 다시 입을 맞춰 왔다.

한시도 떨어지고 싶지 않은 사람들처럼, 둘은 밤새도록 함께했다.

느지막이 일어난 둘은 서둘러 크산토스와 함께 길을 떠났다. 상황이 어떻게 됐는지는 모르지만, 알렉산드로는 최대한 빨리 콘래드 후작령에서 벗어나고 싶었다. 둘은 행선지를 정하고 있었다.

"북쪽이라면 좋아요. 엘파사가 있던 곳이 궁금하기도 하고."

"진심인가?"

북쪽은 예전 엘파사가 있는 방향이기도 했다. 알렉산드로는 일단 그녀가 원한다는 것이 중요했다.

"네. 그리고……."

그녀는 밤새 많은 생각을 했다. 그 역시 모든 것을 버렸지만, 그녀 역시 모든 것을 버렸다. 자신이 가장 좋아하는 일을 포기하고 뒤돌아서는 것은 쉽지 않은 결정이었다. 미련이 뚝뚝 남아 그녀의 발목을 붙잡는 것만 같았다. 게다가 스스로 선택한 이 길은 절대로 쉽지 않을 것이다. 여태 걸어온 삶을 다시 떠올리며 그녀는 문득 점쟁이의 말을 기억해 냈다.

—아, 북서쪽에서 귀인을 만날 거야.

사실 점쟁이의 말이 맞을지 안 맞을지는 모른다. 영 헛소리 같았지만 그에게 누나가 있었다는 것은 진짜였다.

'알렌은 내게 정확한 사실을 설명하진 않았지만……'

어쨌든 그건 사실이었으니, 클로이는 점쟁이의 말을 믿고 싶었다.

"점쟁이가 북서쪽에서 귀인을 만난다고 했잖아요."

클로이는 모든 것을 버리고 나온 알렉산드로를 위해서 자신이 생계를 책임져야 한다는 굳은 결심을 했다. 그가 들었으면 비웃을지도 몰랐지만 그녀는 진심이었다. 북쪽엔 산맥이 많으니 약초를 캐서 팔면 될 거라는 기특한 결심이었다. 엘파사가 있던 곳으로 갈 수는 없으니 그 근처로 가면 될 것이다. 클로이는 말을 덧붙였다.

"어쩌면 진짜 우리를 도와줄 사람을 만날지도 몰라요."

별 근거 없는 말처럼 들렸음에도 알렉산드로는 쉽게 고개를 끄덕였다.

"그럼 버넷 후작이 있는 영지로 가자."

알렉산드로는 점쟁이가 어쨌네 하는 말보다 '북서쪽'이 어떤 지역이었는지를 떠올렸다. 제국에서 가장 전쟁의 피해가 적은 곳. 그리고 처음 세리머니를 시작할 무렵 알아본 바로 가장 사병 수가 적었던 곳도 북서쪽, 버넷 후작령이었다. 버넷 후작령은 전쟁과 관련 없이 평화로웠기에 사병도 가장 적게 소유했다. 북서쪽에 보냈던 선발대에게서 피 묻은 편지가 도착했던 일이 떠올랐지만, 이미 꽤 지난 일이 후작령까지 피해를 끼쳤으리라 보긴 어려웠다.

어차피 그들이 있는 곳에서 북서쪽까지는 아직 한참을 더 가야 했다.

"아니면 가다가 마음에 드는 곳이 있으면 거기서 살죠, 뭐."

쉽게 나온 그녀의 말에, 알렉산드로는 피식 웃음을 터뜨렸다. 그 또한 같은 생각을 했다. 어디로 가는지 그 행선지는 중요하지 않았다. 둘이 함께한다는 사실이 더 중요했다. 더 이상 둘은 혼자가 아니었다. 서로를 만나고부터는, 함께하는 삶이 시작된 것이다.

"이제 진짜 시작이에요."

알렉산드로는 그녀의 말에 동감했다. 각자 다른 곳에서 시작된 외길이 만나서 같은 곳을 향하는 큰길이 되었다. 새로운 시작이었다.

저도 정확한 실상은 모르겠습니다.

하지만 무슨 일인지, 알렉산드로 그레이엄은 세리머니 기사단을 완전히 벗어났다고 합니다.

콘래드 후작령에서 나오는 날까지 그의 얼굴을 본 사람이 없다고 했으니 확실한 것 같습니다.

말도 안 되는 소문을 후작성의 시종에게 전해 듣기는 했지만 그게 진짜 이유는 아닌 것 같습니다.

아무래도 지역 영주들의 눈을 피할 구실을 만들어 단독 행보를 정한 듯합니다.

더러 믿는 이들도 있긴 하지만, 대의를 위해서는 헛된 소문에 감춰진 속내를 파악해야 할 것입니다.

우아하게 꾸며진 서재와는 달리 그 주인의 얼굴은 사납게 일그러져 있었다. 서재의 주인, 버넷 후작은 들고 있던 서신을 구겨 버렸다.

"대체 어떻게 된 일이야?"

예정대로라면 기사단은 몇 달 후에 북서쪽에 도착해야 했다. 그리고 그는 그들이 당도하기 전에 덫을 만들어 놓을 생각이었다. 하지만 갑작스러운, 누구도 예상하지 못했던 알렉산드로 그레이엄의 기사단 이탈 소식이 버넷 후작을 혼란에 밀어 넣었다. 그 또한 다른 영주를 통해 그 이야기를 들었다.

'만약 진짜로 대공이 소년과 도망쳤다면 가만히 있을 던칸 그레이엄이 아니지. 하지만 얌전하단 말이야……?'

던칸 그레이엄은 그를 찾기 위한 어떤 움직임도 보이지 않았다. 게다가 아무리 갑작스레 꾸며 낸 이야기라고는 해도, 도저히 신빙성이 없었다. 알렉산드로 그레이엄이 소년을 납치해 기사단을 버리고 떠났다?

"쯧쯧."

황당무계한 소식에 그는 말도 안 된다는 듯 고개를 절레절레 저었다.

'하지만 그런 소문이 있기는 했지.'

진지한 얼굴로 고민하던 그는 일단 최악의 상황을 상정하기로 했다. 알렉산드로는 단독으로 움직인다고 해서 만만하게 볼 수 있는 사람이 아니다. 그는 그레이엄 가문의 사병과 기사단 전체를 등에 업고 있는 인물이었다. 아마 던칸 그레이엄이나 에반 쿠피히트 같은 군의 최고위급 인사들과 작전을 짜고 움직이는 게 분명했다.

"미치겠군."

자리에서 일어나 서재를 불안하게 서성이던 그는 결국 긴 한숨과 함께 다시 의자에 앉고 말았다. 그리고 손톱을 물어뜯기 시작했다. 자신이 다스리는 영지는 전쟁이 있었던 곳이 아니었다. 번영하기로는 제국에서 손꼽히는 곳 중의 하나였다. 그럼에도 그는 도적단을 핑계로 황궁에 납부해야 하는 세금을 삭감하며 몰래 사병을 키우고 있었다. 벌써 5년째였다.

'눈치를 챈 것인가? 아니야, 눈치를 챘다면 내가 기사들을 죽였을 때 벌써 움직였겠지.'

제국이 전쟁 중이었을 때는 미처 여유가 없어 영지로 시찰까지 올 수는 없었지만, 황궁에서는 이미 그에게 세금과 관련해 경고문을 보낸 터였다. 게다가 기사단이 자신의 영지에 당도하면 이미 늦으니, 그는 세리머니의 일행들이 오기 전에 반란을 일으키려고 했던 것이다.

"어쩔 수 없군. 서둘러야겠어."

그는 이미 모든 계획을 세운 참이었다. 뒤늦게 일에 합류하게 된 길버트 덕분이었다. 길버트는 지금 옴짝달싹할 수 없는 상황이었다. 그의 막내딸은 현재 자신의 영지에 있었다. 결혼으로 위장했지만 사실상 납치된 포로나 다름없었다. 거기다 자신의 사병들이 길버트의 성에 잠입해 있어서, 길버트가 보내고 받는 모든 서신은 그의 손아귀에 있었다. 버넷 후작은 피식 터지는 웃음을 참을 수 없었다. 길버트만 생각하면 웃음이 나왔다.

"아주 죽을 맛이겠군."

그 뚱뚱하고 탐욕스런 얼굴이 일그러지는 모습을 볼 때마다 그는 헛웃음이 터져 나왔다.

"어차피 죽을 운명, 신의 제국에 이바지하는 영광이라도 누리고 가는 걸 감사하게."

버넷 후작은 자신의 번영한 영지를 담보로 던칸 그레이엄과 싸울 생각이 없었다. 표면으로는 길버트가 반란을 일으키는 것처럼 꾸밀 계획이었다. 그리고 길버트는 반란을 일으킬 만한 명분이 충분한 사람이었다. 그는 이미 한 번 자신의 나라를 배신한 전적이 있었다. 버넷 후작은 길버트의 존재에 신께 감사했다. 하늘에서 자신을 돕기 위해 내려 준 사람처럼, 길버트는 모든 조건에 부합했다.

'군사는 전부 내 것이니 만약 성공한다면 제국은 내 손아귀에 떨어진다.'

혹시나 실패하더라도 자신은 그냥 모르는 척 발을 빼면 그만인 것이다. 길버트에게 모든 죄를 뒤집어씌우고 죽인 뒤, 그가 반란을 도모했다고 증언을 하면 될 것이다. 버넷 후작가는 제국의 개국 공신 가문이니 길버트의 머리를 가져가면 증언은 신뢰받을 것이다.

'그때까지 길버트가 살아 있지도 않겠지만.'

성공하면 모든 것을 얻고, 실패한다고 해도 고작 길버트를 잃을 뿐이다. 사병은 어차피 많은 수를 잃을 것이니 논외로 쳐도 자신에게는 남는 장사였다.

"안테노르 공작님께 어서 알려야겠군."

자리를 박차고 일어난 그는 급하게 서신을 적어 내려갔다.

불미스러운 일로 연락드리게 되어 유감입니다.

위급한 상황이니만큼 본론만 말씀드리겠습니다.

일단 그날 밤에 일어난 일은 모두 사실입니다.

하지만 단장님의 사생활은 정확히 모르겠습니다.

다만 제가 말씀드릴 수 있는 것은, 단장님은 영주들의 성에서 그 어떤 여인도 취하지 않으셨습니다.

일단 기사들에게는 단장님께서 홀로 비밀 임무를 수행 중이라 위장했다고 둘러댄 상황입니다.

신속하게 상황을 정리하고 다시 연락드리겠습니다.

에반 쿠피히트.

에반에게서 온 편지를 읽던 던칸은 심장이 멎는 것 같은 기분이 들었다. 이미 알고 있는 사실이었지만 에반에게서 확인 사살을 받은 것이다.

며칠 전, 알렉산드로에게서 온 편지를 받아 든 던칸은 벽에 머리를 부딪치며 자해를 했었다. 넋을 잃을 만큼 큰 충격을 받은 그를 다시 일으켜 세운 것은 험프리의 마지막 질문이었다.

—그분의 행복을 바라지 않으십니까?

던칸은 아들의 행복을 바랐다. 다만 그 방식이 잘못되었다는 점을 인식하지 못했던 것이다. 이미 알렉산드로는 가문과 던칸을 등지고 떠난 상황이지만 험프리는 분명히 다시 돌아오리라는 희망을 말했다. 그래서 던칸은 그런 답장을 남겼던 것이다.

네가 함께하려는 이가 누구라고 하더라도 네 뜻을 따르고 존중해주마, 하는 의미를 담으라고 했지만 던칸은 쉽게 손을 움직일 수가 없었다.

똑똑.

집무실에서 에반의 편지를 읽으며 며칠간 일어난 일들을 되돌아보던 던칸은 갑자기 들려온 노크 소리에 시선을 옮겼다. 의아하기는 험프리도 마찬가지였다.

아주 이른 아침이었다. 감히 던칸의 집무실을 두드릴 이가 누구란 말인가.

"아, 혹시……?"

험프리는 밝은 얼굴로 던칸을 바라보았다. 누군가의 얼굴이 머릿속이 그려졌다.

'이렇게 빨리 오시다니, 길버트의 일은 이제 잊으신 건가?'

사실 복잡한 머릿속 때문에 아무것도 생각하고 싶지 않다, 하던 참이었다. 시종의 복소리가 들려왔다.

"손님이 오셨습니다. 요하임 칼스버그 공작님께서……."

"들어오십시오!"

던칸은 큰 목소리로 명했다. 시종의 말이 끝나기도 전에 터져 나온 말이었다. 그는 구원자를 만난 기분이었다. 요하임 칼스버그는 세상의 이치와 모든 문제의 답을 알고 있는 인물이었다. 영주들의 보육원 문제와 더불어, 그에게 자문을 구하고 싶은 일이 한두 가지가 아니었다. 게다가 그가 7남 3녀의 건강한 자녀 계획을 실천했으며, 그들 모두 제국에서 한자리씩 맡고 있다는 사실이 재빠르게 던칸의 머릿속을 스쳐 지나갔다.

"어서 오십시오!"

던칸은 벌떡 자리에서 일어나 기쁜 마음으로 그를 맞았다. 문을 열고 들어오기가 무섭게 던칸이 아주 반가운 얼굴로 자신의 손을 마주 잡자 칼스버그 공작은 의아했다. 던칸은 그리 살가운 사람이 아니었다. 사실 남이나 다름없었다.

'갑자기 사람이 바뀌면 죽을 때가 된 거라던데.'

던칸 그레이엄이 의자에서 일어나 자신을 맞아 준 적은 단 한 번도 없었다. 늘 거만하게 앉아서 손짓을 하던 인물이었으니.

"오랜만이오."

짧게 인사한 그는 던칸의 얼굴을 보고 깜짝 놀라고 말았다.

"아니, 얼굴이⋯⋯ 못 본 새에 왜 이렇게 상한 거요?"

"아, 이건⋯⋯."

그러자 던칸은 멋쩍은 얼굴로 이마의 반창고를 만졌다. 하지만 칼스버그 공작이 말한 것은 이마의 상처가 아니었다.

"무슨 일이 있었나?"

겨우 2년 남짓 못 봤을 뿐인데 심하게 고생을 한 사람처럼 얼굴이 폭삭 상해 있었다. 전과 비교하면 10년은 늙어 보였다. 거무튀튀한 눈 밑과 미간에 선명하게 자리 잡힌 주름은 그간 얼마나 많은 고민이 있었는지를 증명했다. 그의 얼굴을 살피던 요하임 칼스버그는 순간 지독한 독재자라고 생각했던 던칸이 안쓰럽다는 생각이 들었다.

"영주들이 보낸 항의문 때문이라면⋯⋯."

"아닙니다."

자신의 아버지뻘인 요하임 칼스버그와는 많은 설전을 벌였던 만큼 친분이 두터웠다. 결국 황궁에서 먼저 두 손 들고 떠나 버린 건 칼스버그 공작이지만 던칸은 자신을 떠났다는 사실에 배신감을 느꼈을 뿐, 심한 악감정은 없었다.

칼스버그 공작은 이상적인 완벽주의자였다. 그래서 던칸은 길버트와 결탁했던 일로 그가 마음 상했던 바를 충분히 이해했다. 이런 상황에서 그가 자신의 편지를 받고 수도로 다시 돌아와 주어 아들 문제를 의논할 이가 생겼다는 사실 자체로 든든한 기분이 들었다. 게다가 칼스버스 공작은 계보상 그의 외숙부였다.

"사실은……."

급한 마음에 던칸은 그간에 있었던 모든 일을 털어놓았다. 둘은 미처 자리에 앉지도 못한 채, 여전히 문 앞에 선 상태였다. 그만큼 던칸은 절박한 심정이었다. 조용히 그간 있었던 모든 이야기를 듣던 도중 칼스버그 공작이 소리쳤다.

"아니, 정말로 여식을 죽였단 말인가? 당시 그 애가 출산 중에 죽은 게 아니었나고?"

그는 소피아가 알렉산드로 전에 임신을 했었다는 것을 알고 있었다. 대외적으로는 사산한 것으로 알려진 이야기였다. 놀라서 커진 목소리에 험프리가 얼른 주위를 살폈다. 다행히 아무도 듣지 못한 것 같았다.

"그때는…… 여식은 어차피 결혼해서 가문을 나갈 테니 키워 봐야 하등 쓸모가 없을 것 같았습니다. 처음부터 아들만 낳으리라고 소피아와 이야기를 하기도 했었고……."

"정말 믿을 수가 없군!"

깜짝 놀란 듯 칼스버그 공작의 얼굴에는 던칸을 향한 혐오와 비난, 동정심이 동시에 담겨 있었다.

'아들에 그렇게 집착하는 것도 이해는 가는데…….'

하지만 도저히 용서받을 수 없는 일이었다.

"내가 그레이엄의 서자였다는 사실을 잘 알고 계시지 않습니까?"

던칸은 사생아로 태어나 뒤늦게 입적된 경우였다. 경쟁해야 할 형제도, 자신을 무시하는 누이들도 많았다. 그래서 오직 한 명의 아들을 원했다. 던칸에게 형제 남매는 가족이 아니었다.

"그래서 갑자기 보육원 타령을 했던 건가?"

허를 찌르는 칼스버그의 말에 던칸은 움찔했다. 황제 역할을 맡았던 소년과 같은 장소에서 데려온 여자아이는 그의 숨은 죄책감을 일깨우는 도화선이 되었다. 던칸은 고해 성사를 하듯 모든 과거를 털어놓았다. 이야기를 들은 요하임 칼스버그는 심각한 표정을 하고 턱을 괴었다.

"일단 앉아서 얘기를 들어도 되겠나? 내가 요즘 다리가 좋질 않아서."

그러자 던칸이 얼른 길을 터서 그를 자리로 이끌었다.

"실례했군. 미안합니다."

걸음을 옮기려던 칼스버그 공작은 무심코 들린 짧은 말에 그만 자리에서 멈추고 말았다. 천천히 뒤를 돌아보자 무슨 일이냐는 듯 의아한 얼굴로 자신을 바라보는 던칸이 보였다.

"방금 뭐라고 하셨소?"

깜짝 놀란 듯 두 눈이 동그래진 칼스버그 공작 때문에 던칸은 자신이 실수를 한 게 있나 하고 되짚어 보았다.

"미안하다고? 그게 정말 당신 입에서 나온 말이 맞나?"

칼스버그 공작은 본능적으로 옆에 서 있던 험프리를 바라보았다.

'이 사람 이거, 어디 아픈 건 아닌가?'

칼스버그 공작은 아무런 말도 하지 않았지만 그 눈빛만으로 험프리는 그가 하고자 하는 질문을 알아챘다.

"요즘 영주들과의 마찰과 그레이엄 대공님의 일로 마음이 편치 않으십니다."

칼스버그 공작은 다시 던칸을 바라보았다. 험프리가 한 말이 사실이라는 듯 그는 작게 한숨을 내쉬었다.

"허, 참."

세상 오래 살고 볼 일이군. 그는 속으로 헛웃음을 터트렸다. 던칸 그레이엄의 이런 나약한 모습을 살아생전 볼 줄이야, 죽을 때까지 뻔뻔하고 거만한 모습은 변치 않을 것 같았는데. 기가 막힌 일이라, 황당한 표정을 지은 칼스버그 공작은 자리에 앉아 다시 던칸을 바라보았다.

"많이 야위셨군."

정말 험프리의 말이 사실이었는지, 던칸은 그전보다 훨씬 핼쑥해진 것 같았다.

"내가 어떻게 해야 알렉산드로가 돌아올지 모르겠습니다."

처량한 그의 말을 들은 칼스버그 공작은 곰곰이 기억을 되짚었다. 혹시, 알렉산드로가 영지에 왔을 때 자신이 마을에서 봤던 그 소년인가? 그와 함께 있었던.

'소녀가 아니었나?'

분명 소녀처럼 작고 귀여운 얼굴을 하고 있던 것 같았는데.

"아무것도 하지 않는 게 최선일 것 같소. 대공이 선택한 사람이 누구인지는 더 이상 중요한 문제가 아닌 것 같으니."

"누가 됐든 상관없습니다. 나는 그저……."

"참 불쌍한 사람이군. 귀는 장식이 아니오."

하지만 던칸의 귀는 장식이었다.

"왜 그간 대공께서 했던 말을 존중하지 않았던 거요? 듣기로 황궁에서 대공의 약혼까지 발표했었다던데."

"그건 내가 그냥……."

"약혼도 그냥 일방적으로 밀어붙였던 거요? 그것도 그, 클라라 반도라스 공작 영애와?"

던칸은 꺼림칙한 얼굴로 말하는 요하임 칼스버그를 볼 낯이 없었다. 다른 사람에게서 듣는 자신의 행적은 부끄럽기 짝이 없었다. 지금 들으니 아들을 마치 손안의 인형처럼 다룬 것 같았다. 그저 아들이 행복하길 바랐던 건데…….

"그냥 가문과는 별개로 살라고 놓아주는 건 어떻소?"

"그건 안 됩니다."

여태 말이 없던 던칸이었지만 그것만큼은 절대로 안 된다고 대답하는 얼굴이 단호해 보였다.

"하나밖에 없는 아들이라 그렇게 소중하게 생각하는 바는 알겠지만……."

목이 말랐던 듯, 칼스버그 공작은 험프리에게 손짓해 뜨거운 차를 준비해 달라 일렀다. 그리고 다시 던칸에게 시선을 돌리고는 짧게 말했다.

"그건 집착이오."

"단순히 그렇게 쉽게……."

"그래, 알렉산드로는 가문의 장남이지. 하지만 왜 하나뿐인 아들에게까지, 그렇게 소중하다는 사람에게까지 불통의 독재자로 남고 싶은 거요?"

"……."

“난 도저히 알 수가 없군. 말이 안 통하는 흉포하고 독단적인 인물이라는 말은 질리도록, 이미 충분하게 들어 오지 않았나?”

“어흠.”

“물론 전쟁 중이던 당시 제국에는 그런 인물이 필요했지. 그래서 내가 당신에게 쿠데타를 종용했던 것도 사실이고.”

“나는…….”

“단순히 아들과의 소통 방식을 말하는 게 아니오. 제국은 이미 상황이 달라졌소.”

“나도 말 좀…….”

“당신이 변하지 않는다면 당신을 따르던 이들이 가장 먼저 변하게 될 거요. 알렉산드로가 그 증거이고.”

아들에 대한 조언을 듣고 싶었던 던칸은 갑작스러운 비난에 한숨만 나왔다.

“도대체 왜 그렇게 집착하는 거요? 세상 사람들을 발밑에 두고자 하는 욕심은 이미 채워진 게 아니던가?”

“…….”

“죽을 때까지 모두에게 두려움을 주는 포악하고 사나운 자로 남고 싶은가? 혹시 그렇다면 난 더 이상 할 말도, 들을 말도 없소.”

요하임 칼스버그의 한마디, 한마디는 던칸의 본질을 파고들었다.

“이제 변할 때가 됐소, 던칸 그레이엄.”

단순히 귀를 떠돌던 말들이 그의 심장과 머릿속에 와서 꽂히는 기분이었다.

“남의 말도 좀 듣고, 수긍하면서 살아야 발 뻗고 잘 수 있을게요.”

자신의 시선을 피하는 던칸을 가만히 바라보던 칼스버그는 담담히 말했다.

"한 번뿐인 인생이 아니오? 행복하게 살고 싶다면 마음에 있는 집착도, 욕심도 이제 그만 내려놓으시오."

행복. 행복이라…….

자신과는 너무 먼 단어라 영 와 닿지 않았다.

"신전의 기도회에 가 보라 말했던 건 농담이 아니었소. 한번 다녀 보는 것도 나쁘지 않지."

"……."

"인생에는 때때로 내 손을 벗어난 일들이 벌어지기 마련이니까."

대답 없는 던칸을 바라보던 칼스버그는 시종이 준비해 온 뜨거운 차로 시선을 돌렸다. 향을 먼저 음미한 그는 찻잔에 입술을 대고 한 모금 마신 뒤 조용히 내려놓았다.

"……이미 다녀왔습니다."

"흡, 커억."

놀란 칼스버그 공작이 미처 삼키지 못한 찻물을 내뿜었다. 험프리가 손수건을 들고 다가와 던칸에게 튄 찻물을 황급히 닦아 냈다. 콜록콜록 기침을 하며 손수건을 찾다가 간신히 얼굴을 닦은 그가 허둥지둥 사과했다. 칼스버그 공작은 지금 굉장히 당황스러웠다. 신전의 기도회에 가 보라 했던 것은 순전히 농담이었다. 그를 골려 주려고 했던 말인데, 충실히 이행한 눈앞의 던칸이 믿기지가 않았다.

"흠흠."

멍하니 그를 바라보던 칼스버그 공작은 쇳소리가 나는 목을 가다듬었다. 그리고 다음 순간, 그가 눈을 크게 떴다.

"이보게, 그레이엄……."

놀란 두 눈과 비명처럼 터져 나온 목소리가 그의 심정을 대변했다.

"당신 이미 변했군!"

22. 단둘이서

22. 단둘이서

· · ◆ · ·

'이 남자, 진짜 평생 부족함 없이 살 운명인가 봐.'

클로이는 멍한 머리로 생각했다. 아무래도 알렉산드로는 자신과는 영 다른 팔자인 것 같다. 그렇지 않고서야…….

둘은 말을 탄 채로 이동 중이었다. 크산토스의 움직임을 따라 이리저리 몸이 흔들렸지만, 뒤에서 자신을 지탱하는 그가 있어서 안정감을 느꼈다. 클로이는 그녀를 감싸 안고 있는 알렉산드로의 팔을 느끼며 생각에 잠겨 있었다.

단 하루 만에 벌어졌다고는 믿을 수 없는 일들이 일어났다. 자신의 칼까지 버리고 떠난 알렉산드로와 클로이가 가진 것은 아무것도 없었다. 그들이 타고 왔던 크산토스뿐이었다. 알렉산드로는 가까운 마을에 크산토스를 팔려고 했다. 그 말은 적어도 으리으리한 집 한 채는 살 수 있을 가격이었다. 그런데 둘만의 도피를 시작한 첫날, 그들 앞에 어떤 행운인지 강도단이 나타났다.

혼자 시냇물에서 세수를 하고 있던 클로이를 보고 그녀의 뒤를 쫓아 왔다. 클로이는 맨손인 알렉산드로를 걱정했지만 무예가 뛰어난 그에게 오합지졸 대여섯 명은 별 문제가 아니었다. 강도들은 어떤 이들에겐 큰 위험이었겠지만, 기사단장에겐 그저 하늘에서 떨어진 종합 선물 상자였다. 강도들은 모든 것을 잃고 목숨만 간신히 건졌다. 역으로 돈과 말, 지도와 먹을거리를 전부 빼앗긴 그들의 생사가 어찌 됐는지는 알 수 없었다. 도망치던 이들은 전부 성한 몸이 아니었다. 당장 클로이와 알렉산드로에게는 예상치 못한 큰돈이 생겼다.

'이럴 수가 있나?'

그녀는 어느 길로 들어서도 사갈밭이었다. 그런데 알렉산드로는 심지어 모든 걸 버리고 도피하는 와중에도 첫날부터 하늘에서 돈다발이 떨어졌다. 클로이는 어렴풋이 그 강도단이 이 주위의 평민들을 약탈하고 괴롭히던 이들이었으리라 짐작했다. 액수가 범상치 않았다. 평범한 농민은 평생을 벌어도 절대로 모으지 못할 돈이었다.

'단단히 잘못 걸렸어.'

클로이는 그들이 조금도 불쌍하지 않았다. 세상에 정말 정해진 팔자 같은 게 있나? 그렇다면 뭐든 잘 풀리는 이 남자 옆에 딱 붙어 있어야 콩고물이라도 떨어지겠구나, 클로이는 그런 상념에 잠겼다. 도피 중이긴 하지만 기왕 이렇게 된 거, 어쨌든 열심히 살아야 했다.

"그들은 어차피 지나가는 여행자들에게 강도 짓을 하는 무리였다. 마음 쓰지 마라."

그런데 알렉산드로가 그녀를 너무 착하게만 생각하는 듯했다. 클로이는 무심하게 대꾸했다.

"인과응보죠, 뭐."

그들은 벌을 받은 것이다. 그렇게 말한 순간 그녀의 손 위로 한 두 방울씩 물방울이 툭툭 떨어져 내렸다.

"어? 비가 오나 봐요."

아니나 다를까, 빗방울이 조금씩 떨어지다 금방 쏟아져 내리기 시작했다.

"큰일이군."

둘은 속력을 늦추지 않았고, 깊은 숲속에서 결국 멈춰 섰다. 사람의 흔적이 있어 마을이 나오리라 생각했지만 숲은 생각보다 넓었다. 설상가상으로 장대비와 더불어 하늘에선 천둥 번개까지 보였다. 번쩍, 하고 귀가 찢어지는 소리가 들려 클로이는 몸을 움찔했다. 알렉산드로는 입고 있던 겉옷을 벗어 그녀에게 덮어 주었다. 하지만 빗발이 너무 거세게 몰아쳐서 별 소용이 없었다. 이미 저녁 시간을 훌쩍 넘긴 터라 둘은 숲속에서 몸을 피할 곳을 찾았다. 땅이 질퍽거려서 더 이상 가는 것도 무리였다.

"저기 오두막이 있어요!"

다행히 숲속의 오두막을 찾은 둘은 비를 피하기 위해 문을 두드렸다. 하지만 돌아오는 대답은 없었다. 문이 살짝 열린 오두막은 텅 빈 집이었다. 둘은 그냥 빈 오두막에서 머물기로 결정했다. 사람이 돌아온다면 돈을 지불하고 양해를 구할 생각이었다. 그런데, 막상 안을 살펴보니 집이 엉망이었다.

"뭔가 이상해요. 분명 사람이 살았던 흔적이 있긴 한데……."

도둑이 들었던 것처럼 누군가 급하게 뒤진 흔적이 역력했다. 가져갈 만한 것은 모두 가져가고, 여기저기 거미줄 친 세간만 남았다. 클로이는 어림짐작으로 숲속에서 살던 이들이 그 강도단에게 당해 다시 돌아오지 못한 게 아닐까 생각했다. 그들은 기사단장 앞에서는 오합지졸처럼 보였지만 기사가 아닌 이들이 만났다면 큰 화를 당했을 것이다. 하지만, 그녀가 걱정해야 할 것은 강도당한 빈집이 아니었다.

'어이쿠!'

클로이는 그가 옷을 벗을 때 다른 것을 하는 척 뒤를 돌아 있었다. 그는 고민도 하나 없이 금방 나신이 되었다. 비에 쫄딱 젖은 옷을 말리기 위해 알렉산드로는 훌훌 입고 있던 옷을 전부 벗어 버렸다. 황망한 십 안을 할 것 없이 괜히 여기저기 둘러보던 클로이는 자기도 모르게 몸을 덜덜 떨었다. 치아가 서로 부딪혀 따닥따닥 하는 소리가 들렸다. 그사이 알렉산드로는 땔감을 모으느라 분주하게 움직였다. 그러다 슬쩍 클로이를 돌아보고 말했다.

"추우면 일단 옷을 벗어."

"……."

몸이 덜덜 떨리긴 했지만 옷을 벗을 수는 없었다. 알렉산드로의 나신은 익숙했지만 그녀는 한 번도 그에게 벗은 몸을 보인 적이 없었다. 게다가 둘이 도피를 시작한 후로 밀폐된 장소에서 함께 밤을 지새우게 된 첫날이었다. 클로이는 괜히 그가 의식이 되어 어쩔 줄을 모르고 머리의 물기를 짜는 척했다. 그런 그녀를 뒤로하고 알렉산드로는 맨몸으로 벽난로에 불을 피우기 시작했다. 클로이는 힐끗 그를 돌아보았다.

'저런 것도 할 줄 아네.'

그는 전장을 누비며 해 온 오랜 야영 생활 때문에 신분에 맞지 않게 굉장히 실용적이었다. 알고는 있었지만 장작에 불을 붙이는 것까지 척척 해내는 모습이 꽤 듬직해 보였다. 그리고 그녀의 눈에 보이는 건 그뿐이 아니었다. 이리저리 움직이는 그의 넓은 어깨를 따라 잘 조각된 근육이 보였다. 젖은 머리카락에서 떨어진 물방울이 등짝을 타고 흘러내린다…….

멍하니 그의 뒷모습을 바라보던 클로이는 마른 장작에 불이 붙는 것을 보고 얼른 시선을 옮겼다. 모르는 척 다시 그를 등지고 있던 그녀는, 갑자기 손을 잡아 오는 손길에 소스라치고 말았다. 불순한 생각을 하던 것은 그가 아니라 그녀였다.

"왜 그렇게 놀라지?"

옅은 웃음기를 띤 그의 말에 클로이는 얼굴을 붉히고 말았다. 당장 실오라기 하나 걸치지 않은 나신이 먼저 눈에 들어왔다. 그는 옷을 입었을 때는 우아한 귀족처럼 보였고, 지금은 들판을 뛰노는 건장한 야생마처럼 보였다…….

"아, 아, 아니에요."

얼굴이 뜨거웠다. 그의 하녀가 아니라 그의 연인이 되어 보니 새삼 저 나신이 달라 보였다. 구릿빛 피부에 온몸은 짜임새 있는 근육으로 만들어진 아름다운 나체였다. 많은 상상을 유발하는 못된 몸! 클로이는 애써 벽난로로 시선을 돌리며 말했다.

"부, 불이 벌써 타네요."

알렉산드로는 손재주가 굉장히 좋은 편이었다. 작은 불씨는 어느새 활활 타오르고 있었다. 타닥타닥 타는 소리를 듣고 있으니 분위기가 야릇했다. 잡은 손은 축축했고, 그녀의 옷에서 물이 한 방울

씩 뚝뚝 떨어지는 소리가 귓가에 맴돌았다.

"춥지 않느냐? 이쪽으로 와서 앉거라."

그가 끌어다 준 의자에 앉아서 불을 쬐고 있으니 축축한 엉덩이가 불편했다. 하지만 도저히 알렉산드로가 한 것처럼 옷을 벗을 엄두가 나지 않았다. 클로이가 한숨만 푹푹 내쉬며 불을 쬐는 동안 그는 밖에서 옷의 물기를 모두 짜고 벽난로 근처에 옷을 널기 시작했다. 그 와중에 뒷모습을 훔쳐보고 있던 클로이는 그의 엉덩이에서 눈을 뗄 수가 없었다. 엉덩이에서 허벅지로 이어지는 구간이 창조주가 신경 써서 만든 것처럼 아주 훌륭했다. 저렇게 자신 있게 옷을 벗은 이유가 다 있는 것이다.

'아…… 내가 왜 이렇게 변태 같지?'

창피했다. 도저히 눈에 보이는 것을 신경 쓰지 않을 수가 없었다. 60년간 보아 온 것 중에 제일 훌륭한 몸이었다. 무엇보다 그는 클로이가 사랑하는 남자였다.

'그냥 당당하게 보자. 알렌도 괜찮으니까 벗은 거 아니겠어. 그래 봐야 이미 내가 알고 있는 그 몸이야.'

그래, 당당하게 보자.

"불편하면 너도 벗어."

갑자기 들려온 목소리에 클로이는 지레 찔려 얼른 고개를 돌렸다.

"……아니에요."

일단 그녀는 알렉산드로처럼 탄탄한 몸도 아니었고 자랑할 만한 가슴도, 엉덩이도 없었다. 무엇보다 단 한 번도 그의 앞에 보인 적 없는 몸을 드러낸다는 사실이 부끄러웠다. 둘은 키스만 몇 차례 한 사이였다. 농도 짙은 스킨십도 전혀 없었다.

그가 청혼을 하긴 했지만, 클로이는 아직 둘이 연인 사이라는 것도 믿기지 않았다. 알렉산드로와 침실을 몇 번 공유하는 동안에도 아무 일 없었다. 게다가 그는 자신과는 달리 굉장히 금욕적이고 담백한 사람이지 않은가…….

클로이는 한숨을 내쉬었다.

둘의 관계가 진전되기 전에도 미녀들이 몇 차례 그를 유혹했었지만 그는 한 번도 넘어가지 않았다. 귀족 남자들은 문란한 걸 자랑처럼 여길 텐데, 그는 영…… 그쪽으로는 관심이 없는 것 같았다.

"부끄러워하지 말고 그냥 벗는 게 나을 텐데?"

어느새 그녀의 앞으로 다가온 알렉산드로가 씩 웃으며 말했다. 그러고는 자신이 벗겨 줄 것처럼 축축이 젖은 클로이의 옷을 만지작거렸다. 깜짝 놀란 그녀는 손사래를 쳤다.

"전 괜찮아요."

설마하니 그가 자신을 어떻게 할 것 같아서가 아니었다. 맨몸이 되면 그를 자신이 어떻게 해 버리는 건 아닐까, 하는 생각이 훨씬 강했다. 따지고 보면 이제 막 연애를 시작한 셈인데 벌써부터 그렇게 저돌적이고 음란한 여자로 보이고 싶지는 않았다.

"그러다 감기라도 걸리면 어쩌려고."

짐짓 진지한 얼굴의 그는 결국 그녀의 상의 단추에 손을 가져갔다. 첫 번째 단추를 푸는 그의 손길에는 어떠한 주저함도 없었다.

"잠시만요. 잠시만요."

허둥지둥 그의 손을 붙잡은 클로이는 알렉산드로의 눈을 마주쳤다. 그의 푸른 눈에 비친 자신은 물에 빠진 생쥐 꼴이었다.

"왜 그러느냐?"

사심이 담기지 않은 의아한 얼굴이 그녀를 마주했다. 도리어 이상하다는 듯 말하는 그를 보니 클로이는 난감했다.

"아니, 이건 좀."

"왜?"

"저…… 이건 좀 아닌 것 같아요."

"어차피 내 아내가 될 텐데, 언제가 되더라도 서로 보게 될 몸이 아닌가."

언제든 보게 될 테니 지금 봐도 무슨 문제냐는 뜻이었다. 하지만 그녀는 그렇지 않았다. 부끄러웠다. 다시 움직이는 그의 손을 필사적으로 붙잡은 클로이는 애원하듯 말했다.

"잠시만요. 부끄럽단 말이에요."

그는 마음에 들지 않는다는 듯 미간 사이를 좁혔다. 괜한 부끄러움 때문에 몸이 상할지도 모를 일이다.

"부끄러워할 것 없대도."

"그래도 부끄럽다고요!"

"……."

클로이가 새빨간 얼굴로 완강하게 소리치자 그는 결국 순순히 손을 떼고 말았다. 일단 싫다니까 물러나긴 하는데 여전히 마음에 들지 않는 표정이었다.

"내가 보지 않으면 벗겠느냐? 네가 감기에 걸릴까, 그게 걱정이다."

사실 클로이도 질척거리는 옷이 찝찝하긴 했다. 그녀가 우물쭈물하는 새에, 알렉산드로는 자신의 의자를 클로이와 완전히 반대되는 방향으로 돌렸다. 오두막의 문 쪽으로 돌아앉은 그가 말했다.

"안 볼 테니 너도 벗어."

그의 목소리는 화가 난 것 같지도 않았고, 불퉁하지도 않았다. 그냥 담담했다. 그래서 어쩐지 미안했다. 결혼을 약속해 놓고, 자신을 데리고 도망까지 쳤는데도 그는 여전히 한결같았다. 고마움과 동시에 너무 미안했다.

'그래도 부끄러운 걸 어떡해.'

게다가 어색하기도 했다. 분명 그를 사랑하는데 단둘이 있으니 드는 이 어색한 기분은 뭐란 말인가? 클로이는 잠시 그를 돌아봤지만 알렉산드로는 별로 관심이 없는 듯 손목을 돌리며 여전히 시선을 문 쪽으로 향한 채였다.

'어휴, 저 사람은 별생각도 없는데 또 나 혼자 괜히.'

클로이는 어쩐지 아쉬운 기분을 느끼며 속옷을 남기고 겉옷만 벗었다. 그리고 그가 한 것처럼 벽난로 근처의 탁자에 옷을 걸어 둔 다음, 돌아와 의자에 앉았다.

"흠흠."

너무 어색한 기분에 헛기침을 하자 그제야 알렉산드로가 말을 꺼냈다.

"아마 내일은 가까운 마을에 도착할 것 같다."

"네. 길이 나 있는 걸 보니까 사람이 많이 다니는 숲인가 봐요."

"고일 구스타프 후작이 영주로 있는 곳이지. 생각보다 빨리 도착해서 다행이다."

둘이 말을 타고 움직이니 기사단 일행과 다 같이 행군을 할 때와는 비교할 수 없을 만큼 속도가 빨랐다.

"내일 아침은 제대로 된 식사를 할 수 있을 거야."

알렉산드로는 그 점이 못내 미안했다. 겨우 하루였지만, 고생시키지 않으마 말만 해 놓고는 둘이 먹은 거라고는 과일 몇 개와 마른 고기뿐이었다.

"네."

짧게 대답한 클로이는 눈앞의 벽난로에서 활활 타오르는 불을 바라보았다. 손을 가까이 갖다 대니 따듯한 기운이 확 끼쳐 왔다. 새삼 자신 때문에 뒤돌아서 문을 바라보고 있는 알렉산드로에게 미안해졌다. 클로이는 얼른 사방을 둘러보다가 식탁 위에 있던 식탁보를 발견했다. 역시 사람이 살던 곳이라 세간이 그대로 남아 있었다. 그녀는 얼른 일어나 식탁보로 대충 몸을 가리고는 말했다.

"저기……. 대공님."

"알렌."

"알렌. 이쪽으로 오세요."

자신이 왔다 갔다 하며 뭘 하는지 들었을 것이다. 역시나 알렉산드로는 그녀의 말에 두 번 묻지 않고 몸을 돌려 벽난로 근처로, 정확히는 클로이의 옆으로 옮겨 앉았다. 나란히 앉아서 활활 타는 불만 바라보고 있자니 심장이 쿵쾅거리기 시작했다. 어젯밤은 심지어 같이 누워 있을 때도 이런 기분이 아니었는데. 분위기 때문인가…….

"무슨 생각을 하지?"

그런데 그가 마치 자신을 꿰뚫어 보는 것처럼 씩 웃으며 물었다. 클로이는 얼굴이 갑자기 확 뜨거워지는 것 같았다. 음탕한 모든 상상을 들킨 것만 같았다. 창피스러워서 괜히 몸에 두른 식탁보의 끝을 만지작거렸다. 오로지 눈에 띄는 게 목적인지 식탁보는 초록색과 빨간색으로 현란했다.

'난 진짜 몸에 둘러도 하필 이런 걸…… 매번 창피하게 정말.'

조금 더 고민하고 예쁜 걸 몸에 두를걸. 동시에 그에게 보였던 수많은 추태들이 떠올라서 더욱 부끄러웠다. 그런데 그는 영 다른 분위기에 있는지 부드러운 시선을 보냈다. 그녀의 머리카락에 손이 닿았다. 머리카락의 젖은 질감을 느끼듯, 몇 번 만지작거리던 알렉산드로가 말했다.

"머리가 많이 길었다."

그녀의 머리카락은 이제 어깨에 완전히 닿고 있었다. 머리카락 끝을 매만지는 그의 손길이 살짝 어깨에 닿을 때마다 불에 덴 것처럼 뜨겁게 느껴졌다. 클로이는 눈을 질끈 감았다. 이 남자의 모든 행동과 눈빛이 자신을 유혹하는 것처럼, 자꾸만 해서는 안 될 행동을 충동질했다.

"대공님!"

"내 이름을 부르기로 했지 않느냐."

"아, 알렌. 저…… 궁금한 게 있어요."

클로이는 얼른 그의 손을 잡아 내렸다. 알렉산드로의 주의를 돌리기 위해 말을 던졌다. 그러자 그가 잡은 손에 깍지를 끼고 가깝게 당겼다. 의자에 앉아 있던 클로이는 완전히 옆으로 몸이 딸려갔다.

"뭐가 궁금하지?"

궁금한 건 사실 없었다. 그저 주의를 환기하기 위해 아무 말이나 했을 뿐이다. 그리고 그것보다 깍지 낀 손을 만지작거리는 그의 큰 손 때문에 클로이는 아무것도 생각할 수가 없었다.

"어서 말해 봐. 나도 궁금하다, 네가 뭐가 궁금한지."

그리고 또 웃었다. 알렉산드로의 고른 치아와 영악한 눈웃음을 넋 놓고 바라보던 클로이는 얼른 손을 빼냈다.

'이거 위험하다.'

터질 것 같은 얼굴을 숨기기 위해 휙 고개를 돌린 클로이는 뛰는 심장을 감추기 위해 열심이었다. 그러자 그에게서 가벼운 한숨이 새어 나왔다.

"내 아내는 부끄러움이 많군."

그 반응에 클로이는 진짜로 궁금한 게 떠올랐다. 그의 위력적인 고백에 밀려 차마 묻지 못했던 질문이었다.

"근데 왜 전부 다 뛰어넘고 한 번에 결혼이에요?"

약혼을 하자는 것도 아니고, 그는 마음을 고백하며 동시에 당장 '평생 자신의 곁에 있어 달라.'고 말했었다.

"사랑한다고 말하면 보통, 한번 만나 보자거나, 연인이 되어 달라거나, 데이트를 하자고 하는 게 일반적인 거 아닌가요?"

클로이는 그때를 떠올리듯 기억을 되짚었다. 그러자 알렉산드로의 얼굴이 점점 굳어 갔다. 하지만 그녀는 정말로 궁금했다. 어쩌면 왕국과 제국의 문화적인 차이가 있는지도 몰랐다.

"제국은 원래 그런가요?"

그녀의 의아한 표정을 보고 알렉산드로의 입이 점점 벌어지고 눈이 커졌다. 큰 충격을 받은 그가 겨우겨우 입술을 떼었다.

"너…… 지금."

놀라고 당혹스러운 마음이 그의 표정에 그대로 드러났다. 알렉산드로는 간신히 쿵쾅거리는 마음을 추스르듯 호흡을 크게 내뱉었다.

"나를 이렇게 홀려 놓고 무슨 헛소리를."

그의 말에 클로이가 펄쩍 뛰었다.

"제가…… 제가 무슨, 제가 대공님을 홀렸다니 그게 무슨 말씀이세요!"

푸드득 놀라 외쳤지만 알렉산드로는 잔뜩 인상을 구겼다. 물론 그녀를 꼬신 건 그였고, 사실 지금도 열심히 꼬시고 있었다. 하지만 그가 하는 말도 사실이었다. 적어도 그 자신에게는.

"네가 완전히 나를 홀려 놓지 않았어."

"제가 언제……."

"네가 이렇게 사랑스러운데…… 어떻게 사랑하지 않을 수 있지?"

클로이는 당장 심장이 터질 것만 같았다. 달콤한 목소리와 더불어 여신을 바라보듯 자신을 경배하고 흠모하는 그의 두 눈이 반짝였다. 정말로 네가 예쁘다고 바라보는 눈빛. 그 누구도 그녀를 이렇게 본 적 없었다. 그가 사랑스럽다고 말하니 정말로 자신이 사랑스러운 여자가 된 기분이 들었다.

"왜 나를 이렇게 홀려 놓았느냐? 왜 네게서 눈을 뗄 수 없게 만들었어?"

장난스럽지만 진심이었다. 대체 언제부터였는지, 그의 시선은 줄곧 그녀를 향했다. 완전히 속수무책이었다.

"제, 제가 언제……."

이러다가 심장병에 걸리지는 않을까. 얼굴로 피가 전부 모여 얼굴이 터져 버리는 건 아닐까. 클로이는 그를 바라볼 수가 없었다. 그녀를 보던 알렉산드로는 한순간에 굳은 표정을 풀었다.

"네가 언제까지 이렇게 부끄러워할지 정말 궁금하다."

한층 낮아진 은밀한 목소리가 그녀를 뒤흔들었다.

"침대에서도 그럴까."

씩 웃은 그는 도전적으로 그녀를 응시했다. 말보다 많은 것을 담은 눈빛이 그녀를 직격으로 강타했다. 클로이는 급히 눈을 피하고 손으로 얼굴을 부채질했다. 입술을 깨물었다가 눈을 질끈 감았다가 몸을 덮은 식탁보를 펄럭였다. 더웠다. 불 때문인지 피가 끓는 건지 몰랐다. 두근대는 심장은 한시도 그녀를 편안하게 두지 않았다. 크게 곤란한 몸짓을 보고 그가 피식 웃으며 몸을 틀었다.

"내가 너무 짓궂었군."

그는 손을 뻗어 적당히 마른 하의를 꿰입었다. 그녀의 뒤통수엔 얼굴이 없었다. 하지만 새빨갛게 변한 귀가 심정을 고스란히 대변했다. 더 놀리고 싶었지만 참기로 했다. 오늘 그녀는 충분히 피곤한 데다, 비까지 맞아 잔뜩 지쳐 있을 터였다.

"클로이."

"네?"

벼락에 맞은 사람처럼 클로이의 어깨가 움찔 튀어 올랐다. 알렉산드로는 더 이상 그녀를 긴장시키고 싶지 않았다.

"앞으로 불편한 게 있다면 뭐든 내게 말해. 네가 말하지 않으면 나는 잘 모를 수도 있으니까."

은근히 바뀐 것 같은 그의 말투에 클로이는 뭐라 대꾸를 하지 못했다. 그런데 먼저 알아챘는지, 알렉산드로가 충격적인 말을 꺼냈다.

"너도 내게 편하게 말해."

"예?"

"나는 이제 대공도 아니고, 기사단장도 아닌데 굳이 존대할 이유가 없지."

클로이는 입을 떡 벌리고 그를 응시했다.

"부부로서 서로를 동등하게……."

"제가 어떻게 그래요?"

아무리 스스로 가문을 등지고 나왔다고는 해도 그는 여전히 귀족이었다. 막말로 그의 가문에서 대대적으로 그를 내쫓고, 알렉산드로를 쫓아와 벌하지 않는 이상 여전히 귀족인 것이다. 클로이는 그에게 반말하는 것을 상상도 할 수 없었다. 이미 굳어진 말투였다. 이름을 부르는 것조차 여전히 어색했다. 게다가 저렇게 거대한 남자에게는 그 누구도 감히 반말을 할 수 없을 것이다.

"네가 나를 더 편하게 생각했으면 좋겠다. 그러니 존대할 필요 없어."

"저는 이게 편해요."

"클로이."

"진짜예요."

정말이냐고 묻는 것처럼 집요하게 바라보는 시선에 클로이는 장난스레 그를 노려보았다. 그러자 그가 웃음을 터뜨리곤 당장 몸을 일으켜 눈앞의 작은 여체를 끌어안았다. 그저 포옹인가 했는데 무릎 뒤로 손이 들어오더니 민감한 옆구리를 불쑥 감아올렸다.

"앗!"

클로이는 깜짝 놀라 그의 목에 손을 걸쳤다. 순식간에 알렉산드로는 자신의 무릎에 그녀를 앉혔다. 클로이는 자신을 번쩍 든 그의 행동에 놀라고, 당장이라도 입술이 닿을 것처럼 가까워진 얼굴에 두 번 놀랐다. 그는 한 손으로 단단히 그녀의 몸을 붙잡고, 다른 손으로는 그녀의 머리카락을 쓸었다. 드러난 그녀의 이마에 입 맞췄다. 클로이는 쪽, 소리와 함께 짧게 떨어진 입술이 아쉬웠다.
"너도 나만큼 행복했으면 좋겠다."
"행복해요. 저를 이렇게 사랑하는 게 알렌이라는 게 믿기지가 않을 만큼."
그러자 알렉산드로의 얼굴에 밝은 미소가 드리웠다. 다시금 그녀를 안은 손에 힘이 들어갔다.
"네 눈앞에 있는데도?"
"……."
그녀가 대답이 없자, 조용한 분위기가 갑자기 후끈 달아올랐다. 침묵이 이어졌다. 클로이가 꿀꺽, 마른침을 삼키는 소리가 밖에서 들리던 천둥 번개 소리처럼 크게 울렸다. 아슬아슬한 줄을 타는 것처럼 긴장감이 넘치는 기분에 손끝이 덜덜 떨렸다. 맞닿은 맨살이 타오르는 느낌이었다. 왜 하필 그는 이런 때에 아무 말도 하지 않는 건가. 클로이는 뭐라고 헛소리라도 꺼내 적막을 깨뜨리고 싶었다. 하지만 생각과는 달리 아무런 말도 나오지 않았다. 온몸이 빳빳했다. 숨 막히는 침묵을 고수하던 사이로, 알렉산드로가 먼저 입을 뗐다.
"조급하게 굴어서 미안하다."
상황과는 어울리지 않는 말이었다. 다행히 그게 무슨 소리냐고 묻기 전에 그가 먼저 대답했다.
"그렇게 고백을 하고…… 네가 영 다가오지 못할 것 같아 급하게 몰아붙이긴 했지만 사실 나는 인내심이 강한 남자라서."
클로이는 그제야 그가 무슨 말을 하는지 알아챘다. 그가 사랑한다고 고백하고 나서 얼마나 자신을 밀어붙였던가. 단순히 성격이 화끈한 남자라 그런가, 아니면 말만 기다려 주겠다고 하고선 몸은 차마 기다릴 수가 없었나 생각했다.

"그러니 너는 네 생각만 해."

클로이는 멍하니 그를 바라보았다. 이런 말을 하는 그가 고맙고, 또 이렇게 멋진 남자가 있을까 싶어 놀라웠다.

"난 네 옆에 있는 것만으로 충분하니까."

알렉산드로는 다시 그녀의 이마에 입을 맞췄다. 이번에는 짧게 떨어지지 않고 오래도록 입술을 붙이고 있었다. 그의 입술을 느끼면서도 클로이는 믿을 수가 없었다. 전에 자신을 밀어붙이던 그 남자가 하는 말이라고는 믿어지지가 않았다. 그런 그녀의 입술 사이로 스스로도 생각지 않았던 질문이 돌발적으로 튀어나왔다.

"제가…… 평생 순수하게 지내자고 해도 그럴 수 있어요?"

물론 본심은 아니었다. 그를 시험할 의도는 아니었지만 클로이는 그의 진심이 듣고 싶었다. 그리고 그녀의 이마에서 입술을 뗀 그가 대답했다.

"그래."

순순한 목소리는 고민해서 나온 대답이 아니었다.

"네가 그러고 싶다면."

이어진 말조차 가볍기 그지없었다. 생각할 거리도 안 된다는 것처럼 단번에 흘러나온 대답에 클로이는 의아해졌다.

"아이를 원하셨던 거 아니에요?"

"그랬지."

알렉산드로는 놀란 눈으로 자신을 바라보는 클로이의 볼에 손가락을 가져다 댔다. 그리고 보드랍고 통통한 볼을 검지로 살살 쓰다듬었다.

"그런데……?"

설명을 바라는 클로이의 눈빛에 그는 언제고 준비한 것처럼 명쾌한 답을 내놓았다.

"네가 원하지 않는 것은 나도 원하지 않아."

그러고는 피식 웃으며 말했다.

"가문을 버리고 나왔는데, 굳이 자식을 낳아야 할 의무도 없고. 그러니 걱정하지 마라."

그는 클로이와 아이를 갖고 싶었다. 그건 핏줄을 이을 아이를 원해서가 아니라, 단둘이 가정을 꾸리고 싶다는 바람이었다. 하지만 그는 말하지 않았다. 괜한 부담을 지워 주고 싶지 않았기 때문이다.

클로이는 와락, 그의 목을 붙잡은 팔에 힘을 주고 끌어안았다. 그의 목덜미에 얼굴을 묻은 그녀는 세상에서 가장 행복한 여자가 된 것 같은 기분이었다. 귓가에서 느껴지는 그의 숨소리를 듣고 있으니 그 또한 같은 생각을 하는 것 같았다.

"사랑해요."

지금 느끼는 감정은 사랑한다는 쉬운 말로 담을 가벼운 마음이 아닌데. 그런데 이 말밖에는 표현할 길이 없으니 답답했다.

그를 향해 세차게 뛰는 가슴과, 행복이라는 벅찬 감정이 목 끝까지 올라와서 하늘에 붕 떠 있는 기분이었다.

다행인지 불행인지 오두막의 침대는 넓었다. 누가 쓰던 공간이라고 해도, 당장 야영을 하던 클로이는 두 번 고민 없이 침대가 있다는 사실만으로 감사했다. 게다가 작은 침대도 하나 더 있었다. 클로이는 그가 젖은 수건으로 몸을 닦아 내는 동안 작은 침대에 누웠다. 큰 곳은 그를 위해 비워 두려는 생각이었다.

"휴우."

그녀 역시 대충 몸과 머리를 말리고 나니 피로가 쏟아졌다. 하루 종일 말을 타는 일은 체력 소모가 여간 심한 게 아니었다. 혼자 가만히 누워서 천장을 보고 있으니 그녀의 마음 한구석을 비집고 여러 가지 생각들이 떠오르기 시작했다.

'에반 님은…….'

트리거, 크리스, 호르헤, 토마스 등등. 함께하던 모두가 갑자기 쏟아지는 것처럼 머릿속을 파고들어 왔다. 웃고, 찡그리던 가지각색의 얼굴들이 눈앞을 스치고 지나갔다. 클로이는 저도 모르게 눈을 질끈 감았다. 알렉산드로와 단둘이 있을 때는 떠오르지 않았던 것들이 마구 생각났다. 너무 이기적인 선택을 한 건 아닐까. 그와 당장 사랑을 속삭이던 순간은 행복했다. 하지만 그녀가 손에서 놓아 버린 다른 것들은 무거운 짐이 되어 그녀를 내리눌렀다. 죄책감이었다. 아마 알렉산드로 역시 같은 기분일 것이다. 그는 아마 그녀 자신보다 더한 죄책감을 느끼고 있겠지.

'하지만 이제 와서 되돌릴 수는 없어.'

선택은 온전히 그녀의 몫이었다. 두 갈래로 나누어진 길 앞에서 클로이는 누구의 시선도 신경 쓰지 않고 오로지 자기 자신만을 위한 결정을 했다. 그랬기에 가슴을 짓누르는 죄책감 역시 짊어져야 하는 것이다. 이 미안한 마음이 그를 택한 벌이라면 차라리 가벼운 게 아닌가.

'후회하지 말자. 내가 이미 결정한 일이야.'

클로이는 눈을 감은 채 색색 고른 숨을 내쉬기 시작했다. 몸은 저도 모르게 편한 자세를 찾아 이리저리 움직였다. 잠들락 말락, 정신이 왔다 갔다 하던 그 순간이었다. 언제 잠들었는지 모를 사이에, 갑자기 몸이 붕 뜨는 느낌이 들었다. 그녀는 놀라 눈을 떴다. 하지만 어두워서 잘 보이지 않았다. 알싸하고 습한 물 냄새가 훅 끼쳐 왔다.

그녀를 단단히 안아 올린 알렉산드로가 자신을 큰 침대로 옮겨 놓았다. 가까운 데 있는 그의 눈이 마주치자 씩 웃는 실루엣만 보였다. 담요로 단단히 감싸 주고 베개 위로 머리를 받쳐 주는 손길이, 그대로 눈을 감고 싶을 만큼 자상했다.

"고마워요."

사방은 컴컴하고 그는 다정했다. 잠결에 나온 목소리라 힘이 전혀 없었지만 마음만큼은 진심이었다. 꿈인지 현실인지 헷갈릴 찰나, 이마에 촉촉한 입술이 닿았다.

콰과광!

밖에서 천둥이 치는 소리에 정신이 번뜩 들었다. 옆에 저와 같은 뜨거운 체온이 있어 다행이었다. 안도의 한숨이 나오고 마음이 놓였다. 커다란 천둥소리가 그녀의 정신을 일깨웠다. 요동치는 심장이 크게 외쳤다.

"우리, 자요."

"그래. 같이 자자."

쉬운 대답에 김이 팍 새어 버렸다. 강아지를 보는 것처럼 자상한 그의 눈빛에 클로이의 미간 사이로 얇은 주름이 졌다.

"아니요. 그거 말고요. 우리, 자자고요."

"……."

이 남자가 갑자기 왜 말귀를 못 알아듣는 척하지? 클로이는 더는 말하지 않고 그의 얼굴을 끌어당겼다. 촉촉한 입술은 어떤 맛도 향도 느껴지지 않았다. 차가운 바깥과는 달리 속 안은 뜨거웠다. 짧게 닿았다가 떨어지는 사이 그가 잔뜩 숨을 들이마시고 내쉬는 게 느껴졌다. 묘하게 평소보다도 낮아진 목소리가 그녀를 달랬다.

"조금만 가면 큰 마을이 나올 거야."

거긴 숙박을 할 만한 데가 있을 거다. 어디든 여기보단 나을 테니까 일단 마을에 가 보자. 알렉산드로는 그렇게 설명했다. 밖에서는 여전히 천둥 치는 소리가 쩌렁쩌렁 울렸다.

"이런 데서 사랑을 나누기는……."

물론 그는 어디든 개의치 않았다. 지금 장소가 중요한가? 조금도 중요치 않았으나 신사로서 양심이 있는 터라 클로이에게 미안했다. 알렉산드로가 그녀의 눈을 피해 몸을 덮은 담요를 만지작거렸다.

"……싫겠지."

이왕이면 좋은 환경에서, 깨끗하고 푹신한 침대에서 함께 처음을 보내고 싶었다. 그렇게 해 주고 싶었다.

"지금 대공님을 그냥 내버려 두는 게 더 싫어요."

"뭐?"

당돌한 그녀의 말에 하하, 짧은 웃음이 터졌다. 하지만 클로이는 웃지 않았다. 그녀는 더없이 진지했다. 작은 손이 그의 가슴부터 복근까지 매끄럽게 흘러내려 갔다.

"제 것이라면서요."

이런 훌륭한 몸을 두고 그냥 잘 수는 없다. 만약 정말 재수 없게 내일 벼락이라도 맞아 죽으면 어쩐단 말인가? 억울해서 눈도 감지 못할 것이다. 불 앞에 있던 아까와는 달리 어두워서 서로가 잘 보이지 않는 상황이 그녀의 용기를 북돋았다.

"갖고 싶어요."

"……."

알렉산드로는 대답이 없었다. 대신 그의 목울대가 움직이는 게 보였다. 마른침을 삼킨 그가 클로이의 눈치를 살폈다. 진심인지 아닌지 새카만 동공을 샅샅이 들여다보았다.

"지금 당장이요."

그 순간 힘이 바짝 들어간 그의 손이 움직였다.

"앗."

두 눈이 크게 떠졌다. 순식간이었다. 위치가 바뀐다고 생각하는 동시에 어느새 클로이가 그를 내려다보고 있었다. 항상 올려다보던 것과는 달리 위에서 그를 내려다보는 기분은 색달랐다. 아까는 벽난로 앞이라 너무 환해서 부끄러웠는데, 지금은 잘 보이질 않아서 조금 아쉬웠다.

단단한 그의 가슴이 오르락내리락하는 게 그녀의 손으로 전해졌다. 클로이는 언젠가 그가 했던 것처럼 그대로 몸을 움직여 그의 젖은 머리카락과 나무 기둥처럼 딱딱한 목 언저리를 더듬었다. 그의 체온이 훨씬 높았지만 낯설지 않았다. 조각된 것처럼 불룩 솟은 쇄골 뼈를 가만히 손가락으로 따라가니 침을 삼키는지 목울대가 한 번 크게 아래위로 움직이는 게 보였다.

그와 동시에 그가 상체를 일으켜 다시 입술을 부딪쳤다. 갑작스런 움직임에 놀랄 새도 없이 다짜고짜 한 번 크게 베어 물린 입술 사이로 혀가 들어왔다. 무작정 밀고 들어온 것과는 달리 움직임은 조심스러웠다. 클로이는 그의 내려앉은 속눈썹을 마지막으로 눈을 감았다. 그의 입술은 그녀의 맞닿은 모든 것을 가져가고 싶은 사람처럼 깊게 빨아들였다 놓아주길 반복했다.

방 안에서 울리는 야릇한 소리가 클로이의 귓가를 자극했다. 그녀의 얼굴을 이리저리 스치는 높이 솟은 콧대가 느껴졌다. 입 안에서 느껴지는 살덩이보다 그게 더 선명했다. 비와 흙의 냄새, 그의 체취가 섞여 들여왔다.

클로이는 공기 중에 느껴지는 알렉산드로의 냄새를 놓치고 싶지 않아 크게 숨을 들이마셨다. 그러자 그녀의 뒤통수를 단단히 잡은 그의 손에 잔뜩 힘이 들어갔다. 입술뿐만 아니라 몸이 전부 달라붙고 더 이상 가까워질 데가 없을 만큼 그가 계속해서 끌어당겼다. 그녀의 손이 덜덜 떨렸다. 미세한 떨림은 그에게 고스란히 전해졌다. 입맞춤이 점점 깊어진다고 생각했는데 예상과 달리 알렉산드로가 먼저 입술을 떼었다. 갈 곳을 잃고 헤매던 그의 손이 클로이의 허리께에서 멈췄다.

어느새 번개는 그치고 밖에서 바람이 부딪히는 소리, 장작이 타는 소리, 그리고 들쑥날쑥한 그녀의 숨소리만 가득했다. 조용한 침묵만 있다고 생각했는데 공간은 가득 차 있었다.

두 눈이 마주치고 적막이 흘렀다. 파르르 떨리는 속눈썹과 고민하듯 흔들리는 눈동자를 가만히 보고 있던 알렉산드로가 옆으로 쏟아진 그녀의 머리카락을 차분히 얼굴 뒤로 넘겨 주었다. 일정하지 못하고 짧게 튀어 나가던 클로이의 호흡이 그의 손길을 따라서 천천히 제자리를 찾았다. 고요하고 낯선 정적을 먼저 깨뜨린 것은 알렉산드로였다.

"우리가 어디든 정착하면……."

그의 낮은 목소리가 갈라졌다. 평소와는 달리 느릿하고 숨 가쁜 목소리였다. 그녀를 보고 있던 그가 먼저 눈을 감았다. 중요한 달리기 시합을 앞둔 사람처럼 거세게 뛰는 심장과 빙글빙글 도는 머릿속이 어지러웠다.

알렉산드로는 차분히 자신을 가라앉혔다. 그의 혀끝을 맴도는 여러 가지 말이 있었고 당장 말보다도 몸이 움직이고 싶어 손이 간지러웠다. 폭풍처럼 몰아치는 감정들이 그를 충동질했다. 가슴속에 들끓는 불길이 자신을 먹어 치울 것처럼 활활 타올랐다. 그런데 아무리 봐도 그녀에게는 그가 움직일 수 있는 확신이 없었다.

당찬 말과는 달리 주저하듯 자신을 만지던 손길의 덜덜 떨리던 느낌이 선연했다. 고민하는 그의 귓가로 몇 번이고 되뇌었던 클로이의 말소리가 또다시 떠올랐다.

—나, 남편이 있긴 있는데…… 두 번 다시 보고 싶지 않은 사람이에요. 제발 어디서 비명횡사라도 당하길 바라는, 그런 사람이요.

그녀는 부친이었던 엘파사의 국왕 때문에 팔려 가듯 결혼 생활을 했다. 그동안 무슨 일이 있었는지, 어떤 시간을 보냈는지는 알 길이 없었지만 알렉산드로는 대강 짐작할 수 있었다. 어쩌면 그녀가 베아트리체라는 이름을 버린 것도 그런 이유가 아니었을까 싶었다.

왕녀로 살았던 시간보다 노예인 게 차라리 낫다던 한탄 같은 고백.

여전히 긴장한 작은 몸을 옆으로 눕히고 가만히 그녀의 얼굴을 바라보았다. 평생 순수할 수 있냐는 질문에 주저 없이 대답한 것은 명백한 진심이었다. 이윽고 편하게 다시 옆에 누운 그가 차분한 목소리로 말문을 열었다.

"네가 좋아하는 걸 하면서 살자."

클로이의 눈이 점점 커졌다.

"약초도 키우고, 그리고 동물도 키우고."

다정하고 진중한 목소리가 그녀의 가슴에 꽂혔다. 클로이는 어쩐지 눈물이 날 것 같았다. 동시에 확신 같은 것이 가슴을 적셔 들어갔다. 이 남자와 함께라면, 평생을 행복할 수 있을 것 같았다. 그가 더없이 사랑스러웠다. 웃음기 어린 얼굴을 보고 있으니 그가 작은 목소리로 속삭였다.

"잘 자."

그리고 몸을 일으켜 다른 침대로 향하려는 그를, 클로이가 강한 힘으로 잡아당겼다.

"……!"

알렉산드로는 그녀를 밑에 두고 급히 양팔로 침대를 짚었다. 전보다 훨씬 강단 있는 목소리가 그를 흔들었다.

"정말 그렇게…… 착하기만 할 거예요?"

그의 손길은 거침이 없었다.

"아!"

클로이의 몸이 흠칫 튀어 올랐지만 손길은 멈추지 않았다. 이미 한참이나 농락당한 부분이 전에 없이 촉촉했다. 알렉산드로가 모른 척 다리 사이에 얼굴을 묻었지만 전보다 훨씬 강한 저항이 돌아왔다.

"그건 싫다니까요, 싫어……."

애원이 섞인 목소리와 심하게 움직이는 다리 때문에 결국 그는 몸을 일으켰다. 아쉽긴 했지만 저렇게 싫다는 것을 억지로 하고 싶진 않았다. 그에게는 앞으로도 많은 기회가 있다는 것을 잘 알았다. 그는 자신의 아래에서 몸을 웅크린 클로이를 바라보았다. 길게 입을 맞추고 다시 봐도, 그 어디도 예쁘지 않은 곳이 없었다.

"아……!"

그리고 찢어질 것 같은 고통이 있었다. 미처 소리가 되지 못한 신음을 내뱉은 클로이는 있는 대로 미간을 찌푸렸다. 들이마시고 내쉬는 공기가 뜨거웠다. 맞닿은 피부가 그녀의 것보다 훨씬 더웠다. 클로이는 숨을 헐떡였다. 그가 움직임을 멈추고 그녀의 귀를 잘근잘근 물었다.

"으……."

온몸에 가시가 돋는 것처럼 소름 끼치는 감각이 그녀의 전신을 강타했다. 남자의 숨소리와 뒤섞여 클로이의 얼굴이 뜨겁게 달아올랐다. 참을 수 없는 기분에 고개를 옆으로 돌리자 단단히 핏줄이 선 그의 팔뚝이 보였다. 그리고 그가 다시 밀어붙이기 시작했다.

"악!"

비명처럼 들리는 괴로운 소리가 공기를 울렸다. 연약하고 비밀스러운 부분이 전부 잡아 벌려지고 말려들어 가는 것만 같았다. 그가 달래 주듯 이마며 입술이며 여기저기 입을 맞췄다. 그리고 다시 그녀의 귓가에 입술을 둔 그가 조용히 물었다.

"그만할까?"

클로이는 고개를 돌려 알렉산드로와 눈을 마주했다. 이렇게 야한 얼굴을 하고 있는 그는 처음이라 분명 괴로운데도 욕심이 생겼다. 그의 더 많은 것을 보고 느끼고 싶다는 생각이 그녀를 뒤흔들었다. 파르르 떨리는 그녀의 속눈썹을 가만히 내려다보던 알렉산드로가 슬며시 몸을 빼냈다.

"으응."

그는 웃으며 클로이의 볼에 쪽 소리 나게 입술을 맞췄다. 그리고 슬며시 그녀의 위에서 내려와 옆에 누웠다.

"후우."

옆에 누워 천장에 시선을 둔 그가 여전히 숨을 헐떡이는 클로이에게로 몸을 돌렸다. 그의 두꺼운 팔뚝으로 머리를 받쳐 주고 어깨를 끌어안았다. 그리고 가만히 등을 쓸어 주었다. 침묵이 맴돌았다. 클로이의 호흡 소리만이 공간을 가득 채웠다가 천천히 잦아들었다. 클로이는 지금 자신이 무슨 생각을 하고 있는지도 몰랐다. 높은 벼랑 끝을 향해 달리던 마차가 갑자기 멈춘 느낌이었다. 온갖 생각과 감정, 감각들이 휘몰아쳤다. 먼저 적막을 깬 것은 알렉산드로였다.

"내일은 좀 천천히 나가야겠다."

"……."

"마을에 도착하면……."

클로이는 눈을 깜빡이며 말없이 천장을 바라보았다. 그러다 고개를 돌려 그를 보았다. 허공에 시선을 둔 푸른 눈동자에는 초점이 없었다. 하지만 입술은 다시 움직였다.

"맛있는 걸 먹자."

조용히 그의 잘생긴 얼굴을 바라보던 클로이가 손을 움직였다. 그는 대꾸를 바라지 않는 듯, 마치 말하는 인형처럼 계속해서 말을 이었다.

"그리고 다시 떠나는 길에는……."

딱딱하게 갈라진 그의 복부와 허벅지 사이를 더듬었다. 자신의 것과는 너무도 다른 몸이라 보고 만질 때마다 매번 경이로웠다.

"떠나는 길에……."

그의 호흡이 불안정해지고 말이 되돌았다. 그녀는 신경 쓰지 않고 가장 중요한 곳으로 손을 움직였다. 이윽고 손에 닿은 그곳조차 알렉산드로다웠다. 그의 입술은 여전히 벌어져 있었지만 말은 나오지 않았다. 그녀의 움직임에 잠시 말을 멈췄던 그가 클로이의 손목을 턱 붙들었다. 그리고 한데 모아서 단단히 붙잡았다.

"필요한 것도 사고."

허튼짓 말라는 듯 두 손을 꼭 잡은 그가 다시 말을 이었다.

"마른 식량을 넉넉히……."

클로이는 잡힌 손을 무시하고 몸을 일으켰다. 그리고 그의 위에 올라앉았다. 알렉산드로의 놀란 두 눈이 커질 대로 커져 그녀를 올려다보았다.

"이거 봐요."

그녀의 명령에 꽉 쥐고 있던 손이 스르르 풀렸다. 클로이는 상체를 일으켜 앉은 뒤 그의 복부에 손을 두었다. 호기롭게 그를 타고 올라앉았지만 조금 부끄러웠다. 한쪽으로 고개를 숙이자 검은 머리카락이 옆으로 쏟아져 내렸다. 알렉산드로는 무엇에 홀린 듯이 숨도 멈추고 말없이 그녀를 올려다보았다. 클로이는 그대로 슬쩍 움직이기 시작했다. 그의 굴곡이 그대로 느껴졌다. 정신 나간 사람처럼 그녀를 올려다보는 알렉산드로의 가슴이 크게 들썩였다.

"그만해."

알렉산드로는 얼른 몸을 일으켰다. 그가 움직이자 어느새 몸이 다시 휙 아래로 깔렸다.

"후우."

어쩌지 못하고 그녀를 내려다보는 얼굴에 잔뜩 흥분한 남자의 신음이 터져 나왔다. 그녀를 앞에 두고서 어쩔 줄 몰라 하는 그의 모습이 좋았다. 클로이는 웃으며 속삭였다.

"하고 싶어요."

그러자 그가 번뜩 고개를 들었다. 그 모습이 귀엽고 재밌어서 클로이는 키득거렸다. 손을 올려 그의 머리카락을 만지다 눈썹과 코를 따라 쭉 내려왔다. 입술을 매만지다 그녀가 다시 말했다.

"그러니까 멈추지 말아요."

그는 사랑스러운 남자였다. 클로이는 진심으로 그를 원했다.

"난 괜찮……."

하지만 이번에는 말을 전부 마치지 못했다. 집어삼킬 듯이 빨아들이는 입술이 대답을 대신하듯 들어왔다 금방 떨어져 나가고 알렉산드로가 짐승처럼 급하게 그녀의 몸 아래쪽으로 움직였다. 그러자 클로이는 몸을 버둥거렸다.

"그건 싫다니까요!"

클로이가 몸을 일으키려 하자 그가 당장 그녀의 허리를 잡아 내렸다. 클로이의 두 눈이 휘둥그레졌다.

"아……!"

상상하지도 못했던 감각이 밀려들었다. 클로이는 충격에 부르르 경련했다. 미칠 것만 같았다. 그의 높은 콧대가 이리저리 비벼지는 게 느껴졌다. 온몸의 피가 전부 그쪽으로 몰리는 기분이었다. 허리가 미친 듯이 튀어 올랐다. 그녀가 반항하듯 몸을 이리저리 움직이자 그가 사정없이 허벅지를 그녀의 몸 쪽으로 세게 내리눌렀다. 그대로 박제된 것처럼 꼼짝도 할 수 없었다.

"아!"

한 번도 느껴 본 적 없는 기분이었다. 얼굴이 확 달아오르고 몸이 이리저리 튀어 올랐다. 한참이나 움직이던 그가 이번에는 쪽 소리를 내기 시작했다.

"아! 그만!"

클로이는 침대를 짚은 손에 힘을 주고 본능적으로 자세를 뒤로 뺐다. 그러자 당장 그가 허리를 잡고 몸을 끌어내렸다. 작은 움직임에도 그녀의 몸이 전부 따라가는 압도적인 힘이었다.

"이제 그만……."

헐떡이며 애원하자 그가 더 아래로 움직였다. 그의 숨결이 품고 있는 열기가 느껴졌다. 딱딱한 콧대가 헤집는 느낌이 눈으로 보고 있는 것처럼 생생했다. 그녀는 침대 위를 헤매던 손을 어쩔 줄 모르고 움직였다. 주먹이 쥐어졌다 펴졌다 하며 자신의 것이 아닌 것처럼 제멋대로 움직였다.

"아아……."

민망하고 수치스러운 마음에 클로이가 두 손으로 얼굴을 가렸다. 하지만 똑똑히 들으란 듯이 소리는 더욱 커져 갔다. 온몸이 그가 주는 쾌락을 위해서만 존재하는 것만 같았다. 믿을 수 없는 감각들이 찾아들었다. 이윽고 그녀의 숨이 커졌다 점점 잦아들었다. 조금만 더 하면 몸이 터져 버릴 것 같았다. 그 미묘한 문턱 앞에 서 있었다.

그리고 그때, 그가 그대로 행동을 멈추었다. 아쉽고 애타는 기분을 깨닫기도 전이었다. 무언가 묵직한 것이 단번에 치고 들어왔다.

"아윽!"

발끝까지 저릿하고 오싹했다. 클로이가 숨을 몰아쉬며 그를 올려다보았다. 그러자 알렉산드로가 씩 웃으며 다시 움직였다.

"아흐윽……."

못 참겠는 기분에 클로이가 미친 듯이 다리를 버둥거렸다. 머리 옆을 짚은 그의 팔을 마구 내려쳤다. 알렉산드로는 멈추지 않고 슬슬 움직였다. 그렇게 은근한 자극을 지속하더니 어느 순간 점점 더 움직임이 커졌다. 그럴 때마다 클로이의 몸이 마구 튀어 올랐다. 빨라지는 속도가 감당하지 못할 정도였다. 그녀는 이리저리 흔들리고 뒤로 밀렸다.

"아!"

눈앞이 새하얗게 변했다. 클로이는 눈을 꾹 감았다. 몸이 붕 뜨고 온몸에 가시가 박힌 것처럼 소름이 끼쳐서 고개를 있는 힘껏 뒤로 젖혔다. 하늘까지 떠올랐다 아래로 추락하는 기분이었다. 주먹을 쥔 그녀의 손이 바들바들 떨렸다. 믿을 수 없는 감각에 잔뜩 참았던 숨을 몰아쉬고 천천히 눈을 뜨자 자신을 내려다보는 사랑하는 남자의 얼굴이 보였다. 예민하게 달아오른 몸을 그가 손으로 슬슬 쓸었다. 그가 만지는 어깨며 팔이며 무딘 부분까지도 세포 하나까지 살아 있는 것처럼 움찔거렸다. 하지만 몸에 힘이 하나도 없었다.

그녀의 한쪽 다리를 들어 올린 그가 정신 차리라는 듯 종아리를 꽉 깨물었다. 잇자국이 날 반큼 센 감각이었지만 클로이는 겨우 눈만 뜨고 있는 상태였다. 그녀를 주시하는 시선에 클로이의 얼굴이 뜨거워졌다.

"아……."

"사랑한다."

매번 가슴이 설레는 뜨거운 고백과 함께 그가 다시 움직이기 시작했다. 민감해진 덕분에 이제는 괴로울 만큼 진한 감각이 들이닥쳤다.

"흐윽."

클로이는 흐느끼기 시작했다. 미칠 것만 같은 기분에 머릿속이 엉망진창이었다.

'이대로 죽어도 좋아.'

그녀는 자신이 선택한 것 무엇 하나도 후회하는 게 없었다. 그중에 알렉산드로가 가장 좋았다. 그와 함께라면 그 어떤 일도 두렵지 않았다.

클로이는 피곤한 눈꺼풀을 간신히 들어 올렸다. 낯선 천장이 보였고, 그녀를 덮은 포근한 담요가 느껴졌다. 알렉산드로가 수건으로 머리를 닦고 있는 뒷모습이 보였다.

이미 해가 중천에 떴지만 그와 단둘이 이렇게 평화로운 시간을 맞았다는 게 영 믿기지 않았다. 간신히 몸을 일으키고 보니 그제야 알싸한 고통이 느껴졌다. 생전 처음으로 남자를 경험한 것처럼 온몸이 얼얼하고 삐걱거렸다. 그만큼 지난밤은 충격에 가까웠다.

"아……."

허리도 아프고 목이 쉰 것처럼 따가웠지만 그의 흔적이 싫지 않았다. 알렉산드로가 정말 자신의 남자가 된 기분이었다.

"깼나?"

알렉산드로가 그녀의 시선을 느꼈는지 여전히 침대에서 멍하니 앉아 있는 클로이를 돌아보았다.

"네. 안녕히 주무셨어요."

어색하게 나온 그녀의 아침 인사에 그는 작게 웃음을 터뜨렸다. 대답 없이 곧 자리에서 일어난 그가 다가왔다.

"너는."

그들이 밤새 잠든 사이에도 오두막을 찾는 사람은 아무도 없었다. 예상대로 더 이상 주인이 없는, 버려진 곳이 분명했다. 숲의 깊숙한 곳에 자리 잡은 오두막이라 그럴 만도 하다는 생각이 들었다.

"너는 잘 잤고?"

그리고 침대의 한 귀퉁이에 그가 앉았다. 그쪽으로 무게가 쏠려 푹 꺼지는 느낌이 들었다. 클로이는 피식 웃으며 다가온 그에게 말했다.

"네. 저는 잘 잤어요."

"그럼, 그래야지."

왠지 가시가 박힌 듯한 그의 말에 클로이는 또 웃음을 터뜨리고 말았다. 함께 웃음을 터뜨린 그가 다정한 얼굴로 그녀를 바라보았다.

"북서쪽의 버넷 후작령까지는 열흘 정도 걸릴 것 같다. 지금 속도라면 말이야."

둘은 일행들과 행군할 때와는 비교도 할 수 없을 만큼 빨리 움직이고 있었다.

"일단 가 봐야 알겠지만……."

잠시 말을 멈춘 그가 무슨 생각을 하는지 옅은 미소를 머금고 그녀의 손을 잡았다. 두 손으로 그녀의 손을 맞잡은 알렉산드로는 가만히 손등을 쓸며 말을 멈췄다. 클로이는 그를 재촉하지 않았다. 그의 얼굴은 사춘기 소년처럼 꿈을 꾸는 것 같아 보였다. 많은 생각을 하는 복잡하고 미묘한, 하지만 설레는 표정이었다.

"도착하면 우리가 함께 살 집을 먼저 사자."

클로이의 두 눈이 커졌다. 거기까지는 생각해 보지 않았다. 둘에게는 많은 경우의 수가 있었다. 도착하기 전에 어쩌면 누군가에게 붙잡힐 수도 있고, 만약 그곳에 다다른다 해도 생각과는 다른 곳이라 실망스러울지도 모른다. 그녀는 많은 상황을 염두에 두고 있었다. 마냥 밝고 희망적인 미래만을 떠올리지는 않았다.

"집이요?"

"그래."

그런데 그의 반짝이는 두 눈을 보니 어쩐지 허탈했다. 저렇게 설레는 얼굴로 둘만의 미래를 계획하는 남자라니…….

'귀여워.'

그런데 뒤이어 나온 말에는 정말로 깜짝 놀랐다.

"크산토스를 팔면 아마 나쁘지 않은 대저택을 살 수 있을 거야."

클로이는 처량하게 혼자 밖에 묶여 있는 크산토스를 떠올렸다.

'대공님이 오랫동안 함께한 애마가 아니었나?'

설마하니 누군가에게 팔아넘겨지리라고는 자신도 몰랐을 것이다. 클로이는 단호하게 고개를 저었다.

"크산토스는 팔지 말아요. 굳이 대저택이 아니어도 괜찮으니까."

그와 함께라면 어디라도 상관없었다. 지붕만 있으면 된다. 그가 말하는 '나쁘지 않은 대저택'이 어느 수준인지는 모르겠지만 그녀가 떠올리는 일반적인 저택은 아닐 것 같았다.

"우리가 정착한다면 어차피 크산토스를 탈 일이 없을 테니 상관없어. 그러니 개의치 말고……."

"팔지 말아요."

클로이는 강경하게 나갔다. 그녀는 그가 얼마나 저 말을 소중하게 생각하는지 잘 알고 있었다.

"넌 신경 쓸 것 없다. 그냥……."

"내가 싫은 건 싫다면서요."

쉽게 툭 던져진 자신의 말에 그는 금세 입을 다물었다. 난감한 얼굴의 알렉산드로를 보는 게 너무나 즐거웠다. 장난스럽게 그를 노려본 클로이는 쐐기를 박았다.

"내 말대로 해요."

클로이는 마치 독재자가 명령을 내리듯 거만하게 말했다. 내뱉은 말과는 달리 마음속이 간질간질했다. 살벌한 기사였던 그가 자신의 말에 꼼짝 못하는 모습이, 마치 조련사라도 된 것 같은 기분이었다. 새벽 내내 자신을 못살게 굴었던 남자와는 완전히 딴판이었다.

"그래, 그건……."

알렉산드로는 당황한 얼굴로 대답했다.

"그래. 알았다."

이런 클로이의 모습을 본 적 없던 알렉산드로는 그녀가 귀여우면서도 어찌해야 할 바를 몰랐다. 하지만 상관없었다. 그는 그녀에게 이겨야 할 이유가 없는 사람이었다. 백 번이라도 져 줄 수 있었다. 나름대로 자신을 매섭게 쳐다보는 클로이의 모습 뒤로 그녀를 닮은 어떤 동물이 겹쳐 보였다.

"풋."

"왜 웃어요. 전 심각한데."

진지한 얼굴로 진지한 얘기를 하는 것 같은데 자꾸만 다람쥐가 생각났다. 화난 다람쥐. 하지만 말을 하면 그녀가 정말로 화를 낼지도 모르는 일이니, 알렉산드로는 애써 웃음을 참았다. 다람쥐에게는 지금 굉장히 진지한 상황이었다. 입술을 깨문 그가 힘껏 웃음을 참았다.
“저한테 화냈을 때…… 얼마나 무서웠는지 아세요?”
알렉산드로는 그제야 완전히 웃음기를 거두었다. 그녀에게 매번 미안하다고 사과를 했던 것 같은데, 그날 일도 또 자신의 잘못이었다. 미안한 일만 너무 많았다.
“정말 미안하다. 다신 안 그럴게.”
너무 쉽게 나온 대답에 클로이는 김이 확 샌 것 같았다. 게다가 그의 얼굴은 미안한 마음, 그 진심을 그대로 담고 있었다.
“진짜예요?”
“그래. 다시는 그런 일 없을 것이다. 약속해.”
원래의 그는 조용하고 평화로운 사람이 맞았다. 떠들썩한 자리도 좋아하지 않아서 혼자 책을 읽으며 시간을 보내거나 혼자 크산토스를 보러 가곤 했다. 그래서 저 사람이 정말 기사가 맞나, 하는 생각을 하기도 했었다.
“미안해.”
게다가 그날 일은 사실 클로이의 잘못도 있었다. 트리거와 얘기할 기회가 없어서라고는 했지만 알렉산드로의 입장에서는 분명히 화가 날 일이었다. 그녀 또한 알고 있었다. 그럼에도 그는 모든 오해가 풀리자 두 번 다시 그 일을 언급하지 않았다. 클로이에겐 말하기 난감한 과거가 많았지만, 그는 아무것도 캐묻지 않았다.
“고마워요.”
서로 마주 보고 있으니 급하게 입술이 다시 와 닿았다. 금방 붙었다 떨어졌지만 아쉬움이 가득했다. 알렉산드로의 손길이 조심스러웠다. 울긋불긋한 여기저기를 살피며 헤매던 그의 손이 멈칫하고 멈춰선 곳은 그녀의 복부였다. 우윳빛의 매끈하고 보드라운 살결을 만지던 그는 저도 모르게 다른 생각을 했다.

'아쉽다.'

절대로 그녀에겐 말할 수 없지만 아쉬웠다. 클로이를 닮은 아이까지 생긴다면 얼마나 좋을까……. 하지만 그는 금방 시선을 옮겼다. 행여 자신의 생각을 알아챌까 장난스럽게 그녀를 두 팔로 안아 올렸다.

"꺅!"

"이게 전부 꿈만 같아서……."

순간 말을 잇던 그가 모든 행동을 멈췄다. 클로이가 의아한 눈으로 그를 응시했다. 하지만 그는 얼음에 갇힌 사람처럼 완벽하게 굳어 있었다.

"왜 그러세요?"

그녀의 물음에도 그는 반응이 없었다. 그리고 시간이 멈췄다 다시 시작되는 것처럼 번뜩 고개를 들어 올린 그의 얼굴에는 경악이 서려 있었다.

"무슨 일이신데요!"

죽은 쥐라도 본 것처럼 잔뜩 놀라고 당황한 얼굴이었다. 불안해진 클로이가 겨우 그의 시선을 따라갔다. 침대 시트의 한구석이었다.

"피."

그가 겨우 입술을 빼끔거렸다.

"피가……."

뒷말을 잇지 못하고 미안해하는 그 모습이 침대에서와는 완전히 달라서 클로이는 저도 모르게 웃음을 터뜨렸다.

"괜찮아요."

몸을 일으켜서 보니 살짝 한두 방울 떨어졌다 번진 모양이었다.

"괜찮아질 거예요. 아프지 않았어요."

조금 아프긴 했지만 즐거움이 훨씬 컸다. 아주 훨씬.

'너무 착한 남자라 이제 다신 안 한다고 할지도 몰라.'

자신보다 더 놀란 그의 모습에 클로이는 한참이나 그를 진정시키느라 진땀을 빼야 했다. 그리고 이어진 말에 뒤늦게 안도의 한숨을 내쉴 수 있었다.

"다음부턴 조심할게."

순간 피식 웃은 그녀는 어쩌면 자신의 예상보다 그가 능글맞은 남자일지도 모른다는 생각을 했다.

단둘이서 함께하는 자유는 상상 이상으로 달콤했다. 서로를 사랑하는 연인에겐 매 순간이 특별했고, 은밀한 분위기는 시도 때도 없이 찾아와 그들을 부채질했다. 그저 비를 피해서 머무는 하룻밤, 아침 일찍 오두막을 나서리라 생각했지만 둘은 아름다운 서로에게 취해 시간이 어떻게 가는지도 모른 채 며칠을 머물렀다.늦은 밤이지만 클로이는 조금도 무섭지 않았다. 오두막을 벗어나 한참을 가다 보니 그의 말대로 물소리가 들렸다.

"정말 이 근처에 계곡이 있나 봐요."

물이 떨어져 내리는 맑은 소리는 그에게도 들렸다. 작은 폭포도 있는 듯했다. 산과 이어진 곳이니 그럴 수 있었다. 계곡으로 향한 둘은 당장 말에서 내려 맑은 물에 손을 담갔다. 시원한 기운이 손끝에 확 끼쳐서 기분이 좋아진 클로이는 소매까지 걷어 올렸다. 어둡긴 했지만 달빛 때문에 주변은 잘 보여서 가만히 계곡을 살폈다. 폭포와 이어진 그 옆에 앉아 있으니 그녀는 문득 알렉산드로와 처음 이야기를 나눴던 때가 생각났다.

시냇물이 흐르던 숲속. 그와 그렇게 긴 이야기를 해 본 것은 그때가 처음이었다. 그녀에게도 그날은 잊을 수가 없는 하루였다. 알렉산드로와 이런 사이가 될 줄은 꿈에도 몰랐지만 그때도 그가 참 좋은 사람이라고 생각했었다.

"앗!"

상념에 빠져 있던 그녀는 자신에게 물을 튀긴 알렉산드로 때문에 웃음이 터졌다. 고개를 숙이고 한참을 웃었는데 폭포수가 쏟아지는 거센 물소리 때문에 웃음소리는 금방 묻혔다. 클로이는 여전히 웃음기를 머금은 채 그를 향해 몸을 돌렸다.

"하하, 지금 뭐하는……."

하지만 그는 웃고 있지 않았다. 그의 얼굴엔 미소라곤 없었고 푸른 눈동자는 완전히 다른 빛을 띠고 있었다.

알렉산드로에게도 옛 기억을 불러일으키는 장소였던 것이다. 그녀의 말대로 지나간 모든 시간들은 그에게 되새겨 보고 싶은 추억으로 남아 있었다.

"네가 혼자 목욕을 하러 간 적이 있었지."

하지만 물가에 앉아 사랑스러운 눈을 한 연인을 바라보고 있으니 참을 수가 없었다. 오랜 시간 그녀를 혼자 지켜봐야만 했던 순정은 어느새 활활 타오르고 있었다.

"그때도 널 안고 싶었어."

급하게 다가온 그가 클로이의 윗옷 단추를 풀기 시작했다. 그의 손이 움직이는 걸 보면서도 그녀는 아무런 저지도, 말도 하지 않았다. 심장이 미친 듯이 뛰었다. 그가 원하는 게 뭔지 느껴졌다. 사랑한다는 말을 가득 담은 그의 눈길이 좋았다. 부드럽게 다가온 입술에 눈을 감고 온 감각으로 그를 느끼기 시작했다. 자신을 만지는 조심스런 손길도 좋았다. 코끝을 스치는 그만의 향기도, 목덜미에 내려앉은 녹아 버릴 것 같은 입술도.

어느새 벗겨진 나신에 옆에서 물방울이 마구 튀기 시작했다. 하지만 그의 뜨거운 체온 때문에 조금도 춥지 않았다. 그의 입술이 붉은 흔적을 남긴 클로이의 몸 이곳저곳을 돌아다녔다. 그 역시 입고 있던 옷을 전부 벗었다. 환한 달빛 아래 태초의 모습으로 돌아간 둘은 부끄러움을 느낄 새도 없었다.

"앗."

알렉산드로가 번쩍 그녀를 안아 들고 계곡 속으로 발을 내디뎠다. 맑은 물은 생각보다 차가웠지만 견디지 못할 정도는 아니었다. 다만 폭포수가 떨어지는 큰 소리 때문에 겁이 났다. 그녀는 본능적으로 그의 허리를 껴안은 다리에 힘을 줬다.

귓가에 찰랑이는 물소리가 들려오기 시작했다. 수위는 점점 높아졌고 클로이는 그의 목에 팔을 두르고 몸을 가까이 했다. 그의 한쪽 손이 그녀의 엉덩이를 받치고 다른 손은 뒷목을 붙잡았다. 입술이 겹쳐지자 금방 물이 가슴까지 닿았다.

"하아……."

이리저리 꺾어지던 고개가 떨어지자, 숨을 들이쉬고 내쉴 때마다 단단한 가슴이 느껴졌다. 차가운 물속과는 달리 몸속부터 뜨거운 열기가 치달았다. 그의 뒤로 달빛을 받아 계곡물이 반짝였다. 혹시 이게 꿈은 아닐까, 그녀를 둘러싼 모든 감각은 선명했지만 정작 눈앞의 그가 꿈만 같았다. 촉촉하게 젖은 입술을 보고 있던 알렉산드로가 비밀을 말하듯 속삭였다.

"너는 모를 것이다. 매일 밤 꿈속에서 얼마나 많이 이 몸을 탐했는지……."

그런데 참 잘 참았다. 클로이가 피식 웃자 그가 벌주듯 코끝을 살짝 깨물었다.

"아!"

그가 발을 옮기는 통에 물살이 움직여 온몸을 스쳤다.

"난 네 생각만큼 다정하고 착한 남자가 아니야."

어느새 물의 수위가 낮아져 있었다. 폭포의 반대쪽에는 잘 깎여진 것처럼 반들반들한 돌이 있었다. 그곳에 눕혀지자 밤하늘이 한눈에 들어왔다. 완전히 개방된 야외에서 몸을 보인다고 생각하니 그제야 수치심이 밀려왔다.

"하지만 그렇게 노력할게."

"저어……."

수줍음 가득한 목소리에도 알렉산드로는 행동을 멈추지 않았다. 발등부터 타고 올라간 입술은 순식간에 무릎을 지났다. 클로이는 얼른 다리를 오므렸다. 가만히 별을 올려다보고 있으니 자신이 몹쓸 짓을 하는 기분이 들었다. 늦은 밤이었음에도 금방 달과 별이 사라지고 해가 뜰 것 같았다.

"아무래도 여기서는……."

하지만 그는 전혀 개의치 않는 것처럼 움직였다. 그의 입술이 쓸고 지나가자 언제 그런 생각을 했냐는 듯 앓는 소리가 터져 나왔다.

"아……!"

이미 흠뻑 젖은 몸을 데우자 따뜻한 기운이 올라왔다. 그녀가 슬쩍 다리를 움직이자 그가 강하게 내리눌렀다. 민감하고 부끄러운 곳에 그의 입술과 단단한 치아, 혀가 차례로 닿고 지나가자 클로이가 몸을 버둥거렸다.

"그만해요. 그만……."

애원하는 목소리를 듣고서야 알렉산드로는 고개를 들었다. 딱딱한 돌바닥에 여린 몸이 다칠까 그가 클로이를 일으켜 세워 자신의 위로 올렸다. 그가 눕고 어정쩡하게 그 위에 올라앉은 그녀가 말했다.

"창피해요……."

한쪽으로 쏟아진 머리카락을 넘겨 주고 알렉산드로는 무릎을 세워 자세를 잡았다. 토실토실한 엉덩이를 쥐었다가 예고도 없이 침범하더니, 하는 말이 가관이었다.

"벌써 이런데 뭐가 창피해."

"그런 말……."

차마 말을 끝마치지 못했다. 얼굴이 뜨거워서 차마 쳐다볼 수가 없었다. 동시에 묵직함이 천천히 차오르는 게 느껴졌다. 곧 그의 움직임이 그녀를 온통 뒤흔들기 시작했다. 다정한 말과는 달리 그녀의 몸이 들썩이자 허리를 안은 손이 사정없이 몸을 내리눌렀다.

"아!"

귓속으로 그의 거친 숨소리가 들리고 맞닿은 가슴이 오르락내리락했다. 꽉 눌린 가슴이 터질 것만 같았다. 불편하고 불안한 마음은 이미 오간 데 없이 그녀의 몸은 계속해서 환희를 내뱉었다.

"흐읍."

이윽고 그가 그녀의 뒷목을 단단히 붙잡고 입술을 맞췄다. 모든 곳이 그로 인해 꽉 차는 기분이라 숨을 쉬기도 버거웠다. 온몸으로, 온 마음으로 사랑한다 말하는 그가 사랑스러웠다.

그녀는 반쯤 넋이 나가 있었다.

'내가 어떻게 여기서.'

어느덧 새벽녘, 쏟아져 내릴 것처럼 밤하늘을 수놓은 별을 보고 있으니 밤인데도 어둡지 않았다.

"춥지 않아?"

"괜찮아요."

기진맥진한 그녀의 몸을 무릎에 앉히고 가만히 끌어안은 그가 클로이의 볼에 입 맞췄다. 이미 의복을 전부 갖춰 입었음에도 몸에 여운이 가득했다. 그의 차가운 손이 슬쩍 옷을 밀고 들어와 그녀의 배를 쓸었다. 여운은 그에게도 남았다. 품에 안았던, 사랑하는 여자의 모든 것을 기억했다. 보드라운 그녀의 배를 만지고 있으니 또 열기가 들끓었다.

"휴우……."

쏟아지는 물소리를 들으면서도 클로이는 정신을 차릴 수가 없었다. 여기서 있었던 일은 자신이 해 놓고도 차마 믿을 수가 없었다.

'내가 미쳤나 봐.'

아마 그도 놀라지 않았을까. 알렉산드로는 별다른 말이 없었다. 그는 정숙하고 고귀한 남자라, 순간의 흥분에 일을 저지르고 말았지만 그 역시 당황스러우리라. 공감할 그를 위해 클로이가 먼저 말문을 열었다.

"창피해요."

피식 웃은 알렉산드로는 그녀의 귀에 대고 작게 속삭였다.

"그런 것치고는 많이 좋아하더라."

담담하게 말하는 목소리에는 조금의 수줍음도, 주저함도 없었다.

"마냥 소녀 같을 줄 알았더니 그것도 아니더군."

이게 지금 그가 하는 말이 맞는지 클로이는 자신의 귀를 의심했다.

"처음보다 훨씬 잘 느끼던걸. 네가 얼마나 나를……."

클로이는 두 손으로 얼굴을 감쌌다. 이 남자가 자신이 아는 그 남자가 정말 맞는지 묻고 싶었다. 그녀는 두 손으로 그를 때리며 말렸다.

"어떻게 그런 말을 하세요!"

"하하."

알렉산드로는 웃으며 그녀를 끌어안았다. 그의 품에 안겨 넋을 놓고 있으니 큰 손이 등을 쓸어 주었다. 그러니 뜨거웠던 이마가 천천히 시원해지기 시작했다. 공기는 맑았고 상쾌한 숲의 향기로 가득했다.

“천천히 가자.”

물이 떨어지고 흐르는 맑은 소리가 들렸다. 물소리 말고는 고요한 가운데 새가 지저귀는 소리가 들려왔다. 시원한 바람이 그들의 머리카락을 흩트리고 지나갔다.

“우리가 급할 게 있을까.”

전에는 꿈도 꾸지 못할 일탈이었으나 지금은 오직 둘뿐이다.

알렉산드로와 클로이는 평생을 추억하고 간직할 둘만의 비밀 이야기를 써 내려가고 있었다.

―베아트리체 4권에서 계속―

BLACK LABEL CLUB 024
베아트리체 3

1판 1쇄 발행 2016년 12월 28일
1판 4쇄 발행 2020년 12월 10일

지은이 마셰리
펴낸이 신현호
편집부장 예숙영
편집 박상희
편집디자인 한방울
영업 · 관리 김민원 조인희
물류 이순우 박찬수

펴낸곳 ㈜디앤씨미디어
출판등록 2002년 5월 1일 제117-90-51792호
주소 서울시 구로구 디지털로 26길 111 JnK디지털타워 503호
대표전화 (02)333-2513 팩스 (02)333-2514
전자우편 dncbooks@dncmedia.co.kr
디앤씨북스 블로그 http://blog.naver.com/dncbooks

ISBN 979-11-264-4016-0 (04810)
ISBN 979-11-264-2727-7 (세트)